ESCRITO EN EL AGUA

Planeta

PAULA HAWKINS

ESCRITO EN EL AGUA

Traducción de Aleix Montoto

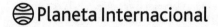
Planeta Internacional

Obra editada en colaboración con Editorial Planeta – España

Título original: *Into the Water*

© 2017, Paula Hawkins
© 2017, Aleix Montoto, por la traducción
© 2017, Editorial Planeta, S.A. - Barcelona, España

© 2012, Oliver Sacks, Fragmento de *Alucinaciones*, con la autorización de The Wylie Agency (UK) Limited.

Traducción de la cita al español tomada de Oliver Sacks, *Alucinaciones*, traducción al castellano de Damián Alou, Anagrama, Barcelona, 2013.
(N. del t.)

Canción de «Down by the Water» de PJ Harvey, reproducida con el permiso de Hot Head Music Ltd. Todos los derechos reservados.

Derechos reservados

© 2017, Editorial Planeta Mexicana, S.A. de C.V.
Bajo el sello editorial PLANETA M.R.
Avenida Presidente Masarik núm. 111, Piso 2
Colonia Polanco V Sección
Delegación Miguel Hidalgo
C.P. 11560, Ciudad de México
www.planetadelibros.com.mx

Primera edición impresa en España: mayo de 2017
ISBN: 978-84-08-17217-8

Primera edición impresa en México: mayo de 2017
ISBN: 978-607-07-4049-7

Impreso en los talleres de Litográfica Ingramex, S.A. de C.V.
Centeno núm. 162-1, colonia Granjas Esmeralda, Ciudad de México
Impreso y hecho en México – *Printed and made in Mexico*

Para todas las conflictivas

Era muy joven cuando me partieron en dos.

Hay cosas que una debería olvidar;
otras que no.
Las opiniones difieren al respecto.

EMILY BERRY, *The Numbers Game*

Ahora sabemos que los recuerdos no están fijos ni
congelados, como los tarros de conservas en la
alacena que menciona Proust, sino que se transforman,
se disgregan, se reensamblan y se recategorizan con
cada acto de recordar.

OLIVER SACKS, *Alucinaciones*

La Poza de las Ahogadas

Libby

—¡Otra vez! ¡Otra vez!

Los hombres vuelven a atarla. Ahora, de otra forma: el pulgar de la mano izquierda al dedo gordo del pie derecho; el de la derecha, al del izquierdo. La cuerda alrededor de la cintura. Esta vez son ellos quienes la meten en el agua.

—¡Por favor! —*comienza a suplicar ella, pues no sabe cuánto tiempo más va a poder soportar la negrura y el frío.*

Quiere regresar a una casa que ya no existe, a una época en la que ella y su tía se sentaban delante de la chimenea y se contaban historias la una a la otra. Quiere estar en la cama de su casita de campo, quiere volver a ser niña y a disfrutar del olor a leña quemada y de la fragancia de las rosas y la dulce calidez de la piel de su tía.

—¡Por favor!

Se hunde. Para cuando la sacan del agua por segunda vez, tiene los labios amoratados y su aliento ya se ha extinguido por completo.

PRIMERA PARTE

2015

Jules

Querías decirme algo, ¿no? ¿Qué era? Tengo la sensación de que me desconecté de esta conversación hace mucho tiempo. Perdí la concentración, estaba pensando en otras cosas, preocupándome de mis asuntos, dejé de escucharte y perdí el hilo. Bueno, ahora ya tienes mi atención. Pero no puedo dejar de pensar que me he perdido algunas de las cuestiones más significativas.

Cuando han venido a decírmelo, me he enojado. Al principio me he sentido aliviada, pues cuando dos agentes de policía aparecen en la puerta de tu casa justo cuando tú estás buscando el boleto del tren para salir e ir a trabajar, temes lo peor. He temido que le hubiera sucedido algo a alguien que me importara: mis amigos, mi ex, la gente con la que trabajo. Pero no tenía nada que ver con ellos, me han dicho, sino contigo. De modo que, por un momento, me he sentido aliviada, y luego me han contado lo que había pasado, lo que habías hecho, que te habías arrojado al agua, y me he sentido furiosa. Furiosa y asustada.

He comenzado a pensar en lo que te diría cuando llegara, pues sabía que lo habías hecho para fastidiarme, para molestarme, para asustarme, para desestabilizar mi vida. Para llamar mi atención y llevarme de vuelta allí adonde querías que estuviera. Pues aquí lo tienes, Nel, ya lo has conseguido: estoy en el lugar al que nunca quise regresar para ocuparme de tu hija y para tratar de poner orden en el maldito lío que has organizado.

15

LUNES, 10 DE AGOSTO

Josh

Algo me ha despertado. Cuando me he levantado de la cama para ir al cuarto de baño, he visto que la puerta del dormitorio de mamá y papá estaba abierta y, al mirar dentro, me he dado cuenta de que mamá no estaba en la cama. Papá estaba roncando como siempre. El despertador indicaba que eran las 4:08. He supuesto que mamá debía de haber ido a la planta baja. Le cuesta dormir. Últimamente les cuesta a ambos, pero él toma unas pastillas tan fuertes que uno podría acercarse a su cama y gritarle al oído y no conseguiría despertarlo.

He ido a la planta baja procurando no hacer ruido porque por lo general enciende la televisión y se queda dormida viendo esos anuncios realmente aburridos sobre máquinas que lo ayudan a uno a perder peso o a limpiar el suelo o a cortar los vegetales de muchas formas distintas. Pero la televisión no estaba encendida y ella no se encontraba en el sofá, de modo que debía de haber salido de casa.

Lo ha hecho algunas veces. Pocas, que yo sepa, aunque tampoco puedo estar al tanto de dónde se encuentra todo el mundo a cada momento. La primera vez me dijo que sólo había ido a dar un paseo para aclararse la cabeza, pero hubo otra mañana en la que me desperté y, al mirar por la ventana, vi que el coche no estaba estacionado donde solía.

Seguramente va a dar paseos a la orilla del río o a visitar la tumba de Katie. Yo lo hago de vez en cuando, aunque no en mitad de la

16

noche. Me daría miedo hacerlo en la oscuridad y, además, me sentiría raro, pues eso es lo que hizo la propia Katie: se levantó en mitad de la noche y fue al río y ya no volvió. Aun así, comprendo por qué lo hace mamá: es lo más cerca de ella que puede estar en la actualidad, aparte de, tal vez, sentarse en su dormitorio, otra cosa que sé que en ocasiones hace. El dormitorio de Katie está al lado del mío y a veces puedo oír llorar a mamá.

Me he sentado en el sofá para esperarla, pero debo de haberme quedado dormido porque cuando he oído la puerta ya había luz fuera y, al mirar el reloj de la repisa de la chimenea, he visto que eran las siete y cuarto. He oído cómo mamá cerraba la puerta tras de sí y luego subía corriendo la escalera.

La he seguido al piso de arriba y me he parado delante de su dormitorio, mirando a través de la puerta entreabierta. Ella estaba de rodillas junto a la cama, en el lado de papá, y tenía el rostro enrojecido como si hubiera estado corriendo. Con la respiración jadeante y sin dejar de sacudirle el hombro, ha dicho:

—Alec, despierta. Despierta ya. Nel Abbott está muerta. La han encontrado en el agua. Se ha arrojado.

No recuerdo haber dicho nada, pero debo de haber hecho algún ruido, porque ella se ha volteado hacia mí y se ha puesto de pie.

—¡Oh, Josh! —ha exclamado acercándose a mí—. Oh, Josh... —Las lágrimas han comenzado a caer por su rostro y me ha abrazado con fuerza. Cuando me he apartado de ella todavía estaba llorando, pero también sonreía—. Oh, querido —ha dicho.

Papá se ha incorporado en la cama, frotándose los ojos. Le cuesta horrores despertarse del todo.

—No lo entiendo. ¿Cuándo...? ¿Quieres decir anoche? ¿Cómo lo sabes?

—He salido a comprar leche —ha respondido ella—. Todo el mundo estaba comentándolo... en la tienda. La han encontrado esta mañana. —Se ha sentado en la cama y ha empezado a llorar otra vez.

Papá le ha dado un abrazo, pero ella estaba mirándome a mí, y él tenía una extraña expresión en el rostro.

—¿Adónde has ido? —le he preguntado yo—. ¿Dónde has estado?

—A comprar, Josh. Acabo de decirlo.

«Estás mintiendo —he querido contestarle—. Has estado fuera varias horas. No has ido a comprar leche.» He querido decirle eso pero no he podido, porque mis padres estaban sentados en la cama mirándose entre sí, y parecían felices.

MARTES, 11 DE AGOSTO

Jules

Lo recuerdo. Cojines apilados en el centro del asiento trasero del cámper para delimitar la frontera entre tu territorio y el mío, de camino a Beckford para pasar el verano, tú nerviosa y excitada —te morías de ganas por llegar—, y yo con el rostro verde a causa del mareo e intentando no vomitar.

No es sólo que lo haya recordado, es que además lo he sentido. Esta tarde he sentido ese mismo mareo mientras iba encorvada sobre el volante como una anciana, conduciendo rápido y mal, desplazándome al centro de la carretera al tomar las curvas, frenando con excesiva brusquedad, corrigiendo el rumbo cada vez que veía un coche en dirección contraria. He notado esa cosa, esa sensación que tengo cuando veo una camioneta blanca viniendo en sentido contrario por una de esas estrechas carreteras y pienso: «Voy a dar un volantazo, voy a hacerlo, voy a invadir su carril. No porque quiera, sino porque debo hacerlo», como si en el último momento perdiera la voluntad. Es como esa sensación que una tiene cuando se acerca al borde de un precipicio o del andén de una vía de tren y nota que la empuja una mano invisible. ¿Y si...? ¿Y si diera un paso adelante? ¿Y si girara el volante?

(Al fin y al cabo, tú y yo no somos tan distintas.)

Lo que me ha sorprendido es lo bien que lo he recordado. Demasiado bien. ¿Cómo es que puedo recordar con semejante perfección las cosas que me sucedieron cuando tenía ocho años y, en cambio, me resulta imposible recordar si he hablado o no con mis colegas sobre el cambio de fecha de la evaluación de un cliente? Las cosas que quiero recordar se me olvidan, y las que intento olvidar no dejan de acudir a mi mente. Cuanto más me acercaba a Beckford, más incontestable se ha vuelto eso, y el pasado, sorprendente e ineludible, ha salido disparado hacia mí como los gorriones de un seto.

Toda esa exuberancia, ese increíble verde, el reluciente e intenso amarillo de la aulaga de la colina, ha penetrado en mi cerebro y ha traído consigo un torrente de recuerdos: papá llevándome al agua cuando yo tenía cuatro o cinco años; tú saltando de las rocas al río, cada vez desde más y más altura; pícnics en la arenosa ribera de la poza; el sabor de la crema de protección solar en la lengua; ese gordo pez café que pescamos en las lentas y cenagosas aguas que hay río abajo, más allá del Molino; tú regresando a casa con un hilo de sangre en una pierna tras haber calculado mal uno de esos saltos y, después, mordiendo un trapo mientras papá te limpiaba el corte porque no ibas a llorar, no delante de mí; mamá ataviada con un vestido veraniego de color azul celeste, descalza en la cocina, preparando avena para desayunar, con las plantas de los pies de un oscuro y herrumbroso color café. Papá sentado en la ribera del río, dibujando. O, más adelante, cuando éramos algo mayores, tú vestida con unos *shorts* y la parte de arriba de un bikini bajo la camiseta, escapándote de noche para ver a un chico. No uno cualquiera, sino *el* chico. Mamá, más delgada y frágil, durmiendo en el sillón de la sala, papá desapareciendo para dar largos paseos con la esposa del pastor, rolliza, pálida y usando una pamela. Recuerdo también un partido de futbol. Los calientes rayos del sol sobre el agua, todas las miradas sobre mí y yo parpadeando para contener las lágrimas, con sangre en los muslos y las risas de los demás resonando en mis oídos. Todavía puedo oírlas. Y, por debajo de todo eso, el rumor de la corriente.

Estaba tan profundamente absorta en esas aguas que no me he dado cuenta de que había llegado. Ahí estaba, en el corazón del pueblo. Había sucedido tan de repente como si hubiera cerrado los ojos y me hubieran trasladado por arte de magia y, cuando he querido darme cuenta, estaba recorriendo despacio sus estrechas calles repletas de vehículos cuatro por cuatro y atisbando con el rabillo del ojo las fachadas de piedra y los rosales, avanzando en dirección a la iglesia, en dirección al viejo puente, con cuidado ahora. He mantenido los ojos puestos en el asfalto y he intentado no mirar los árboles ni el río. He intentado no hacerlo, pero no he podido evitarlo.

Tras estacionarme a un lado de la carretera y apagar el motor, he levantado la mirada. Ahí estaban los árboles y los escalones de piedra, cubiertos de musgo verde y resbaladizos a causa de la lluvia. Se me ha puesto la piel de gallina. Y he recordado esto: la lluvia glacial cayendo sobre el asfalto, unas centelleantes luces azules compitiendo con los relámpagos para iluminar el río y el cielo, nubes de aliento formándose delante de unos rostros asustados y un niño pequeño, pálido como un fantasma y que no deja de temblar, subiendo los escalones en dirección a la carretera de la mano de una mujer policía que tiene los ojos abiertos como platos y voltea la cabeza a un lado y a otro mientras llama a alguien a gritos. Todavía puedo sentir lo que sentí esa noche, el terror y la fascinación. Todavía puedo oír tus palabras en mi cabeza: «¿Qué debe de sentirse al ver morir a tu propia madre? ¿Puedes imaginártelo?».

He apartado la mirada y, tras arrancar de nuevo el coche, he vuelto a la carretera y he cruzado el puente donde el carril da la vuelta. He esperado la llegada de la curva. ¿En la primera a la izquierda? No, en ésa no, en la segunda. Ahí estaba, esa vieja mole de piedra, la Casa del Molino. Sintiendo un escozor en la fría y húmeda piel y con el corazón latiéndome peligrosamente rápido, he cruzado la reja abierta y he enfilado el camino de entrada.

Había un hombre mirando su celular. Un policía uniformado. Se ha acercado al coche y yo he bajado la ventanilla.

—Soy Jules —he dicho—. Jules Abbott. Soy... su hermana.

—¡Oh! —Parecía incómodo—. Sí, claro. Por supuesto. Verá, ahora mismo no hay nadie en la casa —ha dicho volteándose hacia ella—. La chica..., su sobrina... ha salido. No estoy seguro de dónde... —Ha tomado la radio de su cinturón.

Yo he abierto la puerta del coche y he bajado.

—¿Le importa que entre en la casa? —he preguntado con la mirada puesta en la ventana abierta de la que solía ser tu antigua habitación. Todavía podía verte ahí, sentada en el alféizar con los pies colgando. Daba vértigo.

El policía se ha mostrado indeciso. Se ha apartado un momento y ha dicho algo en voz baja a través de su radio. Luego se ha dirigido otra vez a mí.

—Sí, está bien. Puede entrar.

La oscuridad me impedía ver la escalera, pero podía oír el agua y oler la tierra que quedaba a la sombra de la casa y debajo de los árboles, de los lugares a los que no llegaba la luz del sol, así como el hedor acre de las hojas pudriéndose, unos olores que me transportaban a otra época.

Al abrir la puerta casi esperaba oír la voz de mamá llamándome desde la cocina. Sin siquiera pensarlo, he sabido que tenía que terminar de abrirla con la cadera porque rozaba con el suelo y se atascaba. He entrado en el vestíbulo y he cerrado tras de mí al tiempo que mis ojos trataban de acostumbrarse a la oscuridad y tiritaba a causa del repentino frío.

En la cocina había una mesa de roble bajo la ventana. ¿Era la misma? Lo parecía, pero no podía ser, el lugar ha cambiado de manos muchas veces desde entonces. Podría haberlo averiguado si me hubiera metido debajo y hubiera buscado las marcas que tú y yo dejamos ahí, pero la sola idea ha hecho que se me acelerara el pulso.

Recuerdo el modo en que los rayos del sol la iluminaban por las mañanas, y que tú te sentabas en el lado izquierdo, de cara a la cocina integral, desde donde podías ver el viejo puente perfectamente enmarcado por la ventana. «Qué bonita», decía todo el mundo sobre la vista, aunque no llegaban a ver nada. Nunca abrían la ventana y se asomaban, nunca bajaban los ojos a la rueda, pudriéndose en su sitio, nunca miraban más allá de los dibujos que trazaban los rayos del sol en la superficie del agua, nunca veían lo que en realidad era ésta, con su color negro verdoso y llena de seres vivos y cosas muertas.

He salido de la cocina y, recorriendo el pasillo, he pasado junto a la escalera y me he internado en la casa. Me he topado con ellas tan repentinamente que me he sobresaltado: las enormes ventanas que daban al río y casi parecían meterse en él. Era como si, al abrirlas, el agua fuera a entrar y a derramarse sobre el amplio asiento de madera que había debajo.

Recuerdo. Todos esos veranos, mamá y yo sentadas en ese asiento, recostadas en pilas de cojines con los pies en alto y los dedos gordos casi tocándose, algún libro en las rodillas y un plato con tentempiés cerca, aunque ella nunca los tocaba.

No he podido mirarlo; verlo otra vez así me ha hecho sentir desconsolada y desesperada.

El yeso de las paredes había sido retirado para dejar a la vista el ladrillo desnudo que había debajo, y la decoración era típica de ti: alfombras orientales en el suelo, pesados muebles de ébano, grandes sofás y sillones de piel y demasiadas velas. También, por todas partes, las pruebas de tus obsesiones: enormes reproducciones enmarcadas de la *Ofelia* de Millais, hermosa y serena, con los ojos y la boca abiertos y flores en la mano, la *Hécate* de Blake, *El aquelarre* de Goya, o el *Perro semihundido* de ese mismo pintor. Esta reproducción es la que más odio de todas, con ese pobre animal esforzándose en mantener la cabeza por encima de la marea.

Ha comenzado a sonar un teléfono. Los timbrazos parecían proceder de debajo de la casa. Siguiendo su sonido, he cruzado la sala y he descendido unos escalones; creo que antes ahí había un desván lleno de cachivaches. Un año se inundó y todo quedó cubierto de lodo, como si la casa hubiera pasado a formar parte del lecho del río.

He entrado en lo que habías convertido en tu estudio. Estaba lleno de cosas: equipo fotográfico, pantallas, lámparas y cajas difusoras, una impresora. En el suelo se apilaban papeles, libros y carpetas, y contra la pared había una hilera de archiveros. Y fotografías, claro está. Tus fotografías cubrían cada centímetro de yeso. A un ojo inexperto podría parecerle que estabas obsesionada con los puentes: el Golden Gate, el puente de Nankín sobre el río Yangtsé, el viaducto Prince Edward... Pero si una miraba con atención, podía ver que lo importante no eran los puentes, y que las fotos no mostraban ninguna fijación por esas obras maestras de la ingeniería. Si una miraba bien podía ver que, además de puentes, también había imágenes del cabo Beachy, el bosque de Aokigahara, Preikestolen... Lugares a los que personas sin esperanza iban a poner fin a sus vidas. Catedrales de la desesperación.

Frente a la entrada, imágenes de la Poza de las Ahogadas. Una tras otra, desde todos los ángulos y todas las perspectivas posibles: pálido y cubierto de hielo en invierno, con el acantilado negro y severo; o centelleante en verano, convertido en un oasis exuberante y verde; o apagado y silíceo, con nubes grises de tormenta en el cielo. Montones de imágenes que terminaban fundiéndose en una sola y que suponían un mareante asalto a los ojos. Me he sentido como si estuviera ahí, en ese lugar, como si me encontrara mirando al agua desde lo alto del acantilado, percibiendo ese terrible estremecimiento, la tentación del olvido.

Nickie

Algunas se habían metido en el agua voluntariamente y otras no y, en opinión de Nickie —aunque nadie se lo preguntaría, pues nunca nadie lo había hecho—, Nel Abbott lo hizo resistiéndose. Pero nadie se lo iba a preguntar, ni tampoco nadie iba a escucharla, así que no había ninguna razón para que ella dijera nada. Y menos todavía a la policía. Aunque no hubiera tenido problemas con ellos en el pasado, no podía hablarles de eso. Era demasiado arriesgado.

Nickie tenía un departamento encima de la tienda. En realidad, era poco más que una habitación con una cocina abierta a la sala comedor y un cuarto de baño tan pequeño que apenas merecía ese nombre. Nada especialmente destacable, y menos aún después de toda una vida, pero contaba con un cómodo sillón junto a la ventana desde el que veía el pueblo, y ahí era donde se sentaba y comía e incluso a veces dormía, porque últimamente apenas podía dormir, de modo que no tenía mucho sentido meterse en la cama.

Se sentaba y observaba el ir y venir de la gente y, si no lo veía, lo *sentía*. Incluso antes de que las luces de las sirenas tiñeran de azul los alrededores del puente, ella había sentido algo. No sabía que se trataba de Nel Abbott. Al principio, no. La gente piensa que las visiones son cristalinas, pero no es tan sencillo como eso. Lo único que sabía era que alguien había vuelto a aparecer en el agua. Con la luz apagada, Nickie permaneció sentada, observando: un hombre con unos perros subió corriendo la escalera y luego llegó un coche; no de los de policía, sino uno normal, de color azul oscuro. El inspector Sean Townsend, pensó ella, y tenía razón. Éste y el hombre de los perros descendieron los escalones y luego llegó toda la caballería con las luces destellantes encendidas pero las sirenas apagadas. No hacían falta. No había ninguna prisa.

El día antes, al amanecer, Nickie salió a buscar leche y el periódico y todo el mundo estaba hablando sobre ello y diciendo cosas como: «Otra, es la segunda de este año». Pero cuando mencionaron de quién se trataba, cuando mencionaron el nombre de Nel Abbott, Nickie supo al instante que la segunda no era como la primera.

Por un momento estuvo tentada de ir a ver a Sean Townsend y decírselo. Pero, por amable y educado que fuera el joven, seguía siendo un policía y el hijo de su padre, de modo que no era de fiar. Nickie ni siquiera lo habría considerado si no hubiese sentido cierta debilidad por él. La vida del inspector había estado marcada por la tragedia y sólo Dios sabía qué más después de eso, y siempre se había portado bien con ella; había sido el único que lo había hecho la vez que la arrestaron.

La segunda vez, para ser sincera. Eso había sucedido ya hacía tiempo, unos seis o siete años. Ella prácticamente había renunciado al negocio después de su primera condena por fraude, y sólo atendía a algunos clientes regulares y a las aficionadas a la brujería que acudían de vez en cuando para presentarles sus respetos a Libby, a May y a las demás mujeres del agua. Hacía algunas lecturas de tarot, un par de sesiones de espiritismo en verano y, en raras ocasiones, le pedían que contactara con algún pariente o alguna de las nadadoras. No obstante, no tenía ningún negocio propiamente dicho, no desde hacía mucho.

Pero entonces le recortaron la prestación por segunda vez, de modo que tuvo que volver a trabajar. Con la ayuda de uno de los chicos que hacían de voluntarios en la biblioteca, creó una página web en la que ofrecía lecturas a un precio de 15 libras por media hora. En comparación, era un buen precio: Susie Morgan, la de la televisión, que tenía de vidente lo que ella de bombero, cobraba 29.99 por veinte minutos, y por ese precio los clientes ni siquiera llegaban a hablar con ella, sino con un miembro de su «equipo de videntes».

A las pocas semanas de tener en funcionamiento la página web, un empleado de la oficina del consumidor la denunció a la policía por «no haber proporcionado las debidas cláusulas de exclusión de responsabilidad exigidas por la Ley de Protección del Consumidor». ¡Ley de Protección del Consumidor! Nickie dijo que no sabía que tenía que proporcionar dichas cláusulas de exclusión de responsabilidad. La policía le explicó que la ley había cambiado. Ella les preguntó que cómo demonios iba a saberlo, y eso les hizo mucha gracia, claro está: «¡Pensábamos que habrías tenido una visión! ¿Es que sólo puedes ver el futuro? ¿El pasado no?».

El inspector Townsend —por aquel entonces, un mero agente— fue el único que no se rio. Fue amable con ella y le explicó que el cambio se debía a las nuevas regulaciones de la Unión Europea. ¡Regulaciones de la Unión Europea! ¡Protección del Consumidor! Tiempo atrás, las mujeres como Nickie eran procesadas (*perseguidas*) a causa de las leyes en contra de la brujería y los médiums fraudulentos. Ahora eran víctimas de los burócratas europeos. ¡Cómo habían caído los poderosos!

De modo que Nickie clausuró la página web, renegó de la tecnología y volvió al sistema tradicional, si bien últimamente ya casi nadie iba a visitarla.

Tenía que admitir que el hecho de que fuera Nel la mujer que habían encontrado en el agua le había supuesto cierto sobresalto. Se sentía mal. No exactamente culpable, porque no había sido culpa suya, pero no podía evitar preguntarse si no habría contado demasiado, si no habría revelado demasiadas cosas. Aun así, nadie podía culparla por haber iniciado todo eso. Nel Abbott había estado jugando con fuego, estaba obsesionada con el río y sus secretos, y ese tipo de obsesión nunca termina bien. No, Nickie jamás le había dicho a Nel que fuera en busca de problemas, ella sólo le había señalado la dirección adecuada. Y no era como si no se lo hubiera advertido, ¿verdad? Lo que ocurría era que nadie la escuchaba. Nickie le había dicho que había hombres en ese pueblo que la condenaban a una nada más ponerle los ojos encima, siempre los había habido. Pero la gente optaba por mirar hacia otro lado. A nadie le gustaba pensar en el hecho de que el agua de ese río estaba infectada con la sangre y la bilis de mujeres perseguidas e infelices; todos la bebían a diario.

Jules

Nunca cambiaste. Debería haberlo sabido. De hecho, lo sabía. Adorabas la Casa del Molino y el agua y estabas obsesionada con esas mujeres, con lo que hicieron y con las personas que dejaron atrás. Y ahora esto. Sinceramente, Nel, ¿de verdad hacía falta llevarlo tan lejos?

En el piso de arriba, he vacilado ante la puerta del dormitorio principal. Mis dedos han rodeado la manija y he respirado hondo. Era consciente de lo que me habían dicho, pero también te conocía y me costaba creerles. Estaba convencida de que, al abrir, te encontraría dentro, alta y delgada y nada contenta de verme.

La habitación estaba vacía. Daba la sensación de que había sido desocupada hacía poco, como si acabaras de escabullirte y hubieras ido corriendo a la planta baja para preparar una taza de café. Como si fueras a regresar en cualquier momento. Todavía podía oler tu perfume en el aire, rico, dulce y anticuado, como uno de los que solía llevar mamá, Opium o Yvresse.

—¿Nel? —He dicho tu nombre en voz baja, como si quisiera invocarte como a un demonio. Sólo he obtenido silencio por respuesta.

Al fondo del pasillo estaba «mi dormitorio», la habitación en la que solía dormir yo: la más pequeña de la casa, como correspondía a la más joven de las dos. Parecía aún más pequeña de lo que recordaba; también más oscura y triste. Estaba vacía salvo por una única cama sin hacer y olía a humedad, como la tierra.

Nunca llegué a dormir bien en esta habitación, nunca me sentí relajada en ella. Algo nada sorprendente, teniendo en cuenta lo mucho que a ti te gustaba aterrorizarme. Te recuerdo sentada al otro lado de la pared arañando el yeso con las uñas, o pintando símbolos en la parte posterior de la puerta con esmalte de color rojo sangre, o escribiendo los nombres de las mujeres muertas en la condensación de la ventana. Y luego estaban todas esas historias que contabas de brujas siendo llevadas a rastras al agua, de mujeres desesperadas arrojándose de los acantilados, de un niño aterrorizado que se escondió en el bosque y vio cómo su madre se suicidaba lanzándose al vacío.

Yo no me acuerdo de eso. Claro que no. Cuando examino mi recuerdo del niño, me doy cuenta de que carece de sentido: es tan inconexo como un sueño. Lo de que me susurraras al oído no sucedió una fría noche en el agua. De hecho, nunca estuvimos aquí en invierno y nunca hubo frías noches en el agua. Y yo nunca vi a un niño asustado en el puente en mitad de la noche. ¿Qué habría estado haciendo ahí yo, que también era una niña? No, se trataba de una historia que me habías contado tú. Me dijiste que el niño se escondió entre los árboles y que, al levantar la mirada, vio a su madre arrojándose al silencioso vacío con los brazos extendidos como si fueran alas y que el grito que escapó de los labios de la mujer se apagó en cuanto impactó con el agua.

Ni siquiera sé si realmente hubo un niño que vio morir a su madre o si te lo inventaste todo.

He salido de mi antigua habitación y he regresado a la tuya; el lugar que ocupabas tú y el lugar que, a juzgar por su aspecto, ocupa ahora tu hija. Un auténtico caos de ropa y libros. Había una toalla húmeda tirada en el suelo, tazas sucias en la mesita de noche, y el aire estaba viciado por el humo rancio y el empalagoso olor de unos lirios que estaban marchitándose en un jarrón junto a la ventana.

Sin pensarlo, he comenzado a ordenar la habitación. He hecho la cama y he colgado la toalla en el baño contiguo. Estaba de rodillas, recogiendo un plato sucio que había debajo de la cama, cuando he oído tu voz y ha sido como si un puñal me atravesara el pecho.

—¿Qué diablos crees que estás haciendo?

Jules

Me he puesto de pie con una sonrisa triunfal porque lo sabía. Sabía que estaban equivocados, sabía que no estabas realmente muerta. Ahí estabas tú, en el umbral de la puerta, diciéndome que me largara de una PUTA vez de tu habitación. Tenías dieciséis o diecisiete años, me habías agarrado de la muñeca y tus uñas pintadas se clavaban en mi piel: «¡He dicho que te LARGUES, Julia! ¡Vaca!».

Mi sonrisa se ha desvanecido porque obviamente no eras tú, sino tu hija, cuyo aspecto era prácticamente el mismo que tú tenías cuando eras adolescente. Estaba de pie en el umbral, con una mano en la cadera.

—¿Qué estás haciendo? —ha vuelto a preguntar.

—Lo siento —he dicho—. Soy Jules. No nos conocemos, pero soy tu tía.

—No te he preguntado quién eres —ha replicado ella, mirándome como si yo fuera estúpida—, sino qué estás haciendo. ¿Qué es lo que estás buscando? —Ha echado un vistazo a la puerta del cuarto de baño y, antes de que pudiera responder, ha añadido—: La policía está en el piso de abajo —y, tras dar media vuelta, ha vuelto a marcharse por el pasillo con sus largas piernas, un andar perezoso y las chanclas golpeando el suelo de baldosas a cada paso.

Yo he salido corriendo tras ella.

—Lena —he dicho, poniendo una mano sobre su brazo. Ella lo ha apartado de golpe como si la hubiera quemado y me ha fulminado con la mirada—. Lo siento.

La adolescente ha agachado la mirada al tiempo que se masajeaba con los dedos el lugar en el que la había tocado. En las uñas había restos de una vieja laca azul y las yemas parecían pertenecer a un cadáver. Ha asentido sin mirarme a los ojos.

—La policía tiene que hablar contigo —ha afirmado.

Lena no es como esperaba. Supongo que había imaginado que me encontraría a una niña apesadumbrada y necesitada de consuelo. Pero no es así, claro está. No es una niña, tiene quince años y ya casi es una adulta. En cuanto a lo del consuelo, no parecía necesitarlo para nada; o, al menos, no de mí. Al fin y al cabo, es hija tuya.

Los detectives estaban esperándome en la cocina, de pie junto a la mesa, mirando el puente por la ventana. Un hombre alto con una incipiente barba entrecana y, a su lado, una mujer unos treinta centímetros más baja que él.

El hombre ha dado un paso adelante con la mano extendida mientras me miraba fijamente con unos ojos de color gris pálido.

—Inspector Sean Townsend —se ha presentado. Al estrecharle la mano, he advertido en ella un ligero temblor. Su piel era fría y ajada, como si perteneciera a un hombre mucho mayor—. Lamento su pérdida.

Qué extraño me resulta oír esas palabras. Me las dijeron ayer, cuando vinieron a comunicármelo. Y yo casi se las digo a Lena, pero ahora parecían tener otro sentido. «Su pérdida.» «Ella no está perdida —he querido decirles—. No puede estarlo. No conocen a Nel, no saben cómo es.»

El inspector Townsend ha permanecido un momento a la espera de que yo dijera algo. Era alto, delgado y de facciones afiladas. Parecía como si una pudiera cortarse si se acercaba demasiado a él. Todavía estaba mirándolo cuando me he dado cuenta de que la mujer me observaba con una expresión de compasión en el rostro.

—Sargento Erin Morgan —ha dicho—. Lo siento mucho.

Tenía la piel aceitunada, los ojos oscuros y el pelo tan negro como el ala de un cuervo. Lo llevaba recogido, pero algunos rizos habían escapado y le caían por la frente y por detrás de las orejas, dándole una apariencia algo desarreglada.

—La sargento Morgan será su enlace con la policía —me ha informado el inspector Townsend—. Ella la mantendrá informada de los avances de la investigación.

—¿Hay una investigación? —he preguntado estúpidamente.

La mujer ha asentido y, con una sonrisa, me ha indicado que me sentara a la mesa de la cocina, cosa que he hecho. Los policías se han sentado frente a mí. El inspector Townsend ha bajado la mirada y se ha frotado la muñeca izquierda con la palma derecha con unos movimientos rápidos y bruscos: uno, dos, tres.

La sargento Morgan ha comenzado a hablar. Su tono tranquilo y reconfortante no encajaba con las palabras que salían de su boca.

—El cuerpo de su hermana fue descubierto ayer por la mañana en el río por un hombre que había salido a pasear a los perros —ha empezado. Su acento era londinense, y su voz tan suave como el humo—. Las pruebas preliminares sugieren que llevaba en el agua apenas unas horas. —Se ha volteado hacia el inspector y luego otra vez hacia mí—. Iba completamente vestida y sus heridas son consistentes con las de una caída del acantilado que se eleva por encima de la poza.

—¿Creen que se *cayó*? —he preguntado.

Mi mirada ha pasado de los dos policías a Lena, que me había seguido a la planta baja y se encontraba en el otro lado de la estancia, apoyada en la barra de la cocina. Iba descalza y vestida con unas mallas y una camiseta interior en la que se marcaban sus pronunciadas clavículas y unos incipientes pechos. Nos ignoraba como si todo eso fuera normal y banal. Como si fuera algo que sucediera todos los días. Sujetaba un celular en la mano derecha y navegaba con el pulgar mientras envolvía su pequeño cuerpo con el brazo izquierdo, que apenas tenía la anchura de mi muñeca. Tenía una boca grande y de expresión severa, las cejas negras, y unos mechones de pelo rubio oscuro le caían por la cara.

Debe de haber notado que estaba mirándola, porque de repente ha levantado los ojos hacia mí y los ha abierto como platos, de modo que he apartado la vista.

—Tú no crees que se *cayera*, ¿verdad? —ha dicho haciendo una mueca con los labios—. Sabes que no fue así.

Lena

Estaban todos mirándome y yo quería gritarles y decirles que se largaran de nuestra casa. De *mi* casa. Es mi casa, nuestra casa, nunca será de ella. De la *tía Julia*. Me la he encontrado en mi habitación, registrando mis cosas antes incluso de que nos hubiéramos conocido. Luego ha intentado mostrarse simpática y me ha dicho que lo sentía, como si yo fuera a creer que le importa una mierda.

No he dormido en dos días y no quiero hablar con ella ni con nadie. No quiero su ayuda ni sus estúpidas condolencias. Tampoco se me antoja nada escuchar absurdas teorías sobre lo que le pasó a mamá elaboradas por gente que *ni siquiera la conocía*.

He procurado mantener la boca cerrada, pero cuando han dicho que probablemente se había caído me he enojado porque estaba claro que no había sido así. No se cayó. Ellos no lo comprenden. No fue un accidente fortuito, *lo hizo adrede*. Bueno, supongo que ahora ya no importa, pero creo que todos deberían al menos admitir la verdad.

—No se cayó. Se tiró —les he dicho.

La mujer policía ha comenzado entonces a hacerme estúpidas preguntas sobre por qué aseguraba yo algo así, y que si mi madre estaba deprimida y si lo había intentado alguna otra vez con anterioridad, y, mientras tanto, la tía Julia me miraba con sus tristes ojos castaños como si yo fuera una especie de bicho raro.

—Ya saben que estaba obsesionada con la poza, con todo lo que sucedió ahí y la gente que murió en él. Lo saben. Incluso *ella* lo sabe —he dicho mirando a la tía Julia.

Ella ha abierto la boca y ha vuelto a cerrarla, igual que un pez. Una parte de mí quería contárselo todo, explicárselo con todo lujo de detalles, pero ¿de qué serviría? No creo que sean capaces de comprenderlo.

Sean —el *inspector Townsend*, como se supone que he de llamarlo cuando se trata de asuntos oficiales— ha empezado entonces a hacerle preguntas a Julia: ¿cuándo habló con mi madre por última vez? ¿Cuál era el estado de ánimo de ésta? ¿Había algo que la preocupara? Y la tía Julia le ha mentido como si nada.

—Hacía años que no hablaba con ella —ha dicho, y su rostro se ha sonrojado al hacerlo—. No teníamos relación.

Ella sabía que estaba mirándola y era consciente de que yo sabía que estaba mintiendo, de modo que ha ido poniéndose cada vez más y más colorada. Luego ha intentado desviar la atención dirigiéndose a mí:

—¿Por qué, Lena, por qué dirías tú que se arrojó?

Me he quedado mirándola un largo rato antes de contestar. Quería hacerle saber que la tenía medida.

—Me sorprende que me hagas esa pregunta —he dicho—. ¿No fuiste tú quien le dijo a mi madre que sentía impulsos suicidas?

—No, no, no lo hice, no así exactamente... —ha comenzado a decir ella, negando con la cabeza.

«Mentirosa.»

La mujer policía ha empezado a explicar entonces que por el momento no tenían ninguna prueba que indicara que hubiera sido un acto deliberado y que no habían encontrado ninguna nota.

No he podido evitar reírme.

—¿Creen que dejaría una *nota*? Mi madre nunca habría dejado una absurda nota. Eso habría sido algo demasiado prosaico para ella.

Julia ha asentido.

—Eso es... es cierto. No me cuesta imaginarme a Nel queriendo que todo el mundo se preguntara... Le encantaban los misterios, y le habría encantado ser el centro de uno.

Al oír eso me han entrado ganas de abofetearla. «Zorra estúpida —me habría gustado decirle—. Esto también es culpa tuya.»

Entonces la mujer policía se ha levantado y ha comenzado a servir vasos de agua para todo el mundo y, cuando me ha ofrecido uno, ya no he podido soportarlo más. Sabía que estaba a punto de llorar y no pensaba hacerlo delante de ellos.

Me he ido a mi habitación y, tras cerrar la puerta con el seguro, me he envuelto con una ancha bufanda y he empezado a llorar tan silenciosamente como he podido. He estado intentando no sucumbir al impulso de dejarme llevar y venirme abajo, porque temo que, si lo hago, ya no podré dar marcha atrás.

He tratado de no pensar en ello, pero aun así las palabras no dejan de dar vueltas en mi cabeza: «Lo siento, lo siento, lo siento, ha sido culpa mía». Mirando la puerta de mi habitación, me he puesto a pensar en ese momento del domingo por la noche en el que mamá vino a darme las buenas noches.

—Pase lo que pase, sabes lo mucho que te quiero, ¿verdad, Lena? —dijo.

Yo me di la vuelta y me puse los audífonos, pero sabía que ella seguía ahí de pie, mirándome. Era como si pudiera sentir su tristeza, y en ese momento me alegré porque creía que se la merecía. Ahora daría cualquier cosa, lo que fuera, por poder levantarme y abrazarla y decirle que yo también la quiero y que no fue culpa suya en absoluto y que nunca debería haber dicho que lo era. Si ella tenía la culpa de algo, también yo.

Mark

Ha sido el día más caluroso del año hasta la fecha y, como la Poza de las Ahogadas no era una opción viable por razones obvias, Mark ha optado por ir a nadar río arriba. Había un tramo delante de la casita de los Ward con guijarros de color herrumbroso en la orilla donde el río se ensanchaba y la corriente era rápida y fresca. En el centro, sin embargo, las aguas eran profundas y lo suficientemente frías para dejarte sin respiración y hacer que te ardiera la piel. Un frío de esos que te hacen soltar una carcajada de la impresión.

Y lo ha hecho, ha soltado una carcajada. Era la primera vez que lo hacía en meses. También era la primera vez en todo ese tiempo que iba a nadar. El río había pasado de ser una fuente de placer a un lugar trágico, pero hoy ha vuelto a ser como antes. Hoy le ha parecido adecuado ir a nadar. Desde el momento en el que se ha despertado —más ligero, con la cabeza más despejada, más relajado—, ha sabido que era un buen día para ello. No era tanto como si se hubiera quitado un peso de encima, sino más bien como si al fin se hubiera aflojado una pinza que parecía haber estado presionándole las sienes y amenazando su cordura y su vida.

Una mujer policía fue a verlo a casa. Una agente muy joven de apariencia dulce y un tanto aniñada que le hizo querer contarle cosas que no debería. Callie Algo, se llamaba. Mark la invitó a entrar y le explicó la verdad. Le dijo que había visto a Nel salir del pub el domingo por la tarde. No mencionó que él había ido ahí con la intención de encontrársela, eso no era importante. También le dijo que habían hablado, pero que sólo lo habían hecho un momento porque Nel tenía prisa.

—¿De qué hablaron? —preguntó la policía.

—Su hija, Lena, es una de mis alumnas. El semestre pasado tuve algunos problemas con ella; asuntos de disciplina, ese tipo de cosas... En septiembre volverá a estar en mi clase. Es un año muy importante para Lena porque se graduará de la secundaria, de modo que quería asegurarme de que no íbamos a tener más problemas.

Suficientemente cierto.

—Me dijo que no tenía tiempo, que tenía otras cosas que hacer. —Eso también era verdad, aunque no toda ni nada más que la verdad.

—¿No tenía tiempo para comentar los problemas de su hija en la escuela? —le preguntó la agente.

Mark se encogió de hombros con una sonrisa triste.

—Algunos padres se involucraban bastante más que otros —dijo.

—¿Sabe adónde fue cuando se marchó del pub? ¿Tomó el coche?

Él negó con la cabeza.

—No, creo que se fue a casa. Se alejó a pie en esa dirección.

La agente asintió.

—Y ¿después de eso ya no volvió a verla? —preguntó.

Mark negó con la cabeza.

De modo que una parte era cierta y otra mentira, pero en cualquier caso la agente pareció quedar satisfecha: le dio una tarjeta con un número de teléfono para que pudiera llamarla y le dijo que se pusiera en contacto con ella si quería añadir algo más.

—Así lo haré —afirmó él con una sonrisa de oreja a oreja, y ella dio un respingo. Él se preguntó si no la habría exagerado demasiado.

Mark se ha metido en el agua y se ha sumergido hasta que sus dedos han acariciado el suave y limoso lecho del río. Una vez ahí, ha encogido el cuerpo hasta hacerse un ovillo y, luego, con un repentino movimiento explosivo, ha salido de nuevo a la superficie para tomar aire.

Extrañará el río, pero ha llegado el momento de marcharse. Tiene que ponerse a buscar un trabajo, tal vez en Escocia o quizá más lejos aún: Francia, o puede que Italia. Algún lugar en el que nadie sepa de dónde proviene o qué ha sucedido. Sueña con hacer *tabula rasa* y comenzar de nuevo sin imperfección alguna en su pasado.

Al llegar a la orilla ha empezado a notar que la pinza volvía a apretarle las sienes. Todavía no está fuera de peligro. Todavía no. Aún está el asunto de la chica. Ésta aún puede causarle problemas, aunque si ha estado callada todo ese tiempo, no parece probable que ahora vaya a romper su silencio. Pueden decirse muchas cosas sobre Lena Abbott, pero es leal y mantiene su palabra. Y tal vez ahora, libre de la tóxica influencia de su madre, acabe convirtiéndose en una persona decente.

Ha permanecido un rato sentado en la orilla del río con la cabeza inclinada, escuchando el melódico rumor de las aguas y sintiendo los rayos del sol en los hombros. La euforia que sentía se ha ido evaporando junto con el agua que mojaba su espalda, pero en su lugar ha quedado otra cosa. No exactamente esperanza, pero sí la silenciosa premonición de que ésta es al menos posible.

De repente ha oído un ruido y ha levantado la mirada. Alguien se estaba acercando a mí. Ha reconocido su figura y la agonizante lentitud de su paso, y el corazón ha comenzado a latirle con fuerza. Louise.

Louise

Había un hombre sentado a la orilla del río. Al principio ella ha pensado que estaba desnudo, pero cuando se ha puesto de pie ha podido ver que llevaba un traje de baño, corto y ajustado. Ha notado asimismo que se fijaba en él, en su carne, y se ha sonrojado. Era el señor Henderson.

Para cuando ha llegado a su lado, él ya se había atado una toalla a la cintura y, tras ponerse una camiseta, ha dado un paso hacia ella con la mano extendida.

—¿Cómo está, señora Whittaker?

—Louise —ha dicho ella—. Por favor.

Él ha agachado la cabeza con una media sonrisa.

—¿Cómo estás, Louise?

Ella ha intentado devolverle la sonrisa.

—Ya sabes... —Pero él no lo sabía. Nadie lo sabía—. Ellos te dicen... ¡*Ellos*, hay que ver cómo hablo! Me refiero a los terapeutas... Te dicen que habrá días buenos y días malos, y que hay que sobrellevarlos.

Mark ha asentido, pero luego ha apartado la mirada y ella se ha dado cuenta de que sus mejillas se sonrojaban. Se sentía violento.

Le ocurría a todo el mundo. Antes de que su vida se hiciera añicos no se había percatado de lo incómodo que era el dolor, de lo inoportuno que resultaba para todos aquellos con quienes la persona de luto interactuaba. Al principio era algo que la gente reconocía, respetaba y tenía en cuenta. Al cabo de un tiempo, sin embargo, se convertía en un obstáculo y se interponía en la conversación, en las risas, en la vida normal. Todo el mundo quería olvidarse de ello y seguir con su vida, y ahí se quedaba una, en medio del camino, impidiendo el paso, con el cadáver de su hija muerta a rastras.

—¿Qué tal está el agua? —ha preguntado ella, y él se ha sonrojado todavía más. El agua, el agua, el agua... En ese pueblo era imposible escapar de ella—. Supongo que fría...

Él ha sacudido la cabeza como un perro mojado.

—¡Brrr! —ha dicho, y se ha reído con timidez.

Entre ambos había un asunto que estaban evitando y ella ha tenido la sensación de que debía abordarlo.

—¿Te has enterado de lo de la madre de Lena? —Como si hubiera podido no hacerlo. Como si alguien pudiera vivir en ese pueblo y no haberse enterado.

—Sí, es terrible. Realmente terrible. Estoy en *shock* —ha dicho él, y se ha quedado callado. Pero como Louise no ha contestado, ha seguido hablando—: Bueno..., es decir..., sé que tú y ella... —Sus palabras han ido apagándose y ha echado un vistazo a su coche por encima del hombro. Se moría de ganas de marcharse, el pobrecillo.

—¿No nos llevábamos muy bien? —ha señalado Louise, quien no dejaba de juguetear con la cadenita que llevaba al cuello, jalando adelante y atrás del colgante, un pájaro azul—. No, en efecto. Pero de todos modos...

«De todos modos» era lo máximo que estaba dispuesta a decir al respecto. Lo de que no se llevaban bien era un ridículo eufemismo, pero tampoco hacía falta entrar en detalles. El señor Henderson conocía la enemistad que había entre ambas y ella no pensaba fingir que se sentía infeliz porque Nel Abbott hubiera encontrado su final en las aguas del río. No podía ni quería.

Louise opinaba que los terapeutas no decían más que tonterías, y estaba convencida de que no volvería a disfrutar de un día bueno el resto de su vida. Sin embargo, en las últimas veinticuatro horas había habido ocasiones en las que le había costado que no se notara la alegría que sentía.

—Supongo que, de un modo retorcido, resulta extrañamente adecuado, ¿no? —ha dicho el señor Henderson.

Louise ha asentido con gesto adusto.

—Tal vez es lo que le habría gustado. Tal vez es lo que quería.

Mark ha fruncido el ceño.

—¿Crees que...? ¿Crees que fue deliberado?

Louise ha negado con la cabeza.

—La verdad es que no tengo ni idea.

—No. No. Claro que no. —Él se ha quedado un momento callado y luego ha proseguido—: Bueno, al menos ahora lo que estaba escribiendo no se publicará, ¿no? El libro ese en el que estaba trabajando sobre la poza..., no llegó a terminarlo, ¿verdad? Así que no puede ser publicado...

Louise lo ha fulminado con la mirada.

—¿Eso crees? Yo diría que la forma en la que ha muerto lo ha vuelto todavía más publicable. ¿La mujer que estaba escribiendo un libro sobre la gente que ha muerto en la Poza de las Ahogadas se ahoga en el mismo? Estoy segura de que alguien querrá publicarlo.

Mark se ha mostrado horrorizado.

—Pero Lena... Seguro que Lena... Ella no querrá que...

Louise se ha encogido de hombros.

—¿Quién sabe? —ha dicho—. Supongo que en ese caso sería ella quien recibiera las regalías. —Tras decir eso, ha exhalado un suspiro—. Bueno, debería ir volviendo a casa, señor Henderson.

Ella le ha dado unas palmaditas en el brazo y él ha colocado la mano encima de la de Louise.

—Lo siento mucho, señora Whittaker —ha dicho, y ella no ha podido evitar sentirse conmovida al ver que había lágrimas en los ojos del pobre.

44

—Louise —ha replicado ella—. Llámame Louise. Y, lo sé, sé que lo sientes.

Louise ha emprendido el camino de vuelta a casa. Ese paseo arriba y abajo del sendero del río le llevaba horas —y con ese calor parecía todavía más largo—, pero no se le ocurría otra forma de ocupar sus días. No era que no tuviera cosas que hacer. Debía ponerse en contacto con los agentes inmobiliarios y buscar escuelas. Tenía asimismo una cama que deshacer y un armario lleno de ropa que meter en cajas. Y también un hijo que necesitaba los cuidados de una madre. Mañana, quizá. Mañana haría todas esas cosas. Hoy se limitaría a pasear junto al río y a pensar en su hija.

Hoy ha hecho lo que hacía todos los días. Ha rebuscado en su inútil memoria señales que se le hubieran podido pasar por alto. Banderas rojas que hubiera ignorado despreocupadamente. Ha buscado pruebas o indicios de tristeza en la feliz vida de su hija. Porque la verdad era que nunca se habían preocupado por Katie. Ésta era inteligente, capaz, resuelta, y poseía una voluntad de hierro. Se había zambullido en la adolescencia como si nada, sin dejarse llevar por sus vaivenes emocionales. En todo caso, era Louise quien a veces se había sentido triste porque Katie apenas parecía necesitar a sus padres. Nada conseguía alterarla. Ni la escuela, ni la empalagosa atención que requería su emocionalmente necesitada mejor amiga, ni su repentina y casi sorprendente entrada en la belleza adulta. Louise todavía podía recordar con claridad la intensa y afrentosa vergüenza que ella había sentido cuando los hombres comenzaron a mirar su cuerpo al llegar a la adolescencia. Katie, en cambio, no había mostrado nada de eso. Eran épocas diferentes, solía decirse Louise a sí misma. Ahora las chicas eran distintas.

No, ella y su marido Alec no se habían preocupado por Katie. Lo habían hecho por Josh. Éste siempre había sido un niño sensible y nervioso, pero algo parecía haber cambiado ese año. Había algo que lo inquietaba. Se había vuelto más reservado, más introvertido. Se diría incluso que cada día lo era un poco más. Temían un posible acoso escolar, el empeoramiento de sus calificaciones, las oscuras sombras que había bajo sus ojos por las mañanas.

Y la verdad es —la verdad debe ser— que, mientras estaban preocupándose de su hijo, había sido su hija quien había tropezado. Y no se habían dado cuenta. No habían estado ahí para sujetarla. La culpa que sentía Louise era como una piedra en la garganta. Siempre tenía la sensación de que terminaría ahogándola, pero nunca llegaba a hacerlo. Ni lo haría. De modo que tenía que seguir respirando. Respirando y recordando.

La noche anterior a su muerte, Katie estuvo muy callada. Josh se había quedado a dormir en casa de su amigo Hugo. Entre semana no solían permitírselo, pero ese día hicieron una excepción porque estaban preocupados por él y querían aprovechar la oportunidad para hablar de ello con Katie. Le preguntaron a ésta si se había dado cuenta de lo inquieto que parecía su hermano últimamente.

—Supongo que está preocupado por tener que ir a la preparatoria el año que viene —dijo ella, pero lo hizo sin mirar a sus padres, manteniendo la mirada en el plato y con un ligero temblor en la voz.

—Pero la secundaria no debería asustarlo —repuso Alec—. La mitad de su salón estará ahí. Y tú también.

Y Louise recordaba que, cuando Alec dijo eso, los dedos de la mano de su hija apretaron con un poco más de fuerza el vaso de agua que sujetaban. Y también que tragó saliva y cerró los ojos por un segundo.

Fregaron los platos juntas porque el lavaplatos estaba estropeado. Louise los lavaba y Katie los secaba. Recordaba haberle dicho a su hija que no pasaba nada, que podía hacerlo ella sola si tenía tarea, y que ella le había contestado que ya la había terminado. Louise recordaba asimismo que cada vez que su hija tomaba uno de los platos que le daba para secarlo parecía dejar que sus dedos rozaran los de su madre un poco más de lo necesario.

Pero ahora Louise no podía estar segura de si realmente recordaba todas esas cosas. ¿Había bajado Katie la mirada al plato? ¿Había tomado con más fuerza el vaso de agua o dejado que sus dedos rozaran más tiempo los de su madre? Ahora le resultaba imposible saberlo con seguridad. Todos sus recuerdos parecían estar sujetos a la duda, a la malinterpretación. No sabía si eso se debía al *shock* de haberse dado cuenta de que todo lo que había dado por hecho no lo era para nada, o si su mente había quedado permanentemente empañada a causa de todos los medicamentos que había tomado los días y las semanas posteriores a la muerte de Katie. Louise había engullido puñados y puñados de pastillas en busca de unas pocas horas de alivio tras las que, inevitablemente, terminaba encontrándose de nuevo en plena pesadilla. Al cabo de un tiempo tomó la decisión de que esos ratos de olvido no compensaban el horror que suponía redescubrir una y otra vez la ausencia de su hija.

Tenía la sensación de que podía estar segura de una cosa: cuando Katie le dio las buenas noches, sonrió y la besó como siempre. Luego la abrazó, no más fuerte ni más rato de lo habitual, y dijo:

—Que duermas bien.

¿Cómo pudo, sabiendo lo que estaba a punto de hacer?

El camino ante Louise se ha desdibujado a causa de las lágrimas que oscurecen su vista, de modo que no ha reparado en el acordonado hasta que ha llegado a su lado: «Cordón policial. No pasar». Se hallaba ya a medio camino de la cima de la colina y ha tenido que dar un amplio rodeo por la izquierda para no perturbar el último trozo de tierra que Nel Abbott había pisado.

Con los pies doloridos y el cuero cabelludo empapado de sudor, Louisc ha seguido avanzando pesadamente hasta llegar a la cima y luego ha empezado a descender la colina en dirección a la bienvenida sombra donde el sendero atravesaba la arboleda que había a la orilla de la poza. Más o menos un kilómetro y medio después, ha llegado por fin al puente y ha subido los escalones que conducían a la carretera. Un grupo de chicas se acercaba por la izquierda y, como siempre hacía, no ha podido evitar buscar a su hija entre ellas y ha mirado a ver si descubría su reluciente cabello castaño u oía el sonido de su risa. Se le ha vuelto a romper el corazón.

Las chicas avanzaban con los brazos alrededor de los hombros de sus compañeras, formando un confuso amasijo de carne aterciopelada, y Louise ha visto que en el centro estaba Lena Abbott. Lena, tan solitaria en esos últimos meses, se había encontrado con una repentina fama. Ahora ella también sería observada, compadecida y, poco después, dejada de lado.

Louise les ha dado la espalda a las chicas y ha comenzado a subir la colina de vuelta a casa. Ha agachado los hombros y la barbilla con la esperanza de pasar desapercibida y que no la vieran, pues la visión de Lena Abbott era para ella algo terrible que llevaba a su mente imágenes espantosas. La chica, sin embargo, la ha divisado y ha empezado a llamarla a gritos:

—¡Louise! ¡Señora Whittaker! ¡Por favor, espere!

Louise ha intentado caminar más rápido, pero le pesaban las piernas, su corazón estaba tan desinflado como un viejo globo, y Lena era joven y fuerte.

—Me gustaría hablar con usted, señora Whittaker.

—Ahora no, Lena, lo siento.

Ella la ha tomado de un brazo, pero Louise lo ha apartado. No podía mirarla.

—Lo siento mucho. Ahora no puedo hablar contigo.

Louise se había convertido en un monstruo. Una criatura vacía que no era capaz de consolar a una chica que acababa de quedarse sin madre, o que —peor, mucho peor— no podía mirarla sin pensar: «¿Por qué no tú? ¿Por qué no fuiste tú la que apareció en el agua, Lena? ¿Por qué no fuiste tú? ¿Por qué mi Katie? Ella era amable, dulce, generosa, trabajadora y resuelta. Mejor que tú en todos los aspectos. Nunca debería haber terminado en el agua. Deberías haber sido tú».

La Poza de las Ahogadas,
de Danielle Abbott
(Inédito)

Prólogo

Cuando tenía diecisiete años, salvé a mi hermana de morir ahogada.

Pero, lo crean o no, no fue ahí donde empezó todo esto.

Hay personas que se sienten atraídas por el agua, que conservan un sentido vestigial y primigenio del lugar por el que fluye. Creo que yo soy una de ellas. Las ocasiones en las que me siento más viva son aquellas en las que estoy cerca del agua, aquellas en las que estoy cerca de esta agua. Éste es el lugar en el que aprendí a nadar, el lugar en el que aprendí a habitar la naturaleza y mi cuerpo de la forma más dichosa y placentera.

Desde que me mudé a Beckford en el año 2008, he nadado en el río casi a diario, en invierno y en verano, a veces con mi hija y otras sola, y ha terminado por obsesionarme la idea de que este lugar, para mí de éxtasis, pueda ser para otros un lugar de temor y horror.

Cuando tenía diecisiete años, salvé a mi hermana de morir ahogada, pero mucho antes de eso yo ya estaba obsesionada con la poza de Beckford. A mis padres les gustaba contar historias, sobre todo a mi madre, y fue en boca de ésta que oí por primera vez la trágica historia de Libby, el estremecedor asesinato que tuvo lugar en la casita de campo de los Ward o el terrible relato del chico que vio saltar al vacío a su madre. Le pedía que me contara esas historias una y otra vez, y recuerdo la consternación de mi padre («Esas historias no son para niñas») y la resistencia de mi madre («¡Claro que lo son! Forman parte del folclore del pueblo»).

Eso plantó una semilla en mí y, mucho antes de que mi hermana se metiera en el agua, mucho antes de que yo tomara una cámara o mi pluma surcara el papel, me pasé horas soñando despierta e imaginando cómo debieron de suceder esas historias, qué debieron de sentir sus protagonistas, cuán fría debía de estar el agua ese día para Libby.

De adulta, el misterio que me ha consumido es, claro está, el de mi propia familia. No debería ser un misterio, pero lo es, pues a pesar de mis esfuerzos por construir puentes entre ambas, mi hermana hace años que no me dirige la palabra. En el pozo de su silencio, he intentado imaginar qué fue lo que la llevó al río en mitad de la noche, pero ni siquiera yo, con mi singular imaginación, he conseguido averiguarlo. Y es que mi hermana nunca fue dada al dramatismo ni a los gestos exagerados. Podía, eso sí, ser taimada, maliciosa y tan vengativa como el agua misma, pero sigo confundida. Me pregunto si siempre lo estaré.

Durante el proceso de intentar comprenderme a mí misma, así como a mi familia y las historias que nos contábamos, decidí que trataría de encontrarles un sentido a todas las historias de Beckford y que escribiría los últimos momentos de todas las vidas de las mujeres que acudieron a la Poza de las Ahogadas de Beckford tal y como yo los imaginaba.

El nombre mismo del lugar ya está cargado de connotaciones, y, sin embargo, ¿qué es? Un recodo del río, eso es todo. Un meandro. Lo hallarás si lo sigues en todas sus curvas y sus giros, sus crecidas y sus inundaciones, dando y también quitando vida. El río está alternativamente frío y limpio o estancado y contaminado. Serpentea a través del bosque, corta como el acero las colinas Cheviot y, entonces, justo al norte de Beckford, su corriente se ralentiza y, por un momento, descansa en la Poza de las Ahogadas.

Éste es un paraje idílico: los robles dan sombra al sendero, las hayas y los plátanos salpican las laderas de las colinas y, en la ribera sur, hay una orilla arenosa en pendiente. Un lugar para jugar tenis de *playa o llevar a los niños; el sitio idóneo para hacer un pícnic un domingo soleado.*

Pero las apariencias engañan, pues se trata de un lugar mortal. El agua, oscura y espejeante, oculta lo que hay debajo: algas que pueden enredarse en tus extremidades y arrastrarte al fondo, o puntiagudas rocas que pueden clavarse en tu carne. Y, a un lado, se eleva el gris acantilado de pizarra: un desafío, una provocación.

Éste es el lugar que a lo largo de los siglos se ha cobrado las vidas de Libby Seeton, Mary Marsh, Anne Ward, Ginny Thomas, Lauren Slater, Katie Whittaker y más, muchas más, anónimas y sin rostro. Yo quería preguntar por qué y cómo; saber qué es lo que sus vidas y sus muertes nos dicen sobre nosotros mismos. Hay quienes preferirían no hacer esas preguntas, quienes preferirían acallar, ocultar, silenciar. Pero yo nunca he sido de las que se quedan con la boca cerrada.

En este trabajo, estas memorias de mi vida y de la poza de Beckford, he querido comenzar no con mujeres ahogándose, sino nadando. Porque ahí es donde empieza: con las brujas y su ordalía del agua. Allí, en mi poza, este paraje pacífico y hermoso a menos de un kilómetro de donde me encuentro sentada ahora mismo, es adonde las llevaban, las ataban y las tiraban al río para que se hundieran o nadaran.

Algunos dicen que esas mujeres dejaron algo de sí mismas en el agua y que ésta retiene parte de su poder, pues desde entonces ha atraído a sus orillas a las desafortunadas, las desesperadas, las infelices, las perdidas. Vienen aquí a nadar con sus hermanas.

Erin

Beckford es una localidad absolutamente extraña. Es hermosa y tiene partes impresionantes de verdad, pero es extraña. Parece estar desconectada de cuanto la rodea. Por supuesto, se encuentra a kilómetros de todo y hay que conducir durante horas para llegar a algún lugar civilizado. Eso, en el caso de que se considere Newcastle un lugar civilizado, algo de lo que yo misma no estoy tan segura. Beckford es, pues, una localidad extraña, llena de gente peculiar y con una historia realmente insólita. Y en medio de la misma está ese río, y eso es lo que resulta más extraño de todo: parece que, allá adonde vaya una, sea cual sea la dirección que tome, de algún modo siempre termina topándose con el río.

También hay algo un poco extraño en el inspector. Es de la localidad, de modo que cabía esperarlo. Lo pensé nada más verlo ayer por la mañana, cuando sacaron el cadáver de Nel Abbott del agua. Estaba de pie en la orilla, con los brazos en la cintura y la cabeza agachada. Estaba hablando con alguien —que resultó ser el médico forense—, pero desde lejos parecía que estuviera rezando. Eso fue lo que pensé: un cura. Un hombre alto y delgado ataviado con ropa oscura y con el agua negra al fondo, el acantilado de pizarra a su espalda y, a sus pies, una mujer pálida y serena.

No estaba serena, por supuesto, sino muerta. No obstante, su rostro no parecía estar deformado por ninguna mueca ni tenía magulladuras. Si una no miraba el resto de su cuerpo, las extremidades rotas o la columna partida, supondría que se había ahogado.

Me presenté y de inmediato pensé que había algo extraño en el inspector: sus ojos llorosos y el ligero temblor de sus manos, que intentaba reprimir frotándose la palma de una contra la muñeca de la otra, me hicieron pensar en mi padre esas mañanas «después de», en las que había que mantener la voz baja y la cabeza agachada.

Mantener la cabeza así parecía una buena idea en cualquier caso. Me había trasladado apresuradamente desde Londres tras una desacertada relación con una colega y llevaba en el norte menos de tres semanas. Para ser honesta, lo único que quería era dedicarme a mis casos y olvidarme de todo el asunto. Estaba convencida de que al principio sólo me encargarían tareas rutinarias, de modo que me sorprendió cuando me incluyeron en el equipo que investigaba el caso de una muerte sospechosa. Una mujer cuyo cadáver había sido encontrado por un hombre que estaba paseando a sus perros. Iba completamente vestida, de modo que no había ido a nadar.

—Lo más seguro es que se haya tirado —me aseguró el inspector—. La han encontrado en la Poza de las Ahogadas de Beckford.

Fue una de las primeras cosas que le pregunté al inspector Townsend:

—¿Cree que se ha tirado?

Él me miró un momento, como si me estudiara, y luego señaló lo alto del acantilado.

—Vayamos ahí arriba —dijo—, busque al agente de la policía científica y pregúntele si han descubierto algo: pruebas de que hubiera alguna pelea, sangre, un arma... Su celular sería un buen punto de partida, ya que no lo lleva consigo.

—Voy.

Mientras comenzaba a caminar, le dirigí un vistazo a la mujer y pensé en lo triste que parecía su rostro desnudo y sin maquillaje.

—Se llama Danielle Abbott —dijo Townsend alzando un poco la voz—. Vive en el pueblo. Es una escritora y fotógrafa bastante exitosa. Tiene una hija de quince años. Así que, respondiendo a su pregunta: no, no creo que sea probable que se haya tirado.

53

Subimos juntos a lo alto del acantilado. Para hacerlo hay que tomar el sendero que sale de la pequeña playa y bordea la poza hasta que tuerce a la derecha, atraviesa una pequeña arboleda y luego inicia una pronunciada pendiente que lleva a la cima. Algunas partes del sendero estaban enlodadas y podían verse las marcas que habían dejado las botas al pisar y resbalar, borrando los rastros de las huellas de pies que hubiera podido haber con anterioridad. En lo alto, el sendero se tuerce de golpe a la izquierda y, tras dejar atrás los árboles, conduce directo al borde del acantilado. Al verlo, se me revolvió el estómago.

—¡Dios mío!

Townsend echó un vistazo por encima de mi hombro. Casi parecía hacerle gracia.

—¿Es que le dan miedo las alturas?

—Siento un miedo perfectamente razonable a tropezar y precipitarme al vacío —repuse—. ¿No debería haber alguna barrera? No es muy seguro que digamos.

El inspector no respondió y siguió adelante con paso decidido, acercándose al borde del acantilado. Yo fui detrás de él, pegada a los matorrales de aulaga para no ver la cristalina superficie del agua que había abajo.

El agente de la policía científica —velludo y con la cara pálida, tal y como siempre parecen ser— no tenía muy buenas noticias.

—No hay sangre, ni armas, ni señales de que tuviera lugar ninguna pelea —declaró encogiéndose de hombros—. Tampoco restos de basura reciente. En cuanto a su cámara, está dañada. Y en ella no está la tarjeta SD.

—¿Su cámara?

Velludo se dirigió a mí.

—¿Puede creerlo? Instaló una cámara de esas que se activan con el movimiento como parte del proyecto en el que estaba trabajando.

—¿Por qué?

Se encogió de hombros.

—¿Para filmar a las personas que venían aquí arriba y ver qué hacían? A veces rondan por el lugar bichos raros, ya sabe, por la historia del sitio. O quizá quería filmar a un suicida en el acto...
—Hizo una mueca.

—¡Dios mío! Y ¿alguien ha destrozado su cámara? Eso parece... inoportuno.

El tipo asintió.

Townsend exhaló un suspiro y se cruzó de brazos.

—Cierto, aunque eso no significa necesariamente nada. Su equipo ha sido destrozado con anterioridad. El proyecto en el que trabajaba tenía sus detractores en el pueblo. De hecho, ni siquiera estoy seguro de que llegara a reemplazar la cámara después de la última vez. —El inspector se acercó un par de pasos al borde del acantilado y echó un vistazo. La cabeza comenzó a darme vueltas—. Pero hay otra, ¿no? Oculta en algún lugar de ahí abajo. ¿Alguien la ha visto?

—Sí, parece estar intacta. La llevaremos a la comisaría, pero...

—En ella no encontraremos nada.

Velludo volvió a encogerse de hombros.

—Puede que la veamos caer al agua, pero no nos mostrará qué sucedió aquí arriba.

Habían pasado más de veinticuatro horas desde entonces y no parecíamos estar más cerca de averiguar lo que realmente había sucedido allí arriba. El celular de Nel Abbott no había aparecido, lo cual resultaba extraño. Aunque quizá no tanto. Si había saltado, cabía la posibilidad de que antes se hubiera deshecho de él. O si, por el contrario, se había caído, podía ser que todavía estuviera en el agua, tal vez se hubiera hundido en el cieno o se lo hubiese llevado la corriente. Y si la empujaron, quienquiera que lo hubiera hecho podría habérselo quitado antes, claro está, aunque, a juzgar por la falta de señales de que hubiera tenido lugar alguna refriega en lo alto del acantilado, no parecía probable que alguien se lo hubiera quitado por la fuerza.

Después de llevar a Jules (NO Julia, al parecer) al hospital para que realizara la identificación oficial del cadáver, me he perdido. A ella la he dejado en la Casa del Molino y, cuando creía que estaba dirigiéndome de vuelta a la comisaría, me he dado cuenta de que no era así: de algún modo, después de cruzar el puente debo de haber dado una vuelta en algún lugar y me he encontrado de nuevo con el río. En cualquier caso, cuando estaba consultando en el celular qué dirección se suponía que debía tomar, he visto a un grupo de chicas caminando por el puente. En un momento dado, Lena, una cabeza más alta que las demás, se ha separado de ellas.

He dejado el coche y he ido tras ella. Había algo que quería preguntarle, algo que su tía había mencionado, pero, antes de alcanzarla, ha comenzado a discutir con alguien, una mujer de unos cuarenta y pico años. En un momento dado, Lena la ha agarrado del brazo y la mujer lo ha apartado y se ha llevado las manos a la cara, como si tuviera miedo de que le pegara. Luego se han separado abruptamente y Lena se ha ido hacia la izquierda y la mujer se ha marchado colina arriba. Yo he seguido a Lena, pero ella se ha negado a decirme a qué se había debido todo eso. Ha insistido en que no había pasado nada malo, que no había sido ninguna discusión y que, de todos modos, tampoco era de mi incumbencia. Se ha mostrado bravucona, pero su rostro estaba cubierto de lágrimas. Yo me he ofrecido a llevarla a casa, pero ella me ha dicho que me fuera a la mierda.

De modo que eso he hecho. He conducido de vuelta a la comisaría y le he contado a Townsend mis impresiones sobre la identificación formal que Jules Abbott había hecho del cadáver.

En términos generales la identificación había sido extraña.

—No ha llorado —le he contado al jefe, y él ha hecho un leve movimiento con la cabeza como diciendo: «Bueno, eso es normal»—. No ha sido nada normal —he insistido—. Su *shock* no era en absoluto normal. Se ha comportado de un modo realmente raro.

Él se ha removido en el asiento. Estaba sentado detrás de un escritorio en una pequeña oficina que había al fondo de la comisaría, e incluso su cuerpo parecía demasiado grande para esa estancia, como si al levantarse fuera a golpearse la cabeza con el techo.

—¿En qué sentido?

—Es difícil de explicar. Era como si estuviera hablando sin hacer ningún sonido. Y no me refiero a sollozos silenciosos. Ha sido muy extraño. Movía los labios como si estuviera diciendo algo... O, mejor dicho, como si estuviera hablando con alguien. Manteniendo una conversación.

—Pero ¿no ha oído nada?

—Nada.

Townsend ha echado un vistazo a la pantalla de la *laptop* que tenía delante y luego ha vuelto a mirarme a mí.

—Y ¿eso ha sido todo? ¿No le ha contado nada? ¿Algo que pueda resultarnos útil?

—Ha preguntado por un brazalete. Al parecer, Nel tenía uno que pertenecía a su madre y que llevaba siempre puesto. O, al menos, lo llevaba la última vez que Jules vio a Nel, lo cual sucedió hace años.

Townsend ha asentido al tiempo que se rascaba la muñeca.

—No hemos encontrado ninguno entre sus pertenencias, lo he comprobado. Llevaba un anillo, pero ninguna joya más.

El inspector se ha quedado en silencio tanto rato que he pensado que tal vez la conversación había terminado. Estaba a punto de marcharme del despacho cuando de repente ha dicho:

—Debería preguntarle a Lena por el brazalete.

—Ésa era mi intención —he contestado—, pero ella no se ha mostrado especialmente interesada en hablar conmigo. —Y entonces le he contado lo de nuestro encuentro en el puente.

—Esa mujer —ha dicho él—. Descríbamela.

Y eso he hecho: cuarenta y pocos años, algo rellenita, pelo oscuro, con un suéter largo de color rojo a pesar del calor.

Townsend se ha quedado mirándome largo rato.

—¿Y bien? ¿Le suena? —he preguntado.

—Oh, sí —ha respondido él, mirándome como si fuera una niña particularmente tontita—. Es Louise Whittaker.

—¿Y ella es...?

Él ha fruncido el ceño.

—¿Es que no ha leído el expediente del caso?

—Pues la verdad es que no —he dicho yo. Me han entrado ganas de señalarle que, como local que era, ponerme al día de cualquier antecedente que pudiera ser relevante podía considerarse que era su trabajo.

Él ha exhalado un suspiro y ha comenzado a teclear algo en su computadora.

—Debería ponerse las pilas con todo esto. Écheles un vistazo a los archivos. —Ha pulsado la tecla «Enter» con especial fuerza, como si estuviera utilizando una máquina de escribir y no una iBook con pinta de ser cara—. Y también debería leer el manuscrito de Nel Abbott. —Ha levantado la mirada hacia mí y ha fruncido el ceño—. ¿El proyecto en el que estaba trabajando? Si no me equivoco, iba a ser una especie de libro ilustrado. Con fotografías y narraciones sobre Beckford.

—¿Una historia local?

Él ha exhalado un sonoro suspiro.

—Algo así. Su interpretación sobre los acontecimientos. De una selección de los mismos. Su..., digamos, visión de las cosas. Como le he comentado, no es algo que le hiciera especial ilusión a la gente local. En cualquier caso, tenemos copias de lo que había escrito hasta el momento. Uno de los agentes le conseguirá una. Pídasela a Callie Buchan, la encontrará en recepción. La cuestión es que uno de los casos sobre los que escribió fue el de Katie Whittaker, una chica que se suicidó el pasado junio. Katie era amiga íntima de Lena Abbott, y Louise, su madre, había sido amiga de Nel. Al parecer, se distanciaron a causa del enfoque del trabajo de ésta. Y, más adelante, cuando murió Katie...

—Louise le echó la culpa —he dicho—. La consideraba responsable.

Él ha asentido.

—Sí, así es.

—Entonces debería ir a hablar con ella, con Louise.

—No —ha contestado él sin apartar los ojos de la pantalla—. Ya lo haré yo. La conozco. Llevé la investigación de la muerte de su hija.

Ha vuelto a quedarse callado durante largo rato. En ningún momento ha dicho que el encuentro hubiera terminado, de manera que al final he sido yo quien ha hablado.

—¿Alguna sospecha sobre la posibilidad de que hubiera alguien más involucrado en la muerte de Katie?

Él ha negado con la cabeza.

—Ninguna. No parecía haber ninguna razón clara, pero, como bien sabe, muchas veces no la hay. Al menos, no una que tenga sentido para aquellos que el suicida deja detrás. Sí escribió una nota de despedida. —Townsend se ha pasado una mano por los ojos—. Fue una auténtica tragedia.

—Entonces ¿este año han muerto dos mujeres en ese río? —he dicho—. ¿Dos mujeres que se conocían, que estaban relacionadas...? —El inspector no ha respondido, tampoco me ha mirado, y ni siquiera estoy segura de que me haya oído—. ¿Cuántas personas han muerto en el río? En total, quiero decir.

—¿Desde cuándo? —ha preguntado él, negando otra vez con la cabeza—. ¿Hasta dónde quiere que retrocedamos?

Lo dicho: absolutamente extraño.

Jules

Siempre te he tenido un poco de miedo. Tú lo sabías y disfrutabas de ello, disfrutabas del poder que te proporcionaba sobre mí. Por eso creo que, a pesar de las circunstancias, habrías disfrutado de lo de esta tarde.

Me han pedido que identificara tu cadáver. Lena se había ofrecido voluntaria, pero le han dicho que no, de modo que he tenido que aceptar yo. No había nadie más. Y, si bien no quería verte, sabía que debía hacerlo, porque eso sería mejor que imaginarte; los horrores que es capaz de concebir una mente son siempre mucho peores que la realidad. Y necesitaba verte porque ambas sabemos que no lo habría creído, que no habría sido capaz de convencerme de que habías muerto hasta que lo viera con mis propios ojos.

Yacías sobre una camilla en medio de una fría sala y una sábana de color verde pálido cubría tu cuerpo. Un hombre joven vestido con una bata nos ha saludado a mí y a la sargento con un movimiento de cabeza. Ella le ha devuelto el saludo. Cuando el tipo ha extendido la mano para apartar la sábana, no he podido evitar contener el aliento. No recuerdo haberme sentido así de asustada desde que era niña.

Estaba convencida de que te levantarías de un salto.

Pero no lo has hecho. Estabas inmóvil y hermosa. Tu rostro siempre fue muy expresivo —ya fuera por alegría o por malicia—, y todavía podían percibirse restos de ello; tú eras todavía

60

tú, todavía perfecta, y de repente he tomado conciencia: habías saltado.

¿*Tú* habías saltado?

¿Tú *habías saltado*?

Esas palabras sonaban mal en mi boca. Tú no saltarías. Nunca lo harías, ése no es el modo de hacerlo. Eso es lo que *tú* me dijiste. El acantilado no es lo bastante alto. Sólo hay cincuenta y cinco metros desde la cima hasta el agua, si alguien salta puede sobrevivir a la caída. De modo que, si alguien pretende hacerlo, dijiste, si realmente pretende hacerlo, ha de asegurarse. Debe hacerlo de cabeza. Si alguien realmente pretende hacerlo, no ha de saltar: ha de tirarse de cabeza.

Y, a no ser que realmente pretenda hacerlo, añadiste, ¿por qué saltar? No hay que ir de turista. A nadie le gustan los turistas.

Quien lo haga puede sobrevivir a la caída, pero eso no significa que vaya a hacerlo. Aquí estás tú, al fin y al cabo, y tú no te tiraste de cabeza. Lo hiciste de pie, y así estás ahora: tus piernas están rotas, tu espalda está rota, tú estás rota. ¿Qué significa esto, Nel? ¿Significa que de repente te entró miedo? (Algo nada habitual en ti.) ¿No pudiste soportar la idea de tirarte de cabeza y arruinar tu hermoso rostro? (Siempre fuiste muy vanidosa.) No le encuentro el sentido. No es normal en ti hacer lo que dijiste que no harías, ir en contra de ti misma.

(Lena dijo que aquí no hay ningún misterio, pero ¿qué sabrá ella?)

Te he tomado de la mano un momento para sentirla entre las mías, no sólo porque estuviera muy fría, sino también porque no reconocía su forma, su tacto. ¿Cuándo fue la última vez que lo hice? ¿Quizá cuando tomaste la mía en el funeral de mamá? Recuerdo haberme apartado de ti y haberme volteado hacia papá. Recuerdo la cara que pusiste. (¿Qué esperabas?) Mi corazón se volvió de madera y su latido se ralentizó hasta convertirse en un triste tamborileo.

Alguien ha dicho algo:

—Lo siento, pero no puede tocarla.

Podía oír el zumbido del fluorescente que había en el techo, iluminando tu piel, pálida y gris sobre el acero de la camilla. He colocado un pulgar encima de tu frente y luego lo he pasado por el costado de tu rostro.

—No la toque, por favor. —La sargento Morgan estaba justo detrás de mí. Podía oír su respiración, lenta y regular, por encima del zumbido de los fluorescentes.

—¿Dónde están sus cosas? —he preguntado—. La ropa que llevaba. Sus joyas.

—Se las devolverán más adelante —ha señalado la sargento Morgan—, después de que la policía científica las haya analizado.

—¿Había un brazalete? —he preguntado.

Ella ha negado con la cabeza.

—No lo sé, pero todo lo que llevaba se lo devolverán.

—Debería haber un brazalete —he dicho en voz baja con los ojos puestos en ti—. Un brazalete de plata con el cierre de ónix. Pertenecía a mamá y tenía grabadas sus iniciales: «SJA». Sarah Jane. Mamá lo llevaba siempre. Y luego tú. —La sargento se ha quedado mirándome—. Es decir, ella. Quiero decir que lo llevaba Nel.

He vuelto a bajar la mirada hacia ti, a tu delgada muñeca, al lugar en el que el cierre de ónix debería haber descansado sobre las venas azules. Quería volver a tocarte, sentir tu piel. Tenía la impresión de que podía despertarte. He susurrado tu nombre y he esperado que te estremecieras y que tus ojos se abrieran con un parpadeo y me siguieran por la sala. He pensado que tal vez debía besarte por si, como en *La Bella Durmiente*, eso conseguía despertarte, lo que me ha hecho sonreír porque tú habrías odiado la idea. A ti nunca te gustó el rol de princesa, nunca ejerciste de belleza pasiva a la espera de un príncipe, tú eras otra cosa. Tú siempre te ponías de parte de la oscuridad, de la pérfida madrastra, del hada malvada, de la bruja.

En ese momento, he notado la mirada de la sargento y he apretado los labios para reprimir una sonrisa. Tenía los ojos secos y la garganta vacía, de modo que cuando te he susurrado no ha salido ningún sonido de mi boca:

—¿Qué has querido decirme?

Lena

Debería haber ido yo. Soy su familiar más cercano, su hija. La persona que la quería. Debería haber ido yo, pero no me lo han permitido. Me han dejado sola, sin nada que hacer salvo quedarme sentada en una casa vacía y fumar hasta que se me han terminado los cigarrillos. He ido a la tienda del pueblo a comprar más (la mujer gorda que atiende a veces me pide la identificación, pero yo sabía que hoy no lo haría), y entonces he visto a Tanya, a Ellie y a las otras. Venían en contradirección por la carretera.

Su visión me ha puesto enferma, de modo que me he limitado a agachar la cabeza, he dado media vuelta y he comenzado a caminar lo más rápido que he podido, pero ellas me han visto, me han llamado y han corrido más rápido para alcanzarme. No sabía lo que pensaban hacer. Cuando han llegado a mi lado, sin embargo, han empezado a abrazarme y a decir lo mucho que lo sentían, y Ellie ha tenido el descaro de derramar algunas lágrimas falsas. Yo he dejado que me rodearan, me abrazaran y me acariciaran el pelo. Lo cierto es que el contacto físico sentaba bien.

Hemos cruzado el puente. Ellas han propuesto ir a la casita de campo de los Ward a tomar algunas pastillas e ir a nadar.

—Sería como un velatorio. Una especie de celebración —ha afirmado Tanya.

Estúpida idiota. ¿De veras cree que hoy tengo ganas de drogarme e ir a nadar a ese río? He intentado pensar algo que responder, pero entonces he visto a Louise por casualidad y he podido alejarme de ellas sin decir palabra, y no ha habido nada que pudieran hacer al respecto.

Al principio he pensado que no me había oído, pero cuando he llegado a su lado me he dado cuenta de que estaba llorando y no quería que la viera. La he tomado del brazo. No sé por qué, sólo pretendía evitar que se marchara, no se me antojaba que me dejara ahí con esas zorras mirando y fingiendo que se sentían tristes cuando en realidad estaban disfrutando de todo el maldito drama. Ella, sin embargo, ha tratado de liberarse jalando mis dedos uno a uno.

—Lo siento, Lena, ahora no puedo hablar contigo. No puedo hablar contigo —me ha dicho.

Yo he querido contestarle algo como: «Has perdido a tu hija y yo a mi madre. ¿No nos deja eso en condiciones de igualdad? ¿Es que no puedes perdonarme?».

Pero no lo he hecho, y entonces esa inútil mujer policía ha aparecido y ha intentado averiguar acerca de qué estábamos discutiendo, así que le he dicho adónde podía irse y he regresado a casa.

Pensaba que Julia ya estaría de vuelta para cuando yo llegara. ¿Cuánto tiempo se puede tardar en ir al depósito de cadáveres, esperar a que aparten una sábana y decir «Sí, es ella»? Dudo que Julia se haya sentado a su lado y la haya tomado de la mano para consolarla como habría hecho yo.

Debería haber ido yo, pero no me han dejado.

Me he tumbado en la cama en silencio. Ni siquiera puedo escuchar música porque ahora todo parece tener este nuevo significado que antes no percibía, y en estos momentos resulta demasiado doloroso para hacerle frente. No quiero estar llorando todo el rato, hace que me duela el pecho y la garganta, y lo peor es que nadie viene a ayudarme. Ya no hay nadie que pueda ayudarme. Así pues, he permanecido acostada en la cama fumando un cigarrillo tras otro hasta que he oído la puerta de entrada.

Ella no me ha llamado ni nada de eso, pero yo he oído cómo entraba en la cocina y se ponía a abrir y a cerrar armarios, rebuscando entre las cazuelas y los sartenes. Esperaba que viniera a mi habitación, pero al final me he aburrido y he empezado a sentirme mal por haber fumado tanto, y tenía mucha mucha hambre, de modo que he ido a la planta baja.

Ella estaba removiendo algo en la estufa y, cuando se ha dado la vuelta y me ha visto, se ha sobresaltado. Pero no ha sido como cuando alguien te da un susto y luego te ríes; la expresión de miedo ha seguido siendo perceptible en su rostro.

—¡Lena! —ha exclamado—. ¿Estás bien?

—¿La has visto? —le he preguntado.

Ella ha asentido y ha bajado la mirada al suelo.

—Parecía... ella misma.

—Eso es bueno —he dicho—. Me alegro. No me gusta pensar que ella...

—No. No. Y no lo estaba. Magullada, quiero decir. —Se ha dado la vuelta hacia la cocina—. ¿Te gustan los espaguetis a la boloñesa? —me ha preguntado a continuación—. Estoy preparando..., eso es lo que estoy haciendo.

Me gustan, pero no he querido decírselo, de modo que no he contestado. En vez de eso, le he preguntado:

—¿Por qué le has mentido a la policía?

Ella se ha volteado de golpe, y de la cuchara de madera que sostenía en la mano ha caído un poco de salsa roja en el suelo.

—¿Qué quieres decir, Lena? Yo no he mentido...

—Sí lo has hecho. Les has dicho que mi madre y tú no hablaban nunca, que no tenían contacto alguno desde hacía años...

—Y así es. —Su rostro y su cuello se han ruborizado, y las comisuras de la boca se han curvado hacia abajo como las de un payaso. Y entonces lo he visto, he percibido esa fealdad de la que hablaba mamá—. Nel y yo no tuvimos ningún contacto significativo desde...

—Te llamaba muy a menudo.

—No muy a menudo. Ocasionalmente. Y, en cualquier caso, no hablábamos.

—Sí, ya me dijo que te negabas a hablar con ella por más que lo intentara.

—Es un poco más complicado que eso, Lena.

—¿En qué sentido? —he respondido—. ¡Dilo! —Ella ha apartado la mirada—. Esto es culpa tuya, ¿sabes?

Ella ha dejado a un lado la cuchara y ha dado un par de pasos hacia mí con los brazos en la cintura y una expresión de preocupación en el rostro, como una profesora que está a punto de decirte lo decepcionada que está con tu actitud en clase.

—¿Qué quieres decir? —ha preguntado—. ¿Qué es culpa mía?

—Ella trató de ponerse en contacto contigo, quería hablar contigo, necesitaba...

—Nel no me necesitaba. Nunca lo hizo.

—¡Era infeliz! —he replicado yo—. ¿Es que ni siquiera te importa, carajo?

Ella ha retrocedido un paso y se ha limpiado la cara como si le hubiera escupido.

—¿Por qué era infeliz? Yo no... Nunca me dijo que fuera infeliz.

—Y ¿qué habrías hecho tú si te lo hubiera dicho? ¡Nada! No habrías hecho nada, como siempre. ¡Como cuando la abuela murió y tú te portaste fatal con ella, o cuando nos mudamos y ella te invitó a visitarnos, o cuando te pidió que vinieras para mi cumpleaños y ni siquiera contestaste! Simplemente la ignorabas, como si no existiera. A pesar de que sabías que ella no tenía a nadie más, a pesar...

—Te tenía a ti —ha dicho Julia—. Yo nunca sospeché que fuera infeliz. Yo...

—Pues lo era. Ya ni siquiera quería ir a nadar.

Ella se ha quedado muy quieta y ha volteado la cabeza hacia la ventana como si hubiera oído algo fuera.

—¿Qué? —ha preguntado, pero no estaba mirándome a mí. Era como si estuviera mirando a otra persona, o su reflejo—. ¿Qué has dicho?

—Que dejó de nadar. Siempre iba a una piscina o al río, todos los días, era lo que más le gustaba, era una nadadora. Todos y cada uno de los días, incluso en invierno, cuando hace un frío del carajo y hay que romper el hielo de la superficie. Y, de repente, dejó de hacerlo. Sin más. Así de infeliz se sentía.

Julia se ha quedado callada un momento, ahí de pie, mirando por la ventana, como si hubiera visto a alguien.

—¿Sabes...? ¿Sabes si había contrariado a alguien? ¿O si alguien estaba molestándola a ella, o...?

He negado con la cabeza.

—No. Me lo habría dicho. Me habría advertido.

—¿Seguro? —ha preguntado Julia—. Porque ya sabes que Nel..., tu madre... a veces podía ser algo difícil, ¿verdad? Es decir, sabía cómo sacar a la gente de sus casillas, cómo hacerla enojar.

—¡Eso es mentira! —he replicado, aunque a veces sí lo hacía, pero sólo con los imbéciles, sólo con aquellos que no la comprendían—. Tú no la conocías para nada, tú nunca la entendiste. No eres más que una zorra celosa. Lo eras de joven y todavía lo eres ahora. Dios mío, no sirve de nada hablar contigo.

Me he marchado de casa a pesar de que estaba muriéndome de hambre. Mejor morirse de hambre que sentarse con ella a comer. Habría sido como una traición. No he dejado de pensar en mi madre ahí sentada, hablándole al teléfono sin que nadie contestara al otro lado de la línea. Maldita zorra. Una vez me enojé con mamá y le dije que por qué no lo dejaba por la paz y se olvidaba de ella.

—Está claro que no quiere saber nada de nosotras.

—Es mi hermana, mi única familia —me contestó.

—¿Y yo? —le pregunté entonces—. ¿Qué hay de mí? Yo también soy familia.

Ella se rio y repuso:

—Tú no eres familia. Tú eres *más* que eso. Eres parte de mí.

Una parte de mí ha muerto y ni siquiera me han dejado verla. No me han permitido tomarla de la mano, ni darle un beso de despedida, ni decirle cuánto lo siento.

Jules

No he ido detrás de Lena. Lo cierto es que no quería hacerlo. No sé lo que quería, de modo que me he quedado ahí de pie, en los escalones de la entrada, frotándome los brazos con las manos y dejando que mis ojos se acostumbraran poco a poco a la oscuridad reinante.

Sabía lo que no quería: no quería discutir con ella, no quería seguir escuchándola. ¿Culpa mía? ¿Cómo podía ser eso culpa mía? Nunca me dijiste que fueras infeliz. Si lo hubieras hecho, te habría escuchado. En mi cabeza, estabas risueña. Si me hubieras dicho que habías dejado de ir a nadar, Nel, habría sabido que algo iba mal. Nadar era esencial para tu cordura, eso fue lo que me dijiste; sin ello, te vendrías abajo. Nada te mantenía alejada del agua, del mismo modo que nada podía arrastrarme a mí a ella.

Salvo que algo lo hizo. Algo debió de hacerlo.

De repente he sentido un hambre voraz. Por alguna razón, de pronto tenía un tremendo apetito que saciar. He vuelto a entrar en la casa y me he servido un plato de espaguetis a la boloñesa, y a continuación otro, y luego un tercero. He comido y comido hasta que, asqueada conmigo misma, he subido al piso de arriba.

Me he arrodillado en el cuarto de baño con la luz apagada. Una costumbre que había abandonado hacía mucho, pero tan antigua que casi me ha resultado reconfortante. De rodillas en la oscuridad, he empezado a vomitar con los ojos llorosos y las venas de la cara a punto de estallar por la tensión. Cuando por fin he sentido que ya no tenía nada más dentro, me he puesto de pie, he jalado la cadena y me he mojado la cara procurando no ver mi mirada en el espejo, sólo para terminar viéndola en el reflejo de la tina que tenía detrás.

Hace más de veinte años que no me sumerjo en el agua. Después de haber estado a punto de ahogarme, hubo varias semanas en las que incluso me resultaba difícil bañarme. Cuando comenzaba a oler mal, mi madre tenía que meterme a la fuerza en la tina.

He cerrado los ojos y he vuelto a echarme agua en la cara. De repente he oído que un coche aminoraba la velocidad en la calle y por un momento mi corazón ha empezado a latir con más fuerza, pero ha vuelto a calmarse cuando el coche ha acelerado de nuevo.

—No viene nadie —he dicho en voz alta—. No hay nada que temer.

Lena todavía no había regresado, pero no tenía ni idea de adónde podía ir a buscarla en este pueblo al mismo tiempo familiar y desconocido. Me he metido en la cama, pero no podía dormirme. Cada vez que cerraba los ojos veía tu rostro azul y pálido y tus labios amoratados. En mi imaginación, éstos retrocedían hasta dejar a la vista las encías y, a pesar de que tenías la boca llena de sangre, no dejabas de sonreír.

—¡Ya basta, Nel! —he dicho otra vez en voz alta, como una loca—. ¡Basta de una vez!

He esperado tu respuesta, pero lo único que he oído ha sido el silencio; un silencio roto por el sonido del agua, el ruido de la casa moviéndose, rechinando y crujiendo por la corriente del río. A oscuras, he buscado a tientas el teléfono celular que descansaba sobre la mesita de noche y he llamado al buzón de voz. «No tiene ningún mensaje nuevo —me ha dicho una voz electrónica—, y tiene siete mensajes guardados.»

El más reciente lo recibí el martes, menos de una semana antes de que murieras, a la una y media de la madrugada: «Julia, soy yo. Necesito que me llames. Por favor, Julia. Es importante. Necesito que me llames en cuanto puedas, ¿de acuerdo? Yo..., esto..., es importante. Bueno, adiós».

He pulsado el «1» para que el mensaje sonara de nuevo. Y luego he vuelto a hacerlo varias veces más. He escuchado tu voz, no sólo su ronquedad y ese leve pero irritante acento transatlántico. Te he escuchado a *ti*. ¿Qué estabas intentando decirme?

Me dejaste un mensaje en mitad de la noche y yo lo escuché a primera hora de la mañana, dándome la vuelta en la cama al ver el delator resplandor blanco del celular. Escuché tus primeras tres palabras: «Julia, soy yo», y colgué. Estaba cansada, me sentía alicaída y no quería oír tu voz. Escuché el resto más tarde. No me pareció extraño ni tampoco particularmente intrigante. Era una de esas cosas que solías hacer: dejarme mensajes crípticos para despertar mi interés. Lo habías hecho durante años y, cuando volvías a llamarme un mes o dos después, me daba cuenta de que no había ninguna crisis, ningún misterio, ningún gran acontecimiento. Sólo estabas tratando de llamar mi atención. Era un juego.

¿Verdad?

He vuelto a escuchar el mensaje una y otra vez y, ahora que lo hacía como es debido, no podía creer que no me hubiera percatado antes de la ligera falta de aliento de tu voz y de la inusitada suavidad de tu tono. Hablabas con palabras vacilantes, titubeantes.

Tenías miedo.

¿De qué tenías miedo? ¿De *quién* tenías miedo? ¿De la gente de este pueblo, esos que se paran y miran pero no ofrecen sus condolencias, esos que no traen comida ni envían flores? No parece que te extrañen mucho, Nel. ¿O tal vez tenías miedo de tu rara, fría y enojada hija, que no llora por ti e insiste en que te suicidaste, sin pruebas ni motivos?

Me he levantado de la cama y he ido a la habitación de al lado, la que últimamente ocupabas tú. De repente me he sentido como una niña. De pequeña solía hacer eso, ir a la habitación contigua. Por aquel entonces nuestros padres todavía dormían en ella. Lo hacía las noches en las que tenía miedo, cuando había sufrido una pesadilla después de haber escuchado alguna de tus historias. Abría la puerta de un empujón y me metía.

La atmósfera de la habitación me ha parecido cargada y cálida, y la visión de tu cama sin hacer ha provocado que rompiera a llorar.

Me he sentado en el borde, he tomado tu almohada de lino gris pizarra con un ribete de color rojo sangre y la he abrazado con fuerza mientras recordaba con claridad aquel día en el que entramos las dos por el cumpleaños de mamá. Le habíamos preparado el desayuno porque estaba enferma y estábamos haciendo un esfuerzo para intentar llevarnos bien entre nosotras. Esas treguas nunca duraban mucho: tú te cansabas de tenerme a tu lado y no tardabas en dejar de prestarme atención, de modo que yo terminaba regresando junto a mamá, y entonces te quedabas mirándome con los ojos entornados, desdeñosa y dolida al mismo tiempo.

Yo no te comprendía, pero si por aquel entonces me parecías extraña, en la actualidad me resultabas completamente ajena. Ahora estoy sentada aquí, en tu hogar, entre tus cosas, y es la casa lo que me resulta reconocible, no tú. No te he reconocido desde que éramos adolescentes, desde que tú tenías diecisiete años y yo trece. Desde aquella noche en la que, como un hacha cayendo sobre un trozo de madera, las circunstancias provocaron una amplia y profunda fisura entre ambas.

Pero hasta seis años más tarde no volviste a dejar caer el hacha y nos separamos del todo. Acabábamos de enterrar a mamá, y tú y yo estábamos fumando en el jardín a pesar de ser una fría noche de noviembre. Yo estaba deshecha por el dolor, pero tú habías estado automedicándote desde el desayuno y tenías ganas de hablar. Estabas diciéndome algo sobre un viaje que querías hacer a Noruega, a Preikestolen, un acantilado de seiscientos metros sobre un fiordo, y yo estaba intentando no escucharte porque sabía de qué iba la cosa y no quería oír nada al respecto. En un momento dado, alguien, un amigo de papá, se dirigió a nosotras:

—¿Están bien ahí fuera, chicas? —nos preguntó arrastrando ligeramente las palabras—. ¿Ahogando las penas?

—Ahogando, ahogando, ahogando... —repetiste. Tú también estabas borracha. Me miraste con los párpados caídos y una extraña luz en los ojos—. Juuulia —dijiste, arrastrando las letras de mi nombre—. ¿Alguna vez piensas en ello?

Pusiste una mano sobre mi brazo y yo lo aparté.

—¿Pensar en qué? —repuse al tiempo que me ponía de pie. Ya no quería estar más tiempo contigo, quería estar sola.

—En aquella noche. ¿Has... hablado alguna vez con alguien sobre ello?

Di un paso para alejarme de ti, pero me tomaste de la mano y la apretaste con fuerza.

—Vamos, Julia... Sé honesta. ¿No hubo alguna parte de ti a la que le gustó?

Después de aquello, dejé de hablarte. Y, según tu hija, en esto consiste que yo me portara fatal contigo. Tú y yo contamos las cosas de forma distinta, ¿verdad?

Dejé de hablar contigo, pero eso no impidió que tú siguieras llamándome. Me dejabas extraños mensajes en los que me hablabas de tu trabajo, de tu hija, de un premio que habías ganado o de un galardón que te habían concedido. Nunca decías dónde estabas o con quién, aunque a veces oía ruidos de fondo, música o tráfico; en alguna ocasión, voces. A veces borraba los mensajes y otras los guardaba. En ocasiones los escuchaba una y otra vez, tantas, que incluso varios años después podía recordar tus palabras exactas.

A veces eras críptica, otras parecías enojada; repetías viejos insultos, retomabas antiguas discusiones largo tiempo olvidadas, desenterrabas agravios pasados. ¡El impulso suicida! Una vez, en el calor del momento, cansada de tus obsesiones mórbidas, te acusé de tener un impulso suicida y, bueno, ya nunca dejaste de echármelo en cara.

A veces tenías un día sensible y te ponías a hablar de nuestra madre, de nuestra infancia o de la felicidad que habíamos disfrutado y luego perdido. Otras estabas animada, feliz, hiperemocionada. «¡Ven a la Casa del Molino! —me rogabas—. ¡Ven, por favor! Te encantará. Por favor, Julia, ya es hora de que dejemos todo eso atrás. No seas testaruda. Ya es hora.» Y entonces me enojaba: «¿Ya es hora?». ¿Por qué tenías que ser *tú* quien decidiera cuándo poner punto final a los problemas entre ambas?

Lo único que quería era que me dejaras en paz, olvidarme de Beckford, olvidarte a ti. Me construí una vida propia. Más pequeña que la tuya, claro está (¿cómo iba a ser de otro modo?), pero mía. Buenos amigos, relaciones, un pequeño departamento en un encantador suburbio del norte de Londres. Un empleo de trabajadora social que me proporcionaba una finalidad; un empleo que me consumía y me llenaba, a pesar del bajo sueldo y las largas horas.

Quería que me dejaras en paz, pero no lo hacías. A veces llamabas dos veces al año y, otras, dos al mes, perturbándome, desestabilizándome, desquiciándome. Tal y como siempre habías hecho. Era una versión adulta de los juegos a los que solías jugar de pequeña. Y, mientras tanto, yo no dejaba de esperar esa llamada a la que sí podría responder, la llamada en la que me explicaras por qué te habías comportado como lo hiciste cuando éramos jóvenes, la llamada en la que me dijeras cómo podías haberme hecho ese daño o por qué no habías hecho nada mientras me hacían daño. Una parte de mí quería tener una conversación contigo, pero no antes de que me dijeras que lo sentías, no antes de que suplicaras mi perdón. Sin embargo, tu disculpa nunca llegó, y todavía estoy esperando.

He abierto el cajón superior de la mesita de noche. Había postales sin escribir —fotografías de lugares en los que habías estado, quizá—, condones, lubricante y un anticuado encendedor de plata con las iniciales «LS» grabadas en un lado. «LS.» ¿Un amante? He vuelto a mirar alrededor de la habitación y me he dado cuenta de que en esta casa no hay fotografías de hombres. Ni aquí arriba ni en la planta baja. Incluso los cuadros son prácticamente todos de mujeres. Y cuando me dejabas mensajes hablabas de tu trabajo, de la casa y de Lena, pero nunca mencionaste a ningún hombre. Los hombres jamás parecieron ser importantes para ti.

Aunque hubo uno, ¿verdad? Hace mucho tiempo hubo un chico que sí fue importante para ti. Cuando eras adolescente, solías escaparte de casa por las noches, descendías por la ventana del cuarto de lavado hasta la orilla del río y, llenándote de lodo hasta los tobillos, rodeabas la casa y subías hasta llegar a la carretera, donde estaba esperándote él. Robbie.

Pensar en Robbie, en ti y en él, ha sido como recorrer a toda velocidad el puente peraltado: mareante. Robbie era alto, corpulento y rubio, con una perpetua mueca burlona en los labios. Tenía un modo de mirar a las chicas que las desarmaba por completo. Robbie Cannon. El macho alfa, el líder, con ese olor a lince y a sexo, brutal y malvado. Tú decías que lo querías, aunque a mí nunca me pareció amor. Tú y él estaban o bien uno encima del otro o bien insultándose, no había término medio. Entre ustedes jamás había paz. No recuerdo muchas risas. Pero sí tengo el recuerdo claro de verlos a ambos tumbados en la orilla de la poza, con las extremidades entrelazadas, los pies en el agua, él encima de ti, hundiendo tus hombros en la arena.

Algo en esa imagen me ha sacudido, me ha hecho sentir algo que no había sentido desde hacía mucho. Vergüenza. La sucia y secreta vergüenza del *voyeur*, mezclada con algo más, algo que no he podido ni he querido identificar. He intentado apartar la imagen de mí, pero he recordado que ésa no fue la única ocasión que lo vi contigo.

De repente me he sentido incómoda, así que me he levantado de tu cama y he comenzado a deambular por la habitación, mirando las fotografías. Están por todas partes. Por supuesto. En la cómoda he encontrado algunas enmarcadas en las que sales tú, bronceada y sonriendo, en Tokio y Buenos Aires, de vacaciones esquiando y en playas, con tu hija en brazos. En las paredes, reproducciones enmarcadas de portadas de revistas que fotografiaste tú, una historia en *The New York Times*, los premios que recibiste. Aquí están: todas las pruebas de tu éxito, las pruebas de que me superaste en todo. Trabajo, belleza, hijos, vida. Y ahora has vuelto a superarme. Incluso en esto ganas.

Una fotografía ha hecho que me detuviera de golpe. En ella aparecen tú y Lena. Ésta ya no era un bebé, sino una niña pequeña de unos cinco o seis años, o quizá mayor, nunca sé determinar la edad de los niños. Está sonriendo, mostrando sus pequeños dientes blancos, y hay algo raro en ella, algo que ha hecho que se me erizara el vello; algo en sus ojos, en la expresión de su rostro, le da la apariencia de un depredador.

La reaparición de un antiguo miedo ha hecho que empezara a sentir el pulso en el cuello. Me he acostado en la cama y he intentado no escuchar el agua, pero incluso con las ventanas cerradas y estando en el piso de arriba, su sonido era ineludible. Podía notar cómo hacía presión contra las paredes y se filtraba por las grietas del enladrillado, anegándolo todo. Podía saborearla, turbia y sucia en mi boca, humedeciendo mi piel.

En algún lugar de la casa me ha parecido oír que alguien reía, y sonaba exactamente como tú.

AGOSTO DE 1993

Jules

Mamá me compró un traje de baño nuevo, uno anticuado con un estampado de cuadros azules y blancos. Se suponía que tenía un aire a lo años cincuenta, algo así como el tipo de traje de baño que podría haber llevado Marilyn. Yo estaba gorda y pálida y no me parecía precisamente a Norma Jean, pero me lo puse de todos modos porque mamá se había tomado muchas molestias para encontrarlo. No era fácil encontrar un traje de baño para mí.

Me puse unos *shorts* azules y una camiseta blanca extralarga encima del traje de baño. Cuando Nel bajó para almorzar con sus pantalones de mezclilla cortados y un bikini anudado al cuello, me miró y dijo:

—¿Acaso vas a venir al río esta tarde? —en un tono que dejaba claro que no quería que lo hiciera, y luego vio a mamá y añadió—: Yo no pienso cuidarla, ¿de acuerdo? Voy allí para estar con mis amigos.

—Sé buena, Nel —le dijo mamá.

Para entonces, mamá estaba en remisión, y tan frágil que una brisa un poco fuerte podía tumbarla. Su piel aceitunada se había amarilleado como el papel viejo, y Nel y yo teníamos estrictas instrucciones de nuestro padre de que debíamos Llevarnos Bien.

Parte de Llevarnos Bien consistía en Hacer Cosas Juntas, de modo que, sí, iría al río. Todo el mundo lo hacía. En realidad, era lo único que se podía hacer. Beckford no era como la playa, no había parque de atracciones, ni salón de juegos recreativos, ni siquiera una pista de minigolf. Estaba el agua: eso era todo.

Pasadas unas pocas semanas del verano, una vez que las rutinas se habían establecido, una vez que todo el mundo había averiguado a qué lugar pertenecía y con quién encajaba, una vez que los foráneos y los locales habían tenido tiempo de relacionarse y se habían entablado amistades y enemistades, la gente comenzaba a juntarse en grupos a lo largo de la orilla del río. Los más jóvenes solían ir a nadar al sur de la Casa del Molino, donde la corriente era más lenta y se podía pescar. Los chicos malos acudían a la casita de campo de los Ward, donde tomaban drogas, mantenían relaciones sexuales y jugaban con tablas de ouija para intentar contactar con espíritus enojados. (Nel me contó que, si una se fijaba bien, todavía podía encontrar restos de la sangre de Robert Ward en las paredes.) La mayoría de la gente, sin embargo, se juntaba en la Poza de las Ahogadas. Ahí los chicos saltaban de las rocas, las chicas tomaban el sol, se oía música y se hacían asados. Alguien siempre traía cervezas.

Yo habría preferido quedarme en casa, bajo techo, lejos del sol. Habría preferido tumbarme en la cama a leer, o jugar a las cartas con mamá, pero no quería que ella se preocupara por mí, pues tenía cosas más importantes por las que hacerlo. Deseaba demostrarle que podía ser sociable, que podía hacer amigos. Que podía encajar.

Sabía que Nel no querría que fuera. En lo que a ella respectaba, cuanto más tiempo pasara yo en casa, mejor, pues menos probable sería que me vieran sus amigos; yo era el ser amorfo que la avergonzaba: *Julia*, la niña gorda, fea y rarita. No estaba cómoda en mi compañía, y siempre caminaba unos pocos pasos por delante de mí o diez por detrás; su incomodidad cuando yo estaba cerca era suficientemente obvia para llamar la atención. Una vez que las dos salimos de la tienda del pueblo juntas, oí que uno de los chicos locales decía:

—Debe de ser adoptada. Es imposible que esa zorra gorda sea la hermana de Nel Abbott. —Luego se rieron y yo busqué consuelo en la mirada de mi hermana, pero lo único que encontré fue vergüenza.

Aquel día fui al río sola. Llevé una bolsa con una toalla y un libro, una lata de Coca-Cola *light* y dos barritas de chocolate Snickers, por si me entraba hambre entre el almuerzo y la cena. Me dolían el estómago y la espalda. Quería dar media vuelta y regresar a la privacidad de mi pequeña, fresca y oscura habitación, donde podría estar sola. Sin que me viera nadie.

Los amigos de Nel llegaron justo después de mí. Habían colonizado la playa, esa orilla arenosa con forma de media luna. Era el mejor lugar para sentarse, pues estaba inclinada y podías estar acostada con los pies en el agua. En ella había tres chicas, dos locales y una llamada Jenny que era de Edimburgo y tenía una preciosa piel marfileña y el pelo oscuro cortado por encima de los hombros. Aunque era escocesa, no tenía ningún acento y los chicos se morían por ligársela porque corría el rumor de que todavía era virgen.

Todos los chicos salvo Robbie, claro está, pues él sólo tenía ojos para Nel. Se habían conocido dos años antes, cuando él tenía diecisiete y ella quince, y ahora su relación veraniega era estable, si bien tenían permitido salir con otras personas el resto del año, porque no era realista esperar que él fuera fiel cuando ella no estaba cerca. Robbie medía uno ochenta y cinco, era guapo y popular, jugaba mucho al rugby y su familia tenía dinero.

Cuando Nel había estado con Robbie, a veces regresaba a casa con moretones en las muñecas o en lo alto del brazo. Cuando le preguntaba cómo se los había hecho, ella se reía y me decía que cómo creía yo. Robbie me provocaba una extraña sensación en el estómago y no podía evitar quedarme mirándolo fijamente cada vez que estaba cerca. Trataba de no hacerlo, pero no podía evitarlo. En un momento dado, se dio cuenta y comenzó a mirarme fijamente él a mí. Él y Nel bromeaban al respecto y, a veces, al fijar la vista en mí, él se relamía y se reía.

Los chicos también estaban en la poza, pero en el otro lado. Nadaban, trepaban por las rocas, se empujaban al agua, reían y soltaban groserías y se llamaban maricas unos a otros. Así parecía ser siempre: las chicas se sentaban a esperar y los chicos hacían tonterías hasta que se aburrían e iban a hacer cosas con ellas (que a veces se resistían y otras, no). Todas las chicas salvo Nel, que no tenía miedo de tirarse de cabeza al agua y mojarse el pelo, que disfrutaba de la dureza y la agresividad de los juegos de los chicos, que se las arreglaba para ser al mismo tiempo uno más de ellos y el máximo objeto de su deseo.

Yo no me junté con los amigos de Nel, claro está. Extendí mi toalla bajo los árboles y me acomodé encima sola. A cierta distancia de mí había otro grupo de chicas más jóvenes, más o menos de mi edad, y reconocí a una de ellas de veranos anteriores. Ella me dirigió una sonrisa y yo se la devolví. Cuando la saludé con la mano, sin embargo, apartó la mirada.

Hacía calor y me entraron ganas de ir al agua. Podía imaginar exactamente cómo sería sentirla en la piel, suave y limpia, así como el chapoteo del cieno bajo mis pies o la cálida luz anaranjada en mis párpados al flotar boca arriba. Me quité la camiseta, pero aquello no fue suficiente para mitigar el calor. Me di cuenta de que Jenny me miraba, arrugaba la nariz y luego bajaba los ojos porque sabía que había visto su expresión de asco.

Les di la espalda, me acosté de lado y abrí mi libro. Estaba leyendo *El secreto*. Me moría por tener un grupo de amigos como el del libro, tan estrechamente unido, cerrado y brillante. Quería tener a alguien a quien seguir, alguien que me protegiera, alguien destacable por su cerebro, no por sus largas piernas. También sabía, sin embargo, que, si había personas así por los alrededores o en Londres, no querrían ser amigas mías. Yo no era idiota, pero tampoco brillante.

Nel sí.

Ella vino al río a media tarde. Oí cómo llamaba a sus amigos y los chicos la llamaban a ella desde lo alto del acantilado, sentados en el borde, balanceando las piernas y fumando cigarrillos. Eché un vistazo por encima del hombro y vi cómo se quedaba en traje de baño y se metía poco a poco en el agua, dejando que ésta salpicara su cuerpo y disfrutando de la atención que despertaba.

Los chicos descendieron el acantilado a través de la arboleda. Yo me recosté boca abajo y mantuve la cabeza agachada y los ojos fijos en la página que estaba leyendo, a pesar de que veía borrosas las letras. Deseé no haber ido, deseé que nadie reparara en mí, pero no había nada que pudiera hacer sin llamar la atención, literalmente nada. Mi corpulencia blanca y carente de forma no pasaba desapercibida en ninguna parte.

Los chicos tenían una pelota de futbol y comenzaron a jugar con ella. Podía oír cómo se la pedían entre sí, el chapoteo de la pelota al caer en el agua o las risas de las chicas al ser salpicadas. Y, de repente, noté el doloroso impacto de la pelota en el muslo. Todos se echaron a reír. Robbie levantó la mano y vino corriendo hacia mí para recogerla.

—Lo siento, lo siento —dijo al acercarse a mí con una amplia sonrisa—. Lo siento, Julia, no quería darte.

Recogió la pelota y vi cómo miraba la marca roja y embarrada en mi carne, pálida y marmórea como la grasa fría de un animal. Alguien dijo algo sobre una gran diana, sí, algo como que era más fácil darle a mi trasero que meterlo por la puerta de un granero.

Volví a mi libro. Al poco, la pelota alcanzó un árbol que estaba a sólo unos metros.

—Lo siento —exclamó alguien.

Yo los ignoré, pero volvió a suceder. Y luego otra vez. Me di la vuelta. Estaban apuntándome a mí. Prácticas de tiro. Las chicas se morían de risa, y las carcajadas de Nel eran las más altas de todas.

Me incorporé e intenté decirles que pararan.

—Sí, está bien. Muy divertido. Ahora ya pueden parar. ¡Vamos! ¡Ya basta! —exclamé, pero otro le dio una patada a la pelota y ésta salió disparada hacia mí.

Extendí los brazos para protegerme la cara y el balón me golpeó en la carne. Fue un impacto fuerte y doloroso. Noté que las lágrimas acudían a mis ojos y me puse de pie. Las otras chicas, las más jóvenes, también estaban mirando. Una de ellas se había llevado una mano a la boca.

—¡Ya basta! —gritó—. Le han hecho daño. Está sangrando.

Yo bajé la mirada. Tenía sangre en la pierna. Un hilo recorría el interior del muslo en dirección a la rodilla. No era eso, lo supe de inmediato, no me habían hecho daño. Los calambres en el estómago, el dolor de espalda..., y durante toda la semana me había sentido más abatida de lo habitual. Estaba sangrando, y no un poco, sino de forma abundante: tenía los *shorts* empapados. Todos estaban observándome fijamente. Las chicas dejaron de reír y comenzaron a mirarse entre sí con la boca abierta, a medio camino entre el espanto y la risa. Advertí que Nel también me estaba observando y entonces apartó la vista. Casi noté cómo se encogía. Se sentía abochornada. Avergonzada de mí. Me apresuré a ponerme la camiseta, me coloqué la toalla alrededor de la cintura y me marché cojeando torpemente por el sendero. Mientras me alejaba, pude oír cómo los chicos volvían a reírse.

Esa noche, fui a nadar. Tarde. Mucho, mucho más tarde. Antes de eso, estuve bebiendo. Mi primera experiencia con el alcohol. Y también pasaron otras cosas. Robbie vino a buscarme y se disculpó por la forma en la que él y sus amigos se habían comportado. Me dijo cuánto lo sentía, y luego colocó un brazo alrededor de mis hombros y añadió que no tenía por qué sentirme avergonzada.

De todos modos, más tarde fui a la Poza de las Ahogadas, y Nel me sacó a rastras del agua. Me llevó a la orilla, me puso de pie y me dio una fuerte bofetada.

—Maldita zorra gorda y estúpida..., ¿se puede saber qué estabas haciendo? ¿Qué demonios estás intentando hacer?

2015

MIÉRCOLES, 12 DE AGOSTO

Patrick

La casita de campo de los Ward no era propiedad de los Ward desde hacía casi cien años, y tampoco de Patrick. En realidad, ya no parecía ser propiedad de nadie. Patrick suponía que probablemente pertenecía al ayuntamiento local, si bien nadie la había reclamado. En cualquier caso, él tenía una llave, de modo que se sentía algo dueño de la misma. Pagaba las pequeñas facturas de electricidad y de gas, y unos pocos años antes él mismo había puesto una puerta con cerrojo después de que unos vándalos echaran abajo la vieja. Ahora sólo él y su hijo Sean tenían llaves, de modo que el lugar estuviera limpio y ordenado.

Sólo que a veces no echaba el cerrojo y, en realidad, ya nunca estaba seguro de si lo había echado o no. Ese último año había comenzado a sentir cada vez más momentos de confusión en los que lo acometía un pánico tan atroz que se negaba a enfrentarlo. A veces olvidaba palabras o nombres y le llevaba un largo rato recordarlos. Viejos recuerdos ferozmente vivaces y perturbadoramente ruidosos volvían a salir a la superficie y rompían la paz de sus pensamientos, veía sombras moviéndose con el rabillo del ojo.

Patrick iba río arriba cada día, ya formaba parte de su rutina: se levantaba temprano, recorría casi cinco kilómetros por la ribera hasta la casita de los Ward y a veces se quedaba ahí pescando durante una o dos horas. Eso lo hacía menos en los últimos tiempos. No era sólo que además estuviera cansado o que le dolieran las piernas, sino que carecía de la voluntad necesaria. Había dejado de obtener placer de cosas que antes se lo proporcionaban. Pero todavía le gustaba ir a comprobar cómo estaba todo y, cuando no le dolían las piernas, hacía el camino de ida y vuelta en un par de horas. Esta mañana, sin embargo, se ha despertado con la pantorrilla izquierda hinchada y adolorida, y la sorda palpitación que sentía en la vena era persistente como un reloj. Así pues, ha decidido ir en coche.

Se ha levantado de la cama, se ha bañado, se ha vestido y, de repente, ha recordado con cierta irritación que tenía el coche en el taller. Se había olvidado por completo de recogerlo el día anterior. Mascullando para sí, ha cruzado cojeando el patio para preguntarle a su nuera si podía prestarle el suyo.

La esposa de Sean, Helen, estaba en la cocina limpiando el suelo. En época de clases, a esas horas ya habría salido de casa: es la directora de la escuela y siempre se asegura de estar sentada en su oficina a las siete y media cada mañana. Pero ni siquiera durante las vacaciones escolares es de las que se quedan en la cama hasta tarde. No forma parte de su naturaleza ser ociosa.

—Te has levantado temprano —ha dicho Patrick al entrar en la cocina, y ella ha sonreído.

A causa de las arrugas de sus ojos y las mechas grises que salpicaban su corto pelo castaño, Helen parecía mayor de los treinta y seis años que tiene. Mayor y más cansada de lo que debería, ha pensado Patrick.

—No podía dormir —ha respondido ella.

—¡Oh, lo siento, querida!

Helen se ha encogido de hombros.

—¿Qué se le va a hacer? —Ha dejado el trapeador en el cubo y lo ha apoyado en la pared—. ¿Quieres que te prepare una taza de café, papá? —Así era como lo llamaba últimamente. Al principio, a Patrick ese trato afectuoso le había resultado extraño, pero ahora le gustaba; el tono de su voz al pronunciar la palabra lo enternecía. Él le ha contestado que se llevaría algo de café en un termo y le ha explicado que quería ir río arriba—. No te acercarás a la poza, ¿verdad? —le ha preguntado ella—. ¿Sólo yo creo...?

Él ha negado con la cabeza.

—No. Claro que no. —Se ha quedado callado—. ¿Cómo lleva Sean el asunto?

Ella se ha encogido de hombros de nuevo.

—Ya sabes. No habla mucho del tema.

Sean y Helen vivían en la casa que antaño Patrick había compartido con su esposa. Cuando ésta murió, Sean y Patrick vivieron juntos en ella. Mucho después, tras el matrimonio de Sean, reformaron el viejo granero que había al otro lado del patio y Patrick se mudó allí. Sean protestó argumentando que él y Helen eran quienes debían hacerlo, pero Patrick no les hizo caso. Quería que estuvieran en su antigua casa, le gustaba la sensación de continuidad, la idea de que los tres formaran su propia pequeña comunidad, una que era parte del pueblo, pero también un grupo aparte.

Cuando ha llegado a la casita de los Ward, Patrick se ha dado cuenta de inmediato de que alguien había estado allí. Las cortinas estaban corridas y habían dejado la puerta de entrada ligeramente entreabierta. En el interior, ha encontrado la cama sin hacer. En el suelo había vasos vacíos con restos de vino y un condón flotaba en el escusado. En un cenicero había colillas de cigarrillos de tabaco de liar. Ha tomado una y la ha olido en busca del olor de la marihuana, pero sólo ha percibido el de la ceniza. También había otras cosas, restos de ropa y baratijas: un calcetín azul, un collar de cuentas. Lo ha recogido todo y lo ha metido en una bolsa de plástico. Ha quitado las sábanas de la cama, ha lavado los vasos en el fregadero, ha tirado las colillas en el bote de la basura y ha cerrado con cuidado la puerta tras de sí. Lo ha llevado todo al coche y ha dejado las sábanas en el asiento trasero, la basura en la cajuela y las baratijas en la guantera.

Ha cerrado el coche con llave y se ha dirigido hacia la orilla del río, encendiéndose un cigarrillo de camino. La pierna le dolía y, al inhalar, ha notado la tensión en el pecho y el humo caliente en el fondo de la garganta. Ha tosido imaginando que podía sentir el escozor acre en sus cansados y ennegrecidos pulmones. De pronto, se ha sentido muy triste. Esos estados de ánimo lo acometían de vez en cuando y lo torturaban con una fuerza tal que de repente se encontraba a sí mismo deseando que todo llegara a su fin. Todo. Ha echado un vistazo al río y se ha sorbido la nariz. Nunca ha sido uno de esos que ceden a la tentación de rendirse y se sumergen en el agua para que todo desaparezca, pero es lo suficientemente honesto para admitir que a veces incluso él siente el atractivo del olvido.

Para cuando ha regresado a casa, ya era media mañana y el sol estaba en lo alto del cielo. En el patio, Patrick ha divisado a la gata callejera a la que Helen había estado dando de comer. Se movía perezosamente en dirección a la mata de romero que había debajo de la ventana de la cocina. Ha advertido que tenía el lomo un tanto arqueado y el vientre hinchado. Estaba preñada. Tendría que hacer algo al respecto.

JUEVES, 13 DE AGOSTO

Erin

Los vecinos de mierda que tengo en el departamento de mierda que he alquilado temporalmente en Newcastle estaban teniendo la madre de todas las discusiones a las cuatro de la madrugada, de modo que he decidido levantarme e ir a correr. Cuando ya estaba vestida y preparada, he pensado: «¿Por qué salir a correr aquí cuando puedo hacerlo allí?». Así que he conducido hasta Beckford, me he estacionado delante de la iglesia y me he dirigido al sendero del río.

Al principio ha sido duro. Tras dejar atrás la poza, hay que subir la colina y luego bajar la pendiente por el otro lado, pero después de eso el terreno se vuelve mucho más llano y es ideal para correr: fresco —a esa hora todavía no aprieta el calor del verano—, tranquilo, pintoresco y sin ciclistas, a años luz del trayecto que hacía junto al Regent's Canal de Londres, esquivando bicis y turistas todo el rato.

Unos pocos kilómetros río arriba, el valle se ensanchaba y se extendía hasta la colina verde de enfrente, en la que se podían distinguir las ovejas pastando. He corrido por un terreno llano con pequeños guijarros, árido salvo por unos pocos tramos con hierba y la omnipresente aulaga. Avanzaba rápido y con la cabeza agachada hasta que, cuando llevaba más o menos un kilómetro y medio, he llegado a una pequeña casita de campo un tanto apartada de la orilla del río y con un grupo de abedules en la parte trasera.

He aminorado la marcha para recobrar el aliento y me he dirigido al edificio a echar un vistazo. Era un lugar solitario, en apariencia desocupado, pero no abandonado. Había cortinas, parcialmente corridas, y las ventanas estaban limpias. He echado un vistazo dentro y he visto una pequeña estancia amueblada con dos sillones verdes y una mesita entre ambos. He intentado abrir la puerta, pero estaba cerrada, de modo que me he sentado a la sombra del escalón de la entrada y le he dado un trago a la botella de agua que llevaba encima. Estirando los músculos de las piernas y flexionando los tobillos, he esperado que mis pulsaciones y mi respiración se normalizaran. En la base del marco de la puerta, he visto que alguien había grabado un mensaje: «Annie *la loca* estuvo aquí», y una pequeña calavera al lado.

Unos cuervos peleaban en los árboles que había detrás de la casita, pero aparte de eso y del ocasional balido de alguna oveja, el valle estaba en calma y la paz era absoluta. Me considero a mí misma una chica de ciudad de la cabeza a los pies, pero este sitio —a pesar de lo raro que es— termina por enamorarte.

El inspector Townsend ha convocado la reunión informativa para poco después de las nueve. No éramos muchos: un par de agentes uniformados que han estado ayudando con los interrogatorios a los vecinos, la joven agente Callie, Velludo, el de la policía científica y yo. Townsend estuvo presente en la autopsia realizada por el forense y nos ha puesto al día, si bien la mayoría de los datos eran de esperar. Nel murió a causa de las heridas sufridas en la caída. No había agua en los pulmones (no se ahogó, sino que murió al impactar con el agua). Y no tenía heridas que no pudieran ser explicadas por la caída (ni arañazos ni moretones que parecieran fuera de lugar o que sugirieran que alguien más había estado implicado). También tenía una cantidad importante de alcohol en la sangre (equivalente a unos tres o cuatro vasos).

Callie nos ha puesto al día sobre los interrogatorios a los vecinos, aunque tampoco había muchas cosas que contar. Sabemos que Nel estuvo en el pub brevemente el domingo por la tarde y que se marchó del mismo sobre las siete. También que estuvo en la

Casa del Molino al menos hasta las diez y media, hora a la que Lena se fue a la cama. Nadie la había visto después de eso. Tampoco nadie la había visto involucrada en ningún altercado los últimos días, aunque está ampliamente aceptado que no caía muy bien. A los locales no les gustaba la actitud de esa forastera que se comportaba como si tuviera derecho a instalarse en su pueblo para contar su historia. ¿Quién se había creído que era?

Velludo había estado revisando la cuenta de correo electrónico de Nel. Al parecer, ésta había abierto una dedicada en exclusiva a su proyecto para que la gente le enviara sus historias. En general, sólo había recibido insultos.

—Lo cierto es que tampoco se trata de cosas peores de lo que muchas mujeres tienen que soportar en internet en circunstancias normales —ha dicho encogiéndose de hombros con aire de disculpa, como si él fuera responsable de todos los idiotas misóginos que abundan en el ciberespacio—. Seguiremos investigando los correos, claro, pero...

El resto del testimonio de Velludo, sin embargo, ha resultado ser bastante interesante. Para empezar, ha demostrado que Julia Abbott nos había mentido: el teléfono de Nel seguía desaparecido, pero el registro telefónico de las llamadas que había realizado indicaba que, si bien no usaba a menudo el celular, sí había hecho once llamadas al teléfono de su hermana en los últimos tres meses. La mayoría habían durado menos de un minuto, a veces, dos o tres; ninguna de las llamadas era, pues, particularmente larga, pero tampoco había colgado de inmediato.

Velludo también había conseguido determinar la hora de la muerte. La cámara escondida entre las rocas de la orilla —la que no había sufrido daños— había registrado algo. Nada gráfico ni revelador, sólo un movimiento borroso en la oscuridad seguido de un chapoteo. Según esa imagen, las 2:31 de la madrugada era la hora a la que Nel había caído al agua.

Pero Velludo se ha guardado lo mejor para el final.

—Hemos conseguido obtener una huella del estuche de la otra cámara, la que está dañada —ha dicho—. No coincide con la de nadie que tengamos registrado, pero tal vez podríamos pedirles a los habitantes del pueblo que fueran pasándose por la comisaría para que pudieran descartarse a sí mismos.

Townsend ha asentido despacio.

—Sé que esa cámara ya había sufrido algunos daños en el pasado —ha proseguido Velludo encogiéndose de hombros—, de modo que es probable que no obtengamos nada concluyente, pero...

—Aun así, a ver qué averigua. Lo dejo en sus manos —ha dicho Townsend, mirándome a mí—. Yo hablaré con Julia Abbott sobre esas llamadas. —Luego se ha puesto de pie y ha cruzado los brazos y bajado la barbilla—. He de informarles que esta mañana he recibido una llamada de la comisaría provincial. —Ha suspirado profundamente y los demás hemos intercambiado miradas. Sabíamos lo que venía a continuación—. Teniendo en cuenta los resultados de la autopsia y la ausencia de pruebas físicas sobre la posibilidad de que hubiera algún tipo de altercado en ese acantilado, estamos obligados a no «malgastar recursos» —ha pronunciado esas palabras dibujando unas comillas con los dedos en el aire— investigando lo que casi con seguridad sea un suicidio o una muerte accidental. Soy consciente de que todavía queda mucho trabajo por hacer, pero tendremos que hacerlo con rapidez y eficacia. No vamos a poder dedicarle mucho tiempo a esto.

No ha sido exactamente una sorpresa. He pensado en la conversación que tuve con él el día en que me incluyeron en el caso: «Lo más seguro es que se haya tirado». Todo eran precipitaciones, pues; bien de acantilados, bien a la hora de extraer conclusiones. Algo previsible, teniendo en cuenta la historia del lugar.

Aun así, no me gustaba. No me gustaba nada que se hubieran encontrado dos mujeres en el agua en el transcurso de unos pocos meses y que encima se conocieran entre sí. Estaban conectadas, tanto geográfica como personalmente. Por ejemplo, a través de

Lena, que era la mejor amiga de una y la hija de la otra. Ella había sido la última persona que había visto a su madre viva y era la primera en insistir en que todo eso —no sólo la muerte de su madre, sino también el misterio que la rodeaba— era lo que «ella había querido». Qué comentario más extraño para una adolescente.

Se lo he comentado al inspector al salir de la comisaría y él me ha mirado de forma amenazante.

—Sólo Dios sabe qué debe de estar pasando por la cabeza de esa chica —ha dicho—. Estará intentando encontrarle algún sentido. Estará... —Se ha interrumpido de golpe.

Una mujer venía en nuestra dirección diciendo algo para sí. En realidad, más que caminar parecía que fuera arrastrando los pies. Vestía un abrigo negro a pesar del calor y llevaba el pelo gris con mechas de color púrpura y las uñas pintadas con esmalte oscuro. Parecía una gótica entrada en años.

—Buenos días, Nickie —ha dicho Townsend.

La mujer ha levantado la vista hacia él y luego me ha mirado a mí entornando unos ojos enmarcados por unas prominentes cejas.

—*Mmpf*—ha murmurado, presumiblemente a modo de saludo—. ¿Has averiguado algo?

—¿Averiguado algo sobre qué, Nickie?

—¡Sobre quién lo ha hecho! —ha farfullado la mujer—. ¡Sobre quién la empujó!

—¿Quién la empujó? —he repetido yo—. ¿Se refiere a Danielle Abbott? ¿Acaso tiene información que pueda sernos de utilidad, señora...?

Ella me ha fulminado con la mirada y luego se ha dirigido a Townsend.

—¿Quién demonios es ésta? —le ha preguntado al inspector señalándome con el pulgar.

—Es la sargento Morgan —ha dicho él con serenidad—. ¿Hay algo que quieras contarnos sobre la otra noche, Nickie?

Ella ha vuelto a murmurar algo.

—No vi nada —ha respondido entre gruñidos—. E incluso si lo hubiera hecho, ustedes tampoco me escucharían, ¿verdad?

Luego ha seguido adelante calle abajo, arrastrando los pies y sin dejar de murmurar.

—¿De qué se trata todo esto? —le he preguntado al inspector—. ¿Es alguien con quien debamos hablar de forma oficial?

—Yo no me tomaría muy en serio a Nickie Sage —ha contestado él negando con la cabeza—. No es alguien precisamente fiable.

—¿Y eso?

—Dice que es médium, que puede hablar con los muertos. Tuvimos algunos problemas con ella en el pasado, fraude y cosas así. También asegura descender de una mujer que fue asesinada aquí por unos cazadores de brujas —ha añadido con sequedad—. Está loca de atar.

Jules

Estaba en la cocina cuando ha sonado el timbre de la puerta. He mirado por la ventana y he visto al inspector ese, Townsend, de pie en los escalones de la entrada, con la mirada levantada hacia las ventanas. Lena ha llegado al vestíbulo antes que yo, ha abierto y ha dicho:

—Hola, Sean.

Townsend ha entrado en la casa rozando el delgado cuerpo de Lena y mirando (es imposible que no lo haya hecho) los pantalones de mezclilla cortados y la camiseta de la lengua de los Rolling Stones que llevaba. Luego ha extendido la mano hacia mí y yo se la he estrechado. Tenía la palma seca, pero he percibido un brillo poco saludable en su piel, y bajo sus ojos eran visibles unas oscuras ojeras. Lena se le ha quedado mirando con los párpados entornados, se ha llevado los dedos a la boca y ha comenzado a morderse las uñas.

Yo lo he guiado a la cocina y Lena ha venido detrás de nosotros. El inspector y yo nos hemos sentado a la mesa y ella se ha apoyado en la barra. Ha cruzado un tobillo sobre el otro. Luego ha cambiado la pierna sobre la que había apoyado el peso del cuerpo y ha vuelto a cruzarlos.

Townsend no la ha mirado. Ha tosido y se ha frotado la muñeca con la palma de la otra mano.

—La autopsia ya ha terminado —ha dicho en un tono de voz bajo. Ha mirado a Lena y luego a mí—. Nel murió a causa del impacto de la caída. No hay ninguna indicación de que nadie más estuviera implicado. Hemos encontrado algo de alcohol en su sangre... —ha bajado todavía más el volumen de su voz—, suficiente para mermar sus capacidades y que su paso fuera inestable.

Lena ha hecho un ruido. Un largo y estremecedor suspiro. El inspector ha bajado la mirada a las manos, que había cruzado ante sí en la mesa.

—Pero... Nel caminaba por ese acantilado con el paso seguro de una cabra —he dicho—. Y podía beberse unos pocos vasos de vino sin que le afectaran. De hecho, podría haberse terminado una botella y...

Él ha asentido.

—Tal vez. Pero esa noche, allí arriba...

—No fue un accidente —ha dicho Lena bruscamente.

—No se suicidó —he replicado yo.

Ella me ha mirado con los ojos entornados y una mueca en los labios.

—¿Y *tú* qué sabes? —me ha preguntado, y luego se ha dirigido al inspector—. ¿Sabes que Julia te mintió? Les dijo que no tenía ningún contacto con mi madre, pero mamá intentó llamarla no sé ni cuántas veces. Ella nunca contestaba, ella nunca le devolvió las llamadas y ella nunca... —Se ha quedado callada, mirándome—. Ella es... ¿Se puede saber por qué estás aquí? No quiero que estés aquí.

Luego se ha marchado de la cocina cerrando la puerta con un fuerte golpe. Un instante después también se ha oído un portazo en su habitación.

El inspector Townsend y yo hemos permanecido un momento sentados en silencio. He esperado que me preguntara por las llamadas, pero no ha dicho nada; tenía los ojos cerrados y su rostro continuaba inexpresivo.

—¿No le extraña lo convencida que está de que Nel lo hizo a propósito? —he dicho yo al fin.

Él ha volteado a verme con la cabeza ligeramente ladeada, pero ha seguido sin decir nada.

—¿No tienen ningún sospechoso en la investigación? Es decir..., no parece que a nadie le importe que haya muerto.

—¿Y a usted sí? —ha dicho él con serenidad.

—¿Qué clase de pregunta es ésa? —He notado que mi rostro comenzaba a sonrojarse. Sabía lo que venía a continuación.

—Señorita Abbott —ha dicho—. Julia.

—Jules. Me llamo Jules. —Estaba retrasando lo inevitable.

—Jules —ha repetido, y se ha aclarado la garganta—. Tal y como Lena acaba de mencionar, aunque usted nos dijo que no había tenido ningún contacto con su hermana en años, los registros telefónicos del celular de Nel nos han revelado que, sólo en los últimos tres meses, ella hizo once llamadas a su teléfono. —Yo he apartado la mirada con el rostro sonrojado por la vergüenza—. *Once* llamadas. ¿Por qué nos mintió?

(«Siempre está mintiendo —has murmurado en un tono amenazante—. Siempre. Siempre contando cuentos.»)

—No les *mentí* —he replicado—. Nunca hablé con ella. Es lo que ha dicho Lena: ella me dejaba mensajes, pero yo nunca respondía, de modo que no les mentí —he repetido, si bien incluso a mí misma me ha parecido una explicación débil, poco convincente—. Mire, no puede pedirme que se lo explique, porque es imposible que un desconocido pueda comprenderlo. Nel y yo teníamos problemas desde hacía años, pero eso no tiene nada que ver con su muerte.

—¿Cómo puede saberlo? —ha preguntado Townsend—. Si no hablaba con ella, ¿cómo puede saber con qué tiene que ver su muerte?

—Yo sólo... Tome —he dicho, ofreciéndole mi celular—. Tómelo. Escuche usted mismo sus mensajes.

Me temblaban las manos y, cuando el inspector ha extendido un brazo para agarrar mi teléfono, he visto que las suyas también. Ha escuchado tu último mensaje.

—¿Por qué no le devolvía las llamadas? —me ha preguntado entonces con algo parecido a la decepción en el rostro—. Parecía alterada, ¿no cree?

—No, yo... No lo sé. Parecía... Nel. Unas veces estaba feliz, otras triste, algunas enojada, en más de una ocasión había bebido más de la cuenta... Todo eso no quería decir nada. Usted no la conocía.

—¿Guarda los mensajes de las otras llamadas que le hizo? —me ha preguntado entonces, endureciendo ligeramente el tono.

No los guardaba. No todos. Pero él ha escuchado los que sí tenía, aferrándose con tal fuerza al celular que los nudillos se le han puesto blancos. Cuando ha terminado, me ha devuelto el aparato.

—No los borre. Puede que necesitemos volver a escucharlos. —Se ha puesto de pie empujando la silla hacia atrás y yo lo he seguido al vestíbulo.

En la puerta, se ha dirigido hacia mí.

—He de decir que me resulta extraño que no le contestara —ha declarado—. Que no intentara averiguar por qué necesitaba hablar con usted con esa urgencia.

—Pensaba que sólo quería llamar la atención —he dicho yo en voz baja, y él se ha dado la vuelta.

Hasta que ha cerrado la puerta no lo he recordado. Inmediatamente, he salido corriendo detrás de él.

—¡Inspector Townsend! —he exclamado—. Había un brazalete. El brazalete de mi madre. Nel siempre lo llevaba. ¿Lo han encontrado?

Él se ha volteado hacia mí y ha negado con la cabeza.

—No hemos encontrado nada. Lena le contó a la agente Morgan que, a pesar de llevarlo a menudo, no se lo ponía todos los días. —Y, bajando la cabeza, ha añadido—: Aunque, claro, supongo que usted no podía saber eso.

Luego, tras echar un último vistazo a la casa, se ha metido en su coche y ha recorrido poco a poco el camino de entrada de reversa.

Jules

Así que, de algún modo, esto ha terminado siendo culpa mía. Eres increíble, Nel. Ya no estás aquí, probablemente has sido asesinada, y todo el mundo me señala a mí. ¡Si yo ni siquiera estaba aquí! De repente, me he sentido de mal humor, reducida a mi yo adolescente. Me han entrado ganas de gritarles. ¿Cómo puede ser esto culpa mía?

Cuando el inspector se ha marchado, he vuelto a entrar en la casa y, una vez dentro, he visto mi imagen en el espejo del vestíbulo y me ha sorprendido verte a ti devolviéndome la mirada (más vieja y no tan guapa, pero seguías siendo tú). He sentido una punzada en el pecho y, al llegar a la cocina, he comenzado a llorar. Si te fallé, necesito saber cómo. Puede que no te quisiera, pero no puedo haberte tenido abandonada de este modo, haberte proscrito así. Quiero saber si alguien te hizo daño y por qué; quiero que lo pague. Quiero poner fin a todo esto para que quizá tú puedas dejar de susurrarme al oído «No salté, no salté, no salté». Te creo, ¿de acuerdo? Y —susúrralo— quiero saber que estoy a salvo. Quiero saber que nadie va a venir por mí. Quiero saber que la niña que estoy a punto de proteger bajo mi ala es sólo eso, una niña inocente, no otra cosa. No algo peligroso.

No he dejado de pensar en el modo en el que Lena miraba al inspector Townsend y en el tono de su voz cuando lo ha llamado por su nombre de pila (¿su nombre de pila?). Me he preguntado si lo que les ha dicho sobre el brazalete era cierto. A mí me ha sonado falso, pues todavía recuerdo cómo te apresuraste a reclamarlo, a hacerlo tuyo. Es posible que sólo insistieras en quedártelo porque sabías cuánto lo quería yo. Cuando lo encontraste entre las cosas de mamá y te lo pusiste en la muñeca, me quejé con papá (sí, contando cuentos otra vez) y pregunté por qué tenías que quedártelo tú. «¿Por qué no? —replicaste—. Soy la mayor.» Y, cuando se hubo marchado, sonreíste mientras lo admirabas en tu muñeca. «Me sienta bien —dijiste—. ¿No te parece que me sienta bien? —Y, pellizcándome la grasa del brazo, añadiste—: Dudo que a ti te cupiera en ese brazo tan gordo.»

Me he secado las lágrimas de los ojos. Solías meterte conmigo de esa forma; la crueldad siempre se te dio bien. Algunas burlas —sobre mi tamaño, o lo lenta o aburrida que era— podía ignorarlas. Otras —«Vamos, Julia... Sé honesta. ¿No hubo alguna parte de ti a la que le gustó?»— eran espinas que se me clavaban profundamente en la piel y que ya no podía retirar a no ser que quisiera volver a abrir las heridas. La última, que me susurraste al oído el día que enterramos a nuestra madre, hizo que me entraran ganas de estrangularte con mis propias manos. Y, si me hacías eso a *mí*, si eras capaz de hacerme sentir así, ¿a quién más pudiste despertarle instintos homicidas?

He bajado a las entrañas de la casa, a tu estudio, y me he puesto a revisar tus papeles. He comenzado con las cosas mundanas. En los archiveros de madera colocados contra la pared he encontrado carpetas con tu expediente médico y el de Lena, así como el certificado de nacimiento de ella, en el que, por cierto, no aparece el nombre del padre. Sabía que ése sería el caso, por supuesto; ése era uno de tus misterios, uno de los secretos que guardabas con más celo. Ahora bien, ¿que ni siquiera Lena lo sepa? (He de preguntarme, con crueldad, si acaso tampoco tú lo sabías.)

Había también informes escolares de la escuela Montessori de Park Slope, en Brooklyn, y de la escuela y del instituto local de Beckford. También las escrituras de la casa, un seguro de vida (del cual Lena es la beneficiaria) y extractos de cuentas bancarias y de fondos de inversión. Las típicas cosas de una vida relativamente ordenada, sin secretos escondidos ni verdades ocultas.

En los cajones más bajos he encontrado los archivos relativos al «proyecto»: cajas repletas de copias preliminares de fotografías y páginas de notas. Algunas estaban mecanografiadas; otras, escritas en tinta azul o verde con tu letra de trazo delgado e inseguro, y llenas de palabras tachadas y que habías vuelto a escribir en mayúsculas y subrayadas, como los desvaríos de un teórico de la conspiración. Una loca. A diferencia de los otros archivos, los administrativos, ninguno de éstos estaba en orden, era todo un completo caos, estaba todo mezclado. Como si alguien lo hubiera revuelto en busca de algo. De repente he sentido un cosquilleo en la piel y se me ha secado la boca. La policía había registrado tus cosas, claro. Tenían tu computadora, pero aun así también debieron de querer ver esto. Puede que buscaran una nota.

He echado un vistazo a la primera caja de fotografías. La mayoría eran de la poza, de las rocas, de la pequeña playa arenosa... En algunas habías escrito cosas en los márgenes, códigos que no podía descifrar. También había fotos de Beckford: de sus calles y sus casas (las bonitas de piedra, pero también las feas). Una de éstas la habías fotografiado una y otra vez. Se trataba de una sencilla casa eduardiana adosada con las cortinas sucias medio corridas. Había imágenes del centro del pueblo, del puente, del pub, de la iglesia, del cementerio... Y de la tumba de Libby Seeton.

Pobre Libby. De pequeña, estabas obsesionada con ella. Yo odiaba esa historia triste y cruel, pero tú siempre querías escucharla una y otra vez. Querías escuchar cómo Libby, todavía niña, era sumergida en el agua acusada de brujería. «¿Por qué?», pregunté yo en una ocasión, y mamá me explicó que «ella y su tía tenían conocimientos sobre hierbas y plantas. Sabían cómo hacer medicina». A mí eso me pareció una razón estúpida, pero las historias de los adultos estaban llenas de crueldades estúpidas: niños pequeños rechazados en la puerta de una escuela porque su piel era de un color equivocado o gente golpeada o asesinada por venerar al dios equivocado. Más adelante me contaste que lo de Libby no se había debido a la medicina, sino a que sedujo (me explicaste la palabra) a un hombre mayor y lo persuadió para que abandonara a su esposa y a su hijo. Eso no hizo que disminuyera la fascinación que sentías por ella; para ti era una prueba de su poder.

Una vez, cuando tenías seis o siete años, insististe en ponerte una de las antiguas faldas de mamá para ir a la poza; la arrastraste por todo el camino de tierra, aunque la llevabas por debajo de la barbilla. Trepaste por las rocas y saltaste al agua mientras yo jugaba en la playa. Te pusiste a hacer de Libby: «¡Mira, mamá! ¡Mira! ¿Crees que me hundiré o me mantendré a flote?».

Todavía puedo ver cómo lo haces, puedo recordar la emoción en tu rostro y puedo sentir la suave mano de mamá en la mía, así como la cálida arena en las plantas de los pies mientras te observábamos. Aunque esto no tiene ningún sentido: si tú tenías seis o siete años, yo debía de tener dos o tres. Es imposible que pueda recordarlo, ¿no?

Me acordé del encendedor con las iniciales grabadas que encontré en el cajón de tu mesita de noche. «LS.» ¿Es por Libby? ¿De verdad, Nel? ¿Tan obsesionada estabas con una chica muerta hace trescientos años que hiciste que grabaran sus iniciales en una de tus pertenencias? Quizá no. Quizá no estabas obsesionada. Quizá simplemente te gustaba la idea de ser capaz de sostenerla en tu palma.

He vuelto a mirar las carpetas en busca de más cosas sobre Libby. He revisado páginas impresas con texto y fotos, impresiones de viejos artículos de periódico, recortes de revistas... Aquí y allá, he ido encontrándome con tus poco delicados garabatos en el borde de las páginas, que por lo general son ilegibles, rara vez descifrables. Algunos nombres los había oído y otros no: Libby y Mary, Anne y Katie y Ginny y Lauren, y, ahí, en lo alto de la página dedicada a Lauren, habías escrito con tinta negra: «Beckford no es un lugar propicio para suicidarse. Beckford es un lugar propicio para librarse de mujeres conflictivas».

La Poza de las Ahogadas

Libby, 1679

Ayer dijeron mañana, de modo que ha llegado el momento. Ella sabe que no tardarán. Acudirán a buscarla para llevarla al agua y sumergirla. Ella quiere que suceda, lo desea, se muere de ganas. Está cansada de sentirse tan sucia, del escozor en la piel. Sabe que en realidad eso no hará nada por sus llagas, ahora pútridas y malolientes. Necesitaría sauco, o tal vez caléndula. No está segura de qué sería mejor, o de si no será ya demasiado tarde. La tía May lo sabría, pero ya no está aquí, la colgaron de la horca hace ocho meses.

A Libby le gusta el agua, adora el río a pesar de que le da miedo la parte más honda. Ahora estará suficientemente fría para congelarla, pero al menos conseguirá deshacerse de los insectos que tiene en la piel. Cuando la arrestaron, le afeitaron la cabeza, pero el pelo le ha crecido un poco y ahora tiene bichos reptando por todas partes y metiéndose por cualquier sitio. Puede notarlos en las orejas, en las comisuras de los ojos y entre las piernas. Se rasca hasta hacerse sangre. Le sentará bien deshacerse de ellos, así como del olor a sangre y a sí misma.

Llegan por la mañana. Dos hombres, jóvenes, bruscos y malhablados. Ha sentido sus puños con anterioridad. Esta vez, no. Tienen cuidado porque han oído lo que ha dicho el hombre, el que la vio en el bosque con el diablo entre sus piernas abiertas. Se ríen y la abofetean, pero también le tienen miedo y, en cualquier caso, está ya muy desmejorada.

Ella se pregunta si él estará presente y qué pensará. Tiempo atrás la encontraba hermosa, pero ahora se le están pudriendo los dientes y tiene la piel cubierta de moretones como si ya estuviera medio muerta.

La llevan a Beckford, donde el río gira bruscamente rodeando el acantilado y luego la corriente se ralentiza y el agua se vuelve más profunda. Ahí es donde la sumergirán.

Es otoño y sopla un viento frío, pero el sol brilla con fuerza y se siente avergonzada de que la desnuden a plena luz del día delante de todos los hombres y las mujeres del pueblo. Le parece oír sus gritos ahogados de horror o sorpresa ante lo que se ha convertido Libby Seeton.

Está atada con cuerdas lo bastante gruesas y bastas para provocarle nuevas heridas y más sangre en las muñecas. Sólo los brazos. Las piernas, no. Luego le atan una cuerda alrededor de la cintura para que, si se hunde, puedan sacarla otra vez.

Cuando la llevan a la orilla del río, ella se voltea y lo busca con la mirada. Los niños gritan al pensar que se ha volteado para maldecirlos, y los hombres la empujan al agua. El frío la deja sin aliento. Uno de los hombres tiene una pértiga y se la clava en la espalda, empujándola más y más adentro, hasta que no puede mantenerse de pie. Se adentra en el río hasta que todo su cuerpo queda sumergido bajo el agua.

Se hunde.

El frío es tan intenso que se olvida de dónde está. Abre la boca para dejar escapar un grito sofocado, pero sólo consigue tragar agua negra. Comienza a ahogarse y forcejea y agita las piernas, pero está desorientada y no encuentra el lecho del río bajo sus pies.

La cuerda tira con fuerza, clavándosele en la cintura, desgarrándole la piel.

Cuando la sacan a la orilla, está llorando.

—¡Otra vez!

Alguien pide una segunda ordalía.

—¡Se ha hundido! —exclama una voz de mujer—. No es ninguna bruja, no es más que una niña.

—¡Otra vez! ¡Otra vez!

Los hombres vuelven a atarla para la segunda ordalía. Ahora, de otra forma: el pulgar de la mano izquierda al dedo gordo del pie derecho; el de la derecha, al del izquierdo. La cuerda alrededor de la cintura. Esta vez son ellos quienes la meten en el agua.

—¡Por favor! —comienza a suplicar ella, pues no sabe cuánto tiempo más va a poder soportar la negrura y el frío.

Quiere regresar a una casa que ya no existe, a una época en la que ella y su tía se sentaban delante de la chimenea y se contaban historias la una a la otra. Quiere estar en la cama de su casita de campo, quiere volver a ser niña y a disfrutar del olor a leña quemada y de la fragancia de las rosas y la dulce calidez de la piel de su tía.

—¡Por favor!

Se hunde. Para cuando la sacan del agua por segunda vez, tiene los labios amoratados y su aliento ya se ha extinguido por completo.

LUNES, 17 DE AGOSTO

Nickie

Nickie se ha sentado en su sillón junto a la ventana para ver cómo salía el sol y se levantaba la neblina matutina de las colinas. Apenas ha dormido en toda la noche por culpa del calor y del parloteo de su hermana en su oído. A Nickie no le gusta el calor. Es una criatura hecha para climas más fríos: la familia de su padre provenía de las Hébridas, eran de linaje vikingo. Y, por parte de madre, procedían del este de Escocia y se trasladaron al sur empujados por las cazas de brujas. Puede que la gente de Beckford no se lo creyera y se burlara de ella y la menospreciara, pero Nickie sabía que descendía de brujas. Podía trazar una línea directa hasta sus antepasados, de Sage a Seeton.

Tras bañarse, desayunar y vestirse de respetuoso negro, Nickie ha ido primero a la poza. Una larga y lenta caminata a lo largo del sendero. Ha agradecido la sombra que le proporcionaban los robles y las hayas. Aun así, el sudor se le metía en los ojos y se le acumulaba en la parte baja de la columna. Cuando ha llegado a la pequeña playa del lado sur, se ha quitado las sandalias y se ha metido hasta los tobillos. Luego se ha inclinado y, con las manos, se ha mojado un poco la cara, el cuello y la parte superior de los brazos. Tiempo atrás, habría subido a lo alto del acantilado para presentar sus respetos a aquellas que habían caído y a aquellas que habían saltado y a aquellas a las que habían empujado, pero sus piernas ya no se lo permitían, de modo que, si quería decirles algo a las nadadoras, tendría que hacerlo desde allí abajo.

106

Nickie se encontraba en ese mismo lugar la primera vez que sus ojos se posaron en Nel Abbott. Sucedió dos años antes y ella estaba haciendo eso mismo, remojándose para refrescarse, cuando de repente divisó a una mujer en lo alto del acantilado. Vio cómo caminaba adelante y atrás. Una vez. Y luego otra. A la tercera, Nickie sintió un cosquilleo en las palmas de las manos. «Algo turbio», pensó. Vio cómo la mujer se agachaba hasta ponerse de rodillas y luego, cual serpiente reptando sobre su vientre, se arrastraba hasta llegar al mismo borde y se quedaba con los brazos colgando.

—¡Eh! —exclamó Nickie con el corazón en la boca.

La mujer bajó la mirada y, para su sorpresa, sonrió y la saludó con la mano.

Después de eso, comenzó a verla a menudo. Nel pasaba mucho tiempo en la poza, tomando fotografías, dibujando, escribiendo cosas. A cualquier hora del día o de la noche, hiciera el tiempo que hiciera. Desde su ventana, Nickie la veía cruzar el pueblo en dirección a la poza en mitad de la noche, bajo una ventisca o cuando llovía con la suficiente fuerza como para calarla a una hasta los huesos.

A veces, Nickie se la cruzaba en el sendero y Nel no pestañeaba. Ni siquiera se daba cuenta de que tenía compañía, así de absorta estaba en la tarea que tenía entre manos. A Nickie le gustaba eso. Admiraba la concentración de la mujer, la manera en que su trabajo la consumía. También le gustaba la devoción que sentía por el río. Hubo un tiempo en que a Nickie le gustaba meterse en el agua en las calurosas mañanas de verano, si bien esos días ya habían quedado atrás. Nel, en cambio, nadaba al amanecer y al anochecer, en verano o en invierno. Sin embargo, ahora que lo pensaba, hacía días que no la veía nadando; al menos, un par de semanas. O quizá más. Ha intentado recordar cuándo fue la última vez, pero no ha podido, en parte por culpa del incesante parloteo de su hermana al oído, que le nublaba el juicio.

Desearía que se callara.

Todo el mundo pensaba que Nickie era la oveja negra de la familia, pero en realidad ésa era su hermana Jean. A lo largo de su infancia, todos decían que Jeannie era la buena y elogiaban que hiciera lo que le mandaban. Al cumplir los diecisiete, sin embargo, no se le ocurrió otra cosa que hacerse policía. ¡Policía! Su padre era minero, por el amor de Dios. Una traición, eso fue lo que dijo su madre, que era una traición a toda la familia, a toda la comunidad. Sus padres dejaron de dirigirle la palabra, y se suponía que Nickie también debía cortar toda relación con ella. Pero no fue capaz. Jeannie era su hermanita.

Era una bocona. Ése era su problema: no sabía cuándo callarse. Después de dejar la policía y antes de marcharse de Beckford, Jean le contó una historia que le puso los pelos de punta y, desde entonces, Nickie había estado mordiéndose la lengua, escupiendo al suelo y murmurando invocaciones de protección cada vez que Patrick Townsend se cruzaba en su camino.

Hasta el momento, había funcionado. Estaba protegida. Jeannie, en cambio, no. Después de ese asunto con Patrick y su esposa y todos los problemas que hubo después, Jeannie se trasladó a Edimburgo y se casó con un hombre inútil. Juntos, se pasaron los siguientes quince años bebiendo alcohol hasta morir. De vez en cuando, sin embargo, Nickie todavía la veía y hablaba con ella. Últimamente, con más frecuencia. Jeannie había vuelto a ser la misma cotorra de antes. Ruidosa y conflictiva. Insistente.

Esas últimas noches, desde que Nel se ahogó, Jeannie había estado parloteando más que nunca. A Jeannie le habría caído bien Nel, habría visto algo de sí misma en ella. A Nickie también le caía bien. Le gustaban sus conversaciones, le gustaba el hecho de que la escuchara cuando hablaba. Escuchaba sus historias, pero no hizo caso de sus advertencias. Al igual que Jeannie, Nel tampoco sabía cuándo debía mantener la boca cerrada.

La cosa es que, a veces, digamos después de una lluvia torrencial, el río crece y la corriente remueve la tierra y saca a la luz cosas perdidas: los huesos de un cordero, la bota de agua de un niño, un reloj de oro cubierto de cieno, un par de lentes con una cadenita de plata. Un brazalete con el cierre roto. Un cuchillo, un anzuelo, un plomo. Latas y carritos de supermercado. Escombros. Objetos con importancia y otros que carecen de ella. Y eso está bien, así son las cosas, así es el río. El río puede viajar al pasado, sacarlo todo a la luz de nuevo y regurgitarlo en las orillas a plena vista de todo el mundo. La gente, en cambio, no puede. Las mujeres no pueden. Cuando una comienza a hacer preguntas y a poner pequeños anuncios en tiendas y pubs, cuando una comienza a tomar fotografías y a hablar con los periódicos y a hacer preguntas sobre brujas, mujeres y almas perdidas, no está buscando respuestas, sino problemas.

Nickie lo sabía bien.

Tras secarse los pies, ha vuelto a ponerse las sandalias y ha empezado a recorrer lentamente el sendero, los escalones y el puente de vuelta al pueblo. Para entonces ya eran pasadas las diez, casi la hora. Ha ido a la tienda, se ha comprado una lata de Coca-Cola y se ha sentado en la banca que hay enfrente del cementerio. No pensaba entrar —la iglesia no era un lugar para ella—, pero quería verlos. Quería ver a los dolientes, a los mirones, a los desvergonzados hipócritas.

Se ha acomodado en la banca y ha cerrado los ojos. Le ha parecido que lo hacía sólo por un momento, pero cuando ha vuelto a abrirlos, la gente ya estaba llegando. Ha visto a la joven policía, la nueva, dándose aires y mirando a un lado y a otro como una suricata. Ella también era una espectadora. Nickie ha visto a la gente del pub: el propietario, la esposa de éste y la joven que trabajaba detrás de la barra. Y a un par de profesores de la escuela, el gordo desaliñado y el guapo, con los lentes de sol puestos. También ha visto a los Whittaker, a los tres, que parecían estar profundamente afectados: el padre, encorvado por el dolor, y el chico aterrorizado de su propia sombra. Sólo la madre iba con la cabeza alta. Y a un grupito de chicas jóvenes que iban graznando como gansos. Tras éstas caminaba un hombre, un feo rostro del pasado. Nickie lo conocía, pero no ha conseguido recordar de dónde. La ha distraído el coche de color azul oscuro que ha aparecido de repente y se ha metido en el estacionamiento provocándole un cosquilleo en la piel y la sensación de una corriente de aire fresco en la nuca. La primera en bajar del vehículo ha sido la mujer, Helen Townsend, tan anodina como un pájaro café, que lo ha hecho por la puerta trasera. Su marido ha descendido del asiento del conductor, y del lado del copiloto lo ha hecho el padre de éste, Patrick, con la espalda erguida como un sargento mayor. Patrick Townsend: hombre de familia, pilar de la comunidad, expolicía. Escoria. Nickie ha escupido en el suelo y ha recitado una invocación. Ha notado que el viejo volteaba a verla, y entonces Jeannie le ha susurrado al oído: «Aparta la mirada, Nic».

Nickie los ha contado al entrar y ha vuelto a hacerlo cuando han salido media hora después. En la puerta se ha formado un pequeño tumulto de gente empujándose y dándose codazos, y entonces ha sucedido algo entre el profesor guapo y Lena Abbott. Han intercambiado una palabra fugaz. Nickie lo ha visto y se ha dado cuenta de que la mujer policía también lo veía. Sean Townsend, muy por encima del resto, revoloteaba alrededor de la gente para mantener el orden. Sin embargo, hay algo en lo que no ha puesto atención. Como uno de esos trucos en los que uno aparta la vista de la bola un momento y de repente todo el juego cambia.

Helen

Helen se ha sentado a la mesa de la cocina y ha llorado sin hacer ruido, sacudiendo ligeramente los hombros con las manos cruzadas en el regazo. Sean ha malinterpretado por completo la situación.

—No tienes por qué ir —ha dicho apoyando con cuidado una mano en su hombro—. No hay razón para que lo hagas.

—Sí tiene que ir —ha intervenido Patrick—. Tiene que hacerlo, y tú también. Todos tenemos que ir. Somos parte de esta comunidad.

Helen ha asentido y luego se ha secado las lágrimas de los ojos con la parte inferior de las palmas de las manos.

—Claro que voy a ir —ha dicho, aclarándose la garganta—. Claro que voy a hacerlo.

No se sentía apesadumbrada por el funeral, sino porque esa mañana Patrick había ahogado a la gata en el río. Estaba preñada, le había dicho, y no podían permitir que se les llenara la casa de gatos. Serían una molestia. Tenía razón, claro, pero eso no quitaba que la hubiera hecho sentir mal. Por salvaje que fuera la gata, Helen había comenzado a considerarla una mascota. Le gustaba verla cada mañana cruzando el patio, olisqueando la puerta de entrada a la espera de algo de comer, matando perezosamente las abejas que revoloteaban por la mata de romero... Pensar en ella ha hecho que las lágrimas volvieran a acudir a sus ojos.

—No tenías por qué *ahogarla*. Podría haberla llevado al veterinario para que la sacrificara —ha señalado después de que Sean subiera al piso de arriba.

Patrick ha negado con la cabeza.

—No hacía falta —ha dicho con brusquedad—. Así ha sido mejor. Todo ha terminado muy rápido.

Pero Helen ha visto en sus antebrazos los profundos arañazos que atestiguaban la violencia con que la gata se había resistido. «Me alegro —ha pensado—. Espero que te haya hecho mucho daño.» Luego se ha sentido mal, porque, por supuesto, él no lo ha hecho para ser cruel.

—Será mejor que te cure eso —ha dicho entonces, señalando las marcas que Patrick tenía en los brazos.

Él ha negado con la cabeza.

—No pasa nada.

—Sí pasa. Las heridas podrían infectarse. Y vas a mancharte la camisa de sangre.

De modo que lo ha sentado a la mesa de la cocina, le ha limpiado las heridas, les ha aplicado antiséptico y luego ha puesto curitas en los peores cortes. Mientras tanto, él no ha dejado de mirarle el rostro y ella ha imaginado que debía de sentirse algo arrepentido porque, cuando ha terminado, le ha besado la mano y ha dicho:

—Buena chica. Eres una buena chica.

Entonces ella se ha puesto de pie y se ha acercado al fregadero y, apoyando las manos en la barra, se ha quedado mirando por la ventana los adoquines bañados por el sol y se ha mordido el labio.

Patrick ha suspirado y, bajando el tono hasta convertirlo casi en un murmullo, ha señalado:

—Mira, querida, sé que esto es difícil para ti. Lo sé. Pero tenemos que ir todos juntos como la familia que somos, ¿verdad? Tenemos que apoyar a Sean. Esto no tiene nada que ver con que sintamos pena por ella. Tan sólo supone dejar todo ese asunto atrás.

Helen no podría decir si han sido las palabras que él ha pronunciado o sentir su aliento en la nuca cuando lo ha hecho, pero se le ha erizado el vello de todo el cuerpo.

—Patrick —ha dicho dirigiéndose a él—. *Papá.* Necesito hablar contigo sobre el coche, sobre...

Justo en ese momento, Sean ha comenzado a descender ruidosamente la escalera, bajando los escalones de dos en dos.

—¿Sobre qué?

—Da igual —ha dicho ella, y él ha fruncido el ceño. Ella ha negado con la cabeza—. No importa.

Ha subido al piso de arriba y se ha lavado la cara y se ha puesto el pantalón de color gris oscuro que suele reservar para las reuniones del comité escolar. Luego se ha pasado un cepillo por el pelo intentando no ver su imagen en el espejo. No quería admitir ni siquiera para sí que tenía miedo; no quería hacer frente a aquello a lo que tenía miedo. Había hallado algunas cosas en la guantera del coche, cosas a las que no encontraba explicación, y tampoco estaba segura de querer una. Lo había tomado todo y —estúpida e infantilmente— lo había escondido bajo la cama.

—¿Estás lista? —le ha preguntado Sean desde la planta baja.

Ella ha respirado hondo, obligándose a mirar su reflejo, su pálido y límpido rostro y sus ojos claros como el cristal gris.

—Estoy lista —ha contestado para sí.

Helen se ha sentado en el asiento trasero del coche de Sean, y Patrick en el del copiloto, junto a su hijo. Nadie ha dicho nada, pero por el modo en que su marido no dejaba de tocarse la muñeca de un brazo con la palma de la mano del otro, ella ha notado que estaba nervioso. Debía de sentirse afligido, claro. Todo eso —esas muertes en el río— despertaba dolorosos recuerdos para él y para su padre.

Al cruzar el primer puente, Helen ha bajado la mirada hacia las aguas verdosas y ha intentado no pensar en ella luchando por su vida. La gata. Estaba pensando en la gata.

Josh

He tenido una discusión con mamá antes de salir de casa para ir al funeral. Al ir a la planta baja, me la he encontrado en el recibidor pintándose los labios frente al espejo. Llevaba puesta una blusa roja. «No puedes llevar eso a un funeral —le he dicho—, es una falta de respeto.» Ella se ha limitado a soltar una risita y luego ha ido a la cocina y ha continuado haciendo sus cosas como si yo no le hubiera dicho nada. Pero yo no pensaba dejarlo pasar. No nos conviene llamar todavía más la atención. Lo más seguro es que la policía esté presente (la policía siempre acude a los funerales de las personas que mueren de forma sospechosa). Ya era suficientemente malo que yo les hubiera mentido, y que mamá también lo hubiera hecho. ¿Qué iban a pensar cuando la vieran aparecer vestida como si fuera a una fiesta?

La he seguido a la cocina. Ella me ha preguntado si quería una taza de té y le he contestado que no. Luego le he dicho que no creía que debiera ir al funeral. «¿Por qué no?», ha respondido ella. «Ni siquiera te caía bien —le he dicho—. Todo el mundo sabe que no te caía bien.» Ella me ha mirado con una sonrisita irónica en los labios y ha replicado: «¿Ah, sí? ¿Lo saben?». «Yo voy porque soy amigo de Lena», he añadido entonces, a lo que ella ha replicado: «No, no lo eres». En ese momento, papá ha bajado y ha intervenido: «No digas eso, Lou. Claro que lo es». Luego le ha dicho algo a mamá en voz muy baja para que yo no pudiera oírlo y ella ha asentido y ha subido al cuarto.

Papá me ha preparado una taza de té que yo no quería pero que me he tomado de todos modos.

—¿Crees que la policía estará en el funeral? —he preguntado, aunque sabía la respuesta.

—Supongo que sí. El señor Townsend conocía a Nel, ¿no? Y, en fin, supongo que un buen número de gente del pueblo querrá presentar sus respetos, tanto si la conocían como si no. Sé... sé que es una situación complicada, pero creo que es importante que intentemos hacer un esfuerzo común, ¿no te parece? —Yo no he dicho nada—. Y supongo que tú querrás ver a Lena para decirle lo mucho que lo sientes, ¿verdad? Imagina cómo debe de estar sintiéndose, la pobrecilla.

He continuado sin decir nada. Él ha extendido la mano para pasármela por la cabeza y despeinarme, pero yo lo he esquivado.

—Papá —he dicho entonces—, ¿recuerdas que la policía nos hizo preguntas sobre la noche del domingo? ¿Sobre dónde estábamos y todo eso?

Él ha afirmado con la cabeza y, al hacerlo, me he dado cuenta de que echaba un vistazo detrás de mí para comprobar que mamá no estaba escuchándonos.

—Les explicaste que no habías oído nada inusual, ¿no? —ha preguntado, y yo he asentido—. Les dijiste la verdad.

No estoy seguro de si ha dicho «Les dijiste la verdad» en tono interrogativo o afirmativo.

Yo quería decir algo, quería hacerlo en voz alta. Quería decir «¿Y si...? ¿Y si hizo algo malo?», para que papá pudiera decirme lo ridículo que estaba siendo, para que pudiera gritarme: «¡¿Cómo puedes siquiera pensar eso?!».

—Mamá fue a la tienda —he dicho al final.

Él me ha mirado como si fuera idiota.

—Sí, ya lo sé. Esa mañana fue a comprar leche. Josh... ¡Oh! ¡Ya estás aquí! —ha exclamado mirando por encima de mi hombro—. Mírala. Así está mejor, ¿no te parece?

Se había cambiado la blusa roja por una negra.

Estaba mejor, pero yo todavía temía lo que pudiera pasar. Temía que dijera algo o que se riera en mitad de la ceremonia, algo así. En ese momento tenía en el rostro una expresión que encontraba realmente molesta. No era que diera la impresión de estar feliz ni nada de eso, sino más bien... Era algo parecido a la forma en la que mira a papá cuando le gana una discusión, como cuando le dice: «Te dije que sería más rápido ir por la A68». Era como si hubiera demostrado que tenía la razón sobre algo y no pudiera quitarse esa expresión ganadora de la cara.

Cuando hemos llegado a la iglesia todavía había mucha gente en la puerta, y eso me ha hecho sentir un poco mejor. He visto al señor Townsend y creo que él me ha visto a mí, pero no ha venido a decirme nada. Estaba ahí de pie, mirando a su alrededor, hasta que, de repente, se ha quedado quieto observando cómo Lena y su tía cruzaban el puente. Lena tenía un aspecto realmente adulto, distinto del que suele tener. Pero estaba igual de guapa. Ha pasado por nuestro lado y, al verme, me ha sonreído con tristeza. Me han dado ganas de acercarme a ella y darle un abrazo, pero mamá estaba aferrada a mi mano con tal fuerza que no he podido.

No tendría que haberme preocupado por que mamá pudiera reírse. En cuanto hemos entrado en la iglesia, ha comenzado a llorar. Sollozaba con tanta fuerza que la gente volteaba para mirarnos. No tengo claro si eso ha mejorado o empeorado las cosas.

Lena

Esta mañana me sentía feliz. Tras apartar las sábanas, me he quedado un momento acostada en la cama. El calor del día comenzaba a sentirse y sabía que iba a ser un día hermoso. Casi me ha parecido oír cantar a mamá. Entonces, me he levantado.

En la parte trasera de la puerta de mi dormitorio colgaba el vestido que pensaba llevar. Era de mamá, de Lanvin. Ni en un millón de años me habría dejado ponérmelo, pero no creo que hoy le hubiera importado. No había sido lavado en seco desde la última vez que lo había llevado ella, de modo que todavía tenía su olor. Cuando me lo he puesto, ha sido como sentir su piel contra la mía.

Me he lavado y secado el pelo y luego me lo he recogido. Normalmente lo llevo suelto, pero a mamá le gustaba que me lo recogiera. «*Supersofis*», decía en ese tono que adoptaba cuando quería que pusiera los ojos en blanco. Me he sentido tentada de ir a su habitación por su brazalete —sabía que estaría guardado ahí—, pero no he podido hacerlo.

No he sido capaz de entrar allí desde que murió. La última vez que estuve dentro fue el domingo por la tarde. Estaba aburrida y triste por Katie, por tanto entré en su habitación en busca de algo de hierba. No encontré nada en la mesita de noche, así que miré en los bolsillos del abrigo que colgaba en su armario, pues a veces guardaba cosas en ellos. No esperaba que llegara a casa tan pronto. Cuando me sorprendió, no parecía enojada, sino más bien triste.

—No puedes regañarme —le dije—. Estoy buscando drogas *en*

tu habitación, de modo que no puedes enojarte conmigo. Eso te convertiría en una absoluta hipócrita.

—No —repuso ella—. Eso me convertiría en una persona adulta.

—Es lo mismo —dije yo, y ella se rio.

—Sí, es posible, pero el hecho es que yo puedo fumar hierba y beber alcohol y tú no. Y ¿por qué demonios estás intentando drogarte tú sola un domingo por la tarde? Es un poco triste, ¿no? —Y luego añadió—: ¿Por qué no vas a nadar o algo así? Llama a alguna amiga.

Y entonces perdí los estribos con ella porque sonó como si estuviera diciendo lo mismo que Tanya, Ellie y todas esas zorras decían de mí: que soy triste, que soy una perdedora, que no tengo amigos ahora que la única persona a la que le caía bien se había suicidado.

—¡¿Cuál maldita amiga? No tengo ninguna, ¿recuerdas? ¿No te acuerdas de lo que le pasó a mi mejor amiga?! —le dije a gritos.

Ella se quedó muy callada y alzó las manos tal y como hace —hacía— cuando no quería enredarse en una discusión conmigo. Pero yo no lo dejé pasar, no quería hacerlo. Seguí gritándole y diciéndole que nunca estaba en casa, que me dejaba sola a todas horas, que era tan distante conmigo que parecía que ni siquiera quisiera que estuviera cerca de ella. Ella negó con la cabeza y repuso:

—Eso no es cierto, no es cierto —y luego añadió—: Lamento si últimamente he estado distraída, pero hay algunas cosas que no puedo explicarte. Hay algo que tengo que hacer, y no puedo explicarte lo difícil que es.

Yo le contesté con frialdad:

—No necesitas hacer nada, mamá. Me prometiste que mantendrías la boca cerrada, así que no tienes que hacer nada. Por el amor de Dios, ¿no has hecho ya suficiente?

—Lenie —dijo ella—. Lenie, por favor. No lo sabes todo. Soy tu madre, tienes que confiar en mí.

119

Entonces le dije algunas estupideces acerca de que nunca se había comportado como una auténtica madre y de qué clase de madre tiene droga en casa y trae hombres por las noches. También que, si hubiera sido al revés, si hubiera sido yo quien se encontrara en una situación como la de Katie, Louise habría sabido qué hacer, habría sido la madre que su hija necesitaba y habría hecho algo, habría ayudado. Y eran todo sandeces, claro está, porque era yo quien no quería que mamá dijera nada y ella me lo recordó, y luego señaló que, en cualquier caso, había intentado ayudar. Entonces comencé a gritarle y a decirle que era todo culpa suya y que si le contaba algo a alguien me marcharía y ya nunca volvería a hablar con ella. Se lo repetí una y otra vez: «Ya has hecho suficiente daño». La última cosa que le dije fue que era culpa suya que Katie estuviera muerta.

Jules

El día de tu funeral ha hecho calor. Los rayos del sol centelleaban en la superficie del agua y la luz era demasiado brillante y el aire demasiado denso a causa de la humedad. Lena y yo hemos ido caminando a la iglesia. Ella iba unos pasos por delante de mí, y la distancia entre nosotras ha ido haciéndose mayor a medida que íbamos avanzando. No se me da bien caminar con tacones; para Lena, en cambio, parece algo natural. Estaba muy elegante y muy guapa, y se veía mucho mayor de los quince años que tiene. Llevaba un vestido negro de crepé con escote ventana. Hemos hecho el trayecto en silencio mientras el río serpenteaba a nuestro lado, cenagoso, hosco y silencioso. El aire cálido olía a putrefacción.

Al dar la vuelta en la esquina en dirección al puente, he sentido temor por la gente que pudiera estar en la iglesia. Temía que no apareciera absolutamente nadie y que Lena y yo nos viéramos obligadas a sentarnos solas, sin nada entre nosotras salvo tu presencia.

He mantenido la cabeza agachada y los ojos puestos en la carretera, concentrada en poner un pie delante del otro, tratando de no tropezar en el asfalto desigual. La blusa que llevaba (negra y sintética, con un lazo en el cuello, completamente inadecuada para el tiempo que hacía) se me pegaba a la parte baja de la espalda. Además, han empezado a llorarme los ojos. «No importa que se me corra el rímel —me he dicho—. La gente pensará que he estado llorando.»

Lena no ha llorado. O, al menos, no lo ha hecho delante de mí. A veces me parece oír sus sollozos por la noche, pero por las mañanas baja a desayunar con los ojos despejados y una actitud despreocupada. Entra y sale de la casa sin decir una palabra. La oigo hablar en voz baja en su dormitorio, pero a mí me ignora: se encoge cuando me ve aparecer, gruñe ante mis preguntas, rehúye mi atención... No quiere saber nada de mí. (Recuerdo cuando tú viniste a mi habitación después de que muriera mamá. Querías hablar y yo te eché. ¿Es esto lo mismo? ¿Está haciendo lo mismo que yo? No lo sé.)

Cuando nos acercábamos al cementerio, he notado a una mujer que estaba sentada en una banca al otro lado de la carretera. Al verme, me ha sonreído dejando a la vista sus dientes podridos. Me ha parecido oír que alguien se reía, pero sólo eras tú en mi cabeza.

Algunas de las mujeres sobre las que has escrito están enterradas en este lugar, algunas de tus mujeres *conflictivas*. ¿Lo eran todas realmente? Libby sí, claro está. A los catorce años sedujo a un hombre de treinta y cuatro años y lo persuadió para que abandonara a su querida esposa y a su hijo pequeño. Ayudada por su tía, la bruja May Seeton, y los numerosos demonios que conjuraron, Libby engatusó al pobre e inocente Matthew para realizar una serie de actos antinaturales. Ciertamente conflictiva. De Mary Marsh se decía que practicaba abortos. Y Anne Ward era una asesina. Pero ¿qué hay de ti, Nel? ¿Qué hiciste tú? ¿A quién le estabas causando problemas?

Libby está enterrada en el cementerio. Tú sabías dónde. Ella y las demás. Me enseñaste las lápidas, rascaste el moho para que pudiéramos leer las palabras que había escritas en ellas. Guardaste un poco —de moho, quiero decir— y te metiste en mi habitación y pusiste un poco bajo mi almohada. Luego me dijiste que lo había hecho Libby. Por las noches caminaba por la orilla del río, me contaste; si una aguzaba el oído, podía oírla llamando a su tía, a May, para que fuera a rescatarla. Pero May nunca aparecía: no podía. No está en el cementerio. Después de obtener su confesión, la colgaron en la plaza del pueblo; su cadáver está enterrado en el

122

bosque, a las afueras, y con clavos en las piernas para que no pueda volver a levantarse nunca jamás.

Al llegar a la parte más alta del puente, Lena ha girado hacia mí sólo por un segundo. Su expresión —de impaciencia, puede también que con un asomo de pena— se parecía tanto a la tuya que he sentido un estremecimiento. He tenido que apretar con fuerza los puños y morderme el labio: «¡No puedo sentir miedo! ¡No es más que una niña!».

Me dolían mucho los pies. Sentía el escozor del sudor en el nacimiento del pelo. Quería arrancarme la blusa. Quería arrancarme la piel. Cuando hemos llegado a la iglesia, he visto que había una pequeña multitud reunida en el estacionamiento que hay enfrente. Al vernos, han girado todos hacia nosotras y han contemplado cómo nos acercábamos. Me he preguntado qué sentiría si me arrojara por encima de los muros de piedra: sería aterrador, sí, pero sólo durante un momento. Me hundiría en el lodo y dejaría que el agua me rodeara por completo; sería un auténtico alivio poder refrescarse, así como dejar de sentir las miradas de la gente.

Una vez dentro, Lena y yo nos hemos sentado una al lado de la otra (a muy poca distancia) en la banca de la primera fila. La iglesia estaba llena. En algún lugar a nuestra espalda, una mujer no paraba de sollozar desconsoladamente. El pastor ha hablado sobre tu vida, ha enumerado tus logros y ha destacado la devoción que sentías por tu hija. A mí me ha mencionado de pasada. Fui yo quien le dio la información, así que supongo que no puedo quejarme de que el discurso haya sonado superficial. Yo podría haber dicho algo, quizá debería haberlo hecho, pero no se me ha ocurrido cómo podría hablar de ti sin traicionar algo; a ti, o a mí misma, o a la verdad.

El servicio ha terminado de forma abrupta y, antes de que pudiera darme cuenta, Lena ya estaba de pie. He ido detrás de ella por el pasillo central. Por algún motivo, la atención que nos dedicaba la gente resultaba más bien amenazante y para nada alentadora. He intentado no mirar los rostros que se habían girado hacia nosotras, pero no he podido evitar hacerlo: la mujer que sollozaba con la cara arrugada y roja, Sean Townsend mirándome directamente a los ojos, un joven con la cabeza inclinada, un adolescente riéndose tras su puño. Un hombre violento. Me he detenido de golpe y la mujer que había detrás de mí ha tropezado con mi talón.

—Lo siento, lo siento —ha murmurado ella mientras me rodeaba.

Yo no me he movido, no he respirado, no podía tragar saliva, mis entrañas se han revuelto. Era él.

Más viejo, sí, y más feo —estaba muy demacrado—, pero resultaba inconfundible. Un hombre violento. Me he quedado un momento a la espera de que se volteara hacia mí y me viera. He pensado que, si lo hacía, pasaría una de estas dos cosas: me echaría a llorar o me abalanzaría sobre él. He esperado, pero no lo ha hecho. Él estaba mirando a Lena, observándola con atención. Mis entrañas revueltas se han helado de golpe.

He seguido avanzando a ciegas, abriéndome paso entre la gente a empujones. Él permanecía a un lado con los ojos todavía puestos en Lena. Estaba observando cómo se quitaba los zapatos. Los hombres miran a las chicas con el aspecto de Lena de muchas formas: con deseo, con apetito, con aversión... Yo no podía ver sus ojos, pero no hacía falta. Sabía lo que había en ellos.

Me he dirigido hacia él con un nudo formándose en mi garganta. La gente se fijaba en mí con pena o confusión. No me importaba. Tenía que llegar a su lado... Y, entonces, se ha dado la vuelta de golpe y se ha marchado. He visto cómo recorría el pasillo rápidamente y salía de la iglesia en dirección al estacionamiento. Yo me he quedado inmóvil, sintiendo cómo el aire llegaba de golpe a mis pulmones y el golpe de adrenalina me aturdía la cabeza. Él se ha metido en un coche verde de gran tamaño y ha desaparecido.

—¿Jules? ¿Está bien? —La sargento Morgan ha aparecido a mi lado y me ha apoyado una mano en el brazo.

—¿Ha visto a ese hombre? —le he preguntado—. ¿Lo ha visto?

—¿Qué hombre? —ha dicho ella mirando a su alrededor—. ¿Quién?

—Es un hombre violento —he dicho.

Ella se ha mostrado alarmada.

—¿Dónde, Jules? ¿Alguien le ha hecho..., le ha dicho algo?

—No, yo... no.

—¿Qué hombre, Jules? ¿De quién está hablando?

Las algas me han hecho un nudo en la lengua y se me ha llenado la boca de lodo. «Lo recuerdo. Sé de lo que es capaz», quería decirle.

—¿A quién ha visto? —me ha preguntado ella.

—A Robbie. —Finalmente he pronunciado su nombre—. A Robbie Cannon.

AGOSTO DE 1993

Jules

Me había olvidado. Antes del partido de futbol, sucedió otra cosa. Yo estaba sentada en mi toalla, leyendo mi libro. Todavía no había nadie más a mi alrededor y entonces llegaste tú. Con Robbie. Como yo estaba debajo de los árboles, no me viste. Te metiste corriendo en el agua y él fue detrás de ti. Estuvieron nadando, salpicándose y besándose. En un momento dado, él te tomó la mano y te llevó al borde del agua, se echó encima de ti, empujó tus hombros, arqueó la espalda y levantó la mirada. Me sorprendió observándolos. Y sonrió.

Luego, por la tarde, regresé sola a casa. Me quité el traje de baño con el estampado de cuadros y los *shorts* azules y lo dejé todo remojándose en el lavabo. Luego me preparé un baño y me metí pensando que «nunca me libraría de ello, de toda esa horrible piel».

«Una chica corpulenta. Un hipopótamo. Con unas piernas capaces de arrancar un 747 a golpe de pedal. Podría jugar en la primera línea de la selección inglesa de rugby.»

Era demasiado grande para los espacios que habitaba, siempre los desbordaba. Ocupaba demasiado espacio. Me sumergí en el agua y el nivel ascendió. Eureka.

De vuelta en mi habitación, me metí en la cama y me quedé un rato ahí tumbada, regodeándome en mi tristeza y sintiendo una autocompasión mezclada con culpa porque mi madre yacía en la cama de la habitación contigua, muriéndose de cáncer de mama, y

126

yo sólo podía pensar en que no quería seguir así, no quería vivir de este modo.

Me quedé dormida.

Me despertó mi padre. Tenía que llevar a mi madre al hospital para hacerle más pruebas e iban a pasar la noche en la ciudad porque empezarían temprano. Habían dejado algo de cena en el horno, me dijo.

Nel estaba en casa. Lo sabía porque podía oír música en la habitación de al lado. Al cabo de un rato, la música se detuvo y lo que oí fueron voces, primero bajas y luego más altas, y también otros ruidos: gemidos, gruñidos, una brusca inhalación de aire. Me levanté de la cama, me vestí y salí al pasillo. La luz estaba encendida, y la puerta del dormitorio de Nel, ligeramente entreabierta. La habitación estaba a oscuras, pero podía oírla a ella. Estaba diciendo algo. Estaba pronunciando su nombre.

Sin apenas atreverme a respirar, me acerqué a la puerta. A través de la rendija, pude distinguir las siluetas de sus cuerpos moviéndose en la oscuridad. Era incapaz de apartar la mirada. Los estuve observando hasta que él dejó escapar un fuerte gruñido animal. Luego comenzó a reírse y supe que habían terminado.

En la planta baja, todas las luces estaban encendidas. Fui de habitación en habitación apagándolas todas y luego me dirigí a la cocina y abrí el refrigerador. Me quedé mirando lo que contenía y, con el rabillo del ojo, divisé una botella de vodka abierta y medio llena que había sobre la barra. Copié lo que le había visto hacer a Nel: me serví medio vaso de jugo de naranja y terminé de llenarlo con vodka. Luego me preparé para el desagradable sabor amargo que había experimentado al probar vino y cerveza, pero al darle un trago descubrí que era dulce y en absoluto amargo.

Me acabé la bebida y luego me serví otra. Disfrutaba de la sensación física que me proporcionaba: la calidez se extendía por mi estómago y mi pecho, haciendo que aumentara la temperatura de mi torrente sanguíneo, que mi cuerpo se relajara y que la desdicha que había sentido esa tarde se disipara.

Fui a la sala y contemplé el río por la ventana, esa lustrosa serpiente negra que reptaba por debajo de la casa. Me resultó sorprendente cómo, de pronto, me di cuenta de que mi problema no era ni mucho menos insalvable. Tuve un repentino momento de claridad. No tenía que arreglar mi cuerpo, éste podía fluir. Como el río. Puede que no resultara tan difícil, después de todo. ¿Acaso no podía matarme de hambre y moverme más (en secreto, cuando nadie me viera)? Transformarme, pasar de gusano a mariposa, convertirme en una persona distinta, irreconocible, de tal forma que la chica fea y ensangrentada quedara en el olvido. Me renovaría.

Volví a la cocina para servirme otro vodka.

En ese instante oí unos pasos en el piso de arriba que recorrían el pasillo y luego descendían la escalera. Yo regresé a la sala, apagué la lámpara y, sentándome sobre los pies, me agazapé en la oscuridad del asiento de la ventana.

Lo oí entrar en la cocina y abrir el refrigerador. No, el congelador: oí cómo tomaba hielo de la bandeja y se servía algo líquido. Luego lo vi pasar de nuevo, pero de repente se detuvo y dio un paso atrás.

—¿Julia? ¿Eres tú?

Yo no dije nada. Contuve la respiración. No quería ver a nadie —y, desde luego, no quería verlo a él—, pero Robbie ya estaba buscando a tientas el interruptor y, cuando las luces se encendieron, lo vi ahí de pie, vestido tan sólo con unos calzoncillos. Tenía la piel intensamente bronceada, los hombros anchos y un torso que se estrechaba al llegar a la cintura. La línea de vello del abdomen descendía hasta desaparecer por debajo del bóxer. Me sonrió.

—¿Estás bien? —preguntó. Al acercarse, pude ver que tenía los ojos un poco vidriosos y que su sonrisa parecía más estúpida y perezosa de lo habitual—. ¿Por qué estás sentada aquí, en la oscuridad? —Vio entonces mi vaso de vodka y su sonrisa se hizo más amplia—. Ya me parecía a mí que quedaba poco vodka...

Se aproximó, chocó su vaso con el mío y luego se sentó a mi lado, pegando su muslo a mi pie. Yo me aparté, bajé los pies al suelo y me dispuse a levantarme, pero él apoyó una mano en mi brazo.

—Eh, espera —dijo—. No te vayas. Quiero hablar contigo. Quería pedirte perdón por lo de esta tarde.

—No pasa nada —repuse, pero noté cómo mi rostro se sonrojaba. No lo miré.

—No, lo siento. Esos chicos se han comportado como unos imbéciles. Lo siento mucho, de verdad.

Yo asentí.

—No es nada de lo que avergonzarse.

Yo me encogí. Todo mi cuerpo ardía de vergüenza. Una pequeña y estúpida parte de mí había confiado en que no lo hubieran visto o que no se hubieran dado cuenta de lo que era.

Él me dio un apretón en el brazo y me miró con los ojos entornados.

—Tienes un bonito rostro, Julia, ¿lo sabías? —Se rio—. Lo digo en serio, lo tienes. —Me soltó el brazo y me rodeó los hombros con el suyo.

—¿Dónde está Nel? —dije.

—Durmiendo —contestó. Le dio un sorbo a su bebida e hizo un chasquido con los labios—. Creo que la he agotado. —Acercó mi cuerpo al suyo—. ¿Has besado a un chico alguna vez, Julia? —me preguntó—. ¿Quieres besarme?

Volteó mi cara hacia la suya y pegó sus labios a los míos. Noté su lengua adentrándose en mi boca, caliente y babosa. Pensé que iba a sentir náuseas, pero lo dejé hacerlo sólo para ver cómo era. Cuando me aparté, él me sonrió.

—¿Te ha gustado? —me preguntó.

Su cálido aliento olía a humo rancio y a alcohol. Volvió a besarme y yo le correspondí tratando de sentir lo que fuera que se suponía que debería sentir. Su mano se deslizó entonces por dentro de la cintura de los pantalones de mi pijama. Profundamente avergonzada, intenté apartarme en cuanto sus dedos empezaron a recorrer la grasa de mi barriga en dirección a las bragas.

—¡No! —creí gritar, pero en realidad fue poco más que un susurro.

—No pasa nada —dijo él—. No te preocupes. No me importa un poco de sangre.

Al terminar, se enojó conmigo porque yo no dejaba de llorar.

—¡Oh, vamos! ¡No te ha dolido tanto! No llores. Ya, Julia, deja de llorar. ¿No te ha gustado? Ha estado bien, ¿verdad? Estabas muy mojada. Vamos, Julia. Bebe un poco más. Ten. Toma un trago. ¡Por el amor de Dios, deja de llorar! Pensaba que estarías agradecida.

2015

Sean

He llevado a Helen y a mi padre a casa, pero cuando hemos llegado a la puerta, he vacilado en cruzar el umbral. Ocasionalmente acuden a mi mente extraños pensamientos y me cuesta deshacerme de ellos. Me he quedado delante de casa mientras mi esposa y mi padre me miraban con expectación desde dentro. Les he dicho que comieran sin mí, que tenía que ir a la comisaría.

Soy un cobarde. Le debo a mi padre más que esto. Hoy más que nunca, debería estar con él. Helen lo ayudará, claro está, pero ni siquiera ella puede comprender cómo debe de estar sintiéndose, la profundidad de su sufrimiento. Y, sin embargo, no puedo sentarme con él, no puedo mirarlo a los ojos. Por alguna razón, ni él ni yo podemos mirarnos a los ojos cuando es nuestra madre quien ocupa nuestros pensamientos.

He vuelto a tomar el coche, pero no he ido a la comisaría, sino de vuelta al cementerio. Mi madre fue incinerada, no está enterrada ahí. Mi padre llevó sus cenizas a un «lugar especial». Nunca me ha contado exactamente adónde, aunque me prometió que algún día me llevaría allí. No llegó a hacerlo. Antes solía preguntarle por ello, pero, como le molestaba, al cabo de un tiempo lo dejé pasar.

La iglesia y el cementerio estaban desiertos y no se veía a nadie salvo a la vieja Nickie Sage, que se alejaba despacio con paso renqueante. Tras estacionar el coche, he tomado el sendero que rodea el muro de piedra en dirección a los árboles que hay detrás de la iglesia. Cuando he alcanzado a Nickie, estaba apoyada en la pared con una mano y resollaba de forma ruidosa. Se ha volteado de golpe. Tenía la cara roja y sudaba profusamente.

—¿Qué quieres? —me ha preguntado respirando todavía con dificultad—. ¿Por qué me sigues?

Yo he sonreído.

—No estoy siguiéndote. Te he visto desde el coche y he pensado que podría acercarme a saludarte. ¿Estás bien?

—Estoy bien, estoy bien. —No lo parecía. Ha apoyado el cuerpo en la pared y ha levantado la mirada al cielo—. Pronto caerá una tormenta.

Yo he asentido.

—Huele a lluvia.

Ella ha echado la cabeza hacia atrás.

—¿Has terminado ya con lo de Nel Abbott? ¿Has dado carpetazo al asunto? ¿La has relegado a la historia?

—El caso todavía no está cerrado —he dicho.

—Todavía no. Aunque lo estará pronto, ¿verdad? —ha replicado, y luego ha mascullado algo más en voz baja.

—¿Qué has dicho?

—Ya lo tienes todo bien atado, ¿no? —Ha volteado la cabeza hacia mí y me ha clavado el dedo índice en el pecho—. Sabes que esto no ha sido como lo de la última vez, ¿verdad? Esto no ha sido como lo de Katie Whittaker. Esto ha sido como lo de tu madre.

Yo he retrocedido un paso.

—¿Qué se supone que significa eso? —le he preguntado—. Si sabes algo, deberías contármelo. ¿Es así? ¿Sabes algo sobre la muerte de Nel Abbott?

Ella ha apartado la mirada y ha vuelto a mascullar algo. Sus palabras eran ininteligibles.

Se me ha acelerado la respiración y he sentido cómo mi cuerpo comenzaba a acalorarse.

—No menciones a mi madre de ese modo. Y hoy menos todavía. ¡Por el amor de Dios! ¿Qué tipo de persona hace algo así?

Ella ha desestimado mi comentario agitando una mano en el aire.

—Oh, nunca escuchan, ustedes nunca escuchan —dijo, y luego empezó a alejarse por el sendero sin dejar de hablar y extendiendo de vez en cuando el brazo para no perder el equilibrio.

Yo estaba enojado con ella, pero, más que eso, me sentía desconcertado y casi herido. Nos conocíamos desde hacía años y siempre había sido educado con ella. Nickie había cometido algunos deslices, sí, pero no me parecía una mala persona y, desde luego, nunca la habría considerado alguien cruel.

He emprendido el camino de regreso al coche, pero antes de llegar he cambiado de idea y he decidido ir a comprar una botella de Talisker. A mi padre le gusta, aunque no bebe mucho. He pensado que luego podríamos tomar una copa juntos en compensación por lo de antes, por haberme marchado de ese modo. He intentado visualizar la escena: los dos sentados a la mesa de la cocina, con la botella entre ambos y los vasos en alto para brindar. Me he preguntado por qué —por quién— brindaríamos. La mera idea me ha puesto nervioso y entonces ha comenzado a temblarme la mano. He abierto la botella.

El olor del whisky y el calor del alcohol en el pecho me han traído a la mente recuerdos de fiebres infantiles y sueños angustiosos de los que me despertaba con mi madre sentada en el borde de la cama, apartándome el pelo húmedo de la frente o aplicándome Vick VapoRub en el pecho. Ha habido épocas en mi vida en las que apenas he pensado en ella, pero últimamente ha estado ocupando mis pensamientos más y más, y nunca tanto como en estos últimos días. Se me aparece su rostro; algunas veces está sonriendo, otras no. En ocasiones extiende los brazos hacia mí.

La tormenta de verano ha empezado sin que me diera cuenta. O tal vez he cabeceado. Sólo sé que, de repente, la carretera se asemejaba a un río y los truenos parecían sacudir el coche. He arrancado el motor, pero me he percatado de que la botella de whisky que tenía en el regazo estaba sólo dos tercios llena, de modo que he vuelto a apagarlo. Bajo el estruendo de la lluvia tormentosa podía oír mi respiración y, por un momento, me ha parecido oír también la de otra persona. Estaba convencido de que, si me daba la vuelta, vería a alguien ahí, en el asiento trasero del coche. Por un instante, he estado tan seguro de esa ridícula idea que no me he atrevido a moverme.

He decidido entonces que un paseo bajo la lluvia me ayudaría a despejarme. He abierto la puerta del vehículo y, tras comprobar a mi pesar el asiento de atrás, he salido. Me he quedado instantáneamente mojado y cegado por la lluvia. Un rayo bifurcado ha atravesado el aire y en ese segundo he visto a Julia, empapada, medio caminando, medio corriendo en dirección al puente. He subido de nuevo al coche y le he hecho señales con las luces. Ella se ha detenido. He vuelto a hacerle señales y, con paso indeciso, ella ha comenzado a caminar en mi dirección. Se ha detenido a pocos metros del vehículo. Yo he bajado la ventanilla y la he llamado.

Ella ha abierto la puerta y ha entrado. Todavía llevaba la ropa del funeral, aunque ahora estaba empapada y se le había pegado a su pequeño cuerpo. Sí se había cambiado los zapatos. He advertido asimismo que se le habían corrido las medias y podía ver un pequeño círculo de carne pálida en la rodilla. Me ha sorprendido porque hasta entonces la había visto siempre con el cuerpo completamente cubierto: mangas largas y cuellos altos, sin un centímetro de piel a la vista. Inalcanzable.

—¿Qué está haciendo aquí? —le he preguntado.

Ella ha bajado la mirada a la botella que descansaba sobre mi regazo, pero no ha hecho ningún comentario. En vez de eso, ha extendido las manos, ha atraído mi rostro hacia el suyo y me ha besado. Ha sido extraño y excitante. He notado el sabor de la sangre en su lengua y, por un segundo, he sucumbido al beso antes de apartarme con violencia de ella.

—Lo siento —ha dicho secándose los labios y bajando la mirada—. Lo siento mucho. No tengo ni idea de por qué lo he hecho.

—No —he respondido—. Tampoco yo.

E, incongruentemente, ambos nos hemos echado a reír. Al principio, con nerviosismo, y luego con ganas, como si el beso hubiera sido el chiste más gracioso del mundo. Cuando hemos parado, ambos hemos tenido que secarnos las lágrimas de la cara.

—¿Qué estás haciendo aquí, Julia?

—Jules —me ha corregido ella—. Estaba buscando a Lena. No estoy segura de dónde está... —La he notado distinta, menos cerrada—. Estoy un poco asustada —ha dicho, y luego se ha reído de nuevo como si ahora estuviera avergonzada—. Estoy muy asustada.

—¿Asustada de qué?

Se ha aclarado la garganta y se ha apartado el pelo mojado de la cara.

—¿De qué tienes miedo?

Ella ha respirado hondo.

—Yo no... Sé que esto te sonará extraño, pero había un hombre en el funeral, un hombre que he reconocido. Era novio de Nel.

—¿Ah, sí?

—Quiero decir..., no recientemente. Hace siglos. Cuando eran adolescentes. No tengo ni idea de si más adelante volvieron a verse. —Han aparecido dos manchas de color en sus mejillas—. Nunca lo mencionó en ninguno de sus mensajes telefónicos, pero estaba en el funeral, y creo... No puedo explicar por qué, pero creo que podría haberle hecho algo.

—¿Hecho algo? ¿Estás diciendo que crees que podría estar implicado en su muerte?

Ella me ha mirado con expresión implorante.

—No puedo asegurarlo, claro está, pero tienes que investigarlo, tienes que averiguar dónde estaba cuando murió mi hermana.

Se me ha erizado el vello de la nuca y la adrenalina se ha abierto paso a través del alcohol.

—¿Cómo se llama ese hombre? ¿De quién estás hablando?

—Robbie Cannon.

Me he quedado en blanco un momento y luego he regresado.

—¿Cannon? ¿Un tipo del pueblo? La familia tenía concesionarias de coches, con mucho dinero. ¿Ése?

—Sí. Ése. ¿Lo conoces?

—No lo conozco, pero lo recuerdo.

—¿Lo recuerdas...?

—De la escuela. Iba un año arriba del mío. Bueno con los deportes. Y tenía suerte con las chicas. No muy inteligente.

Jules ha inclinado la cabeza hasta que la barbilla casi ha tocado su pecho.

—No sabía que tú hubieras ido a la escuela local —ha dicho entonces.

—Sí —he respondido—. Siempre he vivido aquí. Tú no me recordarás, pero yo a ti sí. Y a tu hermana, claro.

—¡Oh! —ha dicho ella, y, de repente, la expresión de su rostro se ha cerrado sobre sí misma como si diera un portazo, y ha colocado una mano en la manija de la puerta dispuesta a marcharse.

—Un momento —he pedido—. ¿Qué te hace pensar que Cannon le hizo algo a tu hermana? ¿Ha dicho o hecho algo? ¿Alguna vez fue violento con ella?

Jules ha negado con la cabeza y ha apartado la mirada.

—Sólo sé que es peligroso. No es una buena persona. Y lo he visto... mirando a Lena.

—¿Mirándola?

—Sí, mirándola. —Ha girado la cabeza hacia mí y ha clavado sus ojos en los míos—. No me ha gustado el modo en que la ha mirado.

—Está bien —he dicho—. Yo, esto... Veré lo que puedo hacer.

—Gracias.

Ella se ha girado para abrir la puerta, pero le he apoyado una mano en el brazo.

—Yo te llevaré.

De nuevo ha echado un vistazo a la botella, pero no ha dicho nada.

—De acuerdo.

Hemos tardado apenas un par de minutos en llegar a la Casa del Molino y ninguno de los dos ha hablado hasta el momento en que Jules ha abierto la puerta del coche. Yo no debería haber comentado nada, pero quería hacerlo.

—Te pareces mucho a ella, ¿sabes?

Ella se ha quedado estupefacta y ha mostrado su sorpresa con una estentórea carcajada entrecortada.

—No me parezco en nada a ella. —Se ha secado una lágrima de la mejilla—. Soy la anti-Nel.

—No estoy de acuerdo —he contestado, pero ella ya se había marchado.

No recuerdo haber conducido hasta casa.

La Poza de las Ahogadas

Lauren, 1983

Para el treinta y dos cumpleaños de Lauren, que iba a tener lugar al cabo de una semana, irían a Craster. Sólo ella y Sean, porque Patrick tenía que trabajar.

—Es mi lugar favorito de todo el mundo —le dijo a su hijo—. Hay un castillo, y una hermosa playa, y a veces se pueden ver focas en las rocas. Y después de la playa y el castillo, iremos a un ahumadero y comeremos arenques con pan moreno. El paraíso.

Sean arrugó la nariz.

—Creo que preferiría ir a Londres, a ver la Torre y a tomar helado —anunció.

Su madre se rio y le dijo que de acuerdo, que quizá podrían hacer eso.

Al final, no hicieron ninguna de las dos cosas.

Era noviembre, los días eran cada vez más cortos y desapacibles, y Lauren estaba distraída. Era consciente de que estaba actuando de forma distinta de la habitual, pero era incapaz de dejar de hacerlo. Así, por ejemplo, se encontraba a sí misma sentada a la mesa de la cocina desayunando con su familia y, de repente, sentía cómo el rubor se extendía por su piel y el rostro comenzaba a arderle y tenía que apartar la mirada para que nadie se diera cuenta. También apartaba la cara cuando su marido iba a darle un beso; el movimiento de su cabeza era casi involuntario, escapaba a su control, de tal modo que los labios de Patrick apenas llegaban a rozarle la mejilla o la comisura de los labios.

Tres días antes de su cumpleaños, hubo una tormenta. Estuvo formándose durante toda la jornada: empezó a soplar un fortísimo viento por el valle y el agua de la poza se agitó furiosamente. Por la noche, la tormenta al final estalló y el río amenazó con desbordar sus márgenes y sobre sus aguas cayeron numerosos árboles. Llovía a cántaros y todo el mundo pareció quedar sumergido bajo agua.

El marido y el hijo de Lauren dormían como bebés, pero ella estaba despierta. En el estudio de la planta baja, se sentó al escritorio de su marido con una botella del whisky escocés favorito de éste. Se bebió un vaso y arrancó una página de un cuaderno. Se bebió otro vaso, y luego otro, y la página seguía en blanco. Ni siquiera podía decidir qué clase de tratamiento utilizar: «querido» parecía despectivo, y «queridísimo», una mentira. Tras casi haberse terminado la botella y sin haber llegado a escribir nada en la página, salió a la calle, bajo la tormenta.

Con la sangre espesa a causa del alcohol, el dolor y la ira, se dirigió hacia la poza. El pueblo estaba vacío y todas las persianas cerradas. Sin que nadie la viera o la molestara, subió por el enlodado y resbaladizo sendero que conducía al acantilado. Una vez allí, esperó. Esperó que acudiera alguien. Rezó para que, de algún modo, el hombre del que se había enamorado se hubiera dado cuenta milagrosamente; que, de algún modo, hubiera advertido su desesperación y fuera allí a salvarla de sí misma. Pero la voz que oyó llamando su nombre con temerosa desesperanza no era la que quería oír.

De modo que, al final, se acercó al precipicio y, con los ojos abiertos como platos, se arrojó al vacío.

Era imposible que Lauren pudiera haberlo visto; era imposible que supiera que su hijo estaba allí abajo, oculto entre los árboles.

Era imposible que supiera que, tras despertarse a causa de los gritos de su padre y el portazo en la entrada, se había levantado, había descendido corriendo la escalera y había salido a la calle bajo la tormenta con los pies descalzos y las delgadas extremidades cubiertas únicamente por el fino algodón de su pijama.

Sean vio que su padre subía al coche y llamó a su madre a gritos. Patrick se volteó y le gritó que entrara de nuevo en casa. Luego corrió hacia él y, al llegar a su lado, lo agarró con fuerza por el brazo y lo jaló para obligarlo a entrar en la casa, pero el chico le suplicó: «Por favor, por favor, no me dejes aquí».

Patrick cedió. Lo tomó en brazos, lo llevó al coche y lo acomodó en el asiento trasero. Sean permaneció allí encogido de miedo y sin comprender qué estaba sucediendo. Cerró los ojos con fuerza. Cuando llegaron al río, su padre se estacionó en el puente y le dijo: «Espera. Espera aquí». Pero estaba oscuro y las gotas de lluvia que caían sobre el techo del coche sonaban como si fueran balas, y Sean no podía evitar la sensación de que había alguien más en el vehículo con él, e incluso le parecía oír su respiración irregular. Así pues, salió del coche y se echó a correr. Al bajar los escalones de piedra, tropezó y cayó al sendero enlodado. Tras ponerse de pie, siguió corriendo, dando tumbos en la oscuridad y bajo la lluvia en dirección a la poza.

Más adelante, en la escuela, circuló una historia: que él era el chico que había visto a su madre suicidarse saltando al vacío. No era cierto. Él no vio nada. Cuando llegó a la poza, su padre ya estaba allí, sacándola del agua. Él no sabía qué hacer, de modo que retrocedió y se sentó debajo de los árboles, con la espalda apoyada en un robusto tronco para que nadie pudiera sorprenderlo por detrás.

Le pareció que permanecía allí mucho tiempo. Al rememorarlo, se preguntaba si no se habría quedado dormido, aunque con la oscuridad, el ruido y el miedo no parecía muy probable. Lo que sí recordaba era que en un momento dado se le acercó una mujer: Jeannie, de la comisaría. Tenía una manta y una linterna y lo condujo de vuelta al puente. Una vez allí, le ofreció té dulce y esperaron a su padre.

Luego, Jeannie lo llevó a su casa en coche y le preparó un pan tostado con queso.

Pero era imposible que Lauren hubiera podido saber nada de eso.

Erin

Tras el funeral, he visto que mucha gente que había acudido al servicio se abría paso para ir a decirle unas pocas palabras al padre de Sean Townsend, un hombre al que me habían presentado muy brevemente como Patrick Townsend. La gente le estrechaba la mano y se quitaba el sombrero al saludarlo mientras él permanecía allí como un general en un desfile, con la espalda erguida y una expresión impasible.

—Menudo idiota, ¿eh? —le he dicho al agente uniformado que estaba a mi lado.

El poli se ha volteado y me ha mirado como si yo acabara de salir de debajo de una piedra.

—Muestre algo de respeto —ha replicado en voz baja, y me ha dado la espalda.

—¿Cómo dice? —he contestado yo con los ojos puestos en su nuca.

—Es un oficial altamente condecorado —ha dicho el poli—. Y viudo. Su esposa murió aquí, en el río. —Se ha dirigido otra vez hacia mí y, sin manifestar la menor deferencia hacia mi rango, ha soltado—: De modo que debería mostrar algo de respeto.

Me he sentido como una maldita idiota. Aunque, ¿cómo iba a saber yo que el Sean del relato de Nel Abbott era el Sean de la comisaría? No conocía los nombres de sus padres. Carajo. Nadie me lo había dicho, y cuando leí la obra de Nel Abbott tampoco presté tanta atención a los detalles de un suicidio que tuvo lugar hace más de tres décadas. Teniendo en cuenta las circunstancias, no parecía ser algo demasiado apremiante.

En serio: ¿cómo puede alguien de por aquí llevar la cuenta de los cadáveres? Es como la serie de televisión *Los asesinatos de Midsomer*, sólo que con accidentes y suicidios y grotescos ahogamientos misóginos en vez de gente cayendo en una fosa séptica o golpeándose entre sí en la cabeza.

Después del trabajo, he vuelto a la ciudad. Unos cuantos pensaban ir al pub, pero gracias a mi metedura de pata con lo de Patrick Townsend, mi condición de forastera me pesaba más que antes. Y, de todos modos, el caso no había terminado, ¿verdad? No había nada que celebrar.

Me he sentido aliviada, como cuando una finalmente averigua en qué película ha visto a un actor antes o algo difuso ha estado molestándola y de repente todo se vuelve claro. La extrañeza del inspector —los ojos vidriosos, las manos temblorosas, su ensimismamiento— ahora tiene sentido. Lo tiene si se conoce su historia. Su familia ha sufrido casi exactamente lo mismo que están sufriendo ahora Jules y Lena; el mismo horror, el mismo *shock*. Los mismos interrogantes.

He vuelto a leer el capítulo que escribió Nel Abbott sobre Lauren Townsend. Tampoco es que cuente muchas cosas. Era una esposa infeliz enamorada de otro hombre. Nel habla de su enajenamiento, de su aire ausente. Puede que estuviera deprimida. En el fondo, ¿quién sabe? Tampoco es la palabra de Dios, sólo se trata de la versión de Nel Abbott de su historia. En mi opinión, es necesaria una extraña vanidad para ser capaz de tomar la tragedia de otra persona y escribirla como si te perteneciera.

Al releerla, no he comprendido cómo Sean pudo quedarse allí. Aunque no la viera caer, él estaba allí. ¿Qué carajos le hace eso a uno? También es verdad que debía de ser pequeño. ¿Seis o siete años? Los niños pueden bloquear los traumas como ése. El padre, en cambio, no. Y pasea por el río a diario, lo he visto. Imagínatelo.

Imagina pasear cada día por el lugar en el que has perdido a alguien. Yo soy incapaz, no podría hacerlo. Aunque supongo que yo nunca he perdido de verdad a nadie. ¿Cómo voy a saber lo que supone sentir un dolor como ése?

SEGUNDA PARTE

MARTES, 18 DE AGOSTO

Louise

El dolor de Louise era como el río: constante y siempre cambiante. Se agitaba, crecía, fluctuaba; algunos días era frío, oscuro y profundo; otros, rápido y deslumbrante. Su sensación de culpa también era líquida y se filtraba por las grietas cuando intentaba contenerla. Tenía buenos y malos días.

Ayer fue a la iglesia para ver cómo metían a Nel bajo tierra. En realidad —y debería haberlo sabido— no lo hicieron. Pero sí vio cómo la introducían en el horno crematorio, de modo que podía seguir considerándose un buen día. Incluso el arrebato emocional que había sufrido —pues, a su pesar, no había dejado de llorar durante toda la ceremonia— había sido catártico.

Hoy, en cambio, iba a ser un día de mierda. Lo había sentido en cuanto despertó. No se trataba tanto de una presencia como de una ausencia. La euforia que había sentido al principio, la vengativa satisfacción, ya estaba menguando. Y, ahora que Nel había sido reducida a cenizas, a Louise no le quedaba nada. Nada. No podía dejar su dolor y su sufrimiento ante ninguna puerta, porque Nel ya no estaba. Y temía que, al final, el único lugar al que pudiera llevar su tormento fuera su propio hogar.

Hogar, asimismo, de su marido y de su hijo. De modo que, sí, hoy iba a ser un día de mierda, pero tenía que hacerle frente. Lo había decidido: había llegado el momento de seguir adelante. Debían marcharse antes de que fuera demasiado tarde.

Louise y su marido, Alec, llevaban semanas discutiendo sobre eso; unas pequeñas discusiones en voz baja, así eran las que tenían últimamente. Alec creía que sería mejor mudarse antes de que comenzara el nuevo ciclo escolar. Así, argumentaba él, Josh podría empezar el próximo año escolar en un lugar completamente nuevo donde nadie sabría quién era. Y donde no tendría que hacer frente cada día a la ausencia de su hermana.

—Y ¿así ya nunca tendrá que hablar sobre ella? —preguntó Louise.

—Hablará sobre ella con nosotros —respondió Alec.

Estaban en la cocina, discutiendo en un tono de voz bajo y tenso.

—Tenemos que vender esta casa y comenzar de nuevo —resolvió Alec—. Sí, ya lo sé —dijo alzando las manos cuando Louise empezó a protestar—. Sé que ésta es su casa... —Vaciló un instante y apoyó sus manos repletas de manchas causadas por el sol en la barra, aferrándose a la misma como si su vida dependiera de ello—. Tenemos que empezar de nuevo, Lou. Tenemos que hacerlo por Josh. Si fuéramos sólo tú y yo...

Si fueran sólo ellos dos, pensó ella, seguirían los pasos de Katie y pondrían punto final a todo eso. ¿No? No estaba segura de que Alec fuera capaz de hacerlo. Antes solía pensar que ambos progenitores podían comprender ese tipo de amor que se lo traga a uno, pero ahora se preguntaba si sólo serían las madres quienes lo hacían. Alec sentía el dolor, claro está, pero Louise no estaba segura de que sintiera la desesperación. O el odio.

De modo que estaban comenzando a aparecer fisuras en un matrimonio que siempre había considerado inquebrantable. Aunque, claro, antes ella no sabía nada. Ahora, en cambio, le resultaba obvio: no había matrimonio que pudiera sobrevivir a una pérdida semejante. El hecho de que ninguno de los dos hubiera sido capaz de impedir la tragedia era algo que siempre se interpondría entre ambos. Peor aún, el hecho de que ninguno de los dos hubiera sospechado nada, que ambos se hubieran acostado, se hubieran dormido y, a la mañana siguiente, hubieran descubierto la cama de su hija vacía y ni por un segundo hubieran imaginado que pudiera estar en el río.

No había esperanza para Louise, y poca, pensaba ella, para Alec. Pero Josh era distinto. Josh extrañaría a su hermana el resto de su vida, pero aún podía ser feliz: lo sería. La llevaría consigo, pero también trabajaría, viajaría, se enamoraría, viviría. Y para eso lo mejor era estar lejos de allí, lejos de Beckford, lejos del río. Louise sabía que en eso su marido tenía razón.

En su fuero interno, ella ya lo sabía, pero no había querido aceptarlo. Ayer, sin embargo, después del funeral, se sintió alterada por el terror al ver el rostro demacrado e inquieto de su hijo. La facilidad con la que se sobresaltaba al oír un ruido alto, encogiéndose como un perro asustado en medio de la muchedumbre. El modo en que constantemente se dirigía hacia ella, como si hubiera retrocedido a su primera infancia y ya no fuera un chico de doce años independiente, sino un niño pequeño asustado y necesitado. Tenían que llevárselo de allí.

Ahora bien, ése era el lugar en el que Katie había dado sus primeros pasos, pronunciado sus primeras palabras, jugado a las escondidas, dado maromas en el jardín, peleado con su hermano para después reconfortarlo, reído y cantado y llorado y maldecido y sangrado y abrazado a su mamá al llegar cada día de la escuela.

Pero Louise había tomado una decisión. Al igual que su hija, era una persona resuelta, aunque el esfuerzo que suponía era inmenso. Aunque sólo fuera para levantarse de la mesa de la cocina, caminar hasta el pie de la escalera, subirla, apoyar la mano en la manija de la puerta, abrirla y entrar en su habitación por última vez. Porque ésa era la impresión que tenía. Ésa era la última vez que sería *la habitación de su hija*. A partir de mañana, sería otra cosa.

El corazón de Louise se había vuelto de madera; no latía, sólo le causaba dolor al rozar con el tejido blando, desgarrándole las venas y los músculos, inundándole el pecho de sangre.

Buenos y malos días.

No podía dejar la habitación así. Por dura que fuera la idea de meter en cajas las cosas de Katie, guardar su ropa, descolgar sus fotografías de las paredes, borrar su presencia, ocultarla a la vista, peor era pensar en que unos extraños pudieran ocupar esa habitación. Peor era imaginarlos tocando sus cosas, buscando pistas y maravillándose ante lo normal que parecía todo, lo normal que parecía Katie. «¿Ella? Imposible. No puede ser ella la que se ahogó.»

De modo que lo haría: recogería las cosas de la escuela que había en su escritorio y guardaría la pluma que en otro tiempo había sujetado el puño de su hija. Doblaría la suave camiseta gris con la que Katie dormía, haría su cama. Tomaría los pendientes azules que la tía favorita de Katie le había regalado por su cumpleaños número catorce y los guardaría en su joyero. Sacaría la maleta grande y negra de lo alto del armario del pasillo y la llenaría con la ropa de Katie.

Lo haría.

Estaba de pie en medio de la habitación pensando todo eso cuando ha oído un ruido a su espalda y, al voltearse, ha visto a Josh en el umbral de la puerta, observándola.

—¿Mamá? —ha llamado con la voz entrecortada, blanco como un fantasma—. ¿Qué estás haciendo?

—Nada, querido, sólo... —Louise ha dado un paso hacia su hijo, pero él ha retrocedido.

—¿Vas... vas a recoger su habitación ahora?

Ella ha asentido.

—Voy a comenzar —ha dicho.

—¿Qué vas a hacer con sus cosas? —ha preguntado él alzando todavía más la voz, ahora ya quebrada—. ¿Las vas a dar?

—No, querido. —Se ha acercado a él y entonces ha extendido la mano para apartarle un mechón de pelo de la frente—. Lo guardaremos todo. No vamos a dar nada.

150

Él parecía preocupado.

—Pero ¿no deberías esperar a papá? ¿No debería estar él aquí? No deberías estar haciendo esto tú sola.

Louise ha sonreído.

—Sólo voy a comenzar —ha dicho tan animada como ha podido—. Pensaba que esta mañana estarías en casa de Hugo, de modo que...

Hugo era amigo de Josh, posiblemente el único que tenía. (Y cada día Louise daba gracias al Señor por la existencia de Hugo y la familia de éste, que acogían a su hijo siempre que necesitaba evadirse.)

—He ido, pero entonces me he dado cuenta de que había dejado el celular, así que he vuelto por él. —Lo ha sostenido en alto para enseñárselo a su madre.

—Está bien —ha dicho ella—. Buen chico. ¿Vas a quedarte a comer en casa de Hugo?

Él ha asentido y, tras un intento de sonrisa, se ha marchado. Ella ha esperado hasta oír el portazo en la entrada antes de sentarse en la cama y permitirse llorar abiertamente.

En la mesita de noche había una vieja liga de pelo tan dada de sí y gastada que parecía que estaba a punto de romperse. En ella todavía había enredados unos cuantos pelos del precioso cabello oscuro de Katie. Louise la ha tomado y le ha dado la vuelta en la mano, entrelazándola entre sus dedos y, tras sostenerla en alto, se ha puesto de pie y se ha dirigido al baño, ha abierto el joyero de aluminio con forma de corazón y la ha metido. Se quedaría ahí con sus brazaletes y sus pendientes; no tiraría nada, lo guardaría todo. No ahí, pero en algún lugar. Viajaría con ellos. Ninguna parte de Katie, nada que su hija hubiera tocado, languidecería en los polvorientos estantes de una tienda de objetos de segunda mano.

Alrededor del cuello de Louise colgaba el collar que Katie llevaba el día que murió, una cadena de plata con un pequeño pájaro azul. A Louise le molestaba que hubiera elegido esa pieza en particular. Nunca habría pensado que se trataba de su favorita. Creía que prefería los pendientes de oro blanco que ella y Alec le habían regalado por su cumpleaños número trece, y los cuales adoraba, o el brazalete trenzado de la amistad («brazalete de la fraternidad») que Josh le había regalado (¡con su propio dinero!) en Grecia, durante sus últimas vacaciones. Louise no comprendía por qué Katie había elegido ese collar, un obsequio de Lena, a quien últimamente ya no parecía estar tan unida. En el pájaro había una inscripción (muy poco propia de Lena): «Con amor».

Aquel día no llevaba más joyas. Unos pantalones de mezclilla, una chamarra demasiado gruesa para una noche veraniega, y los bolsillos llenos de piedras. Y también la mochila. Cuando la encontraron, estaba rodeada de flores y su puño todavía estaba aferrado a algunas de ellas. Como *Ofelia*. Como el cuadro que colgaba de la pared en casa de Nel Abbott.

La gente decía que culpar a Nel Abbott por lo que le había sucedido a Katie era, en el mejor de los casos, desproporcionado y, en el peor, ridículo y cruel. Sólo porque Nel escribiera y hablara sobre la poza, tomara fotografías, realizara entrevistas, publicara artículos en la prensa local o incluso hablara en una ocasión con un programa de radio de la BBC sobre la misma; sólo porque se refiriera al lugar como «propicio para suicidarse», sólo porque se refiriera a sus queridas «nadadoras» como gloriosas heroínas románticas, como valientes mujeres que habían encontrado una pacífica muerte en un hermoso lugar de su elección, Nel no podía ser considerada responsable.

Pero Katie no se colgó de la parte trasera de la puerta de su dormitorio, no se cortó las venas ni tomó un puñado de pastillas. Eligió la poza. Lo que resultaba verdaderamente ridículo era ignorar eso, ignorar el contexto, ignorar lo sugestionable que puede ser alguna gente: la gente sensible, la gente joven. Los adolescentes —los jóvenes buenos, inteligentes y amables— se embriagan con las ideas. Louise no comprendía por qué Katie había hecho lo que había hecho, nunca lo comprendería, pero sí tenía claro que su acto no había sucedido de forma aislada.

El terapeuta al que había visto en apenas dos sesiones le había dicho que no debía buscar una razón; que tal vez nunca podría contestar esa pregunta, que nadie podría; que, en muchos casos en los que alguien se quita la vida, no hay una única razón y que la vida no es tan simple. Louise, desesperada, le había señalado que Katie no sufría depresiones ni tampoco estaba siendo acosada (habían hablado con la escuela y habían revisado su cuenta de correo electrónico y de Facebook; no habían encontrado nada más que cariño). Se trataba de una chica guapa, le iba bien en la escuela, tenía ambición y determinación. No era infeliz. A veces podía ser alocada y a menudo excitable. Era temperamental: tenía quince años. Pero, en general, no se mostraba reservada. Si hubiera estado metida en algún problema, se lo habría contado a su madre. Se lo contaba todo, siempre lo había hecho.

—No me escondía nada —le había dicho Louise al terapeuta, y advirtió cómo éste apartaba la mirada.

—Eso es lo que piensan todos los padres —dijo él en voz baja—, y me temo que todos los padres están equivocados.

Después de eso, Louise no volvió a acudir al terapeuta, pero el daño ya había sido hecho. Se había abierto una fisura y la culpa había comenzado a filtrarse por ella; al principio no era más que un goteo, pero luego se convirtió en una inundación. No conocía a su hija. Por eso lo del collar le molestaba tanto, no sólo porque se lo había regalado Lena, sino también porque se había convertido en un símbolo de todo lo que desconocía de la vida de Katie. Cuanto más pensaba en ello, más se culpaba a sí misma: por estar demasiado ocupada, por concentrarse demasiado en Josh, por no haber conseguido proteger a su pequeña.

La marea de la culpa crecía y crecía, y sólo había una forma de mantener la cabeza por encima, de evitar no ahogarse, y era encontrar una razón, señalarla, decir: «Ajá. Eso fue». Su hija tomó una decisión sin sentido, pero esos bolsillos llenos de piedras y esas manos aferradas a flores... La elección tenía un contexto. Y ese contexto se lo había proporcionado Nel Abbott.

Louise ha dejado la maleta negra sobre la cama, ha abierto el armario y ha empezado a descolgar la ropa de Katie: sus camisetas de vivos colores, sus vestidos de verano, la sudadera con capucha de un sorprendente color rosa que llevó todo el invierno pasado. Su visión se ha vuelto borrosa y ha procurado pensar en algo para detener las lágrimas que estaban acudiendo a sus ojos. Ha buscado alguna imagen en la que concentrar su mente, de modo que ha pensado en el cadáver de Nel en el agua y ha aceptado el escaso consuelo que ha podido encontrar en ello.

Sean

Me ha despertado el ruido de una mujer llamándome a gritos, un ruido desesperado y lejano. Al principio me ha parecido que estaba soñando, pero luego me han levantado con un sobresalto unos golpes fuertes y cercanos, inoportunos y reales. Había alguien en la puerta de la entrada.

Me he vestido a toda prisa y me he dirigido a la planta baja, echando un vistazo al reloj de la cocina al pasar por delante. Era poco más de medianoche; no debía de llevar durmiendo más de media hora. Los golpes en la puerta persistían y he oído a una mujer que me llamaba a gritos. Una voz que conocía pero que no conseguía situar. He abierto la puerta.

—¡¿Has visto esto?! —ha gritado Louise Whittaker, enfurecida y con el rostro rojo—. ¡Te lo dije, Sean! ¡Te dije que estaba sucediendo algo! —El *esto* al que se refería era un frasquito de plástico naranja como los que se utilizan para los medicamentos con receta, y en un lado había una etiqueta con un nombre: Danielle Abbott—. ¡Te lo dije! —ha repetido Louise, y entonces ha empezado a llorar.

Yo la he hecho entrar, pero ya era demasiado tarde: antes de que pudiera cerrar la puerta de la cocina he visto que se encendía una luz en el dormitorio del primer piso de la casa de mi padre.

He tardado un momento en comprender qué era lo que estaba diciéndome Louise. Estaba histérica, hablaba de forma atropellada y lo que decía no tenía sentido. He tenido que sacarle la información poco a poco. Sus frases eran entrecortadas, jadeantes y furiosas. Habían decidido poner a la venta la casa, pero, antes de enseñarla, debía recoger la habitación de Katie porque no quería que unos desconocidos deambularan por ella tocando sus cosas. Ha comenzado esta tarde. Mientras estaba empaquetando la ropa de su hija, ha encontrado el frasquito naranja. Ha sucedido al descolgar un abrigo, el verde, uno de los favoritos de Katie. Ha oído un ruido y, al meter la mano en el bolsillo, ha descubierto el frasco con pastillas. Se ha quedado estupefacta, sobre todo al ver que el nombre que figuraba en la etiqueta era el de Nel. Nunca antes había oído hablar del medicamento (Rimato), pero ha buscado información en internet y ha descubierto que son una especie de pastillas para adelgazar. «Las pastillas no están disponibles legalmente en el Reino Unido. Estudios en Estados Unidos vincularon su uso a depresión y pensamientos suicidas.»

—¡Se te pasó por alto! —ha exclamado—. Me dijiste que no tenía nada en la sangre. Me dijiste que Nel Abbott no tenía nada que ver con ello. Y mira. —Ha golpeado la mesa con el puño haciendo que el frasquito diera un salto—. Estaba suministrándole drogas a mi hija. Drogas peligrosas. Y tú no hiciste nada al respecto.

Ha sido extraño, pero durante todo el tiempo que ha estado diciéndome eso, atacándome, me he sentido aliviado porque ahora había una razón. Si Nel le había suministrado drogas a Katie, podíamos señalarlas y decir: «Miren, ésta es la razón por la que pasó. Por eso una joven brillante y feliz perdió su vida. Por eso dos mujeres perdieron la vida».

Resultaba reconfortante, pero también era mentira. Yo sabía que lo era.

—El resultado de los análisis de sangre fue negativo, Louise —le he explicado—. No sé durante cuánto tiempo esta medicina... ¿Rimato, se llama? No sé cuánto tiempo permanece el Rimato en el organismo. Todavía no sabemos si eso es Rimato, pero... —Me he puesto de pie, he sacado una bolsa de plástico transparente de un cajón de la cocina y la he abierto delante de Louise. Ella ha tomado el frasquito de la mesa, lo ha metido en la bolsa y yo la he cerrado—. Podemos averiguarlo.

—Y entonces lo sabremos —ha dicho, aspirando ruidosamente una gran bocanada de aire.

Lo cierto era que no lo sabríamos. Aunque encontráramos restos de la droga en su organismo, aunque descubriéramos algo que se nos hubiera pasado por alto, no nos diría nada concluyente.

—Sé que ya es demasiado tarde —ha añadido Louise—, pero quiero que esto se sepa. Quiero que todo el mundo sepa lo que hizo Nel Abbott. Podría haberles dado pastillas a otras chicas... Tienes que hablar con tu esposa sobre esto. Como directora, debería saber que alguien está vendiendo esta mierda en su escuela. Tienes que registrar los casilleros, tienes que...

—Tranquilízate, Louise. —Me he sentado a su lado—. Por supuesto que nos tomaremos esto en serio. Lo haremos. Pero no hay forma de saber cómo llegó este frasco a manos de Katie. Es posible que Nel Abbott adquiriera las pastillas para tomarlas ella misma...

—¿Y...? ¿Qué estás diciendo? ¿Que Katie las *robó*? ¡¿Cómo te atreves siquiera a sugerir eso, Sean?! ¡Tú la conocías...!

La puerta de la cocina ha dado una sacudida —se queda atascada, sobre todo después de que llueve— y luego se ha abierto de golpe. Era Helen, desaliñada —pantalones deportivos y camiseta— y despeinada.

—¿Qué sucede? ¿Qué ha pasado, Louise?

Ella ha negado con la cabeza pero no ha dicho nada. Se ha cubierto la cara con las manos.

Yo me he puesto de pie y me he dirigido a Helen.

—Deberías volver a la cama —he dicho manteniendo la voz baja—. No hay nada de qué preocuparse.

—Pero...

—Sólo necesito charlar un rato con Louise. No pasa nada. Ve a la cama.

—Está bien —ha respondido con recelo al tiempo que echaba un vistazo a la mujer que lloraba frente a la mesa de la cocina—. Si estás seguro...

—Lo estoy.

Helen se ha marchado de la cocina y ha cerrado la puerta tras de sí. Louise se ha secado las lágrimas y se ha quedado mirándome de un modo extraño, como si se preguntara de dónde venía mi esposa. Yo podría haberle contestado que no duerme bien y que mi padre también sufre de insomnio, de modo que a veces se sientan juntos a hacer crucigramas o a escuchar la radio. Podría habérselo explicado, pero de repente la idea me ha resultado agotadora, de modo que, en vez de eso, he continuado con la conversación:

—No creo que Katie robara nada, Louise. Claro que no. Pero tal vez pudo..., no sé, tomar las pastillas sin querer. Quizá sintió curiosidad. ¿Dices que estaban en el bolsillo de un abrigo? Es posible que las tomara y luego se olvidara de ellas.

—Mi hija no tomaba cosas de las casas de los demás —ha respondido Louise amargamente, y yo lo he ratificado. No tenía sentido discutirle eso.

—Mañana a primera hora me pondré a trabajar en esto. Enviaré las pastillas al laboratorio y repasaremos los análisis de sangre de Katie. Si se me pasó algo por alto, Louise...

Ella ha negado con la cabeza.

—Sé que no cambia nada. Sé que no la traerá de vuelta —ha dicho en voz baja—. Pero me ayudaría a comprender.

—Lo entiendo. Claro que sí. ¿Quieres que te lleve a casa? —le he preguntado—. Puedo devolverte el coche mañana por la mañana.

Ella ha negado de nuevo con la cabeza y me ha ofrecido una trémula sonrisa.

—Estoy bien —ha contestado—. Gracias.

El eco de sus *gracias* —del todo injustificadas, inmerecidas— ha resonado en el silencio de la cocina después de que se hubiera marchado, y me he sentido muy desdichado. He agradecido, pues, oír el ruido de los pasos de Helen en la escalera y no tener que estar solo.

—¿Qué sucede? —me ha preguntado al entrar. Se veía pálida y muy cansada, con unas ojeras oscuras como moretones debajo de los ojos. Se ha sentado a la mesa y ha extendido el brazo para tomarme de la mano—. ¿Qué estaba haciendo Louise aquí?

—Ha encontrado algo —he explicado—. Algo que cree que podría tener alguna relación con lo que le pasó a Katie.

—¡¿Qué?! ¡Oh, Dios mío, Sean!

Yo he dejado escapar un resoplido.

—No debería... Supongo que todavía no debería entrar en detalles. —Ella ha asentido y me ha apretado la mano—. Dime una cosa: ¿cuándo fue la última vez que confiscaron drogas en la escuela?

Ella ha fruncido el ceño.

—Bueno, al final del trimestre le encontramos un poco de marihuana a esa pequeña sabandija, Iain Watson, pero antes de eso... hace bastante tiempo. Bastante. En marzo, creo, le encontramos a Liam Markham.

—Fueron pastillas, ¿no?

—Sí. Éxtasis o, en cualquier caso, algo que pretendía pasar por éxtasis y Rohypnol. Lo expulsamos.

Yo recordaba vagamente el incidente, aunque no era el tipo de cosas en las que solía implicarme.

—¿Ha habido algo más desde entonces? No habrás visto por ahí ningunas pastillas para adelgazar, ¿verdad?

Ella ha levantado una ceja.

—No. En cualquier caso, nada ilegal. Algunas de las chicas toman esas azules, ¿cómo las llaman? Alli, creo. No requieren receta, aunque imagino que no es legal vendérselas a menores. —Ha arrugado la nariz—. Las vuelve horriblemente flatulentas, pero al parecer ése es un precio aceptable para conseguir un espacio entre los muslos.

—¿Un qué?

Helen ha puesto los ojos en blanco.

—¡Un espacio entre los muslos! Todas quieren tener unas piernas tan delgadas que los muslos no se toquen. La verdad, Sean, es que en ocasiones creo que vives en otro planeta. —Ha vuelto a apretarme la mano—. Y a veces desearía vivir en él contigo.

Luego nos hemos ido a la cama juntos por primera vez en mucho tiempo, pero no he podido tocarla. No después de lo que hice.

MIÉRCOLES, 19 DE AGOSTO

Erin

Velludo, el agente de la policía científica, apenas había tardado unos cinco minutos en encontrar el correo electrónico con el recibo de las pastillas para adelgazar en la carpeta de correo no deseado de Nel Abbott. Hasta donde sabía, ésta había comprado las pastillas sólo en una ocasión, a no ser, claro está, que tuviera otra cuenta de correo que ya no utilizara.

—Extraño, ¿verdad? —ha comentado un agente uniformado (uno de los más viejos, cuyo nombre no me había molestado en aprender)—. Era una mujer muy delgada. Nunca habría imaginado que pudiera necesitarlas. La gorda era la hermana.

—¿Jules? —he dicho yo—. Jules no está gorda.

—Bueno, ahora ya no, pero debería haberla visto tiempo atrás —ha replicado, y se ha echado a reír—. Era una vaca.

Impresionantemente encantador.

Desde que Sean me comentó lo de las pastillas, he estado repasando el expediente del caso de Katie Whittaker. Estaba todo bastante claro, aunque, tal y como suele pasar en estos casos, la pregunta de por qué lo había hecho seguía sin respuesta. Sus padres no habían sospechado que le sucediera nada. Sus profesores decían que tal vez había estado algo distraída y un poco más reservada de lo habitual, pero no habían divisado ninguna bandera roja. El resultado de los análisis de sangre era negativo. No había antecedentes de autolesiones.

La única cosa —y tampoco muy importante— era una supuesta

161

riña con su mejor amiga, Lena Abbott. Un par de chicas de la escuela de Katie aseguraban que Lena y Katie habían discutido sobre algo. Louise, la madre de Katie, decía que últimamente se veían mucho menos, pero no pensaba que hubiera habido ninguna discusión. En caso contrario, sostenía, Katie lo habría mencionado. Habían tenido peleas en el pasado —las adolescentes siempre las tienen—, y Katie siempre se lo había contado a su madre. Y, en el pasado, siempre habían terminado haciendo las paces. Después de una de esas riñas, Lena se había sentido tan mal que le había regalado a Katie un collar.

Sin embargo, esas chicas de la escuela —Tanya No-sé-qué y Ellie No-sé-cuántos— afirmaban que había pasado algo importante, aunque no podían decir qué era. Sólo sabían que, más o menos un mes antes de la muerte de Katie, ella y Lena se habían enredado en lo que calificaban de *discusión violenta*, y que un profesor había tenido que separarlas físicamente. Lena lo negaba por completo y aseguraba que Tanya y Ellie se la tenían jurada y que sólo estaban intentando meterla en problemas. Louise, por su parte, no había oído hablar de esa pelea, y el profesor implicado —Mark Henderson— afirmaba que en realidad no había sido tal y que más bien estaban jugando, tomándose el pelo la una a la otra. En un momento dado, la cosa se había acalorado y él les había dicho que bajaran el volumen. Eso había sido todo.

La primera vez que leí el expediente del caso de Katie no le presté mucha atención a esa parte, pero ahora no dejaba de volver a ella. Había algo extraño. ¿Las chicas suelen pelearse en broma? Parece algo más propio de los chicos. Puede que hubiera interiorizado más sexismo del que estaba dispuesta a admitir. Sin embargo, al mirar las fotografías de esas chicas —guapas, posando...; Katie, en particular, muy arreglada—, no me dieron la impresión de ser de las que se pelean en broma.

Al estacionar el coche delante de la Casa del Molino, he oído un ruido y he levantado la mirada. Lena estaba asomada a una de las ventanas del primer piso con un cigarrillo en la mano.

—¡Hola, Lena! —he exclamado.

Ella no ha dicho nada, pero de forma muy deliberada ha apuntado y ha lanzado el cigarrillo en mi dirección. Luego se ha retirado y ha cerrado la ventana de golpe. No me creo lo de la pelea en broma: algo me dice que, cuando Lena Abbott se pelea, lo hace de verdad.

Jules me ha abierto la puerta sin dejar de mirar con nerviosismo por encima de mi hombro.

—¿Va todo bien? —le he preguntado. Tenía mal aspecto: ojerosa, macilenta, cara de sueño, pelo sin lavar.

—No puedo dormir —ha dicho en voz baja—. Por más que lo intento, no lo consigo.

Arrastrando los pies, se ha dirigido a la cocina, ha encendido el hervidor de agua y se ha sentado a la mesa dejándose caer sobre la silla. Me ha recordado a mi hermana tres semanas después de haber dado a luz a sus gemelos: apenas tenía fuerzas para mantener la cabeza erguida.

—Tal vez debería ir al médico para que le recetara algo —le he sugerido, pero ella ha negado con la cabeza.

—No quiero dormir demasiado profundamente —ha replicado abriendo mucho los ojos, lo que le ha conferido un aspecto algo maniaco—. Necesito estar alerta.

Podría haberle dicho que había visto más alerta en pacientes en estado de coma, pero no lo he hecho.

—Quería hablar con usted sobre ese Robbie Cannon por el que preguntó —he dicho, y ella se ha estremecido y ha comenzado a morderse una uña—. Lo hemos investigado un poco y tenía razón con lo de que es violento. Tiene un par de condenas por violencia doméstica, entre otras cosas. Pero no estuvo implicado en la muerte de su hermana. Fui a Gateshead (la localidad en la que vive) y mantuve una pequeña charla con él. La noche en la que Nel murió, él estaba en Manchester visitando a su hijo. Me contó que hacía años que no la veía, pero que cuando leyó en el periódico local que había muerto decidió venir a presentar sus respetos. Parecía bastante sorprendido de que le preguntáramos por ello.

—Ha... —Su voz apenas era un susurro—. ¿Nos mencionó a mí o a Lena?

—No. No lo hizo. ¿Por qué lo pregunta? ¿Es que ha estado aquí?

—He recordado la forma vacilante con la que me ha abierto la puerta, mirando por encima de mi hombro como si temiera la llegada de alguien.

—No. Es decir, no creo. No lo sé.

No he conseguido sacarle nada más sobre el tema. Estaba claro que por alguna razón ese tipo la asustaba, pero no ha querido decirme por qué. Me habría gustado profundizar más, pero lo he dejado pasar porque tenía que tratar otro asunto incómodo.

—Esto es un poco difícil —le he dicho—. Me temo que debemos volver a registrar la casa.

Ella se ha quedado mirándome fijamente, horrorizada.

—¿Por qué? ¿Es que han descubierto algo? ¿Qué ha pasado?

Le he contado lo de las pastillas.

—Oh, Dios mío. —Ha cerrado los ojos y ha echado la cabeza hacia atrás. Puede que el agotamiento la hubiera embotado, pero no ha parecido sorprenderse.

—Las compró en noviembre del año pasado, el día 18, a través de una página web norteamericana. No hemos encontrado registros de ninguna otra adquisición de pastillas, pero tenemos que estar seguros...

—Está bien —ha dicho—. De acuerdo —y se ha frotado los ojos con las puntas de los dedos.

—Un par de agentes uniformados vendrán esta tarde. ¿Está bien?

Ella se ha encogido de hombros.

—Bueno, si tienen que hacerlo... ¿Cuándo dice que las compró?

—El 18 de noviembre —he repetido, comprobando mis notas—. ¿Por qué?

—Es sólo... Ese día es el aniversario de la muerte de nuestra madre. Parece... Oh, no sé. —Ha fruncido el ceño—. Parece extraño, porque por lo general Nel siempre me llamaba el 18, y el año pasado no lo hizo. Luego averigüé que se encontraba en el hospital para una apendicectomía de urgencia. Me extraña que tuviera tiempo para comprar pastillas para adelgazar cuando estaba en el hospital para someterse a una operación de urgencia. ¿Está segura de que fue el 18?

De vuelta en la comisaría, lo he comprobado con Velludo. La fecha era correcta.

—Puede que las comprara con el celular —ha sugerido Callie—. Los hospitales son realmente aburridos.

Pero Velludo ha negado con la cabeza.

—No, he comprobado la dirección IP, y quienquiera que hiciera la compra lo hizo a las cuatro y diecisiete de la tarde y mediante un ordenador conectado al *router* de la Casa del Molino. De modo que se hizo desde la casa o cerca de ella. ¿Sabes a qué hora fue al hospital?

No lo sabía, pero no me costó averiguarlo. Tal y como me había dicho su hermana, Nel Abbott ingresó en el hospital la madrugada del 18 de noviembre para someterse a una apendicectomía de urgencia. Permaneció allí todo ese día y también la noche siguiente.

Nel no pudo comprar las pastillas. Fueron adquiridas por otra persona con su tarjeta de crédito y desde su casa.

—Lena —le he dicho a Sean—. Tuvo que ser Lena.

Él ha asentido con expresión adusta.

—Vamos a tener que hablar con ella.

—¿Quiere hacerlo ahora? —he preguntado, y él ha vuelto a asentir.

—No hay que dejar para mañana lo que se pueda hacer hoy

—ha dicho—. ¿Qué mejor momento que inmediatamente después de que la chica haya perdido a su madre? Qué desastre de situación.

E iba a empeorar todavía más. Estábamos a punto de salir de la comisaría cuando nos ha abordado una sobreagitada Callie.

—¡Las huellas! —ha dicho casi sin aliento—. Hemos encontrado una coincidencia. Bueno, no exactamente una coincidencia, porque no se corresponden con las de ningún vecino, sólo...

—Sólo ¿qué? —ha preguntado el inspector.

—Una lumbrera decidió echarles un vistazo a las huellas del frasco de las pastillas y compararlas con la que encontramos en la cámara, ya sabe, la estropeada.

—Sí, recordamos la cámara estropeada —ha contestado Sean.

—Bueno, pues hemos hallado una correspondencia. Y, antes de que lo digan, no es con las de Nel Abbott ni las de Katie Whittaker. Alguien más manipuló ambos objetos.

—Louise —ha afirmado Sean—. Tiene que haber sido ella. Louise Whittaker.

Mark

Mark estaba cerrando el cierre de su maleta cuando ha llegado la agente de policía. Una distinta. También mujer, pero un poco mayor que la anterior, y no tan guapa.

—Sargento Erin Morgan —se ha presentado estrechándole la mano—. Me preguntaba si podría hablar un momento con usted.

Él no la ha invitado a entrar. La casa estaba muy desordenada y él no estaba de humor para mostrarse cortés.

—Estoy haciendo la maleta para irme de vacaciones —ha contestado—. Esta tarde me voy en coche a Edimburgo a recoger a mi prometida. Iremos a pasar unos días a España.

—Será rápido —ha asegurado la sargento Morgan, echando un vistazo al interior de la casa por encima de su hombro.

Él ha entornado la puerta y se han quedado hablando en el escalón de la entrada.

Mark había supuesto que debía de tratarse de nuevo de Nel Abbott. Al fin y al cabo, él había sido una de las últimas personas en verla viva. La había visto fuera del pub, habían hablado brevemente y luego se había fijado en cómo se alejaba en dirección a la Casa del Molino. Estaba preparado para esa conversación. No para la que han tenido.

—Sé que en su momento ya hablaron con usted, pero necesitamos aclarar algunas cosas sobre los acontecimientos previos a la muerte de Katie Whittaker —ha dicho la mujer.

Mark ha notado que se le aceleraba el pulso.

—¿Cómo? Eh, sí, claro... ¿Qué quiere saber?

—Tengo entendido que tuvo usted que intervenir en una discusión entre Lena Abbott y Katie algo así como un mes antes de la muerte de ésta.

Mark ha notado que se le secaba la garganta y le costaba tragar saliva.

—No fue una discusión —ha explicado, y se ha cubierto los ojos con una mano para protegerlos del sol—. ¿Por qué...? Lo siento, pero ¿a qué viene sacar otra vez esto ahora? Creía que la muerte de Katie fue considerada un suicidio.

—Sí —lo ha interrumpido la sargento—. Así es, y eso no ha cambiado. Sin embargo, hemos descubierto algunas, digamos, circunstancias alrededor de su muerte que antes desconocíamos y que tal vez requieran más indagaciones.

Mark se ha dado la vuelta de golpe para entrar en el recibidor y ha abierto la puerta de un empujón con tanta fuerza que ésta ha rebotado de vuelta a él. La presión que sentía en el cráneo estaba aumentando y el corazón le latía con fuerza. Tenía que ponerse a la sombra.

—¿Señor Henderson? ¿Se encuentra usted bien?

—Estoy bien. —Mientras sus ojos se acomodaban a la oscuridad del recibidor, se ha dirigido otra vez hacia la policía—. Estoy bien. Se trata de un ligero dolor de cabeza, eso es todo. Es sólo que el resplandor del sol...

—¿Por qué no toma un vaso de agua? —le ha sugerido la sargento Morgan con una sonrisa.

—No —ha respondido él, dándose cuenta al instante de lo hosco que ha sonado—. No, estoy bien.

Ha habido un silencio.

—¿La discusión, señor Henderson? ¿Entre Lena y Katie?

Mark ha negado con la cabeza.

—No fue una discusión..., ya se lo dije a la policía en su momento. No tuve que separarlas. Al menos, no en el modo que se sugirió. Katie y Lena eran muy amigas, podían ser irritables y volubles, exactamente del mismo modo que muchas chicas, o chicos, de esa edad.

La sargento, todavía de pie bajo el sol en el escalón de la entrada, era ahora una silueta sin rostro, una sombra. Él la prefería así.

—Algunos de los profesores de Katie comentaron que las semanas anteriores a su muerte parecía distraída, quizá incluso algo más reservada de lo habitual. ¿Lo recuerda usted así?

—No —ha dicho Mark parpadeando lentamente—. No. No lo creo. No creo que hubiera cambiado. Yo no advertí nada distinto. No lo vi venir. Nosotros..., ninguno de nosotros lo vio venir.

Su tono de voz era bajo y tenso, y la sargento lo ha percibido.

—Lamento sacar todo esto de nuevo —ha dicho—. Imagino lo terrible que...

—No lo creo. Yo veía a esa chica a diario. Era joven y brillante, y... era una de mis mejores estudiantes. Todos le teníamos mucho... cariño. —A Mark se le ha trabado la lengua al pronunciar esa última palabra.

—Lo siento mucho, de verdad. La cuestión es que han salido a la luz nuevos datos y tenemos que investigarlos.

Él ha asentido. Tenía que hacer esfuerzos para oír a la sargento a causa de las martilleantes pulsaciones de sangre en los oídos. También notaba todo el cuerpo frío, como si alguien le hubiera vertido gasolina encima.

—Señor Henderson, ha llegado a nuestro conocimiento que Katie podría haber estado tomando una droga, un medicamento llamado Rimato. ¿Sabe usted algo al respecto?

Mark se ha quedado mirándola fijamente. Ahora quería ver sus ojos. Quería leer su expresión.

—No... Yo... ¿No dijeron que no estaba tomando nada? Eso aseguró la policía en su momento. ¿Rimato? ¿Qué es eso? ¿Es... una droga recreativa?

Morgan ha negado con la cabeza.

—Una pastilla para adelgazar —ha dicho.

—Katie no estaba gorda —ha replicado él, dándose cuenta al instante de lo estúpido que ha sonado—. Aunque las adolescentes no dejan de hablar todo el tiempo sobre ello, ¿verdad? Me refiero al peso. Y no sólo las adolescentes. Las mujeres adultas también. Mi prometida siempre está quejándose.

Era verdad, pero no *toda la verdad*. Como su prometida ya no era su prometida, ya no la oía protestar por su peso, ni estaba esperándolo para acompañarlo a Málaga. En su último correo electrónico, enviado hacía ya unos meses, ella le había deseado que se pudriera y le había dicho que nunca olvidaría cómo la había tratado.

Ahora bien, ¿qué había hecho él que fuera tan horrible? Si hubiera sido un hombre realmente espantoso, un tipo frío, cruel e insensible, habría seguido con ella para guardar las apariencias. Al fin y al cabo, le habría resultado conveniente. Pero no era un hombre malo. Era sólo que, cuando amaba, lo hacía con todo su ser. ¿Qué demonios tenía eso de malo?

En cuanto la mujer policía se ha marchado, Mark ha comenzado a dar vueltas por la casa abriendo cajones y hojeando libros en busca de algo que sabía muy bien que no iba a encontrar. La noche del solsticio de verano, enojado y asustado, había hecho una hoguera en el jardín trasero a la que había echado tarjetas y cartas. También un libro y otros regalos. Si miraba ahora por la ventana, todavía podía ver los restos del fuego, la pequeña zona de tierra quemada donde había erradicado todo rastro de ella.

Al abrir el cajón del escritorio de su salón sabía exactamente lo que iba a encontrar, porque ésa no era la primera vez que hacía eso. En otras ocasiones había buscado y buscado algo que le hubiera podido pasar por alto, a veces por miedo y, a menudo, presa del dolor. Aunque aquella primera noche había sido exhaustivo.

Sabía que en la oficina de la directora de la escuela había fotografías. Un archivo, ahora cerrado, pero que seguían guardando. Él tenía una copia de la llave del edificio de administración y sabía muy bien dónde buscar. Y quería —*necesitaba*— llevarse algo consigo. Sentía que no era ninguna trivialidad, sino algo esencial, pues de repente el futuro era muy incierto. Al girar la llave en la cerradura de la puerta trasera y cerrar la casa, ha tenido la sensación de que ya nunca volvería a hacerlo. Quizá no regresaría. Quizá había llegado el momento de desaparecer y comenzar de nuevo.

Ha conducido hasta la escuela y ha dejado el coche en el estacionamiento vacío. A veces, Helen Townsend iba allí a trabajar durante las vacaciones escolares, pero hoy no había señal alguna de su coche. Estaba solo. Ha entrado en el edificio y ha dejado atrás la sala de profesores de camino a la oficina de Helen. La puerta estaba cerrada, pero cuando ha empujado la manija hacia abajo ha descubierto que no lo habían hecho con llave.

Ha abierto y, al instante, ha percibido el desagradable olor químico del producto usado para limpiar la alfombra. Ha cruzado la habitación hasta el archivero y ha abierto el cajón superior. Había sido vaciado, y el cajón de debajo estaba cerrado con llave. Con una profunda sensación de decepción, se ha dado cuenta de que alguien lo había reordenado todo y que, por tanto, no sabía dónde buscar exactamente y que ese viaje tal vez hubiera sido en vano. Ha salido a toda velocidad al pasillo para comprobar que todavía estuviera solo —lo estaba, su Vauxhall rojo era el único vehículo en el estacionamiento—, y luego ha vuelto a la oficina de la directora. Con cuidado de no tocar nada, ha abierto los cajones del escritorio de Helen de uno en uno en busca de las llaves del archivero. No las ha encontrado, pero sí ha visto otra cosa: un adorno con el que no se imaginaba a la directora. Algo que le resultaba vagamente familiar. Un brazalete de plata con un cierre de ónix y una inscripción en la que se podía leer «SJA».

Se ha sentado y se le ha quedado mirando durante largo rato. Por más que lo intentaba, era incapaz de saber qué significaba el hecho de que estuviera eso allí. No significaba nada. No podía significar nada. Mark ha vuelto a dejar el brazalete en el escritorio, ha abandonado su búsqueda y ha regresado al coche. Tenía la llave en el contacto cuando ha caído en la cuenta del momento en el que había visto ese brazalete por última vez. Lo llevaba Nel cuando la vio fuera del pub. Habían hablado unos minutos. Y luego había visto cómo se alejaba en dirección a la Casa del Molino. Pero, antes de eso, antes de que se marchara, Nel había estado jugueteando con nerviosismo con algo que llevaba en la muñeca. Ahí, estaba ahí. Mark ha vuelto sobre sus pasos, ha regresado a la oficina de Helen, ha abierto el cajón, ha tomado el brazalete y se lo ha guardado en el bolsillo. Mientras lo hacía, ha sido consciente de que, si alguien le hubiera preguntado por qué, no habría sido capaz de explicar la razón.

Ha pensado que era como si estuviera ahogándose e intentara aferrarse a algo, cualquier cosa, para salvarse. Como si hubiera extendido los brazos para tratar de sujetarse a un flotador pero sólo hubiera encontrado unas algas y se hubiera agarrado a ellas de todos modos.

Erin

El chico, Josh, estaba de pie delante de su casa cuando hemos llegado, como un pequeño soldado de guardia, pálido y vigilante. Ha saludado con educación al inspector y a mí me ha mirado con recelo. Tenía en la mano una navaja multiusos y no dejaba de abrir y cerrar nerviosamente la hoja.

—¿Está tu mamá en casa, Josh? —le ha preguntado Sean.

El chico ha asentido.

—¿Por qué quiere volver a hablar con nosotros? —ha preguntado a continuación, soltando un pequeño gallo al alzar la voz. Se ha aclarado la garganta.

—Sólo necesitamos comprobar un par de cosas —ha dicho Sean—. No hay nada de qué preocuparse.

—Estaba en la cama —ha anunciado Josh al tiempo que sus ojos pasaban del rostro de Sean al mío—. Esa noche. Mamá estaba durmiendo. Todos estábamos durmiendo.

—¿Qué noche? —he preguntado yo—. ¿De qué noche estás hablando, Josh?

El chico se ha sonrojado y ha bajado la mirada a sus manos y ha seguido jugueteando con su navaja. Era un niño que todavía no había aprendido a mentir.

A su espalda, su madre ha abierto la puerta. Me ha mirado primero a mí y luego a Sean, y ha exhalado un suspiro al tiempo que se pasaba los dedos por las cejas. Su rostro tenía el color del té claro y, cuando se ha volteado para hablar con su hijo, me he dado cuenta de que tenía la espalda encorvada como una anciana. Le ha hecho a su hijo una seña para que se acercara.

—¿Y si quieren hablar también conmigo? —he oído que decía el chico.

Ella le ha apoyado las manos firmemente en los hombros.

—No querrán, querido —ha asegurado—. Vete.

Josh ha cerrado la navaja y se la ha guardado en un bolsillo del pantalón de mezclilla sin apartar la mirada de mí. Yo le he sonreído, pero él ha girado sobre sus talones y se ha marchado en dirección al sendero, volteando una única vez justo cuando su madre estaba cerrando la puerta detrás de nosotros.

He seguido a Louise y al inspector hasta una amplia y luminosa sala que daba a uno de esos modernos porches acristalados de líneas rectas que parecen unir a la perfección la casa con el jardín. Fuera, he visto una conejera de madera en el césped y gallinas bantam de bonitos colores, negro, blanco y dorado, deambulando y comiendo por el patio. Louise nos ha indicado que nos sentáramos en el sofá y luego ella se ha acomodado en el sillón que había delante. Lo ha hecho lenta y cuidadosamente, como si estuviera recuperándose de una lesión y tuviera miedo de hacerse más daño.

—Bueno —le ha dicho a Sean levantando un poco la barbilla—. ¿Qué es lo que quieres decirme?

Él le ha explicado que los nuevos análisis de sangre han arrojado los mismos resultados que los originales: no había restos de drogas en el organismo de Katie.

Mientras lo escuchaba, Louise negaba con la cabeza con evidente incredulidad.

—Pero no sabes cuánto tiempo permanece en el organismo esa clase de droga, ¿verdad? O cuánto tiempo tardan en manifestarse los efectos, o en desaparecer. No puedes desestimar esto, Sean...

—No estamos desestimando nada, Louise —le ha contestado él—. Sólo estoy refiriéndote lo que hemos encontrado.

—Pero, en cualquier caso... Bueno, suministrar drogas ilegales a alguien, a una niña, es un delito, ¿no? Sé... —Se ha pasado los dientes superiores por el labio inferior—. Ya sé que ya es demasiado tarde para castigarla por ello, pero debería hacerse público, ¿no crees? Me refiero a lo que hizo.

El inspector no ha dicho nada. Yo me he aclarado la garganta y Louise me ha lanzado una mirada asesina.

—Por lo que hemos averiguado en relación con la compra de las pastillas, señora Whittaker, Nel no fue quien las compró. Aunque se usó su tarjeta de crédito, no...

—¿Qué está sugiriendo? —ha replicado alzando la voz—. ¿Acaso insinúa que Katie le robó la tarjeta de crédito a Nel?

—No, no —he replicado yo—. No estamos diciendo eso...

La expresión de su rostro ha cambiado cuando se ha percatado de lo que implicaba eso.

—Lena —ha afirmado entonces echándose hacia atrás en el sillón con una mueca de sombría resignación en los labios—. Lo hizo Lena.

Sean le ha explicado que tampoco estábamos seguros de eso, pero que sin duda se lo íbamos a preguntar, pues esa misma tarde Lena tenía que acudir a la comisaría. Luego ha querido saber si había encontrado algo más entre las posesiones de Katie. Louise ha ignorado por completo su pregunta.

—Es esto —ha dicho inclinándose hacia delante—. ¿No te das cuenta? Si juntamos las pastillas, este lugar y el hecho de que Katie pasara tanto rato en casa de los Abbott, rodeada de todas esas fotografías y esas historias y... —Su voz ha ido apagándose. Ni siquiera ella parecía completamente convencida de lo que estaba diciendo.

Y es que, aunque tuviera razón y esas pastillas hubieran provocado depresión en su hija, el hecho de que ella no se hubiera dado cuenta seguía sin cambiar.

No le he dicho eso, claro está, pues lo que quería preguntarle ya era lo bastante difícil. Dando por sentado que la visita había terminado y suponiendo que ya nos íbamos, Louise se ha puesto en pie. Yo le he indicado que todavía había algo más.

—Hay otra cosa que queríamos preguntarle.

—¿Sí? —Ha permanecido de pie con los brazos cruzados.

—Queríamos saber si nos permitiría tomar una muestra de sus huellas dactilares.

Ella me ha interrumpido antes de que pudiera darle más explicaciones:

—¿Para qué? ¿Por qué?

Sean se ha removido en su asiento con inquietud.

—Hemos encontrado una correspondencia entre las huellas dactilares presentes en el frasquito que me diste y una de las cámaras de Nel Abbott, y necesitamos establecer por qué razón —ha explicado—. Eso es todo.

Louise ha vuelto a sentarse.

—Bueno, probablemente son de Nel —ha sugerido—. ¿No les parece?

—No son de Nel —he contestado yo—. Lo hemos comprobado. Y tampoco de su hija.

Ella ha dado un respingo al oír eso.

—Claro que no son de Katie. ¿Qué diablos iba a estar haciendo ella con la cámara? —Ha hecho una mueca con los labios, se ha llevado la mano a la cadena que llevaba alrededor del cuello y ha comenzado a mover el colgante, un pequeño pájaro azul, adelante y atrás. Por último, ha exhalado un sonoro suspiro—. Son mías, claro está —ha declarado al final—. Son mías.

Sucedió tres días después de que su hija muriera, según nos ha contado.

—Fui a casa de Nel Abbott. Yo estaba... Bueno, dudo que puedan imaginar el estado en que me encontraba, pero pueden intentarlo. Llamé a la puerta, pero ella no me abrió. No desistí y continué golpeando la madera y llamándola a gritos hasta que acabó abriénddome Lena. —Louise se ha apartado un mechón de pelo de la cara—. Estaba llorando, sollozando, prácticamente histérica. Todo un drama... —Ha tratado de sonreír, pero no ha podido—. Le dije algunas cosas que, en retrospectiva, tal vez fueron excesivamente crueles, pero...

—¿Qué cosas? —le he preguntado.

—Yo... No recuerdo los detalles. —Su compostura estaba empezando a desmoronarse. Se le había acelerado la respiración y sus manos se aferraban con fuerza a los brazos del sillón, un esfuerzo que estaba volviendo de un color amarillento la piel aceitunada de sus nudillos—. Nel debió de oírme. Salió y me dijo que las dejara en paz. Dijo que lamentaba mi pérdida —al decir eso, Louise ha soltado una especie de gañido sarcástico—, pero que no tenía nada que ver con ella, ni tampoco con su hija. Recuerdo que Lena estaba en el suelo, eso lo recuerdo bien. No dejaba de hacer un ruido como... como el de un animal. Un animal herido. —Louise ha hecho una pausa para recobrar el aliento antes de continuar—. Entonces Nel y yo comenzamos a discutir. Fue un poco violento. ¿Te sorprende? ¿No habías oído esto antes? —ha preguntado dirigiéndose a Sean con una media sonrisa—. Pensaba que Nel ya te lo habría contado, o tal vez Lena. Sí, yo... Bueno, no llegué a pegarle, pero me abalancé sobre ella y tuvo que sujetarme para que no lo hiciera. Exigí ver las imágenes de su cámara. Quería... No deseaba verlas, pero no quería que las tuviera ella... No podía soportar...

Louise se ha venido abajo.

Ser testigo del sufrimiento de alguien es algo terrible. Resulta violento, entrometido, una violación. Y, sin embargo, lo hacemos sin cesar; tenemos que hacerlo. Sólo hay que aprender a lidiar con ello como se pueda. El inspector lo ha hecho inclinando la cabeza y permaneciendo muy quieto. Yo, mediante la distracción: me he puesto a observar por la ventana cómo las gallinas deambulaban y comían por el césped. He mirado las estanterías de libros repletas de interesantes novelas contemporáneas y libros de historia militar. Me he fijado en las fotografías enmarcadas que había en la repisa de la chimenea. La foto de la boda y la familiar y la de un bebé. Sólo uno, vestido de azul. ¿Dónde estaba la foto de Katie? He intentado imaginar lo que sería retirar la fotografía enmarcada de tu hija muerta de su puesto de honor y guardarla en un cajón. Cuando me he dirigido a Sean, he visto que su cabeza ya no estaba inclinada, sino que estaba fulminándome con la mirada. Me he dado cuenta entonces de que había un repiqueteo en la habitación y de que yo era la causante: era el ruido de los golpes que estaba dando con la pluma sobre el cuaderno. No estaba haciéndolo adrede. Todo mi cuerpo estaba temblando.

Después de lo que ha parecido un rato muy largo, Louise ha vuelto a hablar:

—No podía soportar la idea de que Nel fuera la última persona en ver a mi hija. Me dijo que no tenía imágenes de ella, que la cámara no funcionaba y que, aunque hubiera sido así, estaba en lo alto del acantilado, de modo que no podría... haberla capturado. —Louise ha exhalado entonces un profundo suspiro que ha estremecido todo su cuerpo, de los hombros a las rodillas—. No le creí. No podía arriesgarme. ¿Y si había algo en la cámara y lo utilizaba? ¿Y si mostraba mi hija al mundo, sola y asustada, y...? —Se ha detenido y ha respirado hondo—. Le dije... ¿Lena no te lo ha contado? —ha preguntado entonces, dirigiéndose a Sean, y luego ha continuado—: Le dije que no descansaría hasta que pagara por lo que había hecho, y luego me marché. Fui al acantilado y traté de abrir la cámara para tomar la tarjeta SD, pero no pude. Intenté entonces sacarla de su trípode, pero al hacerlo me rompí una uña. —Ha alzado la mano izquierda y nos ha mostrado el dedo índice: la uña estaba mellada y era más corta que las demás—. Entonces le di unas cuantas patadas y la golpeé con una piedra y me fui a casa.

Erin

Cuando hemos salido de la casa, Josh estaba sentado en la acera de enfrente. Ha observado cómo nos dirigíamos al coche y, cuando ya nos habíamos alejado unos cuarenta y cinco metros, ha cruzado rápidamente la calle y se ha metido en casa. El inspector, en su mundo, no ha parecido darse cuenta.

—¿«No descansaría hasta que Nel pagara por lo que había hecho»? —he repetido cuando hemos llegado al coche—. ¿Eso no le parece una amenaza?

Sean me ha mirado con su ya familiar expresión vacía, esa irritante apariencia de estar en otro lado, y no ha respondido.

—Es decir, ¿no le resulta raro que Lena ni siquiera mencionara ese episodio? ¿Y Josh? ¿Lo de que estaban todos durmiendo? Está claro que era mentira...

Él ha asentido secamente.

—Sí. Eso parece. Pero yo no daría mucho crédito a las historias de un niño afligido por la muerte de su hermana —ha dicho en voz baja—. Ignoramos qué está sintiendo o imaginando, y qué cree que debería o no decir. Sabe que nosotros sabemos que su madre le guardaba rencor a Nel Abbott, e imagino que teme que la culpemos de su muerte y la detengamos. Ha de tener en cuenta lo mucho que ha perdido ya ese chico. —Ha hecho una pausa—. En cuanto a Lena, si en realidad estaba tan histérica como Louise ha sugerido, es posible que no recuerde con claridad el incidente, casi con seguridad apenas recuerda poco más que su propia zozobra.

179

Por lo demás, estaba costándome relacionar la descripción que Louise había hecho de Lena —una bestia aulladora y herida— con la chica habitualmente reservada y en ocasiones venenosa que había conocido. Me parecía extraño que su reacción ante la muerte de una amiga fuera tan extrema, tan visceral, cuando la que estaba teniendo ante la de su madre era tan contenida. ¿Era posible que Lena se hubiera visto tan afectada por el sufrimiento de Louise y su convicción de que Nel era la culpable de la muerte de Katie que hubiera llegado a creérselo ella misma? Sentí un hormigueo en la piel. No parecía probable, pero ¿y si, al igual que Louise, Lena culpaba a su madre de la muerte de su amiga? ¿Y si había decidido hacer algo al respecto?

Lena

¿Por qué los adultos siempre hacen las preguntas equivocadas? Las pastillas. Eso es lo único que les interesa ahora. Esas estúpidas pastillas para adelgazar. Se me había olvidado incluso que las había comprado. Fue hace mucho. Y ahora han decidido que LAS PASTILLAS SON LA RESPUESTA A TODO, de modo que he tenido que ir a la comisaría de policía, acompañada por Julia, en el papel de *adulta responsable*. Eso me ha hecho reír. Más bien es la persona adulta más irresponsable posible en esta situación en particular.

Me han llevado a una sala del fondo de la comisaría que no se parecía en nada a las que se ven en televisión. No era más que una oficina. Todos nos hemos sentado alrededor de una mesa, y esa mujer —la sargento Morgan— me ha hecho algunas preguntas. Sobre todo, ella. Sean también ha hecho alguna, pero sobre todo las ha hecho ella.

Les he contado la verdad. Compré las pastillas con la tarjeta de mamá porque Katie me lo pidió, y ninguna de las dos tenía ni idea de que eran malas. O, en cualquier caso, yo no lo sabía, y si Katie sí, nunca me dijo nada.

—No pareces muy preocupada por la posibilidad de que las pastillas pudieran contribuir al estado de ánimo negativo de Katie al final de su vida —ha dicho la sargento Morgan.

Casi me muerdo la lengua.

—No —le he contestado—. No me preocupa eso. Katie no hizo lo que hizo por ninguna pastilla.

181

—Entonces ¿por qué lo hizo?

Debería haber sabido que me lo preguntaría, de modo que he seguido hablando de las pastillas.

—Ni siquiera tomó tantas. Sólo unas pocas, probablemente no más de cuatro o cinco. Cuenta las que quedan —le he dicho a Sean—. Estoy segura de que el pedido era de treinta y cinco. Cuéntalas.

—Lo haremos —ha asegurado él, y a continuación me ha preguntado—: ¿Le suministraste pastillas a alguien más? —Yo he negado con la cabeza, pero él ha insistido—: Esto es importante, Lena.

—Sé que lo es —he dicho—. Ésa fue la única vez que las compré. Estaba haciéndole un favor a una amiga. No fue nada más que eso. De verdad.

Él se ha echado hacia atrás en la silla.

—Está bien —ha asentido—. Lo que no consigo comprender es por qué querría Katie tomar unas pastillas como ésas. —Me ha mirado a mí y luego a Julia como si ella pudiera saber la respuesta—. No es que sufriera de sobrepeso precisamente.

—Bueno, tampoco era delgada —he dicho, y Julia ha hecho un ruido extraño, algo a medio camino entre un resoplido y una carcajada y, cuando he volteado a verla, he visto que estaba mirándome como si me *odiara*.

—¿La gente decía eso de ella? —me ha preguntado la sargento Morgan—. ¿En la escuela? ¿Había comentarios sobre su peso?

—¡Oh, por el amor de Dios...! —Estaba costándome no perder los nervios—. No. Nadie acosaba a Katie. ¿Sabe qué? Ella solía llamarme *zorra flaca* todo el rato. Se reía de mí porque, ya sabe... —me he sentido avergonzada porque Sean estaba mirándome, pero ya había empezado, de modo que he terminado la frase—, bueno, porque no tengo tetas. Así que me llamaba *zorra flaca* y, a veces, yo la llamaba a ella *vaca*, y *ninguna de las dos lo decía en serio*.

No lo han entendido. Nunca lo hacen. Y el problema es que no puedo explicárselo como es debido. A veces, ni siquiera yo misma lo entiendo, porque lo de no ser delgada no era algo que molestara realmente a Katie. Jamás hablaba de ello como hacen las demás. Yo nunca he tenido que esforzarme para estar delgada, pero Amy, Ellie o Tanya sí. Siempre están comiendo pocos carbohidratos, o ayunando, o purgándose... alguna estupidez de esas. A Katie, sin embargo, no le importaba. A ella le gustaba tener tetas. Le gustaba el aspecto de su cuerpo. O, al menos, siempre había sido así. Hasta que... Bueno, la verdad es que no sé qué fue... Algún comentario estúpido en Instagram o una observación idiota de algún cromañón de la escuela. La cuestión es que, de repente, era un tema que la incomodaba. Fue entonces cuando me pidió las pastillas. Sin embargo, para cuando las recibí, ella ya daba la impresión de haberlo superado, y me dijo que de todos modos no funcionaban.

Me ha parecido que lo había dejado todo claro y que, por lo tanto, el interrogatorio había terminado, pero entonces la sargento Morgan ha cambiado completamente de asunto y me ha preguntado por el día que Louise vino a casa al poco de la muerte de Katie. Y le he dicho que sí, que *claro* que recuerdo ese día. Fue uno de los peores de mi vida. Todavía me altero al recordarlo.

—Nunca he visto a nadie en el estado en que se encontraba Louise ese día —les he dicho.

La sargento ha asentido y luego ha preguntado con mucha seriedad e interés:

—Cuando Louise le dijo a tu madre que «no descansaría hasta que Nel pagara por lo que había hecho», ¿tú qué pensaste? ¿Qué te pareció que quería decir con eso?

Y entonces he perdido los nervios.

—No quería decir *nada*, pedazo de imbécil.

—Lena. —Sean me ha reprendido con la mirada—. Vigila tu vocabulario, por favor.

—Está bien, lo siento, pero, ¡por el amor de Dios!, la hija de Louise acababa de morir. No sabía lo que estaba diciendo. Estaba desquiciada.

Estaba lista para marcharme de una vez, pero Sean me ha pedido que me quedara.

—Pero no tengo por qué hacerlo, ¿verdad? No estoy arrestada, ¿no?

—No, Lena, claro que no —me ha confirmado él.

He seguido hablando con Sean porque él me comprendía.

—Mira, Louise no hablaba en serio. Estaba completamente histérica. Completamente enajenada. Lo recuerdas, ¿verdad? ¿Recuerdas su estado? Es decir, claro que decía todo tipo de cosas. Todos lo hacíamos. Creo que todos nos volvimos un poco locos después de la muerte de Katie. Pero, por el amor de Dios, Louise no le hizo daño a mamá. Honestamente, creo que si aquel día hubiera tenido una pistola o un cuchillo, quizá se lo habría hecho. Pero no los tenía.

Quería decir toda la verdad. En serio. No a la mujer policía, ni tampoco a Julia, pero sí a Sean. Pero no podía. Habría sido una traición, y después de todo lo que yo había hecho, no podía traicionar a Katie ahora. De modo que he contado todo lo que podía.

—Louise no le hizo nada a mi madre, ¿de acuerdo? No lo hizo. Mamá tomó su propia decisión.

Me he puesto de pie para marcharme, pero la sargento Morgan todavía no había terminado. Se ha quedado mirándome con esa extraña expresión en el rostro, como si no creyera una sola palabra de lo que les estaba diciendo, y entonces me ha dicho:

—¿Sabes lo que me resulta más extraño, Lena? No pareces sentir la menor curiosidad por saber por qué Katie hizo lo que hizo, ni por qué tu madre hizo lo que hizo. Cuando alguien muere así, la pregunta que todo el mundo se hace es «¿Por qué?». ¿Por qué harían eso? ¿Por qué se suicidaron cuando tenían tantas cosas por las que vivir? Pero tú no. Y la única razón que se me ocurre para ello es que ya lo sabes.

Sean me ha tomado del brazo y me ha sacado de la habitación antes de que pudiera replicar.

Lena

Julia quería llevarme a casa en coche, pero le he dicho que prefería dar un paseo. No era cierto, pero *a)* No quería estar en el coche a solas con ella, y *b)* He visto a Josh dando vueltas en círculos con su bici al otro lado de la calle y sabía que estaba esperándome.

—¿*Passsa*, Josh? —le he dicho cuando se ha acercado.

Cuando tenía nueve o diez años, comenzó a decir «¿*Passsa*?» a la gente en vez de «Hola», y Katie y yo siempre se lo recordábamos. Solía reírse, pero esta vez no lo ha hecho. Parecía asustado.

—¿Qué te han preguntado? —ha dicho en un tono de voz susurrante.

—No pasa nada, no te preocupes. Han encontrado unas pastillas que Katie tomó y creen que pueden tener algo que ver con... lo que sucedió. Obviamente, están equivocados. No te preocupes.

Le he dado un pequeño abrazo y él se ha apartado, cosa que nunca hace. Normalmente aprovecha cualquier excusa para arrimarse a mí o tomarme de la mano.

—¿Te han preguntado por mamá? —ha dicho.

—No. Bueno, supongo que sí. Un poco. ¿Por qué?

—No lo sé —ha contestado, pero sin mirarme a la cara.

—¿Por qué, Josh?

—Creo que deberíamos contarlo.

He empezado a notar unas primeras gotas de cálida lluvia en los brazos y he levantado la mirada al cielo. Estaba completamente oscuro. Se acercaba una tormenta.

—No, Josh —he dicho—. No. No vamos a contarlo.

—Tenemos que hacerlo, Lena.

—¡No! —he repetido, agarrándolo del brazo más fuerte de lo que pretendía, y él ha gritado como un cachorro al que le hubieran pisado la cola—. Hicimos una promesa. *Tú* hiciste una promesa.

Él ha negado con la cabeza, de modo que le he clavado las uñas en el brazo.

Se ha echado a llorar.

—Pero ¿de qué sirve ahora?

Le he soltado el brazo y he apoyado las manos en sus hombros, obligándolo a mirarme a la cara.

—Una promesa es una promesa, Josh. Lo digo en serio. No se lo cuentes a nadie.

En cierto modo, sin embargo, tenía razón. No le estábamos haciendo ningún bien a nadie. No había ningún bien que hacer. Aun así, no podía traicionarla. Y, si descubrían lo de Katie, harían preguntas sobre lo que sucedió después, y no deseaba que nadie se enterara de lo que hicimos mi madre y yo. Lo que hicimos y lo que no.

No quería dejar a Josh así, ni tampoco quería volver todavía a casa, de modo que, tras rodearle los hombros con el brazo, le he dado un reconfortante arrumaco y luego lo he tomado de la mano.

—Vamos —le he dicho—. Ven conmigo. Sé algo que podemos hacer, algo que nos hará sentir mejor. —Él se ha sonrojado y yo me he echado a reír—. ¡*Eso* no, malpensado!

Entonces él también se ha reído y se ha secado las lágrimas de la cara.

Hemos caminado en silencio hasta el extremo sur del pueblo, Josh empujando su bici a mi lado. No había nadie cerca y la lluvia caía cada vez con más fuerza. He notado que, en ocasiones, Josh me echaba un furtivo vistazo porque mi camiseta mojada se transparentaba y no llevaba brasier. Finalmente, me he cruzado de brazos y él ha vuelto a sonrojarse. Yo he sonreído pero no he dicho nada. De hecho, no hemos hablado hasta que hemos llegado a la calle donde vive Mark.

—¿Qué estamos haciendo aquí? —ha preguntado Josh, y yo me he limitado a sonreírle.

Cuando hemos llegado a la puerta de la casa de Mark, él ha vuelto a preguntar:

—¿Qué estamos haciendo aquí, Lena? —Parecía estar asustado de nuevo, pero también emocionado.

Yo, por mi parte, he comenzado a sentir un mareante subidón de adrenalina.

—Esto —he dicho, y he agarrado una piedra que he encontrado debajo de un seto y la he arrojado tan fuerte como he podido a la gran ventana de la fachada frontal de la casa, con lo que se ha abierto un pequeño agujero en el cristal.

—¡Lena! —ha exclamado Josh, mirando frenéticamente a nuestro alrededor por si alguien nos había visto.

Pero no había sido así. Yo le he sonreído y, tras agarrar otra piedra, he vuelto a hacer lo mismo. Esta vez, todo el panel de cristal se ha hecho añicos y éstos han caído al suelo.

—Vamos —le he dicho a Josh dándole una piedra.

Y, juntos, hemos procedido a romper los cristales de todas las ventanas de la casa. Era como si estuviéramos drogados de odio. Nos reíamos y gritábamos y llamábamos de todo a ese desgraciado de mierda.

La Poza de las Ahogadas

Katie, 2015

De camino al río, se detenía de vez en cuando para agarrar una piedra o un trozo de ladrillo del suelo y luego meterlo en su mochila. Hacía frío y aún estaba oscuro, aunque si se hubiera girado y hubiese mirado en dirección al mar podría haber visto un atisbo de luz gris en el horizonte. No se giró, ni una sola vez.

Al principio caminaba rápido para poner algo de distancia entre ella y su casa. Descendió la colina en dirección al centro del pueblo porque antes de ir al río quería pasear una última vez por el lugar en el que había crecido. Pasó por delante de su escuela de primaria (que no se atrevió a mirar por si algún recuerdo de su infancia hacía que se detuviera), de la tienda del pueblo, todavía cerrada, del parque en el que su padre había intentado infructuosamente enseñarle a jugar a críquet. De las casas de sus amigas.

En Seward Road había una casa en particular que visitar, pero no se sintió con fuerzas para pasar por delante, de modo que eligió otro camino. Su paso fue ralentizándose a medida que su carga se hacía más pesada y la carretera ascendía en dirección al casco antiguo, donde las calles se estrechaban entre casas de piedra envueltas de rosas trepadoras.

Dejó atrás la iglesia y continuó su camino en dirección al norte hasta el punto en el que la carretera torcía bruscamente a la derecha. Cruzó el río y se detuvo un momento en el puente peraltado. Desde ahí, echó un vistazo a la aceitosa y reluciente agua que avanzaba a toda velocidad por encima de las piedras. Y pudo ver, o quizá imaginar, la oscura silueta del viejo molino, con su enorme rueda podrida e inmóvil desde hacía medio siglo. Pensó en la chica que dormía dentro y tuvo que colocar las manos, moradas a causa del frío, sobre la barandilla del puente para que dejaran de temblarle.

Luego descendió el empinado tramo de escalones de piedra que conducía de la carretera al sendero de la orilla del río. Siguiendo ese camino podía llegar hasta Escocia si quería. Lo había hecho una vez, un año antes, el verano pasado. Ella y cinco amigas lo recorrieron con tiendas de campaña y sacos de dormir. Lo hicieron en tres días. Por las noches acampaban junto al río, bebían vino ilícito bajo la luz de la luna y se contaban historias del río, de Libby, de Anne y todas las demás. Por aquel entonces no podría haber imaginado que un día recorrería el mismo camino que recorrieron ellas, que su destino y el de esas mujeres estaría entrelazado.

El kilómetro que había desde el puente hasta la Poza de las Ahogadas lo hizo todavía más lentamente. La mochila pesaba más que antes, y las duras piedras se le clavaban en la columna. Lloró un poco. Por más que lo intentaba, no conseguía dejar de pensar en su madre, y eso era lo peor, lo peor de lo peor.

Debajo del follaje de las hayas que había en la orilla del río, el camino estaba tan oscuro que apenas podía ver dónde colocaba el pie, y, por alguna razón, eso le resultó reconfortante. Pensó que quizá debería sentarse un momento, quitarse la mochila de la espalda y descansar, pero sabía que no podía, porque si lo hacía saldría el sol y ya sería demasiado tarde, nada habría cambiado y habría otro día en el que tendría que levantarse antes de que amaneciera y marcharse de casa dormida. Así pues, continuó poniendo un pie delante del otro.

Un pie delante del otro hasta que llegó al límite forestal. Un pie delante del otro. Salió del sendero y dio un pequeño traspié en la orilla. Un pie delante del otro y, finalmente, se metió en el agua.

Jules

Estabas inventándote cosas. Reescribiendo la historia, recontándola desde tu propio punto de vista, ofreciendo tu versión de la verdad.

(Ese orgullo desmedido, Nel... Ese maldito orgullo.)

No sabes lo que le sucedió a Libby Seeton y, desde luego, no sabes lo que pasó por la mente de Katie cuando murió. Tus notas lo dejan claro:

> *La noche del solsticio de verano, Katie Whittaker se suicidó en la Poza de las Ahogadas. Encontraron sus pasos en la orilla sur de la playa. Llevaba un vestido de algodón verde y una simple cadenita alrededor del cuello de la que colgaba un pájaro azul con la inscripción: «CON AMOR». En la espalda, cargaba una mochila llena de piedras y ladrillos. Los análisis realizados tras su muerte han confirmado que estaba sobria y no había tomado drogas.*

> *Katie no tenía antecedentes de enfermedades mentales o autolesiones. Era buena estudiante, guapa y popular. La policía no ha encontrado pruebas de acoso, ni en la vida real ni en las redes sociales.*

> *Katie procedía de una buena casa y una buena familia. Katie era querida.*

Estaba sentada con las piernas cruzadas en el suelo de tu estudio, hojeando tus papeles en la penumbra vespertina en busca de respuestas. En busca de algo. Entre las notas —desorganizadas y caóticas, garabatos apenas legibles en los márgenes, palabras subrayadas en rojo o tachadas en negro— también había fotografías. En una carpeta barata de papel manila he encontrado dos reproducciones en papel fotográfico de baja calidad: Katie con Lena, dos niñas pequeñas sonriendo a la cámara, sin hacer muecas ni poses, vestigio de una lejana e inocente era anterior a Snapchat. Flores y tributos dejados en la orilla de la poza, ositos de peluche, baratijas. Huellas en la arena de la orilla. Las suyas no, supongo. No son las de Katie, ¿verdad? No, debe de tratarse de tu versión de las mismas, de una reconstrucción. Seguiste sus pasos, ¿a que sí? Caminaste por donde ella lo había hecho, no pudiste resistir la tentación de sentir lo que ella debía de haber sentido.

Eso siempre te obsesionó. De pequeña, estabas fascinada por el acto físico, los detalles truculentos, las vísceras. Hacías preguntas del tipo: «¿Dolerá? ¿Durante cuánto tiempo? ¿Qué debe de sentirse al impactar contra la superficie desde esa altura? ¿Notará una cómo los huesos de su cuerpo se fracturan?». No pensabas tanto, creo, en el resto: en lo que llevaba a alguien a ir a lo alto del acantilado o a la orilla de la playa y lo impulsaba a seguir adelante.

Al fondo de la carpeta había un sobre con tu nombre garabateado. Dentro he encontrado una nota escrita en papel rayado con letra trémula:

Hablaba en serio cuando nos vimos ayer. No quiero que la tragedia de mi hija se convierta en parte de tu macabro «proyecto». No es sólo que me parezca repulsivo que obtengas un beneficio económico de él. Ya te he dicho una y otra vez que creo que lo que estás haciendo es PROFUNDAMENTE IRRESPONSABLE, y la muerte de Katie es PRUEBA DE ELLO. Si tuvieras un mínimo de compasión, dejarías ahora mismo lo que estás haciendo y aceptarías que aquello que escribes, publicas y dices tiene consecuencias. No espero que me escuches (no has mostrado la menor señal de haberlo hecho en el pasado). Pero

191

si continúas por este camino, no tengo ninguna duda de que alguien te hará escuchar.

No estaba firmada, pero estaba claro que la había escrito la madre de Katie. Te estaba advirtiendo, y no era la primera vez. En la comisaría, he oído que la mujer policía le preguntaba a Lena por un incidente sucedido al poco de la muerte de Katie en el que ella te había amenazado y te había dicho que te haría pagar por lo que habías hecho. ¿Era eso lo que querías decirme? ¿Le tenías miedo a ella? ¿Pensabas que iba por ti?

La idea de que esa mujer de mirada desquiciada y enajenada por el dolor estuviera dándote caza me ha resultado espeluznante y he sentido miedo. Ya no quería estar aquí, entre tus cosas. Me he puesto de pie y, al hacerlo, he tenido la sensación de que la casa se movía, que se inclinaba como un barco. Podía sentir cómo el río empujaba las palas de la rueda, instándola a que se moviera, y el agua se filtraba por grietas ensanchadas por algas cómplices.

He apoyado una mano en el archivero y he subido la escalera que conduce a la sala. El silencio zumbaba en mis oídos. Al llegar arriba, me he quedado un momento inmóvil a la espera de que mis ojos se acostumbraran a la luz y, por un segundo, me ha parecido ver a alguien en el asiento de la ventana, justo en el lugar en el que yo me sentaba de pequeña. Sólo ha sido un instante y luego ha desaparecido, pero mi corazón ha comenzado a latir con fuerza y he notado un hormigueo en el cuero cabelludo. Alguien ha estado aquí, o alguien había estado aquí. O alguien iba a venir.

He ido al refrigerador y he hecho algo que casi nunca hago: me he servido una bebida; un frío y viscoso vodka. He llenado un vaso y me lo he bebido rápidamente. He notado cómo el ardiente líquido descendía por mi garganta y llegaba a mi estómago. Luego me he servido otro.

La cabeza me daba vueltas y he tenido que apoyarme en la mesa de la cocina. Supongo que estaba pendiente por si volvía Lena. Había desaparecido otra vez tras negarse a que la trajera a casa en coche. Una parte de mí lo ha agradecido, pues no quería compartir un espacio con ella. Me he dicho a mí misma que eso se debía a que estaba enojada con ella —por suministrarle pastillas a otra chica y burlarse de su cuerpo—, pero en realidad estaba asustada por lo que había dicho la mujer policía: que Lena no sentía curiosidad por las muertes de su amiga y de su madre porque ya conocía su razón. No podía dejar de ver su cara en esa foto del piso de arriba, con sus dientes afilados y su sonrisa depredadora. ¿Qué sabía Lena?

He regresado al estudio y me he vuelto a sentar en el suelo; he tomado las notas que había estado mirando antes y he comenzado a reordenarlas para intentar establecer algún tipo de orden. Intentar encontrarle un sentido a tu narrativa. Cuando he llegado a la fotografía de Katie y Lena, me he detenido. Había una mancha de tinta en la superficie, justo debajo de la barbilla de Lena. Le he dado la vuelta a la foto. En el dorso habías escrito una única frase. La he leído en voz alta: «A veces, las mujeres conflictivas pueden cuidar de sí mismas».

En un momento dado, la habitación se ha oscurecido. He levantado la mirada y un grito se ha quedado atascado en mi garganta. No la había oído, no había oído la puerta ni sus pasos al cruzar la sala. De repente, una sombra ha aparecido en el umbral de la puerta, bloqueando la luz y, desde donde yo estaba sentada, su perfil era el de Nel. Entonces la sombra ha entrado en la habitación y he visto que se trataba de Lena. Tenía algunas manchas de tierra en la cara, las manos sucias y el pelo enredado.

—¿Con quién estás hablando? —ha preguntado. No dejaba de saltar de un pie a otro, como si estuviera muy emocionada o histérica.

—No estaba hablando, estaba...

—Sí estabas hablando —ha dicho con una risita—. Te he oído. ¿Con quién...? —De pronto, se ha quedado callada y, al reparar en la fotografía que yo tenía en las manos, la mueca de suficiencia ha desaparecido de sus labios—. ¿Qué estás haciendo con eso?

—Sólo estaba leyendo... Quería... —Antes de que tuviera tiempo de pronunciar las palabras, ella ya había llegado a mi lado y yo me he encogido.

Rápidamente, se ha abalanzado sobre mí y me ha quitado la fotografía de las manos.

—¿Qué estás haciendo con esto? —Estaba temblando y tenía los dientes apretados y el rostro rojo de ira. Me he puesto de pie—. ¡Esto no tiene nada que ver contigo! —Entonces me ha dado la espalda, ha colocado la fotografía de Katie sobre el escritorio y ha comenzado a alisarla con la palma de la mano—. ¿Qué derecho tienes a hacer esto? —ha preguntado con voz trémula, dirigiéndose otra vez hacia mí—. ¿Husmear en sus cosas, tocarlo todo? ¿Quién te ha dado permiso?

Se ha adelantado un paso y, al hacerlo, le ha dado una patada al vaso de vodka que estaba en el suelo. Éste ha salido volando y se ha hecho añicos contra la pared. Ella se ha puesto de rodillas y ha empezado a recoger las notas que yo había estado mirando.

—¡No deberías estar tocando esto! —Su rabia era tal que casi escupía al hablar—. ¡Esto no tiene nada que ver contigo!

—Lena —he dicho—. No.

De repente, ha retrocedido de un salto y ha soltado un pequeño grito ahogado. Había apoyado la mano en un trozo de cristal y estaba sangrando. Aun así, ha tomado un puñado de papeles y se ha aferrado a ellos, llevándoselos al pecho.

—Ven aquí —he dicho, intentando quitárselos—. Estás sangrando.

—¡Aléjate de mí! —Ha apilado los papeles en el escritorio.

Me han llamado la atención la mancha de sangre que había dejado en la hoja superior y la palabra en negrita que había impresa: «Prólogo» y, más abajo, «Cuando tenía diecisiete años, salvé a mi hermana de morir ahogada».

He sentido entonces que una risa histérica nacía en mi interior y, de repente, he estallado en una carcajada tan alta que ha sobresaltado a Lena. Se ha quedado mirándome atónita. Yo he seguido riéndome ante la expresión de furia de su hermoso rostro y la sangre que goteaba de sus dedos al suelo. Me he reído hasta que las lágrimas han acudido a mis ojos y todo se ha vuelto tan borroso como si estuviera sumergida.

AGOSTO DE 1993

Jules

Robbie me dejó en el asiento de la ventana y entonces me bebí el resto del vodka. Nunca antes había estado borracha, y desconocía la rapidez con la que el estado de una cambia y pasa de la euforia a la desesperación, de encontrarse arriba a encontrarse abajo. De repente, toda esperanza parecía perdida, y el mundo un lugar sombrío. No estaba pensando con claridad, pero a mí me daba la impresión de que el hilo de mis pensamientos tenía mucho sentido. El río es la salida. Sigue el río.

No tengo ni idea de qué pretendía cuando, caminando a tropezones, me desvié del camino para ir a la orilla y tomé el sendero del río. Avanzaba totalmente a ciegas; la noche parecía más oscura que nunca. Sin luna, silenciosa. Incluso el río estaba tranquilo. Reptaba a mi lado lustroso, lúbrico. No tenía nada de miedo. ¿Qué sentía? Humillación, vergüenza. Culpa. Lo había mirado, lo había observado, lo había visto contigo y él me había visto a mí.

Desde la Casa del Molino hasta la poza hay unos tres kilómetros, de modo que debí de tardar un rato en llegar. No solía andar rápido, pero, en la oscuridad y en ese estado, debí de hacerlo todavía más lentamente. Supongo, pues, que no me seguiste. Pero en un momento dado apareciste.

Para entonces, yo ya estaba en el agua. Recuerdo el frío alrededor de los tobillos, y después en las rodillas, y después hundirme poco a poco en la negrura. Luego el frío desapareció y todo mi cuerpo comenzó a arder. El agua me llegaba al cuello. Ya no había escapatoria y nadie podía verme. Estaba oculta, estaba desapareciendo. Sin ocupar demasiado espacio, sin ocupar nada de espacio.

Al poco, el calor empezó a abandonar mi cuerpo y regresó el frío. No lo sentía en la piel, sino en los huesos, pesado como el plomo. Estaba cansada. La orilla parecía estar muy lejos. No estaba segura de si podría volver. Agité las piernas pero no conseguía tocar el fondo, de modo que pensé que tal vez podría limitarme a flotar un rato, sin preocupaciones, sin que nadie me prestara atención.

Me dejé llevar. El agua me cubrió la cara y noté que algo pasaba por mi lado, rozándome. Era suave, como el pelo de una mujer. De repente noté una opresión en el pecho y, al abrir la boca para tomar aire, no pude evitar tragar agua. En algún lugar a lo lejos, había una mujer gritando. «Es Libby —dijiste—, puedes oírla. A veces, por las noches, puedes oír cómo suplica.» Forcejeé, pero algo me apretaba las costillas; de repente, sentí una mano en el pelo que tiraba de mí hacia el fondo. Sólo las brujas flotan.

No era Libby, claro está, sino tú, llamándome a gritos. Y era tu mano la que tenía en la cabeza, hundiéndome. Forcejeé. ¿Estaba hundiéndome o sacándome del agua? Te agarraste a mi ropa, clavaste las uñas en mi piel, me dejaste arañazos en el cuello y los brazos a juego con los que Robbie me había dejado en las piernas.

Al final, llegamos a la orilla. Yo me quedé de rodillas en la arena, respirando con dificultad, y tú permaneciste de pie a mi lado, gritándome:

—¡Gorda estúpida! ¿Qué estabas haciendo? ¿Qué carajos intentabas hacer? —Te arrodillaste a mi lado y, al rodearme con los brazos, oliste el alcohol en mi aliento y comenzaste a gritarme otra vez—: ¡Tienes *trece* años, Julia! No puedes beber, no puedes... ¿Qué estabas haciendo? —Tus huesudos dedos se clavaron en la carne de mis brazos y me sacudiste con fuerza—. ¿Por qué estás haciendo esto? ¿Por qué? Para fastidiarme, ¿es eso? ¿Para que mamá y papá se enojen conmigo? Dios mío, Julia, ¿se puede saber qué demonios te he hecho?

197

Me llevaste a casa, me subiste a rastras por la escalera y me preparaste un baño. Yo no quería meterme, pero tú me obligaste de todos modos, quitándome la ropa a la fuerza y metiéndome en el agua caliente. A pesar del calor, no dejaba de temblar. No quería tumbarme. Permanecí sentada, encorvada, con los rollizos pliegues de mi barriga incómodamente a la vista mientras tú me echabas agua caliente sobre la piel con las manos.

—Dios mío, Julia. Eres una niña. No deberías... No deberías haber... —No parecías encontrar las palabras. Me limpiaste la cara con un paño. Entonces sonreíste. Estabas intentando ser amable—. No pasa nada. No pasa nada, Julia. No pasa nada. Lamento haberte gritado. Y también lamento que él te haya hecho daño, de verdad. Pero ¿qué esperabas? ¿Qué demonios esperabas?

Dejé que me bañaras. Tus manos eran mucho más suaves de lo que lo habían sido en la poza. Me pregunté cómo podías estar ahora tan tranquila, pensaba que estarías más enojada. No sólo conmigo, sino también en mi nombre. Supuse que debía de estar reaccionando de forma exagerada o que tú no querías pensar en ello.

Me hiciste jurar que no les contaría a nuestros padres lo que había pasado.

—Prométemelo, Julia. No se lo contarás. No le contarás esto a nadie. ¿De acuerdo? Nunca. No podemos hablar de ello, ¿sí? Porque... porque nos metería a todos en problemas, ¿de acuerdo? No hables de ello. Si no lo hacemos, será como si no hubiera pasado. No ha pasado nada, ¿de acuerdo? Nada. Prométemelo. Prométeme, Julia, que nunca hablarás de ello.

Yo cumplí mi promesa. Tú, no.

2015

Helen

De camino al supermercado, Helen ha visto a Josh Whittaker. Iba en su bici completamente empapado y tenía la ropa manchada de lodo. Al llegar a su altura, ha aminorado la velocidad del coche y ha bajado la ventanilla.

—¿Estás bien? —ha exclamado Helen, y él la ha saludado con la mano y ha mostrado los dientes a modo de sonrisa (un extraño modo de sonreír, ha pensado ella).

Luego Helen ha seguido adelante lentamente, observándolo por el espejo retrovisor. El chico avanzaba despacio, moviendo el manubrio de un lado a otro. De vez en cuando, se ponía de pie sobre los pedales para mirar por encima del hombro.

Josh siempre había sido un poco extraño, y la tragedia reciente no había hecho más que exacerbar las cosas. Después de la muerte de Katie, Patrick lo llevó a pescar un par de veces. Lo hizo como un favor a Louise y a Alec, para que dispusieran de un poco de tiempo para sí. Según le contó Patrick luego, habían pasado horas y horas en el río y el chico apenas había abierto la boca.

—Deberían llevárselo lejos de aquí —le dijo Patrick—. Deberían marcharse.

—Tú no lo hiciste —le contestó ella, y él asintió.

—Es distinto —repuso—. Yo tenía que quedarme, tenía trabajo que hacer.

Tras jubilarse, se había quedado por ellos; por ella y por Sean. No por ellos, sino para estar cerca de ellos, porque eran todo lo que tenía: ellos, la casa, el río. Pero el tiempo estaba agotándose. Nadie decía nada porque así era esa familia, pero Patrick no estaba bien.

Helen lo oía toser por las noches y, cada vez con más frecuencia, también veía por las mañanas lo mucho que le costaba moverse. Lo peor, sin embargo, era que sabía que no se trataba de algo únicamente físico. Patrick había sido toda su vida alguien con una mente muy despierta y ahora se había vuelto olvidadizo, a veces incluso parecía confuso. Tomaba el coche de ella y luego no recordaba dónde lo había dejado, o a veces se lo devolvía lleno de cosas, como el otro día. ¿Basura que había encontrado? ¿Baratijas que había conseguido en algún lugar? ¿Trofeos? No se lo preguntó, no quería saberlo. Estaba preocupada por él.

Y, para ser honesta, también estaba preocupada por sí misma. Últimamente había estado dispersa, distraída, actuaba de modo irracional. A veces pensaba que se estaba volviendo loca. Que perdía la razón.

No era ella misma. Helen era práctica, sensata y decidida. Consideraba sus opciones con cuidado y luego actuaba. Su suegro siempre decía que se regía por el hemisferio izquierdo del cerebro. Últimamente, sin embargo, no era ella misma. Los acontecimientos del último año la habían trastornado y desestabilizado. Ahora se encontraba cuestionando cosas de su vida que nunca habría esperado poner en entredicho: su matrimonio, su vida familiar, o incluso su competencia profesional.

Todo comenzó con Sean. Primero, con las sospechas que ella sentía, y luego —vía Patrick—, la terrible constatación. El pasado otoño había descubierto que su marido —su serio, firme y rematadamente moral marido— no era ni mucho menos quien ella creía. De inmediato, la abandonaron su pensamiento lógico y su determinación. ¿Qué podía hacer? ¿Marcharse? ¿Abandonar la casa y sus responsabilidades? ¿Debía darle un ultimátum? ¿Llorar, persuadirlo? ¿Debía castigarlo? Y, en ese caso, ¿cómo? ¿Hacer agujeros en sus camisas favoritas, romper sus cañas de pescar por la mitad, quemar sus libros en el patio?

Todas esas cosas parecían poco factibles, imprudentes o tan sólo ridículas, de modo que le pidió consejo a Patrick. Él la convenció para que se quedara. Le aseguró que Sean había entrado en razón, que lamentaba profundamente su infidelidad y que se esforzaría para ganarse su perdón.

—Mientras tanto —le dijo—, él comprenderá (ambos lo haremos) que duermas en la habitación de invitados de mi casa. Te sentará bien disponer de un poco de tiempo para ti. Y estoy seguro de que será beneficioso que él tenga una pequeña muestra de lo que podría perder.

Casi un año después, Helen aún dormía en casa de su suegro la mayoría de las noches.

La *equivocación* de Sean, como ahora lo llamaban, sólo había sido el principio. Después de trasladarse a casa de Patrick, Helen comenzó a sufrir un terrible insomnio y sus noches se convirtieron en un debilitante y angustioso infierno. Algo que, descubrió entonces, su suegro compartía. Él tampoco podía dormir; le sucedía desde hacía años, le dijo. De modo que compartían sus desvelos y pasaban el tiempo juntos: leyendo, haciendo crucigramas, haciéndose compañía en silencio.

Ocasionalmente, si Patrick había tomado un trago de whisky, le gustaba hablar sobre su vida como policía y sobre cómo era antes el pueblo. A veces le contaba cosas que le resultaban perturbadoras. Historias del río, viejos rumores, repugnantes cuentos largo tiempo enterrados y ahora rescatados y propagados como si fueran ciertos por Nel Abbott. Historias sobre su familia, cosas dolorosas. Mentiras que podían considerarse falsedades difamatorias, si bien Patrick le dijo que no llegaban a ser calumnias y que no acabarían en ningún tribunal.

—Sus mentiras jamás verán la luz del día. Yo me encargaré de eso —le aseguró una vez.

Sólo que ése no era el problema. El problema, explicó Patrick, era el daño que ya había causado Nel: a Sean, a la familia.

—¿De veras crees que se habría comportado del modo en que lo hizo si ella no hubiera estado llenándole la cabeza con esas historias, haciéndolo dudar sobre quién es y de dónde viene? Sean ha cambiado, ¿verdad, querida? Y es ella quien lo ha hecho.

A Helen le preocupaba que Patrick tuviera razón y que las cosas ya nunca volvieran a ser como habían sido, pero él le aseguró que sí lo serían. También se encargaría de ello. Le dio un apretón en la mano, le agradeció que lo hubiera escuchado y, tras darle un beso en la frente, añadió:

—Eres una buena chica.

Durante un tiempo, las cosas mejoraron. Y luego fueron empeorando. Justo cuando Helen había conseguido dormir por las noches más de un par de horas seguidas, justo cuando había comenzado a sonreírle a su marido como hacía antes, justo cuando creía que su familia estaba volviendo a su antiguo y reconfortante equilibrio, Katie Whittaker murió.

Katie Whittaker, una celebridad en la escuela, una estudiante diligente y educada, una chica sin preocupaciones. Resultó algo sorprendente, inexplicable. Y había sido culpa suya. Le había fallado a Katie Whittaker. Todos lo habían hecho: sus padres, sus profesores, toda la comunidad. No se habían dado cuenta de que Katie necesitaba ayuda, de que no era feliz. Mientras Helen estaba sumida en sus problemas domésticos, aturdida por el insomnio y azotada por las dudas sobre sí misma, una de las personas a su cargo había sucumbido.

Para cuando Helen ha llegado al supermercado, había dejado de llover. El sol había salido y el vapor que emanaba del asfalto llevaba consigo un olor a tierra. Helen ha rebuscado la lista de las compras en su bolsa: iba a comprar una pieza de ternera para cenar, verduras, legumbres. También les faltaba aceite de oliva, café y jabón para la lavadora.

De pie en el pasillo de las conservas, mientras buscaba la marca de tomate troceado que consideraba la más sabrosa, ha advertido que una mujer se acercaba a ella y, horrorizada, se ha dado cuenta de que se trataba de Louise.

Caminaba en su dirección a paso lento, con una expresión vacía en el rostro, empujando un enorme carrito de la compra prácticamente vacío. Helen ha entrado en pánico y, dejando su propio carrito, se ha apresurado a salir al estacionamiento, donde se ha escondido en el coche hasta que ha visto que el de Louise pasaba por su lado y salía a la carretera.

Se ha sentido estúpida y avergonzada; sabía que no era propio de ella. Un año antes no se habría comportado de un modo tan despreciable. Habría hablado con Louise, la habría tomado de las manos y le habría preguntado por su marido y por su hijo. Se habría comportado con honradez.

Helen no era ella misma. ¿Cómo, si no, podía explicar las cosas que pensaba últimamente, la forma en la que actuaba? Toda esa culpa y esas dudas resultaban corrosivas. Estaban cambiándola, desvirtuándola. No era la mujer que solía ser. Tenía la impresión de estar transformándose, de estar mudando la piel, y no le gustaba la crudeza que había debajo, no le gustaba su olor. La hacía sentir vulnerable, le daba miedo.

Sean

Después de la muerte de mi madre, estuve varios días sin decir nada. Ni una sola palabra. O, en cualquier caso, eso me ha contado mi padre. No recuerdo mucho de esos días, la verdad, aunque sí el modo mediante el que papá me sacó de mi silencio, que fue sosteniendo mi mano izquierda sobre una llama hasta que solté un grito. Fue cruel pero efectivo. Y luego dejó que me quedara con el encendedor. (Lo guardé durante muchos años y solía llevarlo conmigo. Hace poco lo perdí, no recuerdo dónde.)

El dolor o el *shock* afectan a las personas de formas extrañas. He visto a gente reaccionar a malas noticias riéndose, con aparente indiferencia, con ira, con miedo... El beso de Jules en el coche después del funeral no se debió a la lujuria, sino al dolor, a la necesidad de sentir algo —cualquier cosa— que no fuera tristeza. De igual modo, mi mutismo de niño fue probablemente resultado del *shock*, del trauma. Perder a una hermana puede que no sea lo mismo que perder a un progenitor, pero sé que Josh Whittaker se sentía muy cercano a su hermana, de modo que deteso la idea de juzgarlo, de interpretar lo que dice o hace o la forma en que se comporta.

Erin me ha llamado para decirme que había habido un altercado en una casa situada en la periferia sureste del pueblo. Una vecina había llamado por teléfono diciendo que, al llegar a su casa, había visto las ventanas de la casa en cuestión rotas y a un niño en bicicleta abandonando el lugar. La casa pertenecía a uno de los profesores de la escuela local, mientras que el chico —moreno, con una camiseta amarilla y una bici roja— estaba bastante seguro de que se trataba de Josh.

Me ha resultado fácil encontrarlo. Estaba sentado en el muro del puente, con la bicicleta apoyada en el mismo, la ropa empapada y las perneras manchadas de lodo. No ha salido corriendo al verme. En todo caso, diría que ha parecido que se sentía aliviado cuando me ha saludado, mostrándose tan educado como siempre.

—Buenas tardes, señor Townsend.

Yo le he preguntado si estaba bien.

—Te vas a resfriar —le he dicho señalando su ropa mojada, y él ha medio sonreído.

—Estoy bien —ha respondido.

—Josh —he dicho entonces—, esta tarde no habrás estado en Seward Road, ¿verdad? —Él ha asentido—. No habrás pasado por casa del señor Henderson, ¿no?

Él se ha mordido el labio inferior y sus ojos de color castaño claro se han abierto como platos.

—No se lo diga a mi mamá, señor Townsend, por favor. Por favor, no se lo diga a mi mamá. Ya está pasándola bastante mal.

Se me ha formado un nudo en la garganta y he tenido que contener las lágrimas. Es un chico tan pequeño y de apariencia tan vulnerable... Me he arrodillado a su lado.

—¡Josh! ¿Qué demonios has estado haciendo? ¿Había alguien más contigo? ¿Algún niño mayor, quizá? —he preguntado esperanzado.

Él ha negado con la cabeza, pero lo ha hecho sin mirarme a la cara.

—Porque antes te he visto hablar con Lena delante de la comisaría. Esto no tendrá nada que ver con ella, ¿verdad?

—¡No! —ha exclamado con un doloroso y humillante gallo—. No. He sido sólo yo. Sólo yo. He tirado piedras a sus ventanas. A las ventanas de ese... *cabrón*. —Ha pronunciado la palabra cuidadosamente, como si fuera la primera vez que la decía.

—Y ¿se puede saber por qué has hecho eso?

Entonces me ha mirado a los ojos. El labio inferior le temblaba.

—Porque se lo merecía —ha afirmado—. Porque lo odio.

Y se ha echado a llorar.

—Vamos —he dicho, tomando su bicicleta—. Te llevaré a casa.

Pero él se ha agarrado al manubrio.

—¡No! —ha exclamado entre lágrimas—. No puede. No quiero que mamá se entere de esto. Ni papá. No pueden enterarse de esto, no pueden...

—¡Josh! —He vuelto a agacharme y he apoyado una mano en el asiento de su bicicleta—. No pasa nada. No es algo tan malo. Lo solucionaremos. De verdad. No es el fin del mundo.

Al oír eso, ha empezado a llorar con más fuerza.

—Usted no lo entiende. Mi mamá nunca me perdonará...

—¡Claro que lo hará! —He reprimido un impulso de reírme—. Estoy seguro de que se enojará un poco, pero no has hecho nada terrible. No le has hecho daño a nadie...

Sus hombros han comenzado a temblar.

—No lo entiende, señor Townsend. No entiende lo que he hecho.

Al final, lo he llevado de vuelta a la comisaría. No estaba seguro de qué otra cosa podía hacer. Él no quería que lo acompañara a casa y no podía dejarlo a un lado de la carretera en ese estado. Lo he llevado a la oficina del fondo, le he preparado una taza de té y le he pedido a Callie que fuera a comprarle unas galletas.

—No puede interrogarlo, señor —me ha dicho ella alarmada—. No sin la presencia de un adulto responsable.

—No estoy interrogándolo —he respondido con irritación—. Está asustado y todavía no quiere ir a casa.

Esas palabras han traído un recuerdo a mi mente: «Está asustado y no quiere ir a casa». Yo era más pequeño que Josh, tenía seis años, y una mujer policía sostenía mi mano. Nunca sé cuáles de mis recuerdos son reales. He oído tantas historias sobre esa época y de tantas fuentes, que me resulta difícil distinguir memoria de mito. En ese recuerdo, sin embargo, estaba temblando y tenía miedo, y había una mujer policía a mi lado, corpulenta y reconfortante, sujetándome de un modo protector contra su cadera mientras unos hombres hablaban sobre mi cabeza.

—Está asustado y no quiere ir a casa —les decía ella.

—¿Puedes llevártelo a tu casa, Jeannie? —preguntaba mi padre—. ¿Podrías llevártelo contigo?

Eso es: Jeannie. La agente de policía Jeannie Sage.

Los timbrazos de mi teléfono me han hecho volver en mí.

—¿Señor? —Era Erin—. Otro vecino ha visto a una chica corriendo en la dirección opuesta. Una adolescente, pelo largo y rubio, pantalones de mezclilla cortos y camiseta blanca.

—Lena. Claro.

—Sí, eso parece. ¿Quiere que vaya a buscarla?

—Dejémosla por hoy —he dicho—. ¿Ha conseguido ponerse en contacto con el propietario, el señor Henderson?

—Todavía no. He estado llamándolo, pero se activa el buzón de voz. Cuando he hablado antes con él, me ha dicho algo de que tenía una prometida en Edimburgo, pero no tengo su número. Puede incluso que ya estén en un avión.

Le he llevado la taza de té a Josh.

—Mira —le he dicho—, tenemos que ponernos en contacto con tus padres. Sólo necesito decirles que estás aquí y que te encuentras bien, ¿de acuerdo? No tengo que darles más detalles, no ahora mismo, sólo les diré que estabas alterado y que te he traído aquí para conversar. ¿Te parece bien? —Él ha asentido—. Luego puedes contarme qué es lo que te preocupa tanto y ya veremos qué hacemos. —Él ha vuelto a asentir—. En algún momento, sin embargo, tendrás que explicarme a qué se debe lo de la casa.

Josh le ha dado un sorbo a su té. Todavía no se había recuperado del arrebato emocional de antes y de vez en cuando aún hipaba. Permanecía aferrado con ambas manos a la taza y su boca se movía como si estuviera intentando encontrar las palabras que quería decirme.

Finalmente, ha levantado la cabeza.

—Haga lo que haga, alguien se va a enojar conmigo —ha dicho, y luego ha negado con la cabeza—. No, en realidad eso no es cierto. Si hago lo correcto, todo el mundo se enojará conmigo, y, si hago lo incorrecto, no lo harán. No debería ser así, ¿verdad?

—No —he contestado—, no debería. Y no estoy seguro de que tengas razón con eso. No se me ocurre ninguna situación en la que hacer lo correcto consiga que todo el mundo se enoje contigo. Tal vez una o dos personas, pero, si es lo correcto, algunos lo veremos así, ¿no? Y te estaremos agradecidos.

Él ha vuelto a morderse el labio.

—El problema es que el daño ya está hecho —ha dicho otra vez con voz trémula—. Es demasiado tarde. Es demasiado tarde para hacer lo correcto.

Se ha puesto a llorar de nuevo, pero no como antes. Ya no lo hacía a moco tendido y despavorido. Ahora lloraba como alguien que lo ha perdido todo; alguien que ha perdido toda esperanza. Estaba desesperado, y eso me resultaba insoportable.

—Josh, tengo que avisarle a tus padres. Tengo que hacerlo —he insistido, pero él se ha aferrado a mi brazo.

—Por favor, señor Townsend. Por favor.

—Quiero ayudarte, Josh. De verdad. Por favor, dime qué es lo que te preocupa tanto.

(Recuerdo estar sentado en una cálida cocina, no la mía, comiendo un pan tostado con queso. Jeannie estaba allí, sentada a mi lado. «¿Por qué no me cuentas qué ha pasado, querido? Cuéntamelo, por favor.» Yo no dije nada. Ni una palabra. Ni una sola palabra.)

Josh, en cambio, estaba listo para hablar. Tras secarse los ojos y sonarse la nariz, ha tosido y se ha sentado muy erguido en la silla.

—Es sobre el señor Henderson —ha dicho—. El señor Henderson y Katie.

JUEVES, 20 DE AGOSTO

Lena

Lo del señor Henderson comenzó como una broma. Un juego. Ya lo habíamos hecho antes con el señor Friar, el profesor de biología, y también con el señor Mackintosh, el entrenador de natación. Sólo había que lograr que se sonrojaran. Nos turnábamos para intentarlo. Una de nosotras dos iba y, si no lo conseguía, le tocaba a la otra. Podíamos hacer lo que quisiéramos y cuando quisiéramos, la única regla era que la otra tenía que estar presente, ya que, si no, no sería verificable. Nunca incluimos a nadie más. Era algo nuestro, de Katie y mío. No recuerdo de cuál de las dos fue la idea.

Con Friar, yo fui primero y me costó apenas treinta segundos. Me dirigí a su escritorio y le sonreí y me mordí el labio cuando él estaba explicando algo sobre la homeostasis. Me incliné hacia delante para que se me abriera un poco la blusa y ¡bingo! Con Mackintosh costó un poco más porque estaba acostumbrado a vernos en traje de baño, así que tampoco iba a perder el juicio por un poco de piel. Sin embargo, al final Katie lo consiguió mostrándose dulce y tímida y un poco avergonzada al hablarle de las películas de kungfu que sabíamos que le gustaban.

Con el señor Henderson, en cambio, la historia fue distinta. Katie fue primero porque había ganado la ronda del señor Mac. Esperó hasta después de clase y, mientras yo guardaba mis libros muy despacio, se acercó a su escritorio y, tras sentarse en el borde, se inclinó un poco en su dirección con una sonrisa y comenzó a hablar. Él, sin embargo, empujó la silla hacia atrás y se puso de pie de golpe. Ella siguió con su número, pero ya sin entusiasmo. Luego, cuando nos estábamos marchando, Henderson nos miró como si estuviera furioso. Cuando lo intenté yo, bostezó. Me esforcé al máximo acercándome a él y sonriendo y tocándome el pelo y el cuello y mordisqueándome el labio inferior, pero él bostezó abiertamente. Como si estuviera aburriéndolo.

No podía quitarme de la cabeza el modo en que me había mirado, como si yo no fuera nada, como si yo no fuera en absoluto interesante. Ya no quería seguir jugando. No con él. No era divertido. Se comportaba como un idiota.

—¿Eso crees? —preguntó Katie, y yo le dije que sí, y ella dijo que de acuerdo. Y eso fue todo.

No descubrí que había roto las reglas hasta mucho después. Meses después. No tenía ni idea, de modo que, cuando Josh vino a verme el día de San Valentín con la historia más hilarante que había oído nunca, le envié a Katie un mensaje con la imagen de un pequeño corazón.

«Me he enterado de lo de tu novio —escribí—. KW & MH x siempre.» Unos cinco segundos después, recibí un mensaje que decía: «Borra eso. No lo digo en broma. Bórralo». «¿Q diablos t pasa?», le contesté, y ella volvió a escribirme: «Bórralo ahora o juro que nunca volveré a hablar contigo». «No jodas —pensé—. *Tranquilízate.*»

A la mañana siguiente, en clase, me ignoró. Ni siquiera me dijo «hola». Al salir, la agarré del brazo.

—¿Katie? ¿Qué es lo que sucede? —Ella me metió en el baño prácticamente a empujones—. ¿Qué demonios pasa? —dije—. ¿A qué venía eso?

—Nada —repuso en voz baja—. Sólo me pareció que era de mal gusto, ¿okey? —Y me miró de esa forma tan habitual en ella últimamente, como si ella fuera una adulta y yo una niña—. ¿Por qué me escribiste eso?

Estábamos al fondo del cuarto de baño, debajo de la ventana.

—Josh vino a verme —le expliqué—. Me contó que los había

visto a ti y al señor Henderson tomados de la mano en el parque...
—dije, y comencé a reír.

Katie no se rio. Se dio la vuelta y se quedó delante del lavamanos, mirando su imagen en el espejo.

—Y ¿*qué* te contó exactamente? —me preguntó al tiempo que sacaba el rímel de su bolsa. Su voz sonaba extraña. No parecía enojada ni molesta. Era más bien como si tuviera miedo.

—Me dijo que había estado esperándote después de la escuela y que te había visto con el señor Henderson, y que iban tomados de la mano... —Comencé a reír otra vez—. Por el amor de Dios, no es para tanto. Sólo estaba inventándose historias porque quería una excusa para venir a verme. Era el día de San Valentín, de modo que...

Katie cerró los ojos.

—¡Dios! Eres tan narcisista... —declaró en voz baja—. Siempre crees que todo está relacionado contigo.

Me sentí como si me hubiera abofeteado.

—¿Qué...? —Ni siquiera supe qué contestar.

Eso era impropio de ella. Todavía estaba intentando saber qué decir cuando ella dejó caer el rímel en el lavabo, se agarró al borde del mismo y rompió a llorar.

—¡Katie...! —Coloqué la mano en su hombro y ella sollozó todavía más fuerte. Luego la rodeé con los brazos—. ¡Oh, Dios mío! ¿Qué sucede? ¿Qué ha pasado?

—¿Es que no te has dado cuenta de que las cosas son distintas? ¿No te has dado cuenta, Lenie?

Claro que me había dado cuenta. Desde hacía algún tiempo se comportaba de un modo diferente, más distante. Siempre estaba ocupada. Tenía tarea, de modo que no nos veíamos después de clase; o iba a comprar con su madre, así que no podía venir al cine; o tenía que hacer de niñera de Josh, de manera que no podía venir a casa esa noche. También se comportaba de forma distinta en otras cosas. Estaba más callada en la escuela. Ya no fumaba. Había comenzado a hacer dieta. Parecía desconectada de nuestras conversaciones como si le aburriera lo que estuviera contándole, como si tuviera mejores cosas en las que pensar.

Claro que lo había notado. Y estaba dolida. Pero no iba a decir nada. Mostrarle a alguien que una está dolida es lo peor que puede hacerse, ¿no? No quería parecer débil o necesitada. Nadie quiere estar al lado de una persona así.

—Yo pensaba... No lo sé, K, pensaba que estabas *aburrida* de mí o algo así.

Ella lloró todavía más fuerte y yo la abracé.

—No —dijo—. No estoy aburrida de ti. Pero no podía contártelo. No podía contárselo a nadie...

De repente, se deshizo de mi abrazo, se dirigió al otro lado del cuarto de baño y se puso de rodillas. A cuatro patas, comprobó que no hubiera nadie en ningún cubículo.

—¿Katie? ¿Qué estás haciendo?

Hasta entonces no me di cuenta. Así de perdida estaba.

—¡Oh, Dios! —dije al tiempo que ella volvía a ponerse de pie—. ¿Estás...? ¿Estás diciendo que... —bajé el tono de voz— hay algo entre ustedes? —Ella no respondió, pero se me quedó mirando directamente a los ojos y supe que era cierto—. Mierda. ¡Mierda! No puedes... Esto es una locura. No puedes. No *puedes*, Katie. Tienes que ponerle fin... antes de que *suceda* algo.

Ella me observó como si yo fuera algo tonta, como si sintiera lástima por mí.

—Ya ha sucedido, Lena —repuso con una media sonrisa, y comenzó a secarse las lágrimas de la cara—. Ha estado *sucediendo* desde noviembre.

A la policía no le he contado nada de eso. No era asunto suyo.

Han venido a casa por la noche, cuando Julia y yo estábamos cenando en la cocina. Corrección: yo estaba cenando. Ella estaba jugueteando con la comida del plato como siempre hace. Mamá me había explicado que a Julia no le gustaba comer delante de otras personas; era algo que le venía de cuando estaba gorda. Las dos permanecíamos en silencio. No habíamos dicho nada desde que llegué a casa ayer y la encontré hurgando entre las cosas de mamá, de modo que ha sido un alivio que sonara el timbre.

Cuando he visto que eran Sean y la sargento Morgan —o *Erin*, tal y como se supone que he de llamarla ahora que nos vemos tanto—, he pensado que debía de ser por lo de las ventanas rotas, aunque me ha parecido asimismo que el hecho de que vinieran los dos era algo exagerado. He optado por admitir mi culpa de inmediato.

—Pagaré los daños —he dicho—. Ahora puedo permitírmelo, ¿no?

Julia ha fruncido los labios como si considerara que yo era una decepción para ella. Se ha puesto de pie y ha recogido los platos a pesar de que no había comido nada.

Sean ha levantado su silla y ha rodeado la mesa con ella para sentarse a mi lado.

—Ya llegaremos a eso —ha señalado con una expresión triste y seria en el rostro—. Primero tenemos que hablar contigo sobre Mark Henderson.

Me he quedado helada y el estómago me ha dado un vuelco como cuando una sabe que está a punto de suceder algo realmente malo. Lo sabían. Me he sentido devastada y aliviada al mismo tiempo, pero me he esforzado para que mi rostro permaneciera inexpresivo e inocente.

—Sí —he dicho—. Ya lo sé. He roto sus ventanas.

—Y ¿por qué lo has hecho? —ha preguntado Erin.

—Porque estaba aburrida. Porque es un idiota. Porque...

—¡Ya basta, Lena! —me ha interrumpido Sean—. Deja de hacerte la tonta. —Parecía estar bastante enojado—. Sabes que no es de eso de lo que estamos hablando, ¿verdad? —Yo no he respondido y me he volteado hacia la ventana—. Hemos tenido una conversación con Josh Whittaker —ha dicho, y el estómago ha vuelto a darme un vuelco. Supongo que siempre había sabido que Josh no sería capaz de permanecer en silencio para siempre, pero esperaba que destrozar las ventanas de la casa de Henderson lo satisficiera al menos durante un tiempo—. ¿Lena? ¿Me estás escuchando? —Sean se ha inclinado hacia delante. He advertido que las manos le temblaban un poco—. Josh ha hecho una acusación muy seria sobre Mark Henderson. Nos ha dicho que mantuvo una relación con Katie Whittaker, una de carácter sexual, en los meses anteriores a la muerte de ésta.

—¡Vaya estupidez! —he replicado, y he intentado reírme—. Eso es una auténtica estupidez. —Todo el mundo estaba mirándome y me ha resultado imposible no sonrojarme—. Es una estupidez —he repetido.

—¿Por qué iba a inventar una historia así, Lena? —me ha preguntado Sean—. ¿Por qué razón el hermano pequeño de Katie habría de inventar una historia como ésa?

—No lo sé —he dicho—. No lo sé. Pero no es cierto. —Estaba mirando la mesa mientras intentaba pensar una razón, pero mi rostro estaba cada vez más sonrojado.

—Está claro que no estás diciendo la verdad, Lena —ha dicho Erin—. Lo que está menos claro es por qué demonios mientes sobre algo así. ¿Por qué proteges a un hombre que se aprovechó de tu amiga de ese modo?

—Oh, por el amor de Dios...

—¿Qué? —ha preguntado, acercando su cara a la mía—. Por el amor de Dios, ¿qué? —Había algo en ella, en el hecho de que se hubiera aproximado tanto y en la expresión de su rostro, que hacía que me dieran ganas de abofetearla.

—Él no se *aprovechó* de ella. ¡Katie no era una niña!

Erin se ha mostrado entonces muy satisfecha consigo misma y me han entrado más ganas aún de abofetearla. Ella ha continuado hablando.

—Si no se aprovechó de ella, ¿por qué lo odias tanto? ¿Estabas celosa?

—Creo que ya es suficiente —ha dicho Julia, pero nadie le ha hecho el menor caso.

Erin seguía hablando, tratando de provocarme.

—¿Lo querías para ti? ¿Es eso? ¿Estabas enojada porque pensabas que eras la más guapa y deberías haber sido tú quien recibiera toda la atención?

Y entonces ya no pude más. Sabía que si no se callaba iba a pegarle, de modo que lo he soltado:

—Claro que lo odiaba, maldita zorra. Lo odiaba porque la alejó de mí.

Todo el mundo se ha quedado un momento callado. Luego Sean ha dicho:

—¿La alejó de ti? ¿Cómo hizo eso, Lena?

No he podido evitarlo. Estaba brutalmente cansada y estaba claro que se iban a enterar de todos modos ahora que Josh había abierto su bocota. Aunque, sobre todo, estaba harta de seguir mintiendo. De modo que, sentada ahí, en la cocina, al final he traicionado a Katie.

Se lo había prometido. Después de discutir, después de que ella me jurara que habían terminado y que ya no estaban viéndose, me hizo prometerle que, sucediera lo que sucediese, *lo que fuera*, nunca le revelaría a nadie la relación que habían tenido. Fuimos juntas a la poza por primera vez desde hacía siglos, nos sentamos en un lugar debajo de los árboles donde nadie podía vernos y ella lloró tomada de mi mano.

—Sé que piensas que está mal y que no debería haber estado con él —dijo—. Lo entiendo. Pero lo amaba, Lena. Y todavía lo amo. Él lo era todo para mí. No quiero que le hagan daño. No quiero. No podría soportarlo. Por favor, no hagas nada que pueda hacerle daño. Por favor, Lenie, guarda el secreto por mí. No por él. Sé que a él lo odias. Hazlo por mí.

Y lo he intentado. De verdad. No he dejado de morderme la maldita lengua. Incluso cuando mi madre vino a mi habitación para decirme que la habían encontrado en el agua; incluso cuando

Louise vino a casa medio muerta de dolor; incluso cuando ese desgraciado de mierda declaró a los periódicos locales lo buena estudiante que era y lo mucho que la querían y la admiraban estudiantes y profesores por igual; incluso cuando se acercó a mí en el funeral de mi madre y me ofreció sus condolencias.

Pero llevo meses mordiéndomela y mordiéndomela y mordiéndomela y, si no dejo de hacerlo, terminaré arrancándomela de cuajo y atragantándome con ella.

Así que se lo he contado. Sí, Katie y Mark Henderson tenían una relación. Comenzó en otoño. Acabó en marzo o abril. Volvió a comenzar a finales de mayo, creo, pero no por mucho tiempo. Ella terminó la relación. No, no tengo pruebas.

—Iban con mucho cuidado —les he explicado—. No se enviaban correos electrónicos, ni mensajes de texto, ni se escribían por Messenger, ni usaban ningún medio electrónico. Era una regla que tenían. Eran muy estrictos al respecto.

—¿Los dos, o él? —ha preguntado Erin.

La he fulminado con la mirada.

—Bueno, nunca lo hablé con *él*. Eso fue lo que ella me dijo, que era su regla.

—¿Cuándo lo descubriste, Lena? —ha preguntado Erin—. Tienes que remontarte al principio de todo.

—No, en realidad no creo que tenga que hacerlo —ha dicho de repente Julia, de pie junto a la puerta. Se me había olvidado incluso que estaba en la cocina—. Creo que Lena está muy cansada y deberían dejarla en paz por ahora. Podemos ir mañana a la comisaría y seguir con esto, o, si lo prefieren, pueden venir ustedes aquí, pero por hoy ya es suficiente.

Me han entrado ganas de abrazarla. Por primera vez desde que la conozco, he tenido la sensación de que Julia estaba de mi parte. Erin iba a protestar, pero Sean ha intervenido:

—Sí, tiene razón —y se ha puesto de pie y han salido todos al pasillo.

Yo he ido detrás de ellos.

—¿Se dan cuenta de lo que supondrá esto para su madre y su padre cuando se enteren? —he preguntado cuando han llegado a la puerta.

Erin ha volteado hacia mí.

—Bueno, al menos ahora tendrán una explicación de por qué lo hizo —ha contestado.

—No, no la tendrán. No tendrán ninguna *razón* —he replicado—. No había ninguna razón para que hiciera lo que hizo. Lo están demostrando ustedes ahora mismo. Con su presencia aquí, están demostrando que lo que hizo no ha servido para nada.

—¿Qué quieres decir, Lena?

Se han quedado todos mirándome fijamente, expectantes.

—No lo hizo porque él le hubiera roto el corazón o porque se sintiera culpable ni nada de eso. Lo hizo para protegerlo. Pensaba que alguien los había descubierto. Pensaba que iban a denunciarlo y que aparecería en los periódicos. Pensaba que habría un juicio, que sería condenado y que iría a la cárcel por agresión sexual. Pensaba que le pegarían, o lo violarían, o lo que sea que les pase a los hombres como él ahí dentro. De modo que decidió librarse de la prueba —he explicado.

Para entonces, había empezado a llorar y Julia se ha acercado a mí y me ha rodeado con los brazos sin dejar de susurrar:

—Shhh, Lena. No pasa nada, shhh.

Pero sí pasaba.

—Eso es lo que estaba haciendo —he dicho—. ¿No lo entienden? Estaba librándose de la prueba.

VIERNES, 21 DE AGOSTO

Erin

La casita de campo que hay junto al río, la que vi cuando salí a correr, será mi nuevo hogar. Al menos, durante un tiempo. Hasta que hayamos resuelto este asunto con Henderson. Ha sido Sean quien lo ha sugerido. Me ha oído contarle a Callie, la agente, que esta mañana estaba tan exhausta que casi me salgo de la carretera, y ha dicho:

—Bueno, eso no podemos permitirlo. Deberías quedarte en el pueblo. Puedes alojarte en la casita de los Ward. Está río arriba y no vive nadie en ella. No es lujosa, pero no te costará nada. Esta tarde te daré las llaves.

En cuanto Sean se ha marchado, Callie me ha sonreído.

—La casita de campo de los Ward, ¿eh? Cuidado con Annie *la loca*.

—¿Cómo dices?

—Esa casa junto al río que Patrick Townsend utiliza como cabaña para pescar se conoce como la casita de campo de los Ward. Por Annie Ward. Es una de *las mujeres*. —Y, bajando el tono, ha añadido—: Dicen que, si una se fija bien, todavía puede ver sangre en las paredes. —Yo no tenía ni idea de qué estaba hablando Callie, y ella debe de haber notado mi perplejidad, porque ha sonreído y ha dicho—: No es más que una de esas historias de Beckford, una de las antiguas.

No obstante, yo no tenía mucho interés en las historias antediluvianas de Beckford, tenía otras más actuales de las que preocuparme.

219

Henderson no contestaba el teléfono, y habíamos tomado la decisión de dejarlo en paz hasta que regresara. Si la historia de Katie Whittaker era cierta y se enteraba de que estábamos al corriente, cabía la posibilidad de que no regresara.

Mientras tanto, Sean me ha pedido que interrogue a su esposa, quien, como directora de la escuela local, es la jefa de Henderson.

—Estoy seguro de que no albergaba la menor sospecha sobre Mark Henderson —ha dicho—. Y creo que tiene una buena opinión sobre él, pero alguien debe hablar con ella, y obviamente no puedo ser yo. —Luego ha añadido que Helen estaría en la escuela y que estaría esperándome.

Si estaba esperándome, desde luego, no lo ha demostrado. La he encontrado en su oficina a cuatro patas en el suelo, con la mejilla pegada a la alfombra gris y mirando debajo de un librero. He tosido educadamente y, alarmada, ella ha levantado la cabeza de golpe.

—¿Señora Townsend? —he dicho—. Soy la sargento Morgan. Erin.

—¡Ah, sí! —ha respondido ella sonrojándose y llevándose una mano a la nuca—. Es que he perdido un arete —ha añadido.

—Parece que ambos —he señalado yo.

Ella ha soltado una especie de resoplido y me ha indicado que me sentara. Antes de hacer lo propio, ha jalado el dobladillo de su blusa y se ha alisado los pantalones grises. Si me hubieran pedido que visualizara a la esposa del inspector, habría imaginado a una mujer muy distinta: atractiva, bien vestida, probablemente deportista (una corredora de maratones, una triatleta). Helen, en cambio, llevaba ropa más apropiada para una mujer veinte años mayor. Estaba pálida y tenía las extremidades flácidas, como alguien que apenas sale o ve el sol.

—¿Quería hablar conmigo sobre Mark Henderson? —ha preguntado frunciendo un poco el ceño ante la pila de papeles que tenía delante. Nada de conversación trivial ni preámbulos, pues. Directamente al grano. Puede que eso fuera lo que al inspector le gustaba de ella.

—Sí. Creo que ya conoce las acusaciones que han hecho Josh Whittaker y Lena Abbott.

Ella ha asentido y ha apretado con tal fuerza sus delgados labios que he tenido la impresión de que desaparecían.

—Mi marido me lo contó ayer. Puedo asegurarle que era la primera vez que oía algo semejante. —He abierto la boca para decir algo, pero ella ha proseguido—: Contraté a Mark Henderson hace dos años. Tenía excelentes referencias y, hasta el momento, sus resultados han sido buenos. —Y, pasando algunas de las hojas que tenía delante, ha añadido—: Puedo darle detalles, si quiere. —Yo he negado con la cabeza y, de nuevo, ella ha seguido hablando antes de que pudiera hacerle ninguna pregunta—: Katie Whittaker era concienzuda y trabajadora. Tengo aquí sus calificaciones. Es cierto que hubo un pequeño bajón la pasada primavera, pero duró poco y mejoró de nuevo para cuando... para cuando... —Se ha pasado una mano por los ojos—. Para verano. —Se ha hundido un poco en su silla.

—¿De modo que no tuvo usted ninguna sospecha? ¿No hubo ningún rumor?

Ella ha inclinado la cabeza hacia un lado.

—Oh, yo no he dicho nada sobre rumores. Sargento..., eh..., Morgan. Los rumores que circulan por cualquier instituto de educación secundaria le pondrían los pelos de punta. —Luego ha añadido con una pequeña contracción en la boca—: Estoy segura de que puede usted imaginar las cosas que dicen, escriben y tuitean sobre mí y la señorita Mitchell, la profesora de educación física. —Se ha detenido un momento y luego ha preguntado—: ¿Ha conocido usted al señor Mark Henderson?

—Sí.

—Entonces entiende lo que estoy diciendo. Es joven. Guapo. Las chicas (siempre son las chicas) dicen todo tipo de cosas sobre él. Todo tipo de cosas. Pero hay que aprender a hacer oídos sordos. Y creo que yo lo he conseguido. —Una vez más he querido decir algo, pero ella ha seguido hablando—: He de añadir, además, que me resultan sumamente sospechosas esas acusaciones. Sumamente sospechosas, tanto por su origen como por el momento en el que han sido hechas...

—Yo...

—Si no me equivoco, la acusación la hizo primero Josh Whittaker, pero me sorprendería que no fuera Lena quien está detrás de todo esto. Josh la adora. Si Lena hubiera decidido que quería desviar la atención de sus propios actos (como, por ejemplo, haber adquirido drogas ilegales para su amiga), estoy segura de que podría haber persuadido a Josh para que contara esa historia.

—Señora Townsend...

—Otra cosa que debería mencionar —ha continuado sin permitir que la interrumpiera— es que hubo algo entre Lena Abbott y Mark Henderson.

—¿Algo?

—Un par de cosas. En primer lugar, a veces el comportamiento de Lena puede ser inapropiado.

—¿En qué sentido?

—Le gusta coquetear. Y no sólo con Mark. Parece que le han enseñado que es el mejor modo de conseguir lo que quiere. Muchas de las chicas lo hacen, pero, en el caso de Lena, Mark pareció pensar que había ido demasiado lejos. Ella le hizo comentarios, lo tocó...

—¿Lo tocó?

—En el brazo, nada serio. Digamos que se le acercó demasiado. Tuve que hablar con ella. —Helen ha parecido encogerse un poco al recordarlo—. Le llamé la atención, aunque por supuesto ella no se lo tomó en serio. Creo que dijo algo como: «Ya quisiera él». —Me he reído al oír eso, y ella ha fruncido el ceño—. Esto no tiene nada de divertido, sargento. Este tipo de cosas pueden ser muy dañinas.

—Sí, por supuesto. Lo sé. Lo siento.

—Sí, bueno... —Ha vuelto a fruncir los labios; ciertamente, está hecha toda una institutriz—. Su madre tampoco se lo tomó en serio. Lo cual no resulta sorprendente —y, alzando la voz al tiempo que un inflamado rubor ascendía por su cuello y le sonrojaba el rostro, ha añadido—: Nada sorprendente. Todo ese coqueteo, esos interminables parpadeos y movimientos de pelo, esa insistente y fastidiosa expresión de disponibilidad sexual..., ¿dónde cree usted que Lena aprendió todo eso? —Helen ha respirado hondo y se ha apartado un mechón de los ojos—. En segundo lugar, hubo un incidente en primavera —ha dicho ya más tranquila, más comedida—. Esta vez no hubo flirteo, sino hostilidad. Mark tuvo que expulsar a Lena de su clase por decir groserías y comportarse de un modo agresivo y bastante ofensivo durante una discusión sobre un texto que estaban estudiando... —Ha bajado la mirada a sus notas—. *Lolita*, creo que era —ha añadido enarcando una ceja.

—Bueno, eso es... interesante —he dicho.

—Ciertamente. Puede incluso sugerir de dónde sacó la idea de esas acusaciones —ha señalado Helen, lo cual no tenía nada que ver con lo que yo estaba pensando.

Al anochecer, he conducido hasta mi casita de campo temporal. Bajo la luz crepuscular, ésta parecía mucho más solitaria, los radiantes abedules que había detrás resultaban ahora fantasmales, y el rumor del río, más amenazador que animado. Las riberas y la ladera de la colina que había al otro lado estaban desiertas. Allí nadie podía oírte gritar. Cuando el otro día pasé corriendo, vi un pacífico e idílico lugar. Ahora me parecía más bien una desolada cabaña como las de cientos de películas de terror.

He abierto la puerta y he echado un vistazo al interior, intentando no fijarme en si había sangre en las paredes. El lugar, sin embargo, estaba ordenado y tenía el astringente olor de alguna especie de producto de limpieza cítrico. La chimenea estaba limpia y a su lado había una pila de leña cuidadosamente dispuesta. Y poco más. Era más una cabaña que una casita de campo. Sólo tenía dos espacios: una sala comedor con una cocina abierta y un dormitorio con una pequeña cama doble sobre la que habían dejado sábanas limpias y una manta doblada.

Tras abrir las ventanas y la puerta para librarme del olor a limón artificial, he agarrado una de las cervezas que había comprado en el supermercado de camino a aquí y me he sentado en el escalón de la entrada a contemplar cómo los helechos de la colina de enfrente pasaban del color bronce al oro con la puesta de sol. A medida que las sombras iban alargándose, he notado cómo la quietud se transformaba en soledad, y he tomado mi celular sin saber muy bien a quién iba a llamar. Entonces he descubierto que —claro— no tenía cobertura. De inmediato, me he puesto de pie y he comenzado a deambular de un lado a otro agitando el teléfono en el aire. Nada, nada, nada, hasta que he llegado a la orilla del río y han aparecido un par de rayas. Me he quedado ahí un momento, mojándome los pies mientras contemplaba la negra corriente del río, rápida y poco profunda. No he dejado de pensar que me parecía oír la risa de alguien, pero no era más que el agua deslizándose ágilmente por encima de las rocas.

He tardado siglos en dormirme y, cuando me he despertado de golpe ardiendo febrilmente, ya había oscurecido por completo. Era una oscuridad de esas en las que resulta imposible ver tu propia mano delante de tus ojos. Algo me había despertado, estaba segura. ¿Un ruido? Sí, una tos.

He extendido el brazo para tomar el celular y, sin querer, lo he tirado de la pequeña mesita de noche. El ruido que ha hecho al caer al suelo ha resonado increíblemente fuerte en medio de ese silencio. Lo he recogido a tientas, de repente atenazada por el miedo. Estaba convencida de que si encendía la luz vería a alguien de pie en la habitación. En los árboles que había detrás de la casa, he oído el ulular de una lechuza y luego otra vez la risa de alguien. El corazón ha comenzado a latirme con fuerza y he sentido miedo de descorrer la cortina que había sobre la cabecera de la cama por si al otro lado del cristal había alguien mirándome.

¿Qué cara esperaba ver? ¿La de Anne Ward? ¿La de su marido? Ridículo. Mascullando para mí unas palabras tranquilizadoras, he encendido la luz y he descorrido las cortinas. No había nada ni nadie. Era evidente. He salido de la cama, me he puesto unos pantalones deportivos y una sudadera y me he dirigido a la cocina. He considerado la posibilidad de prepararme una taza de té, pero lo he pensado mejor cuando he descubierto una botella de whisky Talisker medio vacía en la alacena. Me he servido un par de dedos y me lo he bebido con rapidez. Luego me he puesto los tenis, he metido mi teléfono en el bolsillo, he tomado una linterna de la barra de la cocina y he abierto la puerta de entrada.

Las pilas de la linterna debían de estar casi gastadas, pues el haz de luz era débil y apenas alcanzaba un metro y medio o dos. Más allá, la oscuridad era absoluta. Tras dirigir la linterna al suelo para ver dónde ponía los pies, he salido a la noche.

El rocío había empapado la hierba. Al cabo de unos pocos pasos, tanto mis tenis como los bajos de mis pantalones estaban completamente mojados. He rodeado poco a poco la casita viendo cómo el haz de la linterna danzaba por la plateada corteza de los abedules, una cohorte de pálidos fantasmas. El aire era suave y fresco, y una ligera llovizna me besaba el rostro. He vuelto a oír la lechuza, el leve rumor del río y el rítmico croar de un sapo. Cuando he terminado de rodear la casa, me he dirigido hacia la orilla del río. El sapo se ha interrumpido de golpe y, de nuevo, he tenido la impresión de que alguien tosía. El sonido era lejano, procedía de la ladera de la colina, al otro lado del río, y en realidad esta vez no me ha parecido tanto una tos, sino más bien un balido. Era una oveja.

Sintiéndome algo avergonzada, he vuelto a entrar en la casa, me he servido otro whisky y he sacado el manuscrito de Nel Abbott de mi bolsa. Tras acurrucarme en un sillón de la sala, he comenzado a leer.

La Poza de las Ahogadas

Anne Ward, 1920

Ya estaba en casa. Estaba ahí. No había nada que temer fuera, el peligro estaba dentro. Estaba a la espera, había estado a la espera todo ese tiempo, desde que él había regresado.

Al final, sin embargo, lo que inquietaba a Anne no era el miedo, sino la culpa. El conocimiento de lo que deseaba, frío y duro como un guijarro del río; el sueño al que se entregaba por las noches cuando la pesadilla real de su vida se volvía insoportable. La pesadilla era él, tumbado a su lado en la cama, o sentado junto al fuego con las botas puestas y un vaso en la mano. La pesadilla era sorprenderlo mirándola y ver el asco en su rostro, como si ella fuera físicamente repugnante. El problema no era sólo ella, lo sabía, sino todas las mujeres, todos los niños, los ancianos, todo hombre que no se hubiera unido a la lucha. Aun así, le dolía ver y sentir —más fuerte y más claramente que ninguna otra cosa en su vida— cuánto la odiaba.

Aunque no podía decir que no se lo mereciera, ¿verdad?

La pesadilla era real, estaba viviendo en su casa, pero era el sueño lo que la obsesionaba, aquello que se permitía a sí misma desear. En el sueño, ella estaba sola en la casa; era el verano de 1915 y él acababa de partir. En el sueño, estaba anocheciendo y la luz desaparecía por detrás de la ladera de la colina que había al otro lado del río, y los rincones de la casa comenzaban a oscurecerse y, de repente,

227

oía que llamaban a la puerta. *Se trataba de un hombre uniformado que acudía para llevarle un telegrama, y ella sabía de inmediato que su marido ya no regresaría.* Cuando se entregaba a esa ensoñación, no le importaba cómo había sucedido. No le importaba si había muerto como un héroe, salvando a un amigo o huyendo del enemigo como un cobarde. Le daba igual, siempre y cuando estuviera muerto.

Habría sido más fácil para ella. Ésa era la verdad, ¿no? ¿Por qué él no debería odiarla, pues? Si hubiera muerto, ella habría llorado su muerte, la gente habría sentido lástima por ella: su madre, sus amigos, los hermanos de él (en caso de que le quedara alguno). La habrían ayudado, le habrían dado su apoyo y ella lo habría superado. Ella habría estado de duelo mucho tiempo, pero al final habría pasado la página. Habría cumplido diecinueve, veinte, veintiún años, y todavía tendría toda una vida por delante.

Él tenía razón al odiarla. Tres años, casi tres años había estado ahí fuera, hundido en la mierda y la sangre de hombres cuyos cigarrillos había encendido, y ahora ella deseaba que nunca hubiera regresado y maldecía el día en el que ese telegrama nunca llegó.

Lo había amado desde que tenía quince años y no podía recordar cómo era la vida antes de conocerlo. Él tenía dieciocho cuando estalló la guerra y diecinueve cuando se marchó, y cada vez que regresaba estaba más viejo; no unos meses, sino años, décadas, siglos.

La primera vez, sin embargo, él todavía era él mismo. Por las noches lloraba y tiritaba como si tuviera fiebre. Le dijo que no quería regresar, que tenía demasiado miedo. La noche anterior a su partida, ella lo encontró en el río y tuvo que llevarlo a rastras a casa. (*Nunca debería haber hecho eso. Debería haberlo dejado allí.*) Había sido egoísta por su parte detenerlo. Ahora mira lo que había provocado.

La segunda vez que regresó a casa, ya no lloraba. Permanecía en silencio, encerrado en sí mismo y apenas la miraba salvo disimuladamente, de reojo y por debajo de unos párpados entornados. Y nunca cuando estaban en la cama. Una noche, le dio la vuelta y no se detuvo ni siquiera cuando ella se lo suplicó, tampoco cuando comenzó a sangrar. Por aquel entonces, él ya la odiaba; al principio ella no se dio cuenta, pero en cuanto le comentó lo triste que se sentía por cómo trataban a esas chicas encarceladas, los objetores de conciencia y todo eso, él le dio un bofetón, le escupió y la llamó maldita puta traidora.

La tercera vez que volvió a casa ya no estaba realmente ahí.

Y ella supo que ya nunca regresaría. Ya no quedaba nada del hombre que había sido. Y ella no podía marcharse, no podía enamorarse de otra persona porque él era lo único que había para ella, y ahora había desaparecido... Había desaparecido, pero todavía se sentaba junto al fuego con las botas puestas, bebiendo sin parar y mirándola como si fuera el enemigo, de modo que comenzó a desear que estuviera muerto.

¿Qué clase de vida es ésa?

Anne habría deseado que hubiera otra forma. Habría deseado conocer los secretos que las otras mujeres conocían, pero Libby Seeton hacía mucho que estaba muerta y se los había llevado consigo. Anne sabía algunas cosas, claro está, la mayoría de las mujeres del pueblo las sabían. Sabían qué setas recoger y cuáles dejar, y les habían advertido que no tocaran jamás la hermosa dama, la belladona. Ella sabía dónde crecía, pero también sus efectos, y no quería que él pereciera así.

Él tenía miedo todo el rato. Ella podía verlo, podía leerlo en su rostro cada vez que le echaba un furtivo vistazo: los ojos siempre puestos en la puerta, el modo en que al anochecer miraba por la ventana, intentando ver más allá del límite del bosque. Tenía miedo y estaba a la espera de que llegara algo. Y lo esperaba en el lugar equivocado, porque el enemigo no estaba ahí fuera, sino que ya había entrado en casa y se sentaba ante su chimenea.

Ella no quería que él tuviera miedo. No quería que él viera la sombra sobre su cabeza, de modo que esperó hasta que estuvo dur-

229

miendo en su silla con las botas puestas y la botella vacía a un lado, y actuó silenciosa y rápidamente. Colocó la hoja del cuchillo en su nuca y se la encajó con tanta fuerza que él apenas se despertó.

Mejor así.

Quedó todo hecho un asco, claro está, de modo que luego fue al río a lavarse las manos.

DOMINGO, 23 DE AGOSTO

Patrick

El sueño que Patrick tenía con su esposa siempre era el mismo. Era de noche y ella estaba en el agua. Tras dejar a Sean en la orilla, él se sumergía y nadaba y nadaba hacia ella, pero, por alguna razón, en cuanto estaba suficientemente cerca para alcanzarla, Lauren se alejaba más y él tenía que seguir nadando. En el sueño, la poza era más ancha que en la vida real. No era una poza, era un lago, un océano. Él tenía la sensación de estar nadando durante horas, y sólo cuando se sentía tan agotado que estaba seguro de que él mismo terminaría ahogándose, conseguía alcanzarla y jalar de ella. Al hacerlo, el cuerpo de su esposa rotaba despacio en el agua hasta que su rostro quedaba a la vista y, entonces, él advertía que en su desfigurada y ensangrentada boca había una sonrisa. Siempre era igual, sólo que, anoche, cuando el cuerpo giró en el agua, el rostro era el de Helen.

Se ha despertado presa de un terrible pavor y con el corazón latiéndole con tanta fuerza como si fuera a estallar. Se ha sentado en la cama con la palma de la mano en el pecho y sin querer reconocer su propio miedo ni que éste se mezclaba con una profunda sensación de vergüenza. Ha descorrido las cortinas y ha esperado que el cielo se aclarara y pasara del negro al gris antes de ir a la habitación de Helen. Luego ha entrado en ella con sigilo y, después de tomar cuidadosamente el taburete que había junto al tocador, lo ha colocado al lado de la cama y se ha sentado en él. Ella le daba la espalda, igual que en el sueño, y él ha reprimido el impulso de ponerle la mano en el hombro y despertarla sacudién-doselo para asegurarse de que su boca no estuviera llena de sangre y dientes rotos.

Cuando por fin se ha movido y se ha dado la vuelta, Helen se ha sobresaltado al ver a Patrick ahí sentado y se ha dado un fuerte gol-pe contra la pared al echar la cabeza hacia atrás con violencia a causa del susto.

—¡Patrick! ¿Qué sucede? ¿Le ha ocurrido algo a Sean?

Él ha negado con la cabeza.

—No. No pasa nada.

—Entonces...

—Yo... ¿olvidé algo en tu coche? —ha preguntado—. Me refie-ro al otro día. Recogí algunas cosas en la casita de campo y quería tirarlas, pero entonces la gata... me distrajo y creo que dejé la bolsa en el coche. ¿Es así?

Ella ha tragado saliva y ha asentido. Tenía los ojos negros: sus pupilas estaban tan dilatadas que apenas se veían sus iris de color castaño pálido.

—Sí, yo... ¿En la casita de campo? ¿Recogiste esas cosas en la casita de campo? —Ella ha fruncido el ceño como si estuviera tra-tando de encontrarle sentido a algo.

—Sí. En la casita de campo. ¿Qué hiciste con ellas? ¿Qué hiciste con la bolsa?

Helen se ha incorporado.

—La tiré —ha dicho—. Era basura, ¿no? Parecía basura.

—Sí, sólo basura.

Ella ha apartado la mirada y luego ha vuelto a mirarlo.

—Papá, ¿crees que había vuelto a empezar? ¿Que él y ella...? ¿Crees...?

Patrick se ha inclinado hacia delante y le ha apartado el pelo de la frente.

—Bueno, no estoy muy seguro. Quizá. Creo que es posible que fuera así. Pero ahora ya ha terminado, ¿no? —Él ha intentado ponerse de pie, sin embargo sus piernas han flaqueado y ha tenido que apoyarse con una mano en la mesita de noche. Podía notar que ella estaba mirándolo y se ha sentido avergonzado—. ¿Quieres una taza de té? —le ha preguntado entonces.

—Ya la prepararé yo —ha dicho Helen apartando las sábanas.

—No, no. Quédate donde estás. Yo me encargaré. —Al llegar a la puerta, se ha girado hacia la cama—. ¿Al final te libraste de ello? ¿De esa basura? —ha preguntado.

Helen ha asentido.

Entonces, poco a poco, con las extremidades entumecidas y una tirantez en el pecho, Patrick ha descendido la escalera y, tras entrar en la cocina, ha llenado el hervidor de agua y se ha sentado a la mesa con gran pesar. Que él supiera, Helen nunca antes le había mentido, pero estaba bastante seguro de que acababa de hacerlo.

Tal vez debería estar enojado con ella, pero sobre todo lo estaba con Sean, porque había sido el error de éste lo que los había conducido a esa situación. ¡Helen ni siquiera debería estar en esa casa! Debería estar en su hogar, en la cama de su marido. Y él no debería haberse encontrado en esa posición, la ignominiosa posición de tener que limpiar el desaguisado de su hijo. La indelicada posición de dormir en la habitación contigua a la de su nuera. De repente, ha sentido comezón debajo del vendaje del antebrazo y se ha rascado distraídamente.

Y, sin embargo, si era honesto —y siempre intentaba serlo—, ¿quién era él para criticar a su hijo? Todavía recordaba lo que significaba ser un hombre joven indefenso ante los vaivenes de la biología. Él había elegido mal y todavía se avergonzaba de ello. Eligió una belleza, una débil y egoísta belleza, una mujer que carecía de autocontrol en casi todos los aspectos. Una mujer insaciable que se embarcó en un rumbo autodestructivo y, cuando pensaba ahora en ello, la única cosa que lo sorprendía era que hubiera tardado tanto en suceder. Patrick sabía que

Lauren nunca había comprendido cuántas veces había estado peligrosamente cerca de perder la vida.

Ha oído unos pasos en la escalera y se ha dado la vuelta. Helen estaba en el umbral, todavía vestida con la pijama y con los pies desnudos.

—¿Papá? ¿Estás bien? —Él se ha puesto de pie para preparar el té, pero ella le ha colocado una mano en el hombro—. Siéntate. Yo lo haré.

Él había elegido mal la primera vez, pero no la segunda. Porque Helen, la hija de un colega tranquilo, sencillo y trabajador, había sido la elección *de él*. Patrick supo ver de inmediato que ella sería una mujer estable, cariñosa y fiel. Tuvo que convencer a Sean. Éste se había enamorado de una mujer a la que había conocido cuando todavía era aprendiz de policía, pero su padre sabía que eso no duraría y, cuando se alargó más de lo previsto, él le puso fin. Ahora miraba a Helen y sabía que había elegido bien para su hijo: ella era honesta, modesta e inteligente, y no estaba nada interesada en las trivialidades de los famosos y los chismes que parecían consumir a la mayoría de las mujeres. No perdía el tiempo viendo la televisión o leyendo novelas, trabajaba duro y no se quejaba. Era una persona de trato afable y sonrisa fácil.

—Aquí tienes. —Estaba sonriéndole cuando le ha dado la taza de té—. ¡Oh! —ha exclamado y, tras aspirar aire con fuerza entre los dientes, ha añadido—: Eso no se ve nada bien. —Estaba mirando su brazo, el lugar en el que él se había apartado el vendaje y se había rascado. Debajo, la piel estaba roja e hinchada y la herida oscura.

Tras agarrar agua caliente, jabón, antiséptico y vendajes nuevos, Helen le ha limpiado la herida y ha vuelto a vendársela. Cuando ha terminado, Patrick se ha inclinado hacia delante y le ha dado un beso en la boca.

—Papá —ha dicho ella, apartándolo cuidadosamente.

—Lo siento —ha dicho él—. Lo siento —y ha vuelto a sentir

vergüenza, ahora de forma abrumadora, y también ira.

Las mujeres siempre lo decepcionaban. Primero Lauren y más tarde Jeannie, una y otra vez. Pero no Helen. Ella no. Y, sin embargo, esa mañana le había mentido. Lo había visto en su rostro, su cándido rostro desacostumbrado al engaño, y él se había estremecido. Ha vuelto a pensar en el sueño: Lauren rotando en el agua, la historia repitiéndose a sí misma, sólo las mujeres empeorando.

Nickie

Jeannie le ha dicho que ha llegado el momento de que alguien haga algo al respecto.

—Para ti es fácil decirlo —le ha respondido Nickie—. Y has cambiado la cantalela, ¿no? Antes siempre decías que debía mantener la boca cerrada por mi propio bien. ¿Ahora me pides que abandone toda precaución? —Jeannie no ha contestado—. Bueno, en cualquier caso, lo he intentado. Sabes que lo he hecho. He estado señalando la dirección adecuada. Y le dejé un mensaje a la hermana, ¿no? No es culpa mía si nadie me hace caso. ¿Que soy demasiado sutil, dices? ¡Demasiado sutil! ¿Qué quieres?, ¿que vaya contándolo todo por ahí? ¡Mira adónde te llevó a ti eso! —Se han pasado toda la noche discutiendo al respecto—. ¡No es culpa mía! No puedes decir que lo es. No era mi intención que Nel Abbott se metiera en problemas. Le conté lo que sabía, eso es todo. Como tú me habías estado diciendo que hiciera. No puedo ganar contigo, es imposible. No sé ni por qué me molesto.

Jeannie estaba sacándola de quicio. No se callaba. Y, lo peor de todo, bueno, lo peor no, lo peor era no dormir nada, pero lo segundo peor era que con toda probabilidad tenía razón. Nickie lo había sabido desde el principio, desde esa primera mañana, sentada junto a su ventana, cuando lo sintió. Otra. Otra nadadora. Entonces ya lo pensó. E incluso consideró la posibilidad de hablar con Sean Townsend. Pero, a juzgar por cómo había reaccionado éste cuando le mencionó a su madre —rápidamente gruñó enojado y su máscara de amabilidad desapareció—, había hecho bien en morderse la lengua. Al fin y al cabo, era hijo de su padre.

—Entonces ¿quién? ¿Quién, hermanita? ¿Con quién se supone que he de hablar? La mujer policía, no. Eso ni siquiera lo sugieras. ¡Son todos iguales! Iría directa a su jefe, seguro.

Si la mujer policía no, entonces ¿quién? ¿La hermana de Nel? Nada en ésta le había inspirado confianza. La chica, sin embargo, era distinta. «No es más que una niña», le ha dicho Jeannie.

—¿Y qué? Tiene más brío en su dedo meñique que la mitad de la gente de este pueblo —ha replicado Nickie.

Sí, hablaría con la chica. Pero todavía no estaba segura de qué iba a decirle.

Nickie aún tenía las páginas de Nel. Aquellas en las que habían trabajado juntas. Podía enseñárselas a la chica. Estaban escritas a máquina, no a mano, pero seguro que Lena reconocía las palabras y el tono de su madre, ¿no? Por supuesto, en ellas no se contaban las cosas tal y como Nickie creía que deberían haberse contado. Ése era uno de los motivos por los que habían discutido. Diferencias artísticas. Nel se había ofendido y había dicho que si Nickie no podía contarle la verdad estaban perdiendo el tiempo, pero ¿qué sabía ella de la verdad? Estaban todos simplemente contando cuentos.

«¿Todavía estás aquí? —le ha preguntado Jeannie—. Pensaba que ibas a hablar con la chica.»

—Está bien. Tranquila. Ya lo haré. Más adelante. Cuando esté lista —le ha respondido Nickie.

A veces deseaba que Jeannie se callara de una vez y otras anhelaba más que nada que estuviera allí, en la habitación, sentada con ella junto a la ventana. Deberían haber envejecido juntas, sacándose de quicio en persona en vez de tener que pelearse a través de las ondas espaciales como hacían ahora.

También le habría gustado que, cuando se imaginaba a su hermana, no la viera con el aspecto que tenía la última vez que había ido a ese departamento. Sucedió un par de días antes de que Jeannie

237

se marchara de Beckford para siempre. Apareció en su puerta todavía pálida por el *shock* y temblando de miedo. Había acudido para contarle que Patrick Townsend había ido a verla y le había dicho que, si seguía hablando, si seguía haciendo preguntas, si continuaba intentando arruinar su reputación, se aseguraría de que le hicieran daño.

—No lo haré yo —le había dicho—. Yo no te tocaría por nada del mundo. Haré que otro se encargue del trabajo sucio. Y no sólo uno. Me aseguraré de que sean unos cuantos y que cada uno de ellos se tome su tiempo. Ya sabes que conozco a mucha gente, ¿verdad, Jean? No tienes ninguna duda de que conozco a personas capaces de hacer cosas así, ¿verdad, chica?

De pie en esa misma habitación, Jeannie le había hecho prometer a Nickie, le había hecho jurar que lo dejaría en paz.

—No hay nada que podamos hacer ahora. No debería haberte dicho nada.

—Pero... el chico —había dicho Nickie—. ¿Qué pasa con el chico?

Jeannie se secó las lágrimas de los ojos.

—Ya lo sé. Ya lo sé. Me enferma pensar en ello, pero tenemos que dejarlo así. Tienes que permanecer callada y no decir nada. Lo que Patrick pueda hacerme a mí, Nicks, también te lo hará a ti. No está bromeando.

Jeannie se marchó un par de días después y ya nunca regresó.

Jules

«Vamos, sé honesta. ¿No hubo alguna parte de ti a la que le gustó?».

Me he despertado con tu voz en mi cabeza. Era media tarde. No puedo dormir por las noches, esta casa se balancea como un barco y el sonido del agua resulta ensordecedor. Por alguna razón, de día no es tan malo. En algún momento, debo de haberme quedado dormida porque me he despertado con tu voz en mi cabeza, preguntándome: «¿No hubo alguna parte de ti a la que le gustó?». ¿«A la que le gustó» o «que lo disfrutó»? ¿O era «que lo deseaba»? Ahora no puedo recordarlo. Sólo recuerdo retirar la mano que sujetabas con la tuya y alzarla para pegarte, y la expresión de incomprensión en tu rostro.

Arrastrando los pies, he recorrido el pasillo hasta el cuarto de baño y he abierto la llave de la regadera. Estaba demasiado agotada para desnudarme, de modo que me he quedado ahí sentada mientras el vapor iba acumulándose en la estancia. Luego he vuelto a cerrar la llave y me he acercado al lavamanos y me he mojado la cara. Cuando he levantado la mirada, he visto que habían aparecido dos letras en la condensación que se había formado en la superficie del espejo: una «L» y una «S». He sentido tanto miedo que me he echado a llorar.

Entonces he oído que se abría la puerta de la habitación de Lena y luego que llamaba a la puerta del cuarto de baño.

—¿Qué? ¿Qué sucede? ¿Julia?

He abierto la puerta furiosa.

—¿Qué estás haciendo? —le he preguntado—. ¿Qué estás intentando hacerme? —He señalado el espejo.

—¿Qué? —Parecía molesta—. *¡¿Qué?!*

—Lo sabes muy bien, Lena. No sé qué crees que estás haciendo, pero...

Ella me ha dado la espalda y ha comenzado a alejarse.

—Carajo, estás completamente *loca*.

Me he quedado mirando las letras. No eran imaginaciones mías, estaban definitivamente ahí: «LS». Era el tipo de cosas que tú solías hacer todo el tiempo: dejarme mensajes fantasmales en el espejo o dibujar diminutos pentagramas con esmalte de uñas rojo en la parte trasera de la puerta de mi habitación. Dejabas cosas para asustarme. Te encantaba aterrorizarme y debes de habérselo contado. Debes de haberlo hecho, y ahora ella también lo hace.

¿Por qué «LS»? ¿Por qué Libby Seeton? ¿Por qué esa obsesión con ella? Libby era una joven inocente, una mujer arrojada al agua por hombres que odiaban a las mujeres y que las culpaban de cosas que ellos mismos habían hecho. Sin embargo, Lena pensaba que tú te habías tirado por voluntad propia, de modo que, ¿por qué, Libby? ¿Por qué «LS»?

Envuelta en una toalla, he recorrido el pasillo hasta tu dormitorio. Parecía estar igual que siempre, pero había un olor distinto en el aire, algo dulce. No se trataba de tu perfume, sino de otra cosa. Algo empalagoso y con un marcado y exagerado aroma a rosas. El cajón de tu mesita de noche estaba cerrado y, cuando lo he abierto, todo estaba como antes, con una excepción. El encendedor en el que habían grabado las iniciales «LS» había desaparecido. Alguien había estado ahí. Alguien se lo había llevado.

He regresado al cuarto de baño y, tras mojarme la cara, he borrado las letras del espejo. Al hacerlo, te he visto detrás de mí con ese mismo gesto de incomprensión en el rostro. Me he dado la vuelta y Lena ha alzado las manos como protegiéndose.

—Dios mío, Julia. Tranquilízate. ¿Se puede saber qué te pasa?

Yo he negado con la cabeza.

—Yo sólo... Yo sólo...

—Tú sólo ¿qué? —Ha puesto los ojos en blanco.

—Necesito un poco de aire.

Pero en el escalón de la entrada casi vuelvo a llorar porque había unas mujeres —dos— en la reja, vestidas de negro e inclinadas, con los miembros entrelazados de un modo extraño. Una de ellas ha levantado entonces la mirada hacia mí. Era Louise Whittaker, la madre de la chica que había muerto. Se ha separado de la otra mujer, gritándole enfurecida mientras lo hacía:

—¡Déjame! ¡Déjame en paz! ¡No te acerques a mí!

La otra le ha dicho adiós con la mano; u hola a mí, no lo tengo claro. Luego ha dado media vuelta y se ha alejado lentamente por el sendero.

—Maldita chiflada —ha dicho Louise mientras se acercaba a la casa—. Es una amenaza, esa Sage. No le haga caso. Ni la deje cruzar la puerta de su casa. Es una mentirosa y una timadora, lo único que quiere es dinero. —Se ha quedado un momento callada para recobrar el aliento y ha fruncido el ceño—. Bueno. Tiene usted un aspecto casi tan malo como mi estado de ánimo. —He abierto la boca para decir algo, pero he vuelto a cerrarla—. ¿Está su sobrina en casa?

La he acompañado dentro.

—Voy a avisarle —he dicho, pero Louise ya estaba al pie de la escalera, llamando a Lena. Luego ha ido a la cocina y se ha sentado a la mesa para esperarla.

Al cabo de un momento ha aparecido Lena. Su típica expresión, esa combinación de altivez y aburrimiento que tanto me recuerda a ti, había desaparecido. Ha saludado a Louise dócilmente, aunque ni siquiera estoy segura de si ésta se ha dado cuenta porque estaba mirando hacia otro lado, al río o a algún sitio más allá. Lena se ha sentado a la mesa y se ha recogido el pelo haciéndose un nudo en la nuca. Luego ha levantado la barbilla ligeramente, como si estuviera preparándose para algo, una entrevista. O un interrogatorio. Yo bien podría haber sido invisible a juzgar por la atención que me prestaban, pero de todos modos me he quedado en la cocina, junto a la barra, en tensión y apoyando el peso sobre la punta del pie por si tenía que intervenir.

Louise ha parpadeado despacio y por fin su mirada se ha posado sobre Lena, que se la ha sostenido un segundo antes de bajar la suya a la mesa.

—Lo siento, señora Whittaker. Lo siento mucho.

Louise no ha dicho nada. Las lágrimas han comenzado a caer por los surcos de su cara, siguiendo los cauces formados tras meses de implacable dolor.

—Lo siento mucho —ha repetido Lena. Ahora ella también estaba llorando. Se había vuelto a soltar el pelo y había comenzado a enrollar un mechón en un dedo como una niña pequeña.

—Me pregunto si alguna vez sabrás lo que se siente darte cuenta de que no conocías a tu propia hija —ha dicho Louise al fin y, con un estremecimiento, ha respirado hondo—. Tengo todas sus cosas. Su ropa, sus libros, su música. Las fotografías que atesoraba. Conozco a sus amigos y a la gente que admiraba. Sé qué le gustaba. Pero ésa no era ella. Porque no sabía a quién amaba. Tenía una vida, toda una vida, de la que yo no sabía nada. La parte más importante de ella no la conocía. —Lena ha intentado decir algo, pero Louise ha seguido hablando—: La cosa es, Lena, que tú podrías haberme ayudado. Podrías habérmelo contado. Podrías habérmelo dicho cuando te enteraste. Podrías haber venido a mí y haberme avisado que mi hija se había metido en algo, algo que no era capaz de controlar, algo que tú sabías, tenías que saberlo, que terminaría resultando perjudicial para ella.

—Pero yo no podía... no podía... —De nuevo, Lena ha intentado decir algo y, de nuevo, Louise no la ha dejado.

—Incluso si hubieras sido lo suficientemente ciega o lo suficientemente estúpida o negligente para no ver lo delicada que era la situación en la que se había metido, podrías haberme ayudado a mí. Podrías haber venido a verme después de su muerte y haberme dicho que no se había debido a algo que yo hubiera hecho o dejado de hacer. Que no era culpa mía ni de mi marido. Podrías haber evitado que nos volviéramos locos. Pero no lo hiciste. Elegiste no hacerlo. Durante todo este tiempo, no has dicho nada. Durante todo este tiempo, tú... Y, lo que es peor, todavía peor, has dejado que él... —Su voz se ha alzado y luego se ha desvanecido en el aire como si fuera humo.

—¿Se saliera con la suya? —Lena ha terminado la frase. Ya no estaba llorando. Ha levantado la voz, y su tono ya no era débil, sino fuerte—. Sí. Lo hice. Y es algo que me enferma, me pone realmente *enferma*, pero lo hice por ella. Todo lo que he hecho ha sido por Katie.

—No pronuncies su nombre delante de mí —ha dicho Louise—. No te atrevas.

—¡Katie, Katie, Katie! —Lena se ha medio levantado y se ha inclinado hacia delante hasta que su cara ha quedado a unos pocos centímetros de la nariz de Louise—. Yo la *quería*, señora Whittaker —ha dicho luego volviendo a sentarse—. Usted sabe lo mucho que la quería. Hice lo que ella deseaba que hiciera. Hice lo que me pidió.

—No te correspondía a ti, Lena, tomar la decisión de ocultar algo tan importante como eso a mí, su madre...

—¡No fue decisión mía, sino suya! Sé que usted piensa que tiene derecho a saberlo todo, pero no es así. Ella no era una niña, no era una niña pequeña.

—¡Era mi niña pequeña! —La voz de Louise ha pasado a ser un gemido, un aullido.

Me he dado cuenta entonces de que mis manos estaban aferradas con fuerza a la barra y de que también yo estaba a punto de llorar.

Lena ha vuelto a hablar en un tono más suave, casi suplicante.

—Katie tomó una decisión. Tomó una decisión y yo la respeté. —Y, en un tono todavía más suave, como si supiera que se encontraba en terreno peligroso, ha añadido—: Y yo no soy la única. Josh también lo hizo.

Louise ha alzado la mano y le ha pegado a Lena una vez, muy fuerte, en la cara. El bofetón ha resonado en las paredes de la cocina. Yo he dado un salto adelante y he agarrado el brazo de Louise.

—¡No! —he exclamado—. ¡Ya basta! ¡Ya basta! —y he intentado ponerla de pie—. Tiene que marcharse.

—¡Déjala! —ha dicho entonces Lena. El lado izquierdo de su cara estaba completamente rojo, pero su expresión era serena—. No te metas en esto, Julia. Puede pegarme si quiere. Puede arrancarme los ojos o jalarme el pelo. Puede hacer lo que quiera. ¿Qué más da ya?

Louise tenía la boca abierta y he podido oler su aliento agrio. La he soltado.

—Josh no dijo nada por *tu* culpa —ha dicho—. Porque *tú* le dijiste que no dijera nada.

—No, señora Whittaker —le ha contestado Lena con mucha tranquilidad al tiempo que se ponía la palma de la mano derecha en la mejilla para aliviar el dolor—. Eso no es cierto. Josh guardó su secreto por Katie. Porque *ella* se lo pidió. Y luego, más adelante, porque quería protegerla a usted y a su padre. Pensó que les haría demasiado daño saber que ella había estado... —Ha negado con la cabeza—. Todavía es pequeño, pensó...

—No me digas lo que pensaba mi hijo ni lo que intentaba hacer —ha replicado Louise—. No lo hagas. —Se ha llevado una mano a la garganta. Un acto reflejo. No, no ha sido un acto reflejo: ha tomado el pájaro azul que colgaba de su cadena con el pulgar y el índice—. Esto... —ha dicho, aunque ha sido más un bufido que una palabra— no se lo regalaste tú, ¿verdad? —Lena ha vacilado un momento antes de negar con la cabeza—. Es de él, ¿no es cierto? Fue él quien se lo regaló a ella. —Louise ha empujado su silla hacia atrás arrastrándola por las baldosas, se ha puesto de pie y, de un tirón, ha roto la cadena y la ha dejado con fuerza sobre la mesa, delante de Lena—. Él se la regaló y tú has dejado que yo la llevara puesta alrededor de mi cuello.

Lena ha cerrado los ojos y ha vuelto a negar con la cabeza. La dócil y pesarosa chica que había entrado en la cocina arrastrando los pies unos pocos minutos antes había desaparecido y en su lugar había otra persona, alguien mayor, alguien adulto en comparación con la desesperación y la desmesura infantiles de Louise. De repente, he tenido un claro recuerdo de ti cuando eras un poco más joven de lo que Lena es ahora. Fue una de las pocas ocasiones en las que diste la cara por mí. Había una profesora en la escuela que me acusó de haber tomado algo que no me pertenecía, y recuerdo que la regañaste. Con serenidad y sin alzar la voz, le dijiste que se equivocaba al acusarme sin pruebas, y ella se sintió intimidada por tus palabras. Recuerdo lo orgullosa que me sentí de ti, y ahora he tenido la misma sensación y la misma calidez se ha extendido por mi pecho.

Louise ha vuelto a hablar otra vez en un tono de voz muy bajo.

—Explícame una cosa entonces —ha pedido sentándose de nuevo—. Ya que la conocías tan bien, ya que la comprendías tan bien..., si Katie quería a ese hombre y si él también la quería a ella, ¿por qué, entonces? ¿Por qué hizo lo que hizo? ¿Qué le hizo él para empujarla a llevar a cabo algo así?

Lena ha volteado a verme. Parecía asustada, creo, o quizá tan sólo resignada. No he podido interpretar bien su expresión. Me ha mirado un segundo antes de cerrar los ojos, exprimiendo unas lágrimas que han comenzado a caerle por las mejillas. Cuando ha vuelto a hablar, su tono de voz era más alto y más tenso que antes.

—Él no la empujó a ello. No fue él. —Ha suspirado—. Katie y

yo discutimos —ha dicho—. Yo quería que lo dejara, que dejara de verlo. No me parecía que estuviera bien. Pensaba que iba a meterse en problemas. Pensaba... —Ha negado con la cabeza—. Sólo quería que dejara de verlo.

Un destello de comprensión ha aparecido en el rostro de Louise; en ese momento ha caído en la cuenta, y también lo he hecho yo.

—La amenazaste —ha dicho—. Con hacerlo público.

—Sí —ha afirmado Lena en un tono de voz apenas audible—. Lo hice.

Louise se ha marchado sin decir una palabra más. Lena se ha quedado sentada, mirando el río por la ventana, sin llorar ni hablar. Yo no tenía nada que decirle, ningún modo de establecer contacto con ella. He reconocido en ella algo que sé que yo también tenía, algo que quizá todo el mundo tiene a esa edad: una inaccesibilidad esencial. He pensado en lo raro que es que los padres crean conocer y comprender a sus hijos. ¿Acaso recuerdan lo que era tener dieciocho años, o quince, o doce? Te recuerdo a ti con diecisiete y a mí con trece y estoy segura de que nuestros padres no tenían ni idea de quiénes éramos.

—He mentido. —La voz de Lena ha interrumpido el hilo de mis pensamientos. No se había movido, seguía mirando el agua.

—¿A quién? ¿A Katie? —Ella ha negado con la cabeza—. ¿A Louise? ¿Sobre qué?

—No tiene ningún sentido contarle la verdad —ha dicho ella—. Ahora ya no. Es mejor que me culpe a mí. Al menos, yo estoy aquí. Necesita algún sitio en el que verter todo ese odio.

—¿Qué quieres decir, Lena? ¿De qué me estás hablando?

Ella ha dirigido sus fríos ojos verdes hacia mí y me ha parecido todavía mayor que antes. Tenía el mismo aspecto que tú la mañana siguiente a la que me sacaste del agua. Cambiada, cansada.

—No amenacé a Katie con hacerlo público. Nunca le habría hecho eso. Yo la quería. Parece que no comprenden lo que significa eso, es como si no tuvieran la menor idea de lo que es el amor. Habría hecho cualquier cosa por ella.

—Entonces, si tú no la amenazaste...

Creo que sabía la respuesta antes de que contestara.

—Fue mamá —ha dicho.

Jules

La habitación parecía más fría; si creyera en espíritus, habría asegurado que te habías unido a nosotras.

—Como he dicho, discutimos. Yo no quería que siguiera viéndolo. Ella afirmó que no le importaba lo que yo pensara, que eso era irrelevante. Me dijo que era una inmadura, que no comprendía lo que era tener una relación de verdad. Yo la llamé *zorra*; ella a mí, *virgen*. Fue una pelea de ésas. Estúpida, horrible. Cuando Katie se marchó, me di cuenta de que mamá estaba en su habitación, justo en la puerta de al lado. Había pensado que se encontraba fuera, pero no. Lo había oído todo. Me dijo que tenía que contárselo a Louise. Yo le supliqué que no lo hiciera, le expliqué que arruinaría la vida de Katie. Y ella sugirió entonces que quizá lo mejor sería hablar con Helen Townsend, pues al fin y al cabo Mark estaba haciendo algo indebido y Helen era su jefa. Dijo que tal vez podían hacer que lo despidieran sin que el nombre de Katie saliera a la luz. Yo le dije que eso era una estupidez, y ella supo que tenía razón. No podían despedirlo sin más, debía hacerse de forma oficial. La policía se implicaría. Y el caso iría a los tribunales y se haría público. E incluso si el nombre de Katie no aparecía en los periódicos, sus padres lo descubrirían y todo el mundo en la escuela se enteraría... Este tipo de cosas no pueden mantenerse en privado. —Lena ha respirado hondo, exhalando lentamente—. En ese momento le dije a mamá que Katie preferiría morir antes que pasar por todo eso.

Lena se ha inclinado hacia delante y ha abierto la ventana de la cocina, luego ha metido la mano en el bolsillo de la sudadera con capucha que llevaba puesta y ha sacado un paquete de cigarrillos. Ha encendido uno y ha expulsado el humo fuera.

—Se lo supliqué. Lo digo en serio, se lo supliqué de verdad. Mamá me dijo que tenía que pensarlo. Y que yo debía convencer a Katie para que dejara de verlo, que se trataba de un abuso de poder y que estaba muy mal. Me prometió que ella no haría nada, que me daría tiempo para persuadir a Katie. —Ha aplastado el cigarrillo apenas empezado en el alféizar de la ventana y lo ha tirado al agua—. Yo le creí. Confiaba en ella... —Ha volteado hacia mí—. Pero un par de días después, la vi en el estacionamiento de la escuela con el señor Henderson. No sé de qué estaban hablando, pero no parecía una conversación amigable, y supe que tenía que decirle algo a Katie, por si acaso, tenía que saberlo, estar preparada... —Su voz se ha quebrado y ha tragado saliva—. Murió tres días después.

Lena ha sorbido por la nariz y luego se la ha limpiado con el dorso de la mano.

—La cosa es que, cuando hablamos luego de ello, mamá me juró que ni siquiera le había mencionado a Katie a Mark Henderson. Me dijo que estuvieron hablando sobre mí, sobre los problemas que yo estaba teniendo en clase.

—Entonces... Un momento, Lena, hay algo que no entiendo. ¿Estás diciendo que tu madre no los amenazó con sacarlo a la luz?

—Yo tampoco lo entendí. Ella me juraba que no había dicho nada, pero podía ver que se sentía muy *culpable*. Yo sabía que era culpa mía, pero ella no dejaba de actuar como si fuera suya. Dejó de nadar en el río y se obsesionó con la idea de *contar la verdad*. No paraba de decir una y otra vez que estaba mal tener miedo a afrontar la verdad o a que la gente supiera la verdad, no dejaba de hablar sobre ello...

(No estaba segura de si eso era algo extraño o perfectamente consistente: tú no contabas la verdad, nunca lo hacías; las narraciones que habías estado escribiendo no eran *la* verdad, eran *tu* verdad, acorde con tus motivaciones. Si alguien debería saberlo, soy yo. He estado en la parte sucia de tu verdad la mayor parte de mi vida.)

—Pero no lo hizo, ¿no? No se lo contó a nadie, ni escribió sobre Mark Henderson. En su... relato sobre Katie no lo menciona.

Lena ha negado con la cabeza.

—No, porque no le permití hacerlo. Discutimos y discutimos y yo no dejaba de decirle que me encantaría ver a ese desgraciado de mierda en la cárcel, pero que eso habría roto el corazón de Katie. Y que, además, supondría que había hecho lo que había hecho por nada. —Ha tragado saliva—. A ver, ya lo sé. Sé que lo que Katie hizo fue una estupidez, algo absolutamente *inútil*, pero estaba intentando protegerlo. Y acudir a la policía habría supuesto que su muerte no significara nada. Sin embargo, mamá seguía hablando sobre la verdad y no paraba de decir que era una irresponsabilidad dejarlo pasar. Ella..., no sé... —Ha levantado los ojos hacia mí y, con una mirada tan fría como la que le había dedicado antes a Louise, ha añadido—: Habrías sabido todo esto si hubieras hablado con ella, Julia.

—Lo siento, Lena, lo lamento tanto..., pero no sé por qué...

—¿Sabes cómo sé que mi madre se suicidó? ¿Sabes por qué estoy segura de ello? —Yo he negado con la cabeza—. Porque el día que murió tuvimos una discusión. Comenzó por nada, pero terminó tratando sobre Katie, como todo. Yo empecé a gritarle y a decirle que era una mala madre y que si hubiera sido una buena persona podría habernos ayudado, podría haber ayudado a Katie, y que nada de eso habría pasado. Ella me respondió que había intentado ayudar a Katie, que un día la había visto a última hora de la tarde regresando a pie a casa y que había detenido el coche a su lado y se había ofrecido a llevarla. Me explicó que Katie estaba muy alterada y que no quería contarle por qué, y mamá le contestó: «No tienes por qué pasar por esto tú sola —le dijo—. Puedo ayudarte —y añadió—: y tu madre y tu padre también pueden». Cuando le pregunté por qué no me lo había contado antes, no quiso decírmelo. Le pregunté entonces cuándo había sucedido eso, y me dijo que el día del solsticio de verano, el 21 de junio. Ésa fue la noche en la que Katie fue a la poza. Sin querer, mi madre terminó de empujarla a hacerlo. Y, con ello, Katie hizo lo propio con mi madre.

He sentido que me acometía una oleada de tristeza tan violenta que me ha parecido que iba a caerme de la silla. ¿Ocurrió así, Nel? Después de todo eso, ¿te *arrojaste* y lo hiciste porque te sentías culpable y desesperada? ¿Estabas desesperada porque no tenías a nadie a quién acudir? (No a tu enojada y dolorida hija y, desde luego, no a mí, pues sabías que si me llamabas yo no te contestaría.) ¿Tan desesperada estabas, Nel? ¿Te tiraste?

He sentido la mirada de Lena y he sabido que ella podía percibir mi vergüenza y darse cuenta de que finalmente lo entendía, que comprendía que también yo tenía parte de culpa. Aun así, no parecía victoriosa ni satisfecha, sino sólo cansada.

—No le conté a la policía nada de esto porque no quería que nadie lo supiera. No quería que nadie culpara a mi madre, o, en cualquier caso, no más de lo que ya lo hacen. Ella no lo hizo por odio. Y ya había sufrido bastante, ¿no? Sufrió por cosas que no debería haber sufrido porque no eran culpa suya. Ni suya ni mía. —Una pequeña y triste sonrisa se ha formado en sus labios—. Tampoco tuya. Ni de Louise o de Josh. No fue culpa nuestra.

He intentado abrazarla, pero ella me ha rechazado.

—No —ha dicho—. Por favor, yo sólo... —Sus palabras se han ido apagando poco a poco. Ha levantado la barbilla—. Necesito estar sola un rato. Voy a dar un paseo.

He dejado que se vaya.

Nickie

Nickie ha hecho lo que Jeannie le ha dicho que hiciera y ha ido a hablar con Lena Abbott. Había refrescado —un indicio de que ese año el otoño llegaría antes—, de modo que se ha puesto su abrigo negro, ha metido las páginas en el bolsillo interior y ha emprendido el camino hacia la Casa del Molino. Cuando ha llegado, sin embargo, ha descubierto que había otras personas y no estaba de humor para multitudes. Menos todavía después de lo que le había dicho esa mujer, Louise Whittaker, acerca de que lo único que le importaba era el dinero y explotar el dolor de los demás, lo cual no era nada justo. Ésa no había sido nunca su intención; si alguna vez la gente la escuchara... Se ha quedado un rato fuera de la casa, observando, pero las piernas le dolían y tenía la cabeza llena de ruido, de modo que ha dado media vuelta y ha regresado a su departamento. Algunos días nota la edad que tiene, y otros, la de su madre.

No tenía estómago para afrontar el día y el esfuerzo que conllevaba. De vuelta en su habitación, se ha tomado una siesta en su sillón y luego se ha despertado y ha pensado que le había parecido ver a Lena dirigiéndose hacia la poza, pero debía de haber sido un sueño, o una premonición. Más tarde, sin embargo —mucho más tarde, cuando ya estaba oscuro—, ha estado segura de que había visto a la chica cruzando la plaza como un fantasma. Un fantasma con un propósito, avanzando a toda velocidad. Incluso desde su pequeño y oscuro departamento, Nickie ha podido sentir el aire abriéndose a su paso y la energía que despedía su cuerpo, y eso le ha levantado el ánimo y ha hecho que se olvidara de su edad. Aquélla era una chica con una misión. Tenía fuego en su interior, era peligrosa. Alguien con quien era mejor no meterse.

Ver a Lena así le ha recordado a sí misma años antes, y le han dado ganas de levantarse y bailar, de ir a aullarle a la luna. Y, sí, era posible que sus días de baileteos hubieran terminado, pero, con o sin él, ha decidido que esa noche iría al río. Quería sentir de cerca a todas esas mujeres y chicas conflictivas, peligrosas y vitales. Quería sentir su espíritu, bañarse en él.

Se ha tomado cuatro aspirinas y, tras tomar su bastón, ha descendido lenta y cuidadosamente por la escalera y ha salido al callejón que da a la parte trasera de la tienda. Luego ha cruzado la plaza en dirección al puente.

Ha tenido la sensación de que tardaba mucho rato; últimamente, tarda mucho en hacer cualquier cosa. Nadie la advertía a una de ello cuando era joven, nadie le decía lo lenta que se volvería y lo mucho que la aburriría su propia lentitud. Nickie ha pensado entonces que tal vez debería haberlo previsto, y se ha reído para sí en la oscuridad.

Podía recordar una época en la que sus piernas eran veloces como las de un galgo. Por aquel entonces, cuando era joven, ella y su hermana solían jugar carreras río arriba. Corrían a toda velocidad con las faldas metidas en los calzones y notando cada roca y cada grieta del duro suelo bajo las finas suelas de sus sandalias. Eran imparables. Más adelante, mucho más adelante, más viejas y un poco más lentas, solían encontrarse en el mismo sitio, río arriba, y paseaban juntas, a veces durante kilómetros, a menudo en silencio.

En uno de esos paseos vieron a Lauren sentada en los escalones de la casa de Anne Ward con un cigarrillo en la mano y la cabeza reclinada en la puerta. Jeannie la llamó y, cuando Lauren levantó la mirada, vio que un lado de su cara tenía el color de la puesta de sol.

—Es un demonio, su marido —dijo Jeannie.

Dicen que, cuando una habla del demonio, siente su calor. Y, en efecto, mientras Nickie estaba ahí de pie, recordando a su hermana con la mirada puesta en el río, los codos apoyados en la fría piedra del puente y la barbilla descansando sobre las manos, lo ha sentido. Lo ha sentido antes de verlo. No había pronunciado su nombre, pero tal vez los susurros de Jeannie habían conjurado al Satanás del pueblo. Nickie ha vuelto la cabeza y ahí estaba, caminando hacia ella por el lado este del río, con un bastón en la mano y un cigarrillo en la otra. Nickie ha escupido al suelo como siempre hace y ha recitado su invocación.

Lo normal sería que lo hubiera ignorado, pero esa noche —y quién sabe por qué, tal vez estaba sintiendo el espíritu de Lena, o el de Libby, o el de Anne, o el de Jeannie— se ha dirigido a él.

—Ya falta poco —ha afirmado.

Patrick se ha detenido y ha levantado la mirada como si estuviera sorprendido de verla.

—¿Cómo? —ha preguntado con un gruñido—. ¿Qué has dicho?

—He dicho que ya falta poco.

Él ha dado un paso hacia Nickie y ella ha vuelto a sentir cómo el espíritu furioso y ardiente que notaba en su cuerpo se extendía y pasaba de su estómago al pecho y de éste a la boca.

—Últimamente han estado hablando conmigo.

Patrick ha hecho un gesto con la mano como desestimando su comentario y ha respondido algo que ella no ha podido oír. Luego ha seguido su camino, pero ella continuaba sin poder acallar al espíritu, de modo que ha vuelto a dirigirse a él:

—¡Mi hermana! ¡Tu esposa! Y Nel Abbott también. Todas ellas. Han estado hablando conmigo. Y ella tenía tu número, ¿verdad? ¿Nel Abbott?

—Cierra la boca, vieja chiflada —ha soltado Patrick.

Ha hecho un amago de abalanzarse sobre ella y Nickie se ha sobresaltado. Entonces él se ha reído y se ha dado de nuevo la vuelta.

—La próxima vez que hables con tu hermana —ha dicho por encima del hombro—, salúdala de mi parte.

Jules

He esperado en la cocina a que Lena volviera a casa. La he llamado al celular y le he dejado mensajes de voz. Estaba muy preocupada y, en mi cabeza, me has regañado por no haber ido detrás de ella, como tú habrías hecho conmigo. Tú y yo contamos nuestras historias de formas distintas. Eso lo sé porque he leído tus palabras: «Cuando tenía diecisiete años, salvé a mi hermana de morir ahogada». Tú eras heroica, sin contexto. No escribiste sobre cómo había llegado yo allí, ni sobre el partido de futbol, ni sobre la sangre, ni sobre Robbie.

Tampoco sobre la poza. «Cuando tenía diecisiete años, salvé a mi hermana de morir ahogada», dices. ¡Vaya memoria más selectiva, Nel! Todavía puedo sentir tu mano en mi nuca, forcejear contigo, la agonía de mis pulmones al quedarse sin aire, el frío pánico cuando, incluso en mi estúpido, desesperado y ebrio estupor, me di cuenta de que iba a ahogarme. Eras tú quien impedía que saliera de debajo del agua, Nel.

No durante mucho rato. Cambiaste de parecer. Rodeaste mi cuello con el brazo y me llevaste a la orilla, pero siempre he sabido que una parte de ti había querido dejarme ahí.

Me dijiste que nunca hablara de ello, me hiciste prometerlo «por mamá», de modo que lo aparté de mi mente. Supongo que siempre pensé que algún día, en un futuro lejano, cuando fuéramos viejas y tú fueras distinta y lo lamentaras, volveríamos a hablar del tema. Hablaríamos sobre lo que sucedió, sobre lo que hice yo y lo que hiciste tú, sobre lo que dijiste y cómo terminamos odiándonos la una a la otra. Pero nunca me dijiste que lo lamentabas. Y nunca me explicaste por qué me trataste a mí, tu hermana pequeña, como lo hiciste. Nunca cambiaste, tan sólo fuiste y te moriste, y ahora siento como si me hubieran arrancado el corazón del pecho.

Estoy desesperada por volver a verte.

He estado esperando a Lena hasta que, derrotada por el agotamiento, finalmente me he ido a la cama. Desde que he regresado a este lugar me está costando mucho dormir y estoy comenzando a pagar las consecuencias. Me he desplomado sobre el colchón y he permanecido en un estado de duermevela hasta que he oído la puerta en la planta baja y los pasos de Lena en la escalera. Luego he oído cómo entraba en su dormitorio y ponía música lo bastante alta para que yo pudiera oír a una mujer cantando.

> That blue-eyed girl
> said «*No more*»,
> and that blue-eyed girl
> became blue-eyed whore.

Lentamente, he vuelto a quedarme dormida. Cuando he vuelto a despertarme, seguía sonando música, la misma canción, ahora todavía más alto. Quería que parara, me moría por que lo hiciera, pero era incapaz de levantarme. Me he preguntado incluso si estaba despierta; pues, en ese caso, ¿qué era ese peso que sentía en el pecho, aplastándome? No podía respirar, no podía moverme, sólo oía a la mujer.

Little fish, big fish, swimming in the water.
Come back here, man, gimme my daughter.

De repente, el peso ha desaparecido y me he levantado de la cama furiosa. He salido a tropezones al pasillo y, a gritos, le he dicho a Lena que bajara la música. Cuando he llegado a su habitación, sin embargo, he visto que no había nadie dentro. Las luces estaban encendidas, la ventana abierta, y había cigarrillos en el cenicero y un vaso junto a la cama vacía. La música parecía sonar cada vez más alta y la cabeza me palpitaba y me dolía la mandíbula. He encontrado el puerto del iPod y lo he desenchufado de la pared de un jalón y, al fin, al fin, lo único que he podido oír ha sido el sonido de mi propia respiración y las pulsaciones en mis sienes.

He regresado a mi dormitorio y he vuelto a llamar a Lena. Al no obtener ninguna respuesta, he telefoneado a Sean Townsend, pero ha entrado la contestadora. En la planta baja, la puerta de entrada estaba cerrada con llave y todas las luces estaban encendidas. He ido de habitación en habitación apagándolas una a una, tropezando como si estuviera borracha o drogada. Luego me he tumbado en el asiento de la ventana en el que solía sentarme a leer libros con mamá y donde hace veintidós años tu novio me violó, y he vuelto a quedarme dormida.

He soñado que el río crecía. Yo estaba en el piso de arriba, en la habitación de nuestros padres, tumbada en la cama con Robbie al lado. Fuera, llovía a cántaros y el río no dejaba de crecer y, de algún modo, sabía que la planta baja de la casa estaba inundándose. Al principio poco a poco, apenas un hilillo de agua que se filtraba por debajo de la puerta. Luego más rápidamente: el agua sucia abría de golpe todas las puertas y las ventanas y, tras anegar la planta baja, alcanzaba los escalones. De algún modo, podía ver la sala sumergida en un agua verde y turbia; el río reclamaba la casa, el agua llegaba al cuello del *Perro semihundido*, sólo que ahora ya no era un animal pintado, sino real. Tenía los ojos blancos abiertos como platos por el pánico y hacía todo lo posible para no morir ahogado. Yo trataba de levantarme de la cama para ir a salvarlo, pero Robbie lo impedía jalándome del pelo.

Me he despertado con un sobresalto, todavía asustada por la pesadilla. He consultado la hora en el celular: eran pasadas las tres. He oído algo, a alguien moviéndose por la casa. Lena estaba aquí. Gracias a Dios. He oído el ruido de sus sandalias golpeando los escalones mientras bajaba. Al llegar a la puerta de la cocina, se ha detenido. El marco encuadraba su figura y la luz que había a su espalda iluminaba su silueta.

Entonces ha comenzado a caminar hacia mí diciendo algo, pero yo no podía oírla, y he advertido que no llevaba las sandalias, sino los zapatos de tacón que se había puesto el día del funeral y el mismo vestido negro, que estaba empapado. El pelo se le pegaba a la cara y tenía la piel muy gris y los labios amoratados. Estaba muerta.

Me he despertado con un grito ahogado. El corazón me latía con fuerza y el asiento debajo de mí estaba completamente mojado de sudor. Confundida, me he incorporado y, al mirar los cuadros que tenía delante, he tenido la sensación de que se movían y he pensado: «Todavía estoy dormida, no puedo despertarme, no puedo despertarme», de modo que me he pellizcado la piel tan fuerte como he podido, clavándome las uñas en la carne del antebrazo hasta que he visto auténticas marcas y he sentido auténtico dolor. La casa estaba a oscuras y en silencio salvo por el débil rumor del río. He llamado a Lena.

Luego he subido corriendo al piso de arriba. La puerta de su habitación estaba entreabierta y la luz, encendida. El interior se veía exactamente igual que unas horas antes; nadie había tocado el vaso de agua ni la cama sin hacer ni el cenicero. Lena no estaba en casa. No había estado en casa. Se había ido.

TERCERA PARTE

LUNES, 24 DE AGOSTO

Mark

Ya era tarde cuando ha llegado a casa, las dos de la madrugada pasadas. Su vuelo de Málaga había sufrido un retraso y luego había perdido el ticket del estacionamiento y había tardado unos exasperantes cuarenta y cinco minutos en encontrar el coche.

Ahora desearía haber tardado más, desearía no haber encontrado el coche y haber tenido que quedarse en el hotel. Así se habría ahorrado eso al menos una noche más. Porque, en cuanto ha descubierto en la oscuridad que habían roto todas las ventanas de su casa, ha sabido que no iba a poder dormir. Ni esa noche ni ninguna. Se había terminado el descanso, ya nunca habría tranquilidad. Había sido traicionado.

También desearía haber sido más frío, más duro, y haber seguido con su prometida. Así, cuando fueran por él, podría decir: «¿Yo? Acabo de regresar de España. Cuatro días en Andalucía con mi prometida. Una mujer atractiva, profesional, y de *veintinueve años*».

Aunque tampoco habría importado, ¿no? No importaría lo que dijera, lo que hiciera o cómo viviera su vida: lo crucificarían de todos modos. A los periódicos, a la policía, a la escuela o a la comunidad no les importaría que no fuera ningún pervertido que se dedicara a perseguir a chicas a las que doblaba la edad. No les importaría que él se hubiera enamorado y ella de él. La reciprocidad de sus sentimientos sería ignorada. La madurez de Katie, su seriedad, su inteligencia, su decisión..., ninguna de estas cosas importaría. Lo único que tendrían en cuenta sería la edad de él, veintinueve años, y la de ella, quince, y le destrozarían la vida.

Ha permanecido inmóvil en el jardín delantero mirando las ventanas tapadas con tablones de madera y se ha echado a llorar. Si hubiera habido algo más que romper, lo habría hecho él mismo en ese momento. Ahí de pie, la ha maldecido a ella y ha maldecido el día en que la vio por primera vez, mucho más hermosa que sus estúpidas y desenvueltas amigas. Ha maldecido el día en que ella se acercó poco a poco a su escritorio, balanceando con suavidad sus anchas caderas y, con una sonrisa en los labios, le preguntó: «Señor Henderson, ¿puedo pedirle ayuda con algo?». El modo en que se inclinó hasta quedar lo suficientemente cerca para oler su piel, limpia y sin perfume. Al principio él se quedó desconcertado y se enojó, pues pensaba que ella estaba jugando con él. Provocándolo. ¿No había sido ella quien había empezado todo eso? ¿Por qué debería ser únicamente él, pues, quien sufriera las consecuencias? Ahí de pie, con lágrimas en los ojos y un nudo de pánico en la garganta, ha odiado a Katie y a sí mismo y el estúpido lío en el que se había metido y del cual ahora no veía escapatoria alguna.

¿Qué podía hacer? ¿Entrar en casa, empacar el resto de sus cosas y marcharse? ¿Huir? Tenía la cabeza embotada. ¿Adónde podía ir? Y ¿cómo? ¿Estarían ya vigilándolo? Seguro que sí. Si retiraba dinero, ¿se enterarían? Si intentaba volver a marcharse del país, ¿estarían esperándolo en la frontera? Se ha imaginado la escena: el agente de aduanas mirando la fotografía de su pasaporte y descolgando un teléfono, los hombres uniformados sacándolo a rastras de una cola de turistas, las miradas de curiosidad de éstos. ¿Sabrían, cuando lo vieran, qué era? No un traficante de drogas ni ningún terrorista. No, él debía de ser otra cosa: algo peor. Ha mirado las ventanas traseras y ha imaginado que estaban dentro de su casa, esperándolo ahí, y que ya habían registrado sus cosas, sus libros y sus papeles; que ya lo habían puesto todo patas arriba buscando pruebas de lo que había hecho.

Y no habrían encontrado nada. Ha sentido entonces un débil rayo de esperanza. No había nada que encontrar. Ni cartas de amor, ni fotografías en su *laptop*, ni ninguna prueba de que ella hubiera llegado a pisar esa casa (él se había deshecho de las sábanas hacía mucho y había limpiado y desinfectado toda la casa para borrar hasta el menor rastro de ella). ¿Qué pruebas podían tener, salvo las fantasías de una adolescente vengativa? Una adolescente que había intentado ella misma ganarse sus favores y había sido rechazada categóricamente. Nadie sabía en realidad lo que había pasado entre él y Katie, y nadie tenía por qué saberlo. Nel Abbott era cenizas, y la palabra de su hija valía más o menos lo mismo que la de su madre.

Ha apretado los dientes y ha metido la mano en el bolsillo para tomar sus llaves, luego ha rodeado la casa y ha abierto la puerta trasera.

Ella se ha abalanzado sobre Mark antes de que éste tuviera tiempo de encender la luz. En medio de la oscuridad, él apenas ha podido distinguirla y sólo ha visto una confusión de dientes y uñas. Se ha deshecho de ella golpeándola, pero la chica ha vuelto a atacarlo. ¿Qué otra opción ha tenido? ¿Qué otra opción le ha dejado ella?

Y ahora había sangre en el suelo y no tenía tiempo de limpiarla. Estaba amaneciendo. Debía huir.

Jules

Se me ha ocurrido de repente. Ha sido como una epifanía. Me sentía aterrorizada e histérica y, un momento después, ya no, porque lo sabía. No dónde estaba Lena, sino con *quién* estaba. Y, con eso, podía comenzar a buscarla.

Me encontraba en la cocina, aturdida y estupefacta. Los policías acababan de marcharse, habían vuelto al río para continuar con la búsqueda. Me habían dicho que me quedara ahí, por si acaso. Por si acaso volvía a casa. «Siga llamándola —me habían dicho—, y no apague el teléfono. *¿De acuerdo, Julia? No apague el teléfono.*» Me hablaban como si fuera una niña.

Pero supongo que no puedo culparlos, pues han estado haciéndome preguntas que no podía contestar. Sabía cuándo había visto a Lena por última vez, pero no podía decir cuándo había sido la última vez que ella había estado en casa. Ni tampoco sabía qué llevaba puesto cuando se había marchado, ni recordaba qué llevaba puesto cuando la había visto esa última vez. No era capaz de distinguir sueño de realidad: ¿la música había sido real o lo había imaginado? ¿Quién había cerrado la puerta? ¿Y encendido las luces? Los agentes me han mirado con recelo y decepcionados: ¿por qué había dejado que se marchara si estaba tan alterada después de su discusión con Louise Whittaker? ¿Cómo podía ser que no hubiera ido detrás de ella para consolarla? He visto las miradas que se han dirigido entre sí, la crítica implícita: «¿Cómo puede esta mujer ejercer de tutora de alguien?».

Tú también estabas en mi cabeza, regañándome: «¿Por qué no has ido detrás de ella como fui yo detrás de ti? ¿Por qué no la has salvado como yo te salvé a ti? *Cuando tenía diecisiete años, salvé a mi hermana de morir ahogada*». Cuando tenías diecisiete años, Nel, me empujaste a meterme en el río y me mantuviste debajo del agua. (Otra vez esa vieja discusión, ese estira y afloja: tú dices, yo digo, tú dices, yo digo. Ya estaba cansándome de ella, no quería volver a tenerla.)

Y entonces ha sucedido. Presa del cansancio y la enfermiza emoción del miedo, he visto algo, he atisbado algo. Ha sido como si algo se hubiera movido, una sombra justo fuera de mi línea de visión. «¿Fui realmente yo quien te condujo al agua?», has preguntado. ¿Fuiste tú o fue Robbie? ¿O una combinación de ambos?

El suelo ha parecido inclinarse y me he agarrado a la barra de la cocina para no caerme. «Una combinación de ambos.» He tenido la sensación de que no podía respirar y he notado una tirantez en el pecho, como si estuviera a punto de sufrir un ataque de pánico. He creído que iba a desvanecerme, pero no ha sucedido. He seguido de pie, respirando. «Una combinación.» He subido corriendo la escalera en dirección a tu dormitorio y he agarrado esa fotografía en la que estás con Lena y ella mira a la cámara con su sonrisa de depredador. ¡Ahí! Ésa no eres tú. Ésa no es tu sonrisa. Es la *suya*. La de Robbie Cannon. Ahora me doy cuenta, la vi en su rostro cuando estaba encima de tu cuerpo y empujaba tus hombros contra la arena. Eso es lo que ella es, quien Lena es. Es una combinación de ustedes dos. Lena es hija tuya, y también de él. Lena es hija de Robbie Cannon.

Jules

Me he sentado en la cama con la foto enmarcada en las manos. Tú y ella me miraban con una sonrisa y eso ha provocado que comenzaran a acudir ardientes lágrimas a mis ojos, hasta que, al final, me puse a llorar por ti como debería haber hecho en tu funeral. He pensado en ese día y en el modo en que Robbie miró a Lena. Malinterpreté por completo esa mirada. No era depredadora, era posesiva. No la miró como a una chica a la que seducir, a la que poseer. Ya le pertenecía. ¿Acaso había venido por ella, para llevarse lo que era legítimamente suyo?

No ha sido difícil de encontrar. Su padre tenía una cadena de ostentosas concesionarias de coches por toda la zona noreste. Cannon Cars, se llamaba la empresa. Ahora ya no existe, hace años que quebró, pero en Gateshead hay una versión de pacotilla más pequeña y triste. He encontrado una página web pésimamente diseñada con una fotografía de él en la página de inicio, tomada hace tiempo, a juzgar por su apariencia. En ella se le veía menos barrigón que ahora, y en su rostro aún podía distinguirse algún resto del chico apuesto y cruel que había sido.

No he llamado a la policía porque estaba segura de que no me harían caso. Me he limitado a tomar las llaves del coche y me he marchado. Mientras me alejaba de Beckford, me he sentido casi satisfecha conmigo misma: lo había descubierto, estaba tomando el control, el cansancio que me había amodorrado estaba disipándose y mis extremidades por fin se relajaban. De repente, me he sentido hambrienta, tremendamente hambrienta, y me he recreado en la sensación mordisqueándome la parte interior de la mejilla hasta disfrutar del sabor metálico de la sangre. Una vieja parte de mí, una reliquia furiosa y sin miedo, ha salido a la superficie y me he imaginado a mí misma arremetiendo contra él y clavándole las uñas. Ya me veía como una amazona arrancándole las extremidades una a una.

El taller se encontraba en una zona de mala muerte de la ciudad, debajo de los arcos de las vías del tren. Un lugar siniestro. Para cuando he llegado, mi valentía se había esfumado. Me temblaba la mano al extenderla para cambiar de velocidad o accionar las intermitentes, y el sabor que tenía ahora en la boca era de bilis, no de sangre. He intentado concentrarme en lo que tenía que hacer —encontrar a Lena, ponerla a salvo—, pero toda mi energía se ha visto socavada por el esfuerzo que suponía ignorar los recuerdos que no había dejado salir a la superficie en media vida, recuerdos que ahora emergían como trozos de madera a la deriva.

Me he estacionado en la acera de enfrente del taller. Había un hombre de pie delante de la puerta fumando un cigarrillo (joven, no era Cannon). He salido del coche y, con piernas trémulas, he cruzado la calle para hablar con él.

—Me gustaría hablar con Robert Cannon —he dicho.

—Ése es su carro, ¿no? —ha dicho él señalando el coche que había dejado detrás de mí—. Puede meterlo directamente en el taller.

—No, no es sobre eso sobre lo que quiero hablar con él... ¿Está aquí?

—¿No quiere hablar sobre su carro? Está en la oficina —ha dicho, señalando a su espalda con un movimiento de cabeza—. Puede entrar si quiere.

He echado un vistazo al cavernoso espacio oscuro y se me ha contraído el estómago.

—No —he contestado con tanta firmeza como he podido—. Preferiría hablar con él aquí.

El hombre ha chasqueado la lengua y ha tirado su cigarrillo a medio fumar a la calle.

—Como guste —ha dicho, y ha entrado.

Yo he metido una mano en el bolsillo y entonces me he dado cuenta de que había dejado el celular en la bolsa. Éste se encontraba en el asiento del copiloto del coche, de modo que me he dado la vuelta para ir a buscarlo a sabiendas de que, si lo hacía, no regresaría; si llegaba a la seguridad del asiento del conductor, perdería completamente la valentía que me quedaba, pondría en marcha el motor y me iría.

—¿Puedo ayudarla? —Me he quedado paralizada—. ¿Se le ofrece algo?

He volteado y ahí estaba él, más feo incluso que el día del funeral. Su rostro había engordado y parecía abatido, algo subrayado por una nariz morada y surcada por venas azules que se extendían por sus mejillas como un estuario. Su forma de andar, inclinándose de un lado a otro como un barco, me ha resultado familiar. Al llegar junto a mí, se ha quedado mirándome.

—¿Te conozco?

—¿Eres Robert Cannon? —he preguntado.

—Sí —ha dicho él—. Soy Robbie.

Por una fracción de segundo, he sentido lástima por él. Ha sido el modo en el que ha pronunciado su nombre. Robbie es un nombre de niño, el de un pequeño que juega en el jardín trasero y trepa a los árboles. No es el nombre de un perdedor con sobrepeso, un tipo arruinado que regentea un sórdido taller en una zona de mierda de la ciudad. Ha dado un paso hacia mí y me ha alcanzado su olor a sudor y a alcohol. Toda lástima se ha evaporado en cuanto mi cuerpo ha recordado el peso del suyo aplastándome y dejándome sin respiración.

—Mira, querida, estoy muy ocupado —ha dicho.

He cerrado ambos puños.

—¿Está aquí? —he preguntado.

—¿Está aquí, *quién*? —Ha fruncido el ceño y luego ha puesto los ojos en blanco al tiempo que metía la mano en el bolsillo de sus pantalones de mezclilla para sacar un cigarrillo—. ¡Ah, carajo! No serás amiga de Shelley, ¿verdad? Ya le he dicho a su marido que hace semanas que no veo a esa fulana, así que, si has venido por eso, ya puedes irte a la mierda, ¿de acuerdo?

—Lena Abbott —he dicho en un tono de voz que casi era un murmullo—. ¿Está aquí?

Él se ha encendido su cigarrillo. Algo ha parecido relucir detrás de sus anodinos ojos cafés.

—Estás buscando a..., ¿quién dices? ¿A la hija de Nel Abbott? ¿Quién eres tú? —Ha mirado a su alrededor—. Y ¿por qué crees que la hija de Nel puede estar aquí?

No estaba fingiendo. Era demasiado estúpido para hacerlo. No sabía dónde estaba Lena. No sabía quién era. Me he dado la vuelta para marcharme. Cuanto más tiempo me quedara, más se preguntaría al respecto y más cosas terminaría diciéndole yo.

—Un momento —ha dicho, colocándome una mano en el hombro.

Yo me he dado la vuelta de golpe, apartando su mano de mí.

—¡Eh, tranquila! —ha exclamado alzando las manos y mirando a un lado y a otro como si esperara refuerzos—. ¿Qué está pasando aquí? ¿Eres...? —Ha aguzado la mirada—. Yo a ti te he visto... Estabas en el funeral, ¿no? —Y, finalmente, ha caído—. *¿Julia?* —En su rostro se ha dibujado una sonrisa—. ¡Julia! ¡Vaya! No te había reconocido... —Me ha mirado de arriba abajo—. Julia. ¿Por qué no has dicho nada?

Me ha ofrecido una taza de té. Yo me he echado a reír y no podía parar. He estado riendo hasta que las lágrimas han comenzado a surcar mis mejillas. Él, mientras tanto, ha permanecido ahí de pie, riéndose un poco al principio, pero al momento su desconcertada alegría se ha apagado y se ha quedado mirándome sin comprender qué estaba pasando.

—¿Qué sucede? —ha preguntado finalmente, irritado.

Yo me he secado los ojos con el dorso de la mano.

—Lena se ha escapado —he dicho—. La he buscado por todas partes y he pensado que...

—Bueno, pues no está aquí. ¿Por qué diablos has pensado que podía estar aquí? Ni siquiera conozco a esa niña. La primera vez que la vi fue en el funeral. La verdad es que me dejó un poco sorprendido lo mucho que se parece a Nel. —Su expresión ha pasado entonces a ser un facsímil de pesar—. Lamenté oír lo que le había ocurrido. De veras, Julia. —Ha intentado volver a tocarme, pero me he apartado. Ha dado un paso hacia mí—. Yo sólo... ¡No puedo creer que seas tú! Has cambiado mucho. —Una fea sonrisa ha aparecido en su rostro—. Yo te desfloré, ¿no? —Se ha reído—. Hace ya mucho tiempo.

Flores. Algo bello y perfumado que estaba a millones de kilómetros de su babosa lengua en mi boca y sus sucios dedos abriéndose paso en mi interior. Me han entrado ganas de vomitar.

—No, Robbie —he dicho, y me ha sorprendido cuán clara ha sonado mi voz, cuán alta y serena—. No me desfloraste: me violaste.

La sonrisa ha desaparecido de su estropeado rostro. Ha echado un vistazo por encima del hombro antes de dar otro paso hacia mí. Yo he sentido una oleada de adrenalina y, al tiempo que se aceleraba mi respiración, he apretado los puños y me he mantenido firme.

—¿Cómo? —ha dicho él—. ¿Que yo *qué*? Yo nunca... Yo no te *violé*.

Ha susurrado la palabra *violé* como si tuviera miedo de que alguien pudiera oírnos.

—Yo tenía trece años —he replicado—. Te dije que pararas, no dejé de llorar, yo... —He tenido que callarme porque he notado un nudo en la garganta ahogando mi voz y no quería echarme a llorar delante de este cabrón.

—Lloraste porque era tu primera vez —ha aclarado él en voz baja y en un tono zalamero—. Porque duele un poco. En ningún momento dijiste que no quisieras hacerlo. No dijiste que no. —Y, luego, ya en un tono más alto y tajante—: Zorra mentirosa, nunca dijiste que no. —Ha comenzado a reírse—. Podía cogerme a quien quisiera, ¿te acuerdas? La mitad de las chicas de Beckford iban detrás de mí con los calzones empapados. También me cogí a tu hermana, que era la que estaba más buena de todas. ¿De verdad crees que tenía la necesidad de violar a una gorda como tú?

Se lo creía de verdad. Me he dado cuenta de que creía todas y cada una de las palabras que acababa de decir y, en ese momento, me he sentido derrotada. Durante todo ese tiempo, él no se había sentido culpable. No había tenido el menor remordimiento ni por un segundo porque en su cabeza lo que había hecho no era una violación. Durante todo ese tiempo, él había creído que había estado haciéndole un favor a la chica gorda.

He empezado a alejarme de él. A mi espalda, él seguía hablando y maldiciendo en voz baja:

—Siempre fuiste una chiflada. Siempre. No puedo creer que ahora vengas diciendo estas idioteces, diciendo que...

Me he detenido de golpe a unos pocos metros del coche. «¿No hubo alguna parte de ti a la que le gustó?». Algo había cambiado. Si Robbie no pensaba que me hubiera violado, ¿cómo ibas a pensarlo tú? ¿A qué te referías entonces, Nel? ¿Qué estabas preguntándome? Si a alguna parte de mí le gustó ¿el *qué*?

Me he dado la vuelta. Robbie todavía estaba detrás de mí con las manos colgando a los costados como dos pedazos de carne y la boca abierta.

—¿Ella lo sabía? —le he preguntado.

—¿Qué?

—¡¿Lo sabía Nel?!— he dicho a gritos.

Él ha hecho una mueca de desprecio.

—Si Nel sabía ¿qué? ¿Que te cogí? Estás bromeando, ¿verdad? Imagina lo que habría dicho si le hubiera contado que me había cogido a su hermanita pequeña justo después de tirármela a ella. —Se ha reído—. Le conté la primera parte, que te me insinuaste, que estabas borracha y que te habías inclinado sobre mí mirándome con tu triste y gordo rostro, suplicándome: «Por favor...». Siempre que estaba con ella, tú andabas merodeando a nuestro alrededor como una perrita, observándonos, espiándonos. Incluso cuando estábamos en la cama a ti te gustaba mirar, ¿verdad? ¿Acaso pensabas que no nos dábamos cuenta? —Se ha reído de nuevo—. Claro que lo hacíamos. Solíamos bromear acerca de que eras una pequeña pervertida, una triste gordita a la que nunca habían tocado ni besado y a la que le gustaba ver cómo su hermana se la pasaba bien. —Ha negado con la cabeza—. ¿*Violarte*? No me hagas reír. Tú querías que te hicieran lo mismo que a tu hermana, me lo dejaste muy claro.

Me he imaginado a mí misma, sentada debajo de los árboles o de pie ante la puerta de su habitación, mirando. Él tenía razón. Los miraba, pero no con lujuria ni con envidia, sino con una especie de horrenda fascinación. Los miraba del modo en que lo hacen las niñas, porque eso era yo. Una niña que no quería ver lo que estaban haciéndole a su hermana (eso era lo que parecía, que estaban haciéndote algo), pero que no podía apartar la mirada.

—Le dije que habías intentado seducirme y, que al ser rechazada, habías salido corriendo. Entonces ella fue a buscarte.

Las imágenes se han sucedido en mi cabeza: el sonido de tus palabras, el calor de tu ira, la presión de tus manos manteniéndome debajo del agua y luego agarrándome del pelo y sacándome a la orilla.

«Zorra, zorra estúpida y gorda, ¿qué has hecho? ¿Qué estabas tratando de hacer?».

¿O fue «Estúpida zorra, ¿qué estabas haciendo?».

Y luego: «Lamento que te haya hecho daño, ¿qué esperabas?».

He llegado al coche y, a tientas y con manos trémulas, he buscado las llaves. Robbie todavía estaba detrás de mí y seguía diciéndome cosas.

—Sí, corre, fulana mentirosa. En ningún momento has pensado que la niña pudiera estar aquí, ¿verdad? No ha sido más que una excusa, ¿verdad que sí? En realidad, has venido a verme. ¿Acaso querías probar otra vez? —He oído cómo reía mientras se alejaba, y luego, desde el otro lado de la calle, ha añadido a modo de despedida—: Ni lo sueñes, cariño. Esta vez no. Puede que hayas perdido algo de peso, pero sigues siendo un asqueroso feto.

He arrancado el coche y me he dispuesto a salir volando de allí, pero el motor se ha parado. Maldiciendo, he vuelto a arrancarlo y, pisando con fuerza el acelerador, me he alejado calle abajo intentando poner tanta distancia como fuera posible entre Robbie y yo y lo que acababa de suceder. Era consciente de que debería estar preocupándome por Lena, pero era incapaz de pensar en ello porque lo único que podía pensar era esto: «Tú no lo sabías».

Tú no sabías que me había violado.

Cuando me dijiste «Lamento que te haya hecho daño», te referías a que lamentabas que me hubiera rechazado. Cuando dijiste «¿Qué esperabas?», querías decir que claro que me había rechazado, yo no era más que una niña. Y cuando me preguntaste «¿No hubo alguna parte de ti a la que le gustó?», no te referías al sexo, sino al agua.

Se me ha caído la venda. He estado cegada y con anteojeras. Tú no lo sabías.

He estacionado el coche a un lado de la carretera y he comenzado a sollozar atormentada por ese espantoso y terrible descubrimiento: tú no lo sabías. Todos estos años, Nel, he estado atribuyéndote la mayor de las crueldades, y ¿qué habías hecho para merecerlo? Todos estos años, nunca te he escuchado. Y ahora me parece imposible que no me hubiera dado cuenta, que no comprendiera que cuando me preguntaste «¿No hubo alguna parte de ti a la que le gustó?» estabas hablando del río, de aquella noche en el río. Querías saber lo que se sentía al abandonarse una misma al agua.

He dejado de llorar. En mi cabeza, has murmurado: «No tienes tiempo para esto, Julia», y he sonreído.

—Ya lo sé —he dicho en voz alta—. Ya lo sé.

Ya no me importaba lo que pensara Robbie. Me daba igual que se hubiera pasado la vida creyendo que no había hecho nada malo; eso es lo que hacen los hombres como él. Y ¿qué más daba lo que pensara? Él no significaba nada para mí. Lo importante eras tú, lo que sabías y lo que no, y el hecho de que hubiera estado castigándote toda tu vida por algo que no habías hecho. Y ahora ya no tenía forma de decirte que lo sentía.

Una vez en Beckford, he detenido el coche en el puente, he subido los escalones cubiertos de musgo y he paseado por el sendero del río. Era primera hora de la tarde, comenzaba a refrescar y se había levantado una brisa. No era un día perfecto para nadar, pero había estado esperando mucho tiempo y quería estar ahí contigo. Ahora era el único modo que tenía para estar cerca de ti, lo único que me quedaba.

Me he quitado los zapatos y me he quedado un momento en la orilla vestida con unos pantalones de mezclilla y una camiseta. Finalmente, he empezado a caminar hacia delante, un pie delante del otro. He cerrado los ojos y he dejado escapar un grito ahogado cuando mis pies se han hundido en el frío lodo, pero no me he detenido. He seguido adelante y, cuando mi cabeza se ha sumergido en el agua, me he dado cuenta, no sin miedo, de que me sentaba bien. Así era.

Mark

La sangre ha comenzado a filtrarse a través del vendaje que Mark lleva en la mano. No se lo había puesto muy bien y, por más que lo intentara, no podía dejar de aferrarse al volante con demasiada fuerza. Le dolía la mandíbula y sentía asimismo un cegador y alarmante dolor detrás de los ojos. Volvía a notar la presión de la prensa en las sienes; la sangre apenas podía circular por las venas de su cabeza y casi le parecía oír cómo su cráneo empezaba a agrietarse. En dos ocasiones ha tenido que estacionarse a un lado de la carretera para vomitar.

No tenía ni idea de qué dirección debía tomar. Al principio se ha dirigido hacia el norte, de vuelta a Edimburgo, pero a mitad de camino ha cambiado de idea. ¿No esperarían que fuera en esa dirección? ¿No habría una barricada en la entrada de la ciudad y, cuando se detuviera, linternas iluminándole la cara, unas ásperas manos sacándolo a rastras del coche y una voz diciéndole que lo peor estaba por llegar? Ha dado media vuelta y ha tomado una ruta distinta. El dolor de cabeza le impedía pensar. Tenía que detenerse, respirar, trazar un plan. Ha salido de la carretera principal y se ha dirigido hacia la costa.

Todo lo que había temido se estaba cumpliendo. Ha imaginado el futuro que le esperaba y no ha podido evitar reproducirlo en su mente una y otra vez: la policía en la puerta, los periodistas haciéndole preguntas a gritos mientras se lo llevaban a la patrulla con la cabeza cubierta con una manta. Las ventanas destrozadas de nuevo inmediatamente después de haber sido reparadas. Insultos vejatorios en las paredes, excrementos en el buzón. El juicio. ¡Oh, Dios, el juicio...! La mirada de sus padres cuando Lena hiciera sus acusaciones, las preguntas que le haría la fiscalía: ¿cuándo, dónde y cuántas veces? La vergüenza. La condena. La cárcel. Todo aquello sobre lo que había advertido a Katie, todo lo que le había dicho que tendría que afrontar. No sobreviviría a ello. Le dijo que no sobreviviría a ello.

Él no había esperado verla ese viernes de junio por la tarde. Se suponía que ella iba a ir a una fiesta de cumpleaños, algo de lo que no podía librarse. Recordaba haber abierto la puerta y haber notado la descarga de felicidad que siempre sentía al verla. Acto seguido, sin embargo, procesó la expresión de su rostro: inquietud, recelo. Esa tarde lo habían visto a él hablando con Nel Abbott en el estacionamiento de la escuela. ¿De qué habían hablado? ¿Por qué le dirigía siquiera la palabra a Nel?

—¿Que me han visto? ¿Quién? —A él le pareció divertido, creyó que ella sentía celos.

Katie apartó la mirada y se frotó la nuca con la mano, tal y como siempre hacía cuando se sentía nerviosa o cohibida.

—K, ¿qué sucede?

—Ella lo *sabe* —dijo Katie en voz baja y sin mirarlo. Él tuvo la sensación de que el suelo desaparecía bajo sus pies y caía al vacío. La agarró del brazo y le dio la vuelta para que lo mirara directamente a los ojos—. Creo que Nel Abbott lo sabe.

Y entonces se lo contó todo. Todas las cosas sobre las que le había mentido, las cosas que ella había estado ocultándole. Hacía meses que Lena lo sabía, y su hermano también.

—¡Dios mío! ¡Dios mío, Katie! ¿Cómo has podido no decírmelo? ¿Cómo has...? ¡Por el amor de Dios! —Nunca antes le había gritado. Podía ver lo asustada y alterada que estaba, pero no podía dejar de gritar—. ¡¿Es que no entiendes lo que me harán? ¿No entiendes lo que es ir a la cárcel como un maldito delincuente sexual?!

—¡No lo eres! —exclamó ella.

Él volvió a agarrarla por los brazos (incluso ahora, al recordarlo, le ardía el rostro de vergüenza por ello).

—¡Sí que lo soy! Eso es exactamente lo que soy. Eso es en lo que me has convertido.

Mark le dijo que se marchara, pero ella se negó. Suplicó, imploró. Le juró que Lena nunca hablaría, que nunca le diría nada a nadie. «Lena me quiere, jamás me haría daño.» Había convencido a Josh de que la relación había terminado y de que en realidad nunca había pasado nada; le había dicho que no tenía nada de qué preocuparse y que, si decía algo, lo único que conseguiría sería romperles el corazón a sus padres. ¿Y Nel?

—Ni siquiera estoy segura de que Nel lo sepa —le explicó Katie—. Lena me dijo que *tal vez* nos había oído... —Sus palabras fueron apagándose y él notó por su mirada que le estaba mintiendo.

No podía creerle. No podía creer nada de lo que le había dicho. Esa hermosa chica que lo había embelesado y embrujado no era de fiar.

Él le dijo entonces que lo suyo había terminado y, tras ver cómo su expresión se entristecía, se vio obligado a desembarazarse de su abrazo y a apartarla de sí, suavemente al principio y con más firmeza después.

—No, escucha... ¡Escúchame! No puedo seguir viéndote. Así no. Nunca más, ¿lo entiendes? Lo nuestro ha terminado. Nunca ha pasado nada. No hay nada entre nosotros. Nunca ha habido nada entre nosotros.

—Por favor, no digas eso, Mark, por favor. —Ella comenzó a sollozar con tanta fuerza que apenas podía respirar, y eso a él le partió el corazón—. Por favor, no digas eso. Yo te quiero.

Mark flaqueó y dejó que lo abrazara y lo besara. Su determinación estaba remitiendo. Ella pegó su cuerpo al de él y, de repente, él tuvo una clara imagen de otro cuerpo haciéndolo, y no uno, sino varios: cuerpos masculinos pegándose a su golpeado, fracturado y violado cuerpo. Lo vio y la apartó bruscamente.

—¡No! ¡No! ¿Tienes idea de lo que has hecho? Me has arruinado la vida, ¿lo entiendes? Cuando esto salga a la luz, cuando esa zorra se lo cuente a la policía, y lo hará, mi vida habrá acabado. ¿Sabes lo que les hacen a los hombres como yo en la cárcel? Lo sabes, ¿verdad? ¿Crees que sobreviviré a eso? No lo haré. Mi vida habrá acabado. —Él vio el miedo y el dolor en el rostro de Katie y, aun así, añadió—: Y todo habrá sido por tu culpa.

Cuando sacaron su cuerpo de la poza, Mark se castigó a sí mismo. Durante varios días, apenas podía levantarse de la cama, y, sin embargo, tenía que lidiar con el mundo, ir a la escuela, mirar su silla vacía, ser testigo del dolor de sus amigos y de sus padres y no mostrar el suyo propio. Él, que la quería más que nadie, no podía llorarla como merecía. Ni tampoco como merecía él, pues, a pesar de que se castigaba a sí mismo por lo que le había dicho en pleno ataque de ira, sabía que eso no había sido en realidad culpa suya. Nada de eso lo era. ¿Cómo podía serlo? ¿Quién podía controlar de quién se enamoraba?

Mark ha oído un golpe, se ha sobresaltado y, al dar un volantazo en medio de la carretera para volver a su carril, ha derrapado en el arcén. Luego ha mirado por el espejo retrovisor. Puede que haya pasado por encima de algo, pero no ha visto nada salvo el asfalto vacío. Ha respirado hondo y ha vuelto a apretar con fuerza el volante, haciendo una mueca al sentir la presión en la herida de la mano. Ha encendido la radio y ha subido el volumen al máximo.

Todavía no tenía ni idea de qué iba a hacer con Lena. Inicialmente había pensado dirigirse al norte, hasta Edimburgo, deshacerse del coche en un estacionamiento y tomar un transbordador para marcharse al continente europeo. La encontrarían pronto. Bueno, tarde o temprano. Aunque se sintiera fatal, tenía que recordarse a sí mismo que no había sido culpa suya. Había sido ella quien lo había atacado a él, no al revés. Y cuando él había intentado repeler su ataque y esquivarla, ella había vuelto a abalanzarse sobre él, gritando y clavándole las uñas. Él había caído al suelo de la cocina, su maleta había salido despedida sobre las baldosas y, como por obra de una deidad con un enfermizo sentido del humor, de uno de los bolsillos de la maleta había caído entonces el brazalete. Ese brazalete que había llevado encima desde que lo había tomado del escritorio de Helen Townsend, esa cosa cuyo poder todavía tenía que desentrañar había salido rodando por el suelo entre los dos.

Lena se había quedado mirándolo como si fuera un objeto alienígena. Y, a juzgar por la expresión de su rostro, bien podría haber sido resplandeciente kriptonita verde. Luego la confusión había pasado y había vuelto a abalanzarse sobre él, sólo que esta vez tenía unas tijeras en la mano e intentaba clavárselas en la cara y en el cuello. Él había alzado las manos para defenderse y ella le había hecho un corte en una. Ahora palpitaba furiosamente al compás de su acelerado pulso.

Pum, pum, pum. Ha vuelto a mirar por el espejo retrovisor —no había nadie detrás— y, de repente, ha pisado el pedal del freno. Se ha oído el desagradable pero satisfactorio golpe de la chica impactando contra el metal y luego todo ha vuelto a quedar en silencio.

De nuevo, se ha detenido a un lado de la carretera, pero esta vez no para vomitar, sino para llorar. Por sí mismo, por su vida arruinada. Ha llorado de frustración y desesperación sin dejar de golpear el volante con la mano derecha una y otra vez, hasta que ha comenzado a dolerle tanto como la izquierda.

Katie tenía quince años y dos meses la primera vez que se acostaron. Otros diez meses y habría sido legal. Nadie podría haberles dicho nada, al menos legalmente. Él habría tenido que dejar el tra-

279

bajo y algunas personas les habrían tirado piedras y los habrían insultado, pero él podría haber vivido con eso. Ambos podrían haberlo hecho. ¡Diez putos meses! Deberían haber esperado. Él debería haber insistido en que esperaran. Katie era quien tenía prisa, quien no era capaz de mantenerse alejada de él, quien había forzado las cosas, quien quería hacerlo suyo. Era innegable. Y ahora ella ya no estaba y era él quien iba a pagar por ello.

La injusticia de la situación lo encolerizaba y hacía que la carne le ardiera como si le hubieran vertido ácido encima. La prensa seguía apretándole el cráneo cada vez más y más, y ha deseado que Dios se lo aplastara y —como ella, como Katie— poder terminar de una vez con todo.

Lena

Al despertarme, me he asustado. No sabía dónde estaba. No podía ver nada. El lugar estaba completamente a oscuras. Por el ruido, el movimiento y el olor a gasolina, al final me he dado cuenta de que me encontraba en un coche. La cabeza me dolía, y también la boca. Hacía calor y el aire estaba viciado. Algo se me clavaba en la espalda, algo duro, como un tornillo metálico, y he deslizado una mano hasta la espalda para intentar agarrarlo, pero estaba sujeto.

Ha sido una pena, porque lo que en realidad necesitaba era un arma.

Estaba asustada, pero sabía que no podía permitir que el miedo me dominara. Necesitaba pensar con claridad. Con claridad y rapidez, pues tarde o temprano el coche pararía y entonces sería él o yo, y de ninguna manera pensaba permitir que matara a Katie *y* a mamá *y* a mí. Ni de broma. Tenía que creérmelo, de modo que me lo repetía una y otra vez: eso iba a terminar conmigo viva y él muerto.

En las semanas que han pasado desde la muerte de Katie, he pensado muchas formas de hacerle pagar a Mark Henderson lo que había hecho, pero nunca había considerado el asesinato. Se me habían ocurrido otras cosas: hacer pintas en las paredes de su casa, romper las ventanas de la misma (eso lo he hecho), llamar a su novia para decirle todo lo que Katie me había contado: cuántas veces, cuándo, dónde, o que le gustaba llamarla «niña mimada del profesor». También pensé en juntar a algunos chicos de un curso superior al mío para darle una paliza. O en cortarle la verga y metérsela en la boca. Pero no en matarlo. No hasta el día de hoy.

¿Cómo he terminado aquí? No puedo creer lo estúpida que he sido de dejar que tomara el control de la situación. Nunca debería haber acudido a su casa, no sin un plan claro, no sin saber exactamente qué iba a hacer.

Ni siquiera lo he pensado, he ido improvisando sobre la marcha. Sabía que iba a regresar de sus vacaciones porque se lo había oído comentar a Sean y a Erin. Y, después de todo lo que Louise había dicho y de la conversación que había tenido con Julia acerca de que no era culpa mía ni de mamá, he pensado: «¿Sabes qué? Ha llegado la hora». Sólo quería plantarme delante de él y hacerlo compartir parte de la culpa. Quería que lo admitiera, que admitiera lo que había hecho y que estaba mal. Así pues, he ido a su casa y, como ya había roto la ventana de la puerta trasera, no he tenido ningún problema para entrar.

El lugar olía mal, como si se hubiera marchado sin sacar la basura o algo así. Durante un rato, me he quedado en la cocina y he utilizado la linterna del celular para orientarme, pero luego he decidido encender la luz porque ésta no podía verse desde la calle y, en caso de que sus vecinos lo hicieran, pensarían que Mark había vuelto a casa.

Olía a suciedad porque estaba sucio. O, más bien, directamente asqueroso: en el fregadero había platos con restos todavía pegados y envases de comida preparada, y todas las superficies estaban cubiertas de grasa. También había montones de botellas de vino tinto vacías en el basurero de reciclaje. No era para nada como me lo esperaba. Por la apariencia de Mark en la escuela —siempre bien vestido y con las uñas bien cortadas y limpias—, pensaba que sería más quisquilloso con la limpieza.

He pasado a la sala y he echado un vistazo usando de nuevo mi teléfono. Ahí no he encendido la luz por si podía verse desde la calle. Era del todo convencional. Muebles baratos, montones de libros y discos, ningún cuadro en las paredes. Convencional, sucio y triste.

El piso de arriba era todavía peor. El dormitorio era directamente nauseabundo. La cama estaba sin hacer, los armarios abiertos, y olía mal. Se trataba de un olor distinto del de la planta baja, era agrio y sudoroso, como un animal enfermo. Tras correr las cortinas, he encendido la luz de la mesita de noche. Era todavía peor que la planta baja. Parecía que en ese sitio viviera un anciano: paredes de un espantoso color amarillo, cortinas cafés y ropa y papeles por el suelo. He abierto un cajón y he visto unos tapones para los oídos y un cortaúñas. En el cajón inferior había condones, lubricante y unas esposas acolchadas.

Me he sentido asqueada. Al sentarme en la cama, me he dado cuenta de que, en la esquina opuesta, la sábana estaba un poco retirada y en el colchón podía verse una mancha café. He pensado que iba a vomitar. Era doloroso, físicamente doloroso, pensar que Katie había estado ahí, con él, en esa horrible habitación de esa asquerosa casa. He decidido marcharme. De todos modos, lo de ir ahí sin un plan había sido una idea estúpida. He apagado la luz y he descendido a la planta baja y, cuando ya casi estaba en la puerta de nuevo, he oído un ruido fuera. Unos pasos en el sendero de la entrada. Y entonces la puerta se ha abierto y ha aparecido él. Tenía un aspecto horrendo, con la cara y los ojos rojos, y la boca abierta. Sin pensarlo, me he abalanzado sobre él. Quería arrancarle los ojos de su fea cara, quería oírlo gritar.

No sé qué ha pasado entonces. Se ha caído, creo, y yo me he quedado de rodillas en el suelo, y algo ha salido rodando de su maleta en mi dirección. Una pieza de metal, como una llave. He extendido la mano para tomarla y me he dado cuenta de que no era un objeto dentado, sino liso. Un aro. Un aro de plata con un cierre de ónix negro. Le he dado la vuelta en la mano. Podía oír el fuerte tictac del reloj de la cocina y el sonido de la respiración de Mark.

—Lena —ha dicho, y yo he levantado la mirada y me he dado cuenta de que Mark tenía miedo. Me he puesto de pie—. Lena —ha vuelto a decir, y ha dado un paso hacia mí.

Yo he notado que mis labios formaban una sonrisa porque con el rabillo del ojo había atisbado otro objeto plateado y afilado, y he sabido exactamente lo que iba a hacer. Iba a respirar hondo para recomponerme y, cuando volviera a decir mi nombre, tomaría las tijeras que descansaban sobre la mesa de la cocina y las clavaría en su maldito cuello.

—Lena —ha repetido extendiendo la mano hacia mí.

A continuación, todo ha pasado con mucha rapidez. He agarrado las tijeras y lo he atacado con ellas, pero él es más alto que yo y ha levantado los brazos, y debo de haber fallado porque no está muerto, sino conduciendo, y yo estoy encerrada aquí con un chichón en la cabeza.

He comenzado a gritar, lo cual ha sido una estupidez pues, vamos a ver, ¿quién iba a oírme? Podía notar que el coche circulaba deprisa, pero aun así he gritado «¡Sácame de aquí, sácame de aquí, cabrón de mierda!», al tiempo que golpeaba con los puños la pared metálica de la cajuela. Y, de repente, ¡bang!, el coche se ha detenido y yo he salido disparada contra el fondo de la misma y he empezado a llorar.

No se ha debido tan sólo al dolor. Por alguna razón, no podía dejar de pensar en todas esas ventanas que rompimos Josh y yo, y lo mucho que eso habría molestado a Katie. Ella habría odiado esto. Todo: que su hermano se hubiera visto obligado a contar la verdad después de meses de mentir, que yo hubiera sufrido estas heridas y, sobre todo, esas ventanas rotas, pues eso era lo que temía. Ventanas rotas y la palabra *pedófilo* escrita en las paredes de la casa y mierda en el buzón y periodistas en la acera y gente escupiendo y soltando puñetazos.

He llorado por el dolor y he llorado porque me sentía mal por Katie y por cómo todo esto le habría roto el corazón. «Pero ¿sabes qué, K? —he susurrado como una loca, como Julia mascullando para sí en la oscuridad—. Lo siento. Lo siento de veras, porque no es esto lo que se merece. Ahora puedo decirlo porque no estás y yo estoy en la cajuela de su coche con la boca ensangrentada y la cabeza abierta y puedo decirlo categóricamente: Mark Henderson no se merece que lo acosen o le peguen. Se merece algo peor. Sé que lo amabas, pero no sólo arruinó tu vida. También ha arruinado la mía. Él asesinó a mi madre.»

Erin

Estaba en la oficina del fondo con Sean cuando hemos recibido la llamada. Una pálida joven con gesto afligido ha asomado la cabeza por la puerta.

—Hay otra, señor. Alguien la ha visto desde lo alto de la colina. En el agua..., una chica joven.

A juzgar por la expresión que ha puesto Sean, me ha parecido que iba a vomitar.

—Es imposible —he dicho yo—. La zona está llena de agentes uniformados, ¿cómo puede haber otra?

Para cuando hemos llegado, había una multitud en el puente y los agentes hacían todo lo posible para mantener a la gente ahí. Sean ha empezado a correr y yo he ido detrás de él. Hemos pasado a toda velocidad por debajo de los árboles. Yo quería aminorar el paso, quería detenerme. Lo último que deseaba era ver cómo sacaban el cuerpo de esa chica del agua.

Pero no era ella, sino Jules. Ya estaba en la orilla cuando hemos llegado. He oído entonces un extraño ruido parecido al graznido de una urraca. Me ha llevado un rato darme cuenta de que lo hacía ella, Jules. Era el castañeteo de sus dientes. Toda ella temblaba. Tenía la ropa empapada y pegada a su delgado cuerpo, y éste estaba doblado sobre sí mismo como una silla plegable. La he llamado y ella ha levantado la vista hacia mí. Sus ojos inyectados en sangre me han mirado inexpresivamente, como si no pudiera enfocarme bien o no registrara quién era yo. Sean se ha quitado la chamarra y entonces se la ha puesto sobre los hombros.

Ella mascullaba algo como si estuviera en trance. No decía nada inteligible, era como si ni siquiera hubiera advertido que estábamos ahí. Tan sólo permanecía sentada, temblando y mirando con expresión amenazadora el agua negra mientras movía los labios como el día que vio el cadáver de su hermana en la camilla, sin pronunciar ningún sonido pero con determinación, como si estuviera manteniendo una discusión con un adversario invisible.

El alivio, por escaso que éste fuera, ha durado apenas unos minutos antes de que estallara la siguiente crisis. Los agentes que han ido a casa de Mark Henderson a darle la bienvenida tras sus vacaciones la han encontrado vacía. Y no sólo eso, sino que también han descubierto restos de sangre. En la cocina parecía haber tenido lugar una pelea. Había manchas de sangre en el suelo y en las manijas de las puertas. Además, el coche de Henderson había desaparecido.

—¡Oh, Dios mío! —ha dicho Sean—. Lena...

—¡No! —he exclamado yo, intentando convencerme a mí misma tanto como a él. He recordado la conversación que tuve con Henderson la mañana antes de que se marchara de vacaciones. Había algo raro en él, algo débil. Algo herido. No hay nada más peligroso que un hombre así—. No puede ser. Había agentes en la casa, estaban esperándolo, no puede haber...

Sin embargo, Sean ha comenzado a negar con la cabeza.

—No, no había ningún agente. Anoche hubo un accidente en la A68 y hacían falta hombres. Se tomó la decisión de reubicar recursos. No había nadie en casa de Henderson, no hasta esta mañana.

—Mierda. ¡Mierda!

—Sí. Al llegar a casa y ver las ventanas rotas, debió de sacar la conclusión correcta. Que Lena Abbott nos había contado algo.

—Y ¿luego qué? ¿Fue a casa de ella, la secuestró y se la llevó de vuelta a la suya?

—¿Cómo demonios quieres que lo sepa? —me ha respondido Sean—. Esto es culpa nuestra. Deberíamos haber estado vigilando la casa, deberíamos haber estado vigilándola a ella... Es culpa nuestra que Lena haya desaparecido.

Jules

El policía —uno que no había visto antes— quería entrar en casa conmigo. Era joven, de unos veinticinco años tal vez, si bien su rostro imberbe y querúbico le daba un aspecto todavía más juvenil. Por amable que fuera, he insistido en que se marchara. No deseaba estar sola con un hombre en casa, por inofensivo que él pudiera parecer.

He subido al primer piso y me he preparado un baño. Agua, agua por todas partes. No sentía ningún gran deseo de volver a sumergirme en agua, pero no se me ocurría mejor modo de quitarme el frío de los huesos. Me he sentado en el borde de la tina mordiéndome el labio inferior para que mis dientes cesaran de castañetear y, con el teléfono en la mano, no he dejado de llamar al número de Lena, pero sólo he conseguido oír una y otra vez el alegre mensaje de su contestadora. En él, su voz estaba llena de una luz que yo nunca había visto cuando hablaba conmigo.

Cuando la tina ha estado medio llena, me he metido en el agua apretando los dientes para vencer el pánico y con el pulso de mi corazón acelerándose a medida que mi cuerpo iba hundiéndose. «No pasa nada, no pasa nada, no pasa nada.» Eso fue lo que me dijiste. Aquella noche, cuando estábamos aquí las dos, tú echándome agua caliente encima y tranquilizándome. «No pasa nada —dijiste—. No pasa nada, Julia. No pasa nada.» Sí que pasaba algo, claro está, pero tú no lo sabías. Tú sólo pensabas que yo había tenido un día terrible: se habían reído de mí, me habían humillado, había sido rechazada por el chico que me gustaba y, por último, en un acto extremadamente melodramático, había ido a la Poza de las Ahogadas y me había metido.

Estabas enojada porque creías que lo había hecho para hacerte daño, para meterte en problemas. Para que mamá me quisiera más; todavía más de lo que ya lo hacía. Para que te rechazara. Porque habría sido culpa tuya, ¿no? Me habías amedrentado y se suponía que debías estar vigilándome, y eso había sucedido mientras cuidabas de mí.

He cerrado la llave con el pie y he dejado que mi cuerpo se deslizara en la tina sumergiendo los hombros, el cuello y, al final, la cabeza. Podía oír los sonidos de la casa distorsionados, amortiguados, deformados por el agua. Un repentino golpe ha hecho que me irguiera bruscamente en el frío aire. He aguzado el oído. Nada. Estaba imaginando cosas.

Nada más sumergirme de nuevo, sin embargo, he estado segura de oír un crujido en la escalera y unos pasos, lentos y regulares, recorriendo el pasillo. He vuelto a incorporarme y me he agarrado a los bordes de la tina. Otro crujido. La manija de una puerta al accionarse.

—¿Lena? —he preguntado entonces en un tono de voz que ha sonado infantil, aflautado y débil—. ¿Eres tú, Lena?

El silencio zumbaba en mis oídos y me ha parecido oír voces.

Tu voz. Otra de tus llamadas telefónicas, la primera. La primera después de nuestra pelea en el velatorio, después de la noche en la que me hiciste esa terrible pregunta (una semana más tarde, tal vez dos). Me llamaste a última hora de la noche y me dejaste un mensaje. Estabas llorosa y arrastrabas las palabras. Tu voz apenas era audible. Me decías que ibas a volver a Beckford para ver a un viejo amigo. Tenías que hablar con alguien y yo no te dirigía la palabra. En aquel momento no le di importancia. Me daba igual.

Sólo ahora lo comprendo, y me he estremecido a pesar de la calidez del agua. Durante todo este tiempo, he estado culpándote a ti, pero debería haber sido al revés. Fuiste a ver a un viejo amigo. Fuiste en busca de consuelo porque yo te había rechazado, porque no quería hablar contigo. De modo que acudiste a él. Me he sentado de nuevo envolviendo con fuerza las rodillas con los brazos y han empezado a sacudirme oleadas de dolor: te fallé, te hice daño, y lo que me mata es que nunca llegaste a saber por qué. Te pasaste toda la vida tratando de comprender por qué te odiaba tanto, y lo único que yo tenía que hacer era decírtelo. Lo único que tenía que hacer era contestar tus llamadas. Y ahora es demasiado tarde.

De repente he oído otro ruido, más alto. Un crujido o un arañazo. Esta vez no eran imaginaciones mías. Había alguien en la casa. He salido de la tina y me he vestido tan silenciosamente como he podido. «Es Lena —me he dicho—. Lo es. Es Lena.» He mirado en las habitaciones del piso de arriba, pero en ellas no había nadie, y en cada espejo mi aterrorizado rostro se burlaba de mí. «No es Lena. No es Lena.»

Tenía que ser ella, pero ¿dónde debía de estar? En la cocina, tendría hambre. Seguro que, cuando fuera a la planta baja, me la encontraría con la cabeza metida en el refrigerador. He descendido la escalera de puntitas, he cruzado el vestíbulo dejando atrás la puerta de la sala y, con el rabillo del ojo, lo he visto. Una sombra. Una figura. Había alguien en el asiento de la ventana.

Erin

Cualquier cosa era posible. Cuando una oye cascos, lo más probable es que sean caballos, pero no puede descartar la posibilidad de que en realidad sean cebras. No sin más. Por eso, mientras Sean iba con Callie a echar un vistazo a casa de Henderson, yo había sido enviada a hablar con Louise Whittaker sobre esa «discusión» que había mantenido con Lena antes de que ésta desapareciera.

Cuando he llegado a casa de los Whittaker, Josh me ha abierto la puerta, como siempre parece hacer. Y, también como siempre, ha parecido alarmarse al verme.

—¿Qué sucede? —ha preguntado—. ¿Han encontrado a Lena?

He negado con la cabeza.

—Todavía no. Pero no te preocupes...

Él ha girado sobre sus talones y sus hombros se han hundido. Lo he seguido al interior de la casa. Al pie de la escalera, ha volteado otra vez a verme.

—¿Ha huido por culpa de mamá? —ha querido saber. Sus mejillas se han sonrojado un poco.

—¿Por qué preguntas eso, Josh?

—Mamá la hizo sentir muy mal —ha respondido con amargura—. Ahora que la madre de Lena no está viva, mamá le echa la culpa de todo lo ocurrido a Lena. Es estúpido. La culpa es tan suya como mía, pero le echa la culpa a ella de todo. Y ahora Lena ha desaparecido —ha afirmado alzando la voz—. Ha desaparecido.

—¿Con quién estás hablando, Josh? —ha preguntado Louise desde el piso de arriba.

Su hijo la ha ignorado, de modo que he respondido yo:

—Conmigo, señora Whittaker. La sargento Morgan. ¿Puedo subir?

Louise iba vestida con unos pantalones deportivos grises que habían visto mejores días. Llevaba el pelo recogido y tenía el rostro demacrado.

—Está enojado conmigo —ha dicho a modo de saludo—. Me culpa de que Lena haya huido. —La he seguido por el descanso—. Él me culpa a mí y yo culpo a Nel y a Lena. No salimos de ese bucle.

Me he detenido en la puerta del dormitorio. La habitación estaba prácticamente vacía. En la cama no había sábanas. Los armarios habían sido vaciados. En las paredes de color lila pálido todavía eran visibles las cicatrices de la plastilina adhesiva recién retirada. Louise ha sonreído con cansancio.

—Puede entrar. Ya casi he terminado. —Entonces se ha arrodillado para retomar la tarea que debo de haber interrumpido, que era colocar libros en cajas de cartón.

Me he arrodillado a su lado para ayudarla, pero ella ha apoyado una firme mano en mi brazo.

—No, gracias. Preferiría hacer esto yo sola. —He vuelto a ponerme de pie—. No pretendo ser maleducada —ha dicho a continuación—, es sólo que no quiero que otras personas toquen sus cosas. Es una tontería, ¿verdad? —ha añadido levantando la mirada hacia mí. Los ojos le brillaban—. Pero quiero que solamente ella las haya tocado. Quiero que quede algo de ella en las cubiertas de los libros, en las sábanas, en el cepillo para el pelo... —Se ha callado un momento y ha respirado hondo—. Parece que no estoy haciendo muchos progresos en cuanto a lo de pasar la página y seguir adelante...

—No creo que nadie espere que lo haga —he dicho en voz baja—. Tod...

—¿Todavía no? Eso implica que en un momento dado ya no me sentiré así. Lo que la gente no parece tener en cuenta es que yo no quiero dejar de sentirme así. ¿Por qué debería dejar de hacerlo? Mi tristeza no me resulta ninguna carga. Su peso es... el adecuado, me aplasta lo justo. Mi enojo es limpio, me reafirma. Bueno... —Ha suspirado—. Salvo que ahora mi hijo piensa que soy responsable de la desaparición de Lena. A veces me pregunto si cree que fui yo quien empujó a Nel Abbott desde ese acantilado. —Ha sorbido por la nariz—. En cualquier caso, me considera responsable del hecho de que Lena se quedara así. Sin madre. Sola.

He permanecido en medio de la habitación con los brazos cuidadosamente cruzados, intentando no tocar nada. Como si estuviera en la escena de un crimen, como si no quisiera contaminar nada.

—Es huérfana de madre, pero ¿qué hay del padre? —he dicho—. ¿De veras cree que Lena no tiene ni idea de quién es? ¿Sabe si ella y Katie hablaron alguna vez al respecto?

Louise ha negado con la cabeza.

—Estoy segura de que no lo sabe. Eso es lo que Nel siempre decía. A mí me parecía raro, como muchas de las decisiones parentales de Nel. No sólo raro, sino también irresponsable. Es decir, ¿y si surgía algún problema genético? Una enfermedad, algo así. Y, en cualquier caso, me parecía injusto para Lena no darle la opción de conocer a su padre. Si se le insistía, y lo hice cuando ella y yo nos llevábamos bien, Nel decía que había sido una cosa de una noche con alguien que había conocido al poco tiempo de mudarse a Nueva York. Aseguraba que no tenía ni idea de cuál era su apellido. Al pensar más tarde sobre ello, llegué a la conclusión de que debía de ser mentira, porque había visto una fotografía de cuando estaba mudándose a su departamento de Brooklyn y bajo la camiseta ya era visible su vientre de embarazada.

Louise ha dejado de apilar libros y ha negado con la cabeza de nuevo.

—De modo que, en ese aspecto, Josh tiene razón: Lena está sola. No tiene más familia, aparte de la tía. O, al menos, ningún otro familiar del que yo haya oído hablar. En cuanto a los posibles novios de la madre... —En sus labios se ha dibujado una triste sonrisa—. Nel me confesó en una ocasión que sólo se acostaba con hombres casados porque eran discretos y poco exigentes y nunca interferían en su vida. Mantenía sus aventuras en privado. No tengo ninguna duda de que había hombres, pero no lo comentaba en público. Siempre se le veía sola. Sola o con su hija. —Ha dejado escapar un pequeño suspiro—. El único hombre con el que he visto a Lena ser vagamente afectuosa es Sean.

Louise se ha sonrojado ligeramente al decir su nombre y luego ha apartado la mirada, como si se le hubiera escapado algo que no debería haber explicado.

—¿Sean Townsend? ¿De verdad? —Ella no ha contestado—. ¿Louise? —Se ha puesto de pie para tomar otra pila de libros del estante—. ¿Qué está diciendo, Louise? ¿Insinúa que hay algo... *inapropiado* entre Sean y Lena?

—¡Dios mío, no! —Se ha reído débilmente—. Con Lena no.

—¿Con Lena no? Entonces... ¿con Nel? ¿Está diciendo que hubo algo entre Sean y Nel Abbott?

Ella ha fruncido los labios y ha apartado la mirada, así que no he podido ver bien su expresión.

—Porque, como puede imaginarse, eso sería altamente inapropiado. Investigar la muerte sospechosa de alguien con quien uno ha mantenido una relación sería...

¿Qué sería? ¿Poco profesional, poco ético, motivo de despido? Es imposible que Sean haya hecho eso, es imposible que no me lo haya dicho. Yo habría visto o advertido algo, ¿no? Y entonces he recordado su expresión la primera vez que lo vi, de pie en la orilla de la poza con el cadáver de Nel Abbott a sus pies, con la cabeza inclinada como si estuviera rezando por ella. Los ojos llorosos, las manos trémulas, el aire ausente, la tristeza. Eso era debido al recuerdo de su madre, ¿no?

Louise ha seguido guardando los libros en cajas en silencio.

—Escúcheme —he dicho entonces alzando la voz para que me hiciera caso—. Si tiene usted conocimiento de que hubiera algún tipo de relación entre Sean y Nel, debe...

—Yo no he dicho eso —ha replicado mirándome directamente a los ojos—. Yo no he dicho nada semejante. Sean Townsend es un buen hombre. —Se ha puesto de pie—. Y ahora, si me disculpa, tengo muchas cosas que hacer, sargento. Creo que es probable que ya sea hora de que se vaya.

Sean

Los agentes de la policía científica han dicho que la puerta trasera estaba abierta. No sólo sin cerrojo, sino abierta. Nada más entrar, mis fosas nasales han percibido el fuerte olor metálico. Callie Buchan ya estaba dentro, hablando con los agentes. Cuando me ha visto, me ha hecho una pregunta, pero no la he oído porque yo estaba intentando escuchar otra cosa. Algo que parecía el gimoteo de un animal.

—Shhh —he dicho—. Escucha.

—Han registrado la casa, señor —ha dicho Callie—. Aquí no hay nadie.

—¿Henderson tiene perro? —le he preguntado. Ella me ha mirado inexpresivamente—. ¿Hay algún perro, alguna mascota en la casa? ¿Hay señal de alguna?

—No. Ninguna señal. ¿Por qué lo pregunta?

He vuelto a aguzar el oído, pero ya no podía oír nada y he tenido una sensación de *déjà vu*: ya había vivido eso antes, ya había hecho todo eso antes. Ya había oído el gimoteo de un perro y había cruzado una cocina ensangrentada para salir a la calle, bajo la lluvia.

Sólo que ahora no estaba lloviendo y no había ningún perro.

Callie estaba mirándome fijamente.

—¿Señor? Ahí hay algo. —Ha señalado un objeto en el suelo, unas tijeras que descansaban sobre una mancha de sangre—. No parece que esa sangre se debiera a un mero arañazo, ¿verdad? Es decir, puede que no sea arterial, pero no tiene buena pinta.

—¿Hospitales?

—Hasta el momento, nada, ningún rastro de ninguno de los dos.

En ese instante, su teléfono ha sonado y ha salido para tomar la llamada.

Yo he permanecido inmóvil en la cocina mientras los dos agentes de la policía científica trabajaban en silencio a mi alrededor. He visto cómo uno de ellos recogía con unas pinzas un largo pelo rubio que se había enganchado en el borde de la mesa. He sentido una repentina oleada de náuseas y la saliva ha inundado mi boca. No lo entendía: había visto peores escenas que ésa —mucho peores— y había permanecido impasible. ¿No? ¿Acaso no había estado en cocinas más ensangrentadas que ésa?

Me he frotado la muñeca de una mano con la palma de la otra y me he dado cuenta de que Callie había asomado la cabeza por el umbral de la puerta y estaba diciéndome algo.

—¿Podemos hablar un momento, señor? —La he seguido fuera y, mientras me quitaba los protectores de plástico de los zapatos, ella me ha contado las novedades—. Tráfico tiene el coche de Henderson —ha dicho—. Bueno, no lo tiene, pero ha conseguido imágenes de su Vauxhall rojo. —Ha bajado la mirada a su cuaderno—. Es un poco raro porque la primera imagen, captada poco después de las tres de la madrugada, lo sitúa en la A68 en dirección norte, hacia Edimburgo, pero un par de horas después, a las cinco y veinticinco, estaba dirigiéndose al sur por la A1 a la altura de Eyemouth. ¿Es posible que tal vez... dejara algo? —Ha querido decir si tal vez se libró de algo. De algo o de alguien—. ¿O quizá sólo está intentando confundirnos?

—O cambió de parecer acerca de cuál era el mejor lugar al que huir —he dicho—. O simplemente entró en pánico.

Ella ha asentido.

—Y está dando vueltas como un pollo sin cabeza.

No me ha gustado esa idea. No quería que estuviera sin cabeza, ni él ni nadie. Lo quería tranquilo.

—¿En las imágenes se ve si hay alguien más en el coche, en el asiento del copiloto? —he preguntado.

Ella ha negado con la cabeza.

—No. Aunque... —Su voz ha ido apagándose.

Por supuesto, eso no quería decir que no hubiera otra persona en el coche. Sólo que esa persona no iba erguida.

De nuevo he tenido esa extraña sensación de haber estado allí antes y me ha venido a la cabeza el fragmento de un recuerdo que no parecía propio. Aunque, ¿cómo podría ser de otra persona? Debía de ser parte de una historia que me había contado alguien que no recordaba. Era la imagen de una mujer tumbada en el asiento de un coche. Enferma, con convulsiones, babeando. Ni siquiera llegaba a ser una historia, no podía acordarme del resto. Sólo sabía que pensar en ello me ha revuelto el estómago. He descartado el pensamiento.

—Newcastle parece la posibilidad más obvia —ha dicho Callie—. Quiero decir si está huyendo, claro. Aviones, trenes, transbordadores... El mundo a sus pies. Lo extraño es que desde ese avistamiento de las cinco no hay ninguna imagen más. O sea que, o bien ha parado, o bien ha salido de la carretera principal. Puede que haya tomado carreteras secundarias, tal vez la de la costa...

—¿No tenía una novia? —he preguntado, interrumpiendo su discurso—. ¿Una mujer que vive en Edimburgo?

—La famosa prometida —ha dicho Callie enarcando las cejas—. Me he adelantado, señor. Unos agentes han ido esta mañana a buscar a esa mujer, Tracey McBride, se llama, y ahora están trayéndola a Beckford para que podamos interrogarla. Ya le advierto, sin embargo, que Tracey asegura que no ha visto a Mark Henderson desde hace mucho. Casi un año, de hecho.

—¿Cómo? Pensaba que acababan de ir juntos de vacaciones.

—Eso fue lo que Henderson dijo cuando habló con la sargento Morgan, pero Tracey nos ha explicado que no se le ha visto para nada desde que su relación terminó el pasado otoño. Dice que la dejó de forma inesperada porque se había enamorado de otra mujer.

Tracey no sabía quién era esa mujer ni qué había hecho.

—Tampoco quise saberlo —me ha dicho abruptamente una hora después. Estaba sentada en la comisaría, sorbiendo su té—. Yo... me quedé bastante destrozada, la verdad. Un minuto estoy mirando vestidos de novia y, al siguiente, me dice que no puede casarse conmigo porque ha conocido al amor de su vida. —Me ha sonreído con tristeza, pasándose los dedos por su corto pelo oscuro—. Después de eso, ya no quise saber nada más de él. Borré su número, dejé de seguirlo en las redes sociales, etcétera. ¿Podría explicarme a qué viene todo esto? ¿Le ha sucedido algo? Nadie quiere decirme qué demonios está pasando.

He negado con la cabeza.

—Lo lamento, pero ahora mismo no hay mucho que pueda contarle. En cualquier caso, no creemos que haya sufrido daño alguno. Sólo queremos encontrarlo porque tenemos que hablar con él sobre algo. Usted no sabrá adónde podría haber ido si necesitara escapar, ¿verdad? ¿Padres, amigos en la zona...?

Ella ha fruncido el ceño.

—Esto no tendrá que ver con esa mujer muerta, ¿verdad? Leí en los periódicos que hubo otra hace una o dos semanas. Es decir..., no estaba... *Ésa* no es la mujer a la que estaba viendo, ¿verdad?

—No, no. No tiene nada que ver con eso.

—¡Ah, bueno! —Ha parecido aliviada—. O sea, habría sido algo mayor para él, ¿no?

—¿Por qué dice eso? ¿Es que le gustaban las chicas jóvenes?

Tracey se ha mostrado confundida.

—No, es decir... ¿Qué quiere decir con lo de *jóvenes*? Esa mujer tenía..., no sé, unos cuarenta, ¿no es cierto? Mark no había cumplido todavía los treinta, así que...

300

—Entiendo.

—¿De verdad no puede decirme qué sucede? —ha insistido.

—¿Mark fue alguna vez violento con usted? ¿En alguna ocasión perdió los estribos o algo así?

—¿Qué? Dios mío, no, nunca. —Ha echado la espalda hacia atrás con el ceño fruncido—. ¿Lo ha acusado alguien de algo? Porque él no es así. Es egoísta, sin duda alguna, pero no una mala persona. No en ese sentido.

Luego la he acompañado al coche en el que unos agentes estaban esperándola para acompañarla a casa. No podía dejar de preguntarme en qué sentido era Mark Henderson una mala persona y si había conseguido convencerse a sí mismo de que estar enamorado lo absolvía.

—Antes me ha preguntado adónde podría haber ido Mark —me ha comentado Tracey cuando hemos llegado al coche—. Es difícil de decir sin conocer el contexto, pero se me ocurre un sitio. Nosotros... O, mejor dicho, mi padre tiene una casa en la costa. Mark y yo solíamos ir a menudo los fines de semana. Está bastante aislada, no hay nadie alrededor. Mark siempre decía que era el escondite perfecto.

—¿Está desocupado, ese lugar?

—Bueno, no se usa mucho. Antes dejábamos la llave debajo de una maceta, pero a principios de este año descubrimos que alguien había estado utilizando la casa sin nuestro permiso (encontramos tazas sucias, basura en el bote..., cosas así), de modo que dejamos de esconderla ahí.

—¿Cuándo fue la última vez que sucedió eso? Me refiero a la última vez que alguien usó la casa sin su permiso.

Ella ha fruncido el ceño.

—Oh, Dios. Ya hace un tiempo. Creo que abril. Sí, abril. En las vacaciones de Semana Santa.

—Y ¿dónde está ese lugar exactamente?

—En Howick —ha dicho—. Es un pueblo muy pequeño, sin nada destacable. Está en la costa, a unos pocos kilómetros de Craster.

Lena

Cuando me ha dejado salir de la cajuela, se ha disculpado.

—Lo siento, Lena, pero ¿qué querías que hiciera?

Yo he comenzado a reírme, pero él me ha dicho que cerrara la boca con el puño apretado y he pensado que iba a pegarme otra vez, de modo que le he hecho caso.

Nos encontrábamos en una casa junto al mar. Estaba situada justo en el acantilado y tenía un jardín rodeado por un muro y una mesa como las de las terrazas de los pubs. La casa parecía estar cerrada y no había nadie alrededor. Desde donde yo estaba no podía ver ningún otro edificio, sólo un sendero que no llegaba a ser un auténtico camino. Tampoco se oía ruido de tráfico ni nada; sólo las gaviotas y las olas chocando contra las rocas.

—Gritar no te servirá de nada —ha dicho como si me hubiera leído el pensamiento.

Luego me ha agarrado del brazo, me ha llevado a la mesa y me ha dado un pañuelo de papel para que me limpiara la boca.

—No te pasará nada —ha asegurado.

—¿De verdad? —he preguntado, pero él ha apartado la mirada.

Durante mucho rato, hemos permanecido tan sólo ahí sentados uno al lado del otro, él con las manos todavía en mi antebrazo. Su presión ha ido aflojándose poco a poco a medida que su respiración se ralentizaba. Yo no he retirado el brazo. De nada habría servido forcejear. No había llegado el momento. Estaba asustada. Mis piernas no dejaban de temblar debajo de la mesa y no conseguía que pararan. Aunque, en realidad, tenía la sensación de que se trataba de algo bueno, o incluso útil. Me sentía fuerte, del mismo modo que cuando él me encontró anoche en su casa y peleamos. Sí, de acuerdo, él había ganado, pero sólo porque yo no había ido a matarlo directamente, porque no sabía bien con qué estaba lidiando. Eso había sido sólo el primer asalto. Si pensaba que me había derrotado, estaba muy equivocado.

Si supiera lo que había estado sintiendo y las cosas por las que había pasado no habría estado sujetándome el brazo. Habría salido corriendo para salvar su vida.

Me he mordido con fuerza el labio inferior hasta sentir el sabor de la sangre en la lengua y me ha gustado. Me ha gustado su sabor metálico y me ha gustado la sensación de la sangre en mi lengua y de tener algo con lo que escupirle. Cuando llegara el momento adecuado. Antes tenía muchas cosas que preguntarle, pero no sabía por dónde empezar, de modo que me he limitado a decir:

—¿Por qué lo has guardado? —He tenido que esforzarme mucho en mantener la voz serena y evitar que se me quebrara, o que temblara, flaqueara o delatara de algún modo que estaba asustada. Él no ha dicho nada, de modo que he vuelto a preguntárselo—: ¿Por qué guardaste su brazalete? ¿Por qué no lo tiraste? ¿O lo dejaste en su muñeca? ¿Por qué te lo llevaste?

Él me ha soltado el brazo, pero no se ha vuelto hacia mí y ha seguido mirando el mar.

—No lo sé —ha contestado con cansancio—. Honestamente, no tengo ni idea de por qué lo agarré. Como póliza de seguro, supongo. Sólo es un clavo ardiendo al que me agarré para poder utilizarlo en contra de alguien si era necesario... —De repente, se ha interrumpido y ha cerrado los ojos.

Yo no sabía de qué estaba hablando, pero tenía la sensación de que había destapado algo y había surgido una oportunidad. Me he apartado un poco de él. Y luego un poco más. Él ha vuelto a abrir los ojos, pero no ha hecho nada, ha continuado mirando el agua con el rostro inexpresivo. Parecía agotado. Derrotado. Como si lo hubiera perdido todo. Me he echado hacia atrás en la banca. Podía salir corriendo. Puedo ser muy rápida cuando lo necesito. He dirigido un vistazo por encima del hombro al sendero que había detrás de la casa. Tenía una buena oportunidad de escapar de él si lo cruzaba, saltaba el muro de piedra y salía corriendo a campo traviesa. Si hacía eso, él no podría seguirme con el coche y tendría posibilidades de huir.

No lo he hecho. A pesar de ser consciente de que tal vez era la última oportunidad que tenía, me he quedado ahí sentada. He pensado que, llegado el momento, sería mejor morir sabiendo lo que le había sucedido a mi madre que no llegar a saberlo nunca y pasarme toda la vida preguntándomelo. Creo que eso no podría soportarlo.

Me he puesto de pie. Mark no se ha movido. Se ha limitado a mirarme mientras yo rodeaba la mesa y me sentaba delante de él, obligándolo a mirarme a la cara.

—¿Sabes que pensaba que me había dejado? Me refiero a mamá. Cuando la encontraron y vinieron y me lo contaron, pensé que había sido decisión suya. Pensé que había decidido morir porque se sentía culpable por lo que le había pasado a Katie, o porque estaba avergonzada por ello, o... No lo sé. Quizá porque el agua ejercía mayor atracción en ella que yo.

Él no ha dicho nada.

—¡Eso fue lo que creí! —he exclamado tan fuerte como he podido, sobresaltándolo—. ¡Creí que me había abandonado! ¿Sabes cómo se siente eso? Y ahora resulta que no fue así. Ella no decidió nada. Tú tuviste la culpa. Tú me la quitaste, igual que hiciste con Katie.

Él me ha sonreído. He recordado que solíamos pensar que era atractivo y se me ha revuelto el estómago.

—Yo no te quité a Katie —ha replicado—. Katie no era tuya, Lena. Era mía.

Me han entrado ganas de gritarle y arañarle la cara. «¡No era tuya! ¡No lo era! ¡No lo era!». Me he clavado las uñas en las manos tan fuerte como he podido y me he mordido el labio para volver a saborear la sangre mientras él se justificaba.

—Nunca me había considerado a mí mismo una persona capaz de enamorarse de una chica joven. Nunca. Pensaba que la gente así era ridícula. Tristes perdedores entrados en años que no podían conseguir a una mujer de su edad.

Me he reído.

—Así es —he dicho—. Tenías razón.

—No, no. —Ha negado con la cabeza—. Eso no es cierto. No lo es. Mírame. Nunca he tenido ningún problema en conseguir mujeres. Siempre me han coqueteado. Ahora niegas con la cabeza, pero lo has visto. ¡Por el amor de Dios, si hasta tú lo has hecho!

—¡Una mierda!

—Lena...

—¿De verdad crees que me interesabas? Eres un *iluso*. Era un juego, era... —He dejado de hablar.

¿Cómo explicarle algo así a un hombre como él? ¿Cómo explicarle que no tenía nada que ver con él y sí todo contigo? ¿Que —al menos para mí— era algo que tenía que ver conmigo y con Katie y con las cosas que podíamos hacer juntas? La gente a la que se lo hacíamos era intercambiable. No tenían la menor importancia.

—¿Sabes lo que es tener el aspecto que tengo yo? —le he preguntado—. Es decir, sé que piensas que estás bueno o lo que sea, pero no tienes ni idea de lo que es ser como *yo*. ¿Sabes lo fácil que me resulta que las personas hagan lo que yo quiero o que se sientan incómodas? Lo único que he de hacer es mirarlas de un determinado modo, o colocarme cerca de ellas, o meterme los dedos en la boca y chupármelos, e inmediatamente puedo ver cómo se sonrojan, o se les para, o lo que sea. Eso es lo que hice contigo, idiota. Estaba tomándote el pelo. No estaba *interesada* en ti.

Él se ha burlado con una risita escéptica.

—De acuerdo, está bien —ha dicho—. Si tú lo dices, Lena... Entonces ¿qué es lo que querías? Cuando amenazaste con traicionarnos, cuando lo soltaste todo a grito pelado para que tu madre pudiera oírte, ¿qué es lo que querías?

—Quería... quería...

No he podido decirle qué era lo que quería porque lo que quería era que las cosas volvieran a ser como antes. Quería volver a la época en la que Katie y yo siempre estábamos juntas, cuando pasábamos todas las horas de todos los días la una con la otra, cuando nadábamos en el río y nadie nos miraba y nuestros cuerpos eran únicamente nuestros. Quería volver a la época anterior a ese juego, antes de que descubriéramos lo que podíamos hacer. Pero eso es sólo lo que *yo* quería. Katie no. A Katie le *gustaba* que la miraran. Para ella, el juego no era sólo un juego; era algo más. Ya al principio, cuando me di cuenta y discutimos por ello, me dijo: «Tú no sabes lo que se siente, Lena. No puedes imaginar lo que es que alguien te desee tanto que sea capaz de arriesgarlo todo por ti. *Todo*. Su trabajo, su relación, su *libertad*. No comprendes lo que se siente».

He notado que Henderson estaba observándome a la espera de que dijera algo. Yo quería encontrar un modo de contar lo que pensaba, de hacerle ver que Katie no sólo se había sentido atraída por él, sino también por el poder que tenía sobre él. Me habría gustado ser capaz de explicárselo para borrar esa mirada de su rostro, la que insinuaba que él la conocía y yo no; o no de verdad. Pero no he podido hallar las palabras y, en cualquier caso, no habría sido toda la verdad, pues nadie podía negar que ella lo quería.

He comenzado a sentir un dolor detrás de los ojos, una intensa punzada que me indicaba que estaba a punto de llorar otra vez y, al bajar la mirada para que él no viera lágrimas en mis ojos, he descubierto que, en el suelo, justo entre mis pies, había un clavo. Uno largo, de unos nueve o diez centímetros por lo menos. He movido el pie ligeramente hasta colocarlo encima de la punta y entonces lo he pisado para que se levantara el otro extremo.

—Estabas celosa, Lena —ha dicho Henderson—. Ésa es la verdad, ¿no es cierto? Siempre lo estuviste. Creo que tenías celos de nosotros dos, ¿no? De mí, porque me eligió a mí, y, de ella, porque yo la elegí a ella. Ninguno de los dos te quería a ti, de modo que nos lo hiciste pagar. Tú y tu madre, tú...

He dejado que hablara, he permitido que siguiera engañado y soltara sus sandeces, y no me ha importado que estuviera tan equivocado respecto a todo porque lo único en lo que podía concentrarme era en la punta de ese clavo que había levantado del suelo con el pie. He deslizado la mano debajo de la mesa. En ese momento, Mark ha dejado de hablar.

—Nunca deberías haber estado con ella —he replicado mirando por encima de su hombro para intentar distraerlo—. Y lo sabes. Tienes que saberlo.

—Ella me quería, y yo a ella. Con locura.

—¡Eres un adulto! —le he espetado manteniendo la mirada en el espacio que había detrás de él, y ha funcionado: por un segundo, ha echado un vistazo por encima del hombro y yo he deslizado el brazo entre mis piernas y he estirado los dedos hasta que he notado el frío metal. Luego he vuelto a erguir la espalda y me he preparado—. ¿De verdad crees que importa lo que sintieras por ella? Eras profesor suyo. Le doblabas la edad, carajo. Eras tú quien se suponía que debía hacer lo correcto.

—Ella me quería —ha repetido con expresión abatida. Patético.

—Era demasiado joven para ti —he dicho yo, agarrando con fuerza el cuerpo del clavo—. Era demasiado para ti.

Entonces me he abalanzado sobre él, pero no he sido lo bastante rápida. Al ponerme en pie de un salto, se ha quedado atrapada mi mano debajo de la mesa apenas un segundo. Mark ha reaccionado deprisa y, agarrándome del brazo izquierdo, me ha jalado tan fuerte como ha podido y me ha tumbado parcialmente sobre la mesa.

—¿Qué estás haciendo? —Se ha puesto de pie sin soltarme y

me ha colocado de costado, retorciéndome el brazo a la espalda. Yo he gritado de dolor—. ¡¿Qué es lo que estás haciendo?! —ha vuelto a decir, retorciéndome un poco más el brazo y abriéndome el puño con los dedos.

Ha tomado el clavo de mi mano y, tras empujarme sobre la mesa, me ha agarrado del pelo y se ha colocado encima de mí. He sentido entonces la punta de metal arañándome la garganta y el peso de su cuerpo sobre el mío, tal y como debió de sentirlo ella cuando estaban juntos. He notado un acceso de vómito subiendo por la garganta y, tras escupirlo, he dicho:

—¡Era demasiado buena para ti! ¡Era demasiado buena para ti! —Lo he repetido una y otra vez hasta que su peso me ha dejado sin respiración.

Jules

Un chasquido. Un chasquido y un siseo, un chasquido y un siseo, y luego:

—Oh, estás ahí. Me he tomado la libertad de entrar, espero que no te importe.

Era esa anciana, la del pelo púrpura y el delineador negro, la que dice ser médium, la que deambula por el pueblo escupiendo y maldiciendo a la gente, la que había visto justo el día anterior discutiendo con Louise delante de la casa. Estaba en el asiento de la ventana, balanceando sus hinchadas pantorrillas adelante y atrás.

—¡Claro que me importa! —he dicho alzando la voz para que no notara que me había asustado y que, estúpida y ridículamente, todavía estaba asustada—. Me importa mucho. ¿Qué carajos está haciendo aquí? —Chasquido y siseo, chasquido y siseo. Tenía un encendedor en la mano. Era el encendedor plateado con las iniciales de Libby grabadas—. Eso es... ¿De dónde lo ha sacado? ¡Es el encendedor de Nel! —Ella ha negado con la cabeza—. ¡Sí que lo es! ¿Cómo ha llegado a sus manos? ¿Es que ha estado llevándose cosas de esta casa? ¿Ha...?

Ella ha hecho un gesto con su gorda y ostentosamente enjoyada mano para callarme.

—¡Oh, vamos, tranquilízate! —Me ha ofrecido una sucia sonrisa café—. Siéntate. Siéntate, Julia. —Ha señalado el sillón que tenía delante—. Vamos, siéntate un momento conmigo.

Me sentía tan atónita que he hecho lo que me decía. He cruzado la habitación y me he sentado mientras ella se revolvía en su asiento.

—No es muy cómodo esto, ¿no? Le iría bien algo más de relleno. ¡Aunque algunos podrían decir que ya tengo suficiente con el mío propio! —Se ha reído de su chiste.

—¿Qué es lo que quiere? —le he preguntado—. ¿Por qué tiene el encendedor de Nel?

—Oh, no. Este encendedor no es de *Nel*. Mira aquí. —Ha señalado la inscripción—. ¿Lo ves? «LS.»

—Sí, ya lo sé. «LS», Libby Seeton. Pero no perteneció a Libby, ¿verdad? No creo que fabricaran ese tipo de encendedores en el siglo XVII.

Nickie ha soltado una carcajada.

—¡No es de Libby! ¡Has pensado que las iniciales «LS» eran por Libby? ¡No, no, no! Este encendedor perteneció a Lauren. Lauren Townsend. De soltera, Lauren Slater.

—¿Lauren Slater?

—¡Así es! Lauren Slater, luego Lauren Townsend. La madre de su inspector.

—¿La madre de Sean? —He pensado en el chico subiendo los escalones, el chico del puente—. ¿La Lauren del relato es la madre de Sean Townsend?

—Así es. No es que seas muy perspicaz, ¿verdad? Y no es un *relato*. No sólo eso, al menos. Lauren Slater se casó con Patrick Townsend y tuvo un hijo al que quería con locura. Todo le iba de maravilla. ¡Sólo que, entonces (o eso quiso la poli que creyéramos), la mujer va y se tira! —Se ha inclinado hacia delante y me ha sonreído—. Poco probable, ¿no? Eso dije en su momento, pero, claro, a mí nadie me escucha.

¿Era Sean ese chico? ¿El de los escalones, el que vio caer a su madre, o no vio caer a su madre, según a quien creyera una? ¿Era eso cierto, Nel? ¿No se trataba de una mera invención? Lauren era la que tuvo una aventura, la que bebía demasiado, la libertina, la mala madre. ¿No era ésa su historia? Lauren es aquella en cuyas páginas escribiste: «Beckford no es un lugar propicio para suicidarse. Beckford es un lugar propicio para librarse de mujeres conflictivas». ¿Qué estabas intentando decirme?

Nickie seguía hablando.

—¿Lo ves? —ha confirmado señalándome con un dedo—. ¿Lo ves? Eso es lo que quiero decir. Nadie me escucha. ¡Tú estás ahí sentada y yo estoy delante de ti y ni siquiera me escuchas!

—Estoy escuchando. Lo hago. Es sólo que... no lo entiendo.

Ella ha carraspeado indignada.

—Bueno, si me escucharas, lo entenderías. Este encendedor —chasquido, siseo— pertenecía a Lauren, ¿de acuerdo? Tienes que preguntarte entonces por qué tu hermana lo tenía ahí arriba con sus cosas.

—¿«Ahí arriba»? Así pues ¡sí ha estado en la casa! Usted lo agarró, usted... Un momento, ¿fue usted? ¿Ha estado en el cuarto de baño? ¿Escribió algo en el espejo?

—¡Escúchame! —Se ha puesto de pie con gran esfuerzo—. No te preocupes por eso. Eso no es importante.

Entonces ha dado un paso hacia mí, se ha inclinado hacia delante y ha vuelto a accionar el encendedor. La llama ha parpadeado entre nosotras dos. La mujer olía a café requemado y demasiado a rosas. Yo me he echado hacia atrás para alejarme de su olor a anciana.

—¿Sabes para qué lo utilizó él? —ha dicho.

—¿A quién se refiere? ¿A Sean?

—No, idiota. —Ha puesto los ojos en blanco y ha vuelto a acomodarse en el asiento de la ventana, que ha crujido penosamente bajo su peso—. ¡A Patrick! El padre. No lo utilizaba para encenderse sus cigarrillos. Después de que su esposa muriera, tomó todas sus cosas (toda su ropa, y sus fotos, y todo lo que poseía), las llevó al patio trasero y las quemó. Lo quemó todo. Y esto —ha accionado el encendedor una vez más— es lo que utilizó para encender el fuego.

—De acuerdo —he dicho. Mi paciencia estaba agotándose—. Pero todavía no lo entiendo. ¿Por qué lo tenía Nel? Y ¿por qué se lo llevó usted?

—Preguntas, preguntas... —ha soltado Nickie con una sonrisa—. Bueno, en cuanto a por qué lo tengo yo... Necesitaba algo suyo, ¿no? Para poder hablar con ella. Antes oía su voz alta y clara, pero..., ya sabes, a veces las voces enmudecen, ¿no?

—No tengo ni la menor idea —he replicado fríamente.

—¿No me crees? No será porque tú nunca has hablado con los muertos, ¿verdad? —Ha soltado una risita de complicidad y se me ha erizado el vello de la nuca—. Necesitaba algo para invocarla. ¡Ten! —Me ha ofrecido el encendedor—. Te lo devuelvo. Podría haberlo vendido, ¿no? Podría haber agarrado de todo y haberlo vendido. Tu hermana tenía algunas cosas caras, ¿verdad? ¿Joyas y demás? Pero no lo hice.

—Muy amable de su parte.

Ella ha sonreído.

—Vamos a la siguiente pregunta: ¿por qué tenía tu hermana este encendedor? Bueno, no puedo decirlo con seguridad.

La frustración se ha apoderado de mí.

—¿De verdad? —he dicho con desdén—. ¿Acaso no habla con los espíritus? Pensaba que eso era lo suyo. —He mirado alrededor de la habitación—. ¿No está ella aquí ahora? ¿Por qué no se lo pregunta directamente?

—No es tan fácil, ¿verdad? —ha respondido herida—. He intentado invocarla, pero ha enmudecido. —Podría haberme engañado—. No hace falta ponerse así. Sólo estoy tratando de ayudar. Lo único que estoy intentando decirte...

—¡Bueno, pues dígamelo de una vez! —la he interrumpido yo—. ¡Suéltelo!

—No te enojes, mujer —ha dicho ella haciendo pucheros con la barbilla trémula—. Es lo que estaba haciendo. Si me escucharas... El encendedor era de Lauren, y Patrick fue la última persona que lo tuvo. Y eso es lo importante. No sé por qué lo tenía Nel, pero es el hecho mismo de que lo tuviera lo que resulta destacable. ¿No lo ves? Puede que ella se lo quitara a Patrick, o quizá él se lo dio. En cualquier caso, eso es lo importante. Lauren lo es. Todo esto, lo de tu Nel, no tiene que ver con Katie Whittaker y ese estúpido profesor, ni tampoco con la madre de Katie ni nada de eso. Está relacionado con Lauren y Patrick.

Me he mordido los labios.

—¿En qué sentido está relacionado con ellos?

—Bueno... —Se ha removido en el asiento—. Ella estaba escribiendo sus narraciones sobre ellos, ¿no? Y la de Lauren se la contó Sean Townsend porque, al fin y al cabo, se supone que él fue testigo de todo. Así pues, ella pensaba que él estaba contando la verdad; ¿por qué no habría de hacerlo?

—¿Y por qué no habría de hacerlo él? ¿Acaso está diciendo que Sean mintió sobre lo que le había pasado a su madre?

Ella ha fruncido los labios.

—¿Has conocido al padre? Es un demonio. Y no quiero decir en el buen sentido.

—Entonces ¿Sean mintió sobre la muerte de su madre porque tiene miedo de su padre?

Nickie se ha encogido de hombros.

—No puedo decirlo con seguridad, pero esto es lo que sé: la historia que oyó Nel (la primera versión, en la que Lauren sale corriendo en plena noche y su marido y su hijo van detrás de ella) no era cierta. Y así se lo dije. Porque, verás, mi Jeannie (ésta es mi hermana) estuvo presente. Aquella noche estuvo ahí... —De repente, Nickie ha metido una mano dentro de su abrigo y ha comenzado a buscar algo mientras seguía hablando—: La cosa es que le conté a Nel la historia de Jeannie y ella la puso por escrito.

Finalmente, ha sacado un montón de papeles y me los ha ofrecido. Yo he extendido la mano para tomarlos, pero ella ha apartado el brazo.

—Un momento —ha dicho—. Tienes que comprender que esto —ha agitado las páginas en alto— no es toda la historia. Porque, a pesar de que yo se lo conté todo, ella no quiso escribirlo tal cual. Una mujer testaruda, tu hermana. En parte, por eso me caía tan bien. Fue entonces cuando tuvimos nuestro pequeño desencuentro. —Ha vuelto a acomodarse en el asiento y ha comenzado a balancear las piernas con más energía—. Le hablé de Jeannie, que trabajaba de policía en la época en la que Lauren murió. —Ha tosido ruidosamente—. Mi hermana no creía que Lauren cayera del acantilado sin que nadie la empujara, porque había otras cosas que había que tener en cuenta. Sabía que el marido de Lauren era un demonio y que le pegaba y luego decía que ella se encontraba con su amante en la casita de campo de Anne Ward, a pesar de que nunca nadie le vio el pelo a ese supuesto tipo. Al parecer, ésa fue la razón, ¿lo ves? El tipo al que supuestamente Lauren estaba viendo huyó y, presa de la desesperanza, ella decidió tirarse. —Nickie ha desestimado la idea con un movimiento de la mano—. Tonterías. ¿Con un niño de seis años en casa? Tonterías.

—Bueno, en realidad —he dicho—, la depresión es algo complicado...

—Bufff... —Me ha silenciado con otro movimiento de la mano—. No había ningún hombre. Ninguno que nadie de aquí llegara a ver nunca. Podría preguntárselo a mi Jeannie, pero está muerta. Y sabes quién la mató, ¿verdad?

Cuando finalmente ha dejado de hablar, he oído el rumor del agua en medio del silencio.

—¿Está diciendo que Patrick mató a su esposa y que Nel lo sabía? ¿Y que luego mi hermana escribió sobre ello?

Enojada, Nickie ha chasqueado la lengua.

—¡No! Ya te lo he explicado. Escribió algunas cosas, pero no todas. Y por eso discutimos, porque estaba dispuesta a escribir las cosas que me contó Jeannie cuando estaba viva, pero no las que me contó cuando ya había muerto. Lo cual no tiene sentido.

—Bueno...

—No tiene el menor sentido. Tienes que escucharme. Y, si no me escuchas a mí —ha dicho, ofreciéndome las páginas—, puedes escuchar a tu hermana. Porque él las atacó a todas. En cierto modo, Patrick Townsend mató a Lauren, y a mi Jeannie y, si no estoy equivocada, también a tu Nel.

La Poza de las Ahogadas

Lauren, otra vez, 1983

Lauren enfiló el camino hacia la casita de campo de Anne Ward. Últimamente iba cada vez con más frecuencia; allí encontraba una tranquilidad que ningún otro sitio de Beckford parecía ofrecerle. Y sentía una extraña afinidad con la pobre Anne. También ella se había visto atrapada en un matrimonio sin amor con un hombre que no la soportaba. En ese lugar, Lauren podía nadar y fumar y leer sin que nadie la molestara. Por lo general.

Una mañana, vio a dos mujeres paseando por delante. Las reconoció: Jeannie, una corpulenta policía de rostro rubicundo, y su hermana Nickie, la que hablaba con los muertos. A Lauren le caía bien esta última. Era divertida y parecía amable. Aunque fuera una timadora.

Jeannie la saludó en voz alta desde lejos y Lauren lo hizo con la mano de un modo displicente para evitar que se acercaran. Normalmente, se habría acercado a ellas, pero tenía la cara hecha un desastre y no quería darles explicaciones.

Fue a nadar. Era consciente de estar haciendo cosas por última vez: un último paseo, un último cigarrillo, un último beso en la pálida frente de su hijo, un último baño en el río (o penúltimo). Al sumergirse en el agua, se preguntó si sería así, si sentiría algo. Y se preguntó adónde había ido a parar su espíritu combativo.

Fue Jeannie quien llegó primero al río. Estaba en la comisaría viendo la tormenta cuando recibió la llamada: Patrick Townsend, histérico e incoherente, diciendo a gritos por la radio algo sobre su esposa. Su esposa y La Poza de las Ahogadas. Cuando Jeannie llegó, el chico estaba debajo de los árboles. Al principio pensó que estaba durmiendo, pero en cuanto el niño levantó la mirada advirtió que sus ojos negros estaban abiertos como platos.

—Sean —dijo ella, quitándose su abrigo y envolviéndolo con él. El chiquillo estaba amoratado y todo su cuerpo temblaba. Tenía la pijama empapada y los pies descalzos y cubiertos de lodo—. ¿Qué ha pasado?

—Mi mamá está en el agua —respondió Sean—. Tengo que quedarme aquí hasta que él vuelva.

—¿Quién? ¿Tu padre? ¿Dónde está tu padre?

Sean sacó su delgado brazo de debajo del abrigo y señaló un punto a espaldas de la policía. Jeannie se volteó y vio a Patrick arrastrándose por la orilla, sollozando entrecortadamente y con el rostro deformado por el dolor.

Jeannie fue corriendo hacia él.

—Señor, yo... La ambulancia está de camino. El tiempo estimado de llegada es de cuatro minutos...

—Demasiado tarde —repuso Patrick, negando con la cabeza—. Es demasiado tarde. Ha muerto.

Otros llegaron: técnicos sanitarios y agentes uniformados, y uno o dos inspectores senior. Sean se había puesto de pie y, envuelto con el abrigo de Jeannie como si fuera una capa, se aferró a su padre.

—¿Podría llevarlo a casa? —le preguntó a Jeannie uno de los inspectores.

El niño empezó a llorar.

—Por favor. No, no quiero... No quiero irme.

—¿Puedes llevártelo a tu casa, Jeannie? —dijo Patrick—. Está asustado y no quiere ir a casa.

Luego se arrodilló en el lodo y, tomándole la cabeza al niño con ambas manos, le susurró algo al oído. Para cuando volvió a incorporarse, Sean parecía haberse calmado. El chiquillo deslizó una mano en la de Jeannie y se fue con ella sin echar la vista atrás.

Una vez en su departamento, Jeannie le quitó a Sean la ropa mojada, lo envolvió en una manta y le preparó un pan tostado con queso. Él comió en silencio y con cuidado, inclinándose sobre el plato para no tirar migas al suelo. Cuando hubo terminado, preguntó:

—¿Se va a poner bien mamá?

Jeannie eludió contestarle y comenzó a retirar los platos.

—¿Tienes frío, Sean? —le preguntó.

—Estoy bien.

Ella preparó té y puso dos terrones de azúcar en cada taza.

—¿Quieres contarme qué ha pasado? —preguntó, y el niño negó con la cabeza—. ¿No? ¿Cómo has llegado al río? Estabas cubierto de lodo.

—Hemos ido en coche, pero yo me he caído en el sendero —dijo él.

—Está bien. Entonces ¿has ido con tu padre o con tu madre?

—Hemos ido todos juntos.

—¿Los tres?

Sean arrugó el rostro.

—Había una tormenta cuando me desperté. Era muy fuerte, y se oían ruidos raros en la cocina.

—¿Qué clase de ruidos raros?

—Como... como los que hace un perro cuando está triste.

—¿Como un gimoteo?

Sean asintió.

—Pero no tenemos perro porque no me dejan. Papá dice que no lo cuidaría bien y que al final tendría que encargarse él. —Dio un sorbo a su té y se secó los ojos—. Yo no quería estar solo porque me daba miedo la tormenta, así que papá me ha metido en el coche.

—¿Y tu mamá?

El chiquillo frunció el ceño.

—Ella estaba en el río y he tenido que esperar bajo los árboles. Se supone que no debo hablar de ello.

—¿Qué quieres decir, Sean? ¿Qué quieres decir con lo de que se supone que no debes hablar de ello?

Él negó con la cabeza y, tras encogerse de hombros, ya no dijo una palabra más.

Sean

Howick. Cerca de Craster. La historia no estaba tanto repitiéndose a sí misma como jugando conmigo. No está lejos de Beckford, a poco más de una hora en coche, pero nunca voy. No voy a la playa ni al castillo. Nunca he ido a comer los famosos arenques del famoso ahumadero. Eso era cosa de mi madre, su deseo. Mi padre nunca me llevó, y ahora yo nunca voy.

Cuando Tracey me ha dicho dónde estaba la casa y me ha indicado el lugar al que tenía que ir, me he sentido conmovido. Y también culpable. Me he sentido del mismo modo que cuando pensaba en la propuesta de cumpleaños que me había hecho mi madre, la que yo rechacé para ir a la Torre de Londres. Si no hubiera sido tan ingrato, si hubiera dicho que quería ir con ella a la playa, al castillo, ¿estaría todavía aquí?, ¿habrían sido distintas las cosas?

Ese viaje nunca realizado fue una de las muchas cuestiones que ocuparon mi mente después de la muerte de mi madre, cuando todo mi ser se vio consumido por la construcción de un nuevo mundo, una realidad alternativa en la que ella no moría. Si hubiéramos hecho el viaje a Craster, si yo hubiera ordenado mi habitación cuando me había pedido que lo hiciera, si no hubiera ensuciado de lodo mi nueva mochila para ir a la escuela cuando había ido a nadar río abajo, si hubiera escuchado a mi padre y no lo hubiera desobedecido tan a menudo. O, más adelante, me preguntaba si quizá debería haberle desobedecido, si debería haberme quedado despierto hasta tarde en vez de irme a la cama. Tal vez entonces podría haberla convencido para que no se marchara.

Ninguno de mis escenarios alternativos resolvió la cuestión y, finalmente, algunos años más tarde, llegué a comprender que no había nada que hubiera podido hacer. Lo que mi madre quería no era que yo hiciera algo, era que otra persona hiciera algo, o que no lo hiciera: lo que quería era que el hombre al que amaba, el hombre con el que se veía en secreto, el hombre con el que había estado traicionando a mi padre, no la dejara. Ese hombre carecía de rostro y de nombre. Era un fantasma, nuestro fantasma. Mío y de mi padre. Nos dio un porqué, algo que nos proporcionó cierto alivio: no había sido culpa nuestra. (Había sido de él, o de ella; de ambos: de mi traidora madre y de su amante. Nosotros no podríamos haber hecho nada; simplemente, no nos quería lo suficiente.) Él nos proporcionó una razón para levantarnos por la mañana, una razón para seguir adelante.

Y entonces apareció Nel.

La primera vez que vino a casa, preguntó por mi padre. Quería hablar con él sobre la muerte de mi madre. Ni él ni yo estábamos aquel día, de modo que habló con Helen, y ésta se mostró tajante: «No sólo Patrick no hablará con usted —le dijo—, sino que además no apreciará la intromisión. Tampoco lo hará Sean, ni ninguno de nosotros. Es un asunto privado —añadió— y forma parte del pasado».

Nel ignoró su advertencia e intentó hablar con mi padre de todos modos. La reacción de éste la intrigó. No se enojó tal y como ella había esperado que hiciera, ni le explicó que se trataba de algo muy doloroso y que no soportaba tener que hablar sobre ello. Simplemente le dijo que no había nada de lo que hablar, que no había pasado nada. Eso fue lo que él le dijo. Que no había pasado nada.

Así pues, por último me abordó a mí. Fue en pleno verano. Yo había tenido una reunión en la comisaría de Beckford y, al salir, me la encontré apoyada en mi coche. Llevaba un vestido tan largo que barría el suelo con él, unas sandalias de cuero en sus morenos pies y esmalte de color azul en las uñas de los mismos. La había visto por el pueblo con anterioridad y había reparado en ella; era hermosa, resultaba difícil no hacerlo. Pero hasta entonces no la había visto de cerca y no me había dado cuenta de lo verdes que eran sus ojos y de la apariencia de otredad que le proporcionaban. Era como si no fuera exactamente de este mundo o, desde luego, no de este lugar. Era demasiado exótica.

Ella me contó lo que mi padre le había dicho, lo de que «no había pasado nada», y me preguntó si yo también pensaba lo mismo. Yo le expliqué que no lo decía en serio, que no quería decir en realidad que no hubiera pasado nada. Sólo quería decir que no hablábamos sobre ello, que pertenecía al pasado. Lo habíamos dejado atrás.

—Bueno, claro que lo han hecho —dijo ella sonriéndome—. Y lo comprendo, pero, verá, estoy trabajando en este proyecto, un libro, y quizá también una exposición, y yo...

—No —repuse—. Es decir, sé lo que está haciendo, pero yo, o, mejor dicho, nosotros no podemos formar parte de ello. Es vergonzoso.

Ella se apartó un poco, pero no dejó de sonreír.

—¿*Vergonzoso*? Qué extraña palabra para referirse a ello. ¿Qué es lo que resulta vergonzoso?

—Para nosotros lo es —le aseguré yo—. Para él. —«Para nosotros» o «para él», no recuerdo bien qué dije.

—¡Oh! —En ese momento, la sonrisa desapareció de su rostro y su expresión pasó a ser afligida, preocupada—. No. No es... No, no es algo vergonzoso. No creo que ya nadie piense así, ¿verdad?

—Él, sí.

—Por favor —dijo entonces—. ¿No podría hablar conmigo?

Creo que debí de apartarme de ella, porque colocó una mano en mi brazo. Yo bajé la mirada y me fijé en los anillos de plata de

322

los dedos, el brazalete de la muñeca y el esmalte de uñas azul descarapelado.

—Por favor, señor Townsend..., Sean. Hace mucho tiempo que quiero hablar contigo de esto.

Ella había vuelto a sonreír. Su modo de dirigirse a mí, directo e íntimo, hizo que me resultara imposible negarme. Supe entonces que me había metido en problemas, que ella se había metido en problemas, el tipo de problemas que yo había estado esperando toda mi vida adulta.

Así pues, accedí a contarle lo que recordaba sobre la noche de la muerte de mi madre. Le dije que me encontraría con ella en su nuevo hogar, la Casa del Molino. Le pedí que mantuviéramos ese encuentro en privado, pues a mi padre no le haría gracia, ni tampoco a mi esposa. Ella hizo una pequeña mueca al oír la palabra *esposa* y volvió a sonreír. Ambos supimos entonces lo que iba a suceder. La primera vez que fui a hablar con ella no llegamos a hablar.

De modo que tuve que volver. Y luego seguí haciéndolo y nunca llegábamos a hablar sobre ello. Me pasaba una hora con ella, o dos, pero cuando me marchaba era como si hubieran pasado días. A veces temía haberme abstraído y perdido la noción del tiempo. En ocasiones me sucede. Mi padre dice que me *ausento de mí mismo*, como si fuera algo que hiciera a propósito, algo que pudiera controlar, sin embargo no es así. Siempre lo he hecho, desde que era niño: en un momento estoy aquí y, al siguiente, ya no. No lo hago de forma deliberada. A veces me doy cuenta de que lo he hecho y puedo volver en mí; aprendí a hacerlo hace mucho tiempo: me toco la cicatriz de la muñeca. Por lo general funciona. No siempre.

Al principio evité contarle la historia. Ella insistía, pero resultaba agradablemente fácil de distraer. Yo imaginaba que estaba enamorándose de mí y que nos marcharíamos —ella, Lena y yo—, que dejaríamos el pueblo. Imaginaba que al fin me estaría permitido olvidar. Imaginaba que Helen no me lloraría, que pasaría la página con rapidez con alguien más adecuado a su inalterable bondad. Imaginaba que mi padre moriría mientras dormía.

Poco a poco, ella fue sacándome la historia y me quedó claro que se sintió decepcionada. No era lo que quería oír. Quería el mito, la historia de terror, quería el niño que vio caer a su madre. Me di cuenta de que, para ella, abordar a mi padre había sido el entrante, yo era el plato principal. Yo iba a ser el corazón del proyecto, pues así fue como empezó todo para ella, con Libby y luego conmigo.

Consiguió sacarme cosas que no quería contarle. Sabía que debería callármelas, pero no podía. Sabía que estaba metiéndome en algo de lo que no sería capaz de salir. Sabía que estaba volviéndome imprudente. Dejamos de vernos en la Casa del Molino porque las vacaciones escolares habían empezado y Lena solía estar en casa. Comenzamos a ir a la casita de campo, lo cual era arriesgado, pero en el pueblo no había ningún hotel en el que reservar habitaciones. ¿A qué otro lugar podíamos ir? Nunca se me pasó por la cabeza que debiera dejar de verla. Por aquel entonces, eso me parecía imposible.

Mi padre da sus paseos al amanecer, de modo que no tengo ni idea de por qué fue a la casita de campo aquella tarde. Pero lo hizo, y vio mi coche. Tras esperar entre los árboles a que Nel se hubiera marchado, se encaró conmigo y me pegó. Me tiró al suelo a golpes y luego se puso a darme patadas en el pecho y en el hombro. Yo me hice un ovillo y me protegí la cabeza, tal y como me habían enseñado que debía hacer en esas situaciones. No me defendí, pues sabía que pararía cuando hubiera tenido suficiente, y cuando supiera que yo ya no podía aguantarlo más.

Luego tomó mis llaves del coche y me llevó a casa. Helen estaba hecha una furia: primero con mi padre por la paliza y luego conmigo cuando le expliqué la razón de la misma. Nunca antes la había visto enojada, no así. Hasta que no fui testigo de su rabia, fría y aterradora, no comencé a imaginar lo que podía llegar a hacer, la venganza que podía emprender. Imaginé que hacía las maletas y se marchaba, imaginé que dimitía de la escuela, el escándalo público, el enojo de mi padre. Ése era el tipo de venganza que supuse que podía llevar a cabo. Pero me equivocaba.

Lena

He soltado un grito ahogado y, tras tomar tanto aire como he podido, le he clavado el codo en las costillas. Él se ha retorcido de dolor, pero no me ha soltado. Su cálido aliento en mi rostro hacía que me dieran ganas de vomitar.

—Demasiado buena para ti —he seguido diciéndole—. Ella era demasiado buena para ti, demasiado buena para que la tocaras, demasiado buena para que te la cogieras... Le costaste la *vida*, desgraciado de mierda. No sé cómo lo haces, no sé cómo puedes levantarte cada mañana, cómo puedes ir a trabajar, cómo puedes mirar a su madre a los ojos...

He notado el clavo arañándome el cuello y he cerrado los párpados, convencida de que iba a clavármelo.

—No tienes ni idea de lo que he sufrido —ha asegurado—. Ni idea.

Luego me ha agarrado por el pelo, ha jalado con fuerza y me ha soltado de repente de tal forma que me he golpeado la cabeza contra la mesa. Sin poder evitarlo, finalmente he comenzado a llorar.

Mark se ha apartado de mí y se ha puesto de pie. Ha retrocedido unos pasos y a continuación ha rodeado la mesa para verme bien desde el otro lado. Se ha quedado ahí, observándome, y yo he deseado más que nada en el mundo que la tierra se abriera y me tragara. Cualquier cosa sería mejor que permitir que me viera llorar. Me he incorporado. Estaba sollozando como una niña que hubiera perdido su muñeca, y entonces él ha empezado a decir:

—¡Ya basta! ¡Ya basta, Lena! No llores así. No llores así... —Y era raro porque también él estaba llorando y no dejaba de pedirme una y otra vez—: Deja de llorar, Lena, deja de llorar.

Lo he hecho y nos hemos quedado mirando el uno al otro, ambos con lágrimas y mocos en nuestros rostros. Él todavía tenía el clavo en la mano, y ha dicho:

—Yo no lo hice. Lo que piensas que hice... Yo no toqué a tu madre. Pensé en hacerlo. Pensé en hacerle todo tipo de cosas, pero no lo hice.

—Sí que lo hiciste —he contestado yo—. Tienes su brazalete, tú...

—Ella vino a verme —ha replicado él—. Después de que Katie muriera. Me dijo que debía confesar la relación que había mantenido con ella. ¡Por Louise! —Se ha reído—. Como si a tu madre le importara una mierda. Como si a ella le importara una mierda nadie. Sé por qué quería que lo hiciera. Se sentía culpable por haber metido ideas en la cabeza de Katie, se sentía culpable y quería que otra persona asumiera la culpa. Esa zorra egoísta quería achacármelo todo a mí.

He echado un vistazo al clavo que llevaba en la mano y me he imaginado abalanzándome sobre él, quitándoselo y clavándoselo en el ojo. Tenía la boca seca y me he relamido. Mis labios tenían un sabor salado.

Él ha seguido hablando:

—Le pedí que me diera algo de tiempo. Le dije que hablaría con Louise, pero que antes debía tener claro lo que iba a decirle, cómo iba a explicárselo. —Ha bajado la mirada al clavo y luego ha vuelto a subirla hacia mí—. Verás, Lena, yo no necesitaba hacerle nada. El modo de lidiar con mujeres así, con mujeres como tu madre, no es recurriendo a la violencia, sino apelando a su vanidad. En el pasado he tratado con mujeres como ella, mujeres maduras, de más de treinta y cinco años, que ya están perdiendo su atractivo juvenil. Quieren sentirse deseadas. Puede olerse su desesperación a kilómetros. Tenía claro lo que debía hacer, aunque pensar en ello me diera repulsa. Tenía que ponerla de mi lado. Seducirla. Enamorarla. —Ha hecho una pausa y se ha pasado el dorso de la mano por la boca—. Pensé en hacerle algunas fotografías comprometedoras. Amenazarla con humillarla. Pensé que tal vez así me dejaría en paz, me dejaría con mi pena. —Ha alzado ligeramente la barbilla—. Ése era mi plan, pero entonces Helen Townsend intervino y ya no tuve que hacer nada.

Ha tirado el clavo a un lado. He visto cómo éste rebotaba en la hierba y al final quedaba apoyado contra el muro.

—¿De qué estás hablando? —he preguntado—. ¿Qué quieres decir?

—Te lo contaré, lo haré, sólo... —Ha exhalado un suspiro—. Yo no quiero hacerte daño, Lena. Nunca lo he querido. Anoche, en casa, tuve que pegarte cuando me atacaste; ¿qué otra cosa podía hacer? Pero no se repetirá. No, a no ser que me obligues a ello, ¿de acuerdo? —Yo no he contestado nada—. Esto es lo que necesito que hagas. Necesito que vuelvas a Beckford y le digas a la policía que ayer huiste pidiendo *raid* o lo que sea. No me importa lo que les cuentes, pero tienes que decirles que mentiste sobre mí. Que te lo inventaste todo. Diles que lo hiciste porque estabas celosa, o porque estabas enajenada por el dolor, o quizá tan sólo porque eres una pequeña zorra vengativa en busca de atención, me da igual, siempre y cuando les digas que mentiste, ¿de acuerdo?

Me he quedado mirándolo con los ojos entornados.

—¿Qué te hace pensar que haría algo así? En serio, ¿qué carajos me haría hacer algo semejante? Además, ya es demasiado tarde, fue Josh quien habló con ellos, no yo...

—Entonces diles que Josh mintió. Explícales que tú le dijiste que lo hiciera. Dile a Josh que ha de retractarse. Sé que puedes hacerlo. Y creo que lo harás porque, en ese caso, no sólo no te haré daño, sino que además te contaré lo que quieres saber —ha dicho mientras deslizaba una mano en un bolsillo de sus pantalones de mezclilla y sacaba el brazalete—. Tú haces esto por mí, y yo te contaré lo que sé.

He caminado hasta la pared. Estaba de espaldas a él y no podía dejar de temblar porque sabía que, si quería, podía abalanzarse sobre mí y acabar conmigo. Pero no creía que quisiera hacerlo. Lo notaba. Lo que él quería era huir. He tocado el clavo con la punta de un pie. La pregunta era: ¿iba a permitir que lo hiciera?

Le he dado la espalda a la pared y me he vuelto hacia él. He pensado en todas las estúpidas equivocaciones que había cometido hasta llegar aquí y no pensaba cometer otra. He simulado miedo, he simulado agradecimiento.

—¿Me lo prometes?... ¿Me dejarás volver a Beckford? Por favor, Mark, ¿me lo prometes?... —He simulado alivio, he simulado desesperación, he simulado arrepentimiento. Lo he embaucado.

Él se ha sentado y ha dejado el brazalete en medio de la mesa.

—Lo encontré —ha dicho de repente, y yo me he echado a reír.

—¿Lo *encontraste*? ¿Dónde? ¿En el río que la policía estuvo rastreando durante *días*? Vamos, no me jodas...

Él ha permanecido un segundo inmóvil y luego ha levantado la mirada y se ha quedado mirándome como si me odiara más que a nadie en el mundo. Cosa que con toda probabilidad era así.

—¿Vas a escucharme o no?

He apoyado la espalda en la pared.

—Te escucho.

—Fui a la oficna de Helen Townsend —ha dicho—. Estaba buscando... —ha parecido avergonzado— algo de ella. De Katie. Quería... algo. Algo que pudiera conservar.

Estaba intentando que sintiera lástima por él.

—¿Y...? —No estaba funcionando.

—Buscando la llave del archivero, eché un vistazo en el cajón del escritorio de Helen y ahí estaba.

—¿Encontraste el brazalete de mi madre en el escritorio de la señora Townsend?

Él ha asentido.

—No me preguntes cómo llegó allí. Pero si tu madre lo llevaba el día de su muerte...

—La señora Townsend —he repetido estúpidamente.

—Sé que no tiene sentido —ha dicho él.

Salvo que sí lo tenía. O podía tenerlo si me detenía a pensarlo. Nunca la hubiera creído capaz. Es una zorra estirada, sí, pero nunca habría imaginado que fuera capaz de agredir físicamente a nadie.

Mark se ha quedado mirándome fijamente.

—Hay algo que se me escapa, ¿verdad? ¿Qué hizo? ¿Qué le hizo a Helen? ¿Qué le hizo tu madre?

Yo no he dicho nada. Le he dado la espalda. Una nube ha pasado por delante del sol y he sentido un frío como el que sentí en su casa aquella mañana, por dentro y por fuera, calándome hasta los huesos. Me he acercado a la mesa, he tomado el brazalete y, deslizándolo por mi mano, me lo he puesto en la muñeca.

—Bueno —ha dicho él—. Ya te lo he contado. Te he ayudado, ¿no? Ahora es tu turno.

Mi turno. He regresado a la pared, me he agachado y he agarrado el clavo. Me he vuelto otra vez en su dirección.

—Lena —ha dicho Mark, y por cómo ha pronunciado mi nombre y por cómo respiraba, rápida y superficialmente, he notado que tenía miedo—. Te he ayudado. He...

—Crees que Katie se suicidó porque temía que yo la traicionara, o porque temía que lo hiciera mi madre; que alguien los traicionara y todo el mundo se enterara, ella se metiera en un lío y sus padres se quedaran destrozados. Pero sabes que en realidad no es así, ¿verdad? —Él ha agachado la cabeza con las manos agarradas al borde de la mesa—. Tú sabes que ésa no es la verdadera razón. La razón es que tenía miedo de lo que pudiera pasarte a ti. —Ha seguido mirando a la mesa inmóvil—. Lo hizo por ti. Se suicidó por ti. Y ¿tú qué has hecho por ella? —Sus hombros habían comenzado a temblar—. ¿Qué has hecho? Has mentido una y otra vez, la has desestimado por completo, como si no significara nada para ti, como si no fuera nadie para ti. ¿No crees que se merecía algo mejor?

Con el clavo en la mano, me he acercado a la mesa. Podía oírlo lloriqueando, lloriqueando y pidiendo perdón.

—Lo siento, lo siento, lo siento —estaba diciendo—. Perdóname. Dios, perdóname.

—Un poco tarde para eso, ¿no crees? —he replicado.

Sean

Estaba a medio camino cuando ha comenzado a caer una ligera
llovizna que, de repente, se ha convertido en un auténtico aguacero. La visibilidad ha pasado a ser prácticamente nula, de modo que
he tenido que aminorar la velocidad al máximo. Uno de los agentes enviados a la casa de Howick me ha llamado y le he contestado
con el manos libres.

—Aquí no hay nada —ha dicho por la crepitante línea.

—¿Nada?

—No hay nadie. Hemos encontrado un coche, un Vauxhall
rojo, pero ni rastro de él.

—¿Y Lena?

—No hay rastro de ninguno de los dos. La casa está cerrada.
Estamos mirando. Seguiremos haciéndolo...

El coche estaba allí, pero ellos no. Eso significaba que debían
de haber ido a alguna parte a pie. ¿Por qué habrían hecho algo así?
¿Acaso se le había estropeado el coche? Si Henderson había llegado a la casa y se había dado cuenta de que no podía entrar y
refugiarse, ¿por qué no había forzado la entrada? ¿No era mejor
eso que salir corriendo? A no ser que alguien los hubiera recogido. ¿Un amigo? ¿Alguien estaba ayudándolo? Sí, cabía la posibilidad de que alguien estuviera echándole una mano para sacarlo
del apuro, pero se trataba de un profesor de escuela, no de un
criminal habitual. Me costaba imaginar que tuviera amigos capaces de implicarse en un secuestro.

No estaba seguro de si eso me hacía sentir mejor o peor, pues, si Lena no estaba con él, no teníamos ni idea de dónde se encontraba. Nadie la había visto en casi veinticuatro horas. Esa idea era suficiente para entrar en pánico. Tenía que encontrarla sana y salva. Después de todo, a su madre ya le había fallado por completo.

Después del incidente con mi padre, dejé de ver a Nel. De hecho, no volví a pasar otro momento a solas en su compañía hasta que murió Katie Whittaker, y entonces no tuve otra elección. Tuve que interrogarla por el vínculo de su hija con Katie, y también por las acusaciones que Louise estaba haciendo.

La interrogué como testigo, lo que, por supuesto, fue muy poco profesional por mi parte. Ciertamente, una gran parte de mi comportamiento durante el año pasado merecería esa descripción, pero desde que me involucré con Nel, eso pareció convertirse en algo inevitable. No había nada que pudiera hacer al respecto.

Volver a verla resultó doloroso porque, casi de inmediato, sentí que la Nel de antes, la que sonreía tan cándidamente, la que me había cautivado, ya no estaba presente. No era tanto que hubiera desaparecido como que se había arrepentido, se había escondido en otra persona, en alguien que yo no conocía. Las ensoñaciones a las que me había entregado ociosamente —una nueva vida con ella y con Lena, dejar a Helen sin que sufriera— me parecieron vergonzosamente infantiles. La Nel que me abrió la puerta ese día era una mujer distinta, extraña e inalcanzable.

El sentimiento de culpa era perceptible en ella, pero se trataba de una culpa amorfa, no específica. Seguía comprometida con su trabajo e insistía en que su proyecto sobre la Poza de las Ahogadas no tenía nada que ver con la tragedia de Katie y, sin embargo, continuaba irradiando ese sentimiento de culpa. Todas sus frases comenzaban con «Debería haber...», o «Deberíamos haber...», o «No me di cuenta...», pero no llegó a mencionar *qué* debería haber hecho o de *qué* no se dio cuenta. Sabiendo lo que sé ahora, imagino que su culpa estaba relacionada con Henderson; debía de saber o sospechar algo y, aun así, no había hecho nada.

Después del interrogatorio, la dejé en la Casa del Molino y me dirigí a la casita de campo, donde estuve esperándola más ilusionado que a la expectativa. Ella llegó pasada la medianoche, no del todo sobria, llorosa y presa de los nervios. Después, al amanecer, cuando hubimos terminado el uno con el otro, fuimos al río.

Nel estaba demasiado emocionada, casi frenética. No dejaba de hablar sobre la verdad con la pasión de una fanática. Decía que estaba cansada de contar cuentos y que sólo le interesaba la verdad. La verdad, toda la verdad y nada más que la verdad.

—Sabes perfectamente que, a veces, en estos casos, no hay que buscar ninguna verdad —le dije yo—. Nunca podremos saber a ciencia cierta qué le pasó a Katie por la mente.

Ella negó con la cabeza.

—No es eso, no es sólo eso, no es sólo... —Su mano izquierda se aferró a la mía mientras la derecha dibujaba círculos en la tierra—. ¿Por qué mantiene tu padre esta casa? —susurró sin mirarme—. ¿Por qué cuida de ella como lo hace?

—Porque...

—Si éste es el lugar al que venía tu madre, si éste es el lugar en el que lo traicionó, ¿por qué, Sean? No tiene sentido.

—No lo sé —dije.

Yo mismo me lo había planteado, pero nunca se lo había preguntado. No hablábamos sobre ello.

—Y ese hombre, ese amante: ¿por qué nadie conoce su nombre? ¿Por qué nadie lo vio nunca?

—¿Nadie? Que yo no lo viera, Nel, no...

—Nickie Sage me ha dicho que nadie llegó a verlo nunca.

—¿Nickie? —No pude evitar reírme—. ¿Has estado hablando con Nickie? ¿Has estado escuchando a Nickie?

—¿Por qué todo el mundo ignora lo que dice? —me respondió ella—. ¿Porque es una anciana? ¿Porque es fea?

—Porque está *loca*.

—Ah, claro —murmuró para sí—. Las mujeres estamos dementes...

—¡Oh, vamos, Nel! ¡Es una estafadora! ¡Asegura que habla con los muertos!

—Sí. —Sus dedos se hundieron más en la tierra—. Sí, es una timadora, pero eso no convierte en mentira todo lo que sale de su boca. Te sorprendería saber cuántas cosas de las que dice resultan plausibles.

—Hace lecturas en frío, Nel. Y, en tu caso, ni siquiera necesita hacerlo. Sabe lo que quieres de ella, sabe lo que quieres oír.

Ella se quedó en silencio. Sus dedos dejaron de moverse y entonces lo dijo. Apenas fue un murmullo, un susurro:

—¿Por qué iba a imaginar Nickie que yo quiero oír que tu madre fue asesinada?

Lena

No había lugar para la culpa. Todo el espacio estaba ocupado por el alivio, el dolor y esa extraña sensación que una tiene cuando se despierta de una pesadilla y se da cuenta de que no es real. Aunque eso no era del todo cierto, pues, en este caso, la pesadilla seguía siendo real. Mamá seguía estando muerta. Aunque al menos ahora sabía que no había decidido morir. No había decidido dejarme. Alguien la había matado, y eso ya era algo porque significaba que había una cosa que yo podía hacer al respecto, por ella y por mí. Podía hacer todo lo que fuera posible para asegurarme de que Helen Townsend pagara por lo que había hecho.

Iba corriendo por el sendero de la costa con el brazalete de mamá en la muñeca. Temía que cayera por el acantilado al mar. Quería metérmelo en la boca por seguridad, tal y como los cocodrilos hacen con sus crías.

Correr por el resbaladizo sendero parecía peligroso, porque podía caerme, pero al mismo tiempo también seguro, pues tenía una buena perspectiva en ambas direcciones, de modo que sabía que no había nadie detrás de mí. Por supuesto que no había nadie detrás de mí. No venía nadie.

No venía nadie; ni por mí ni para ayudarme. Y yo no llevaba conmigo el celular y no tenía ni puta idea de si lo había dejado en casa o en el coche de Mark, o de si éste lo había agarrado y lo había tirado. En cualquier caso, ahora ya no podía preguntárselo, ¿no?

No había lugar para la culpa. Debía concentrarme. ¿A quién podía acudir? ¿Quién iba a ayudarme?

A lo lejos he visto unos edificios y he empezado a correr tan rápido como he podido. Me he permitido imaginar que ahí encontraría a alguien que supiera qué hacer, alguien que tuviera todas las respuestas.

Sean

Mi teléfono ha comenzado a vibrar en su funda, devolviéndome a la realidad.

—¿Jefe? —Era Erin—. ¿Dónde estás?

—De camino a la costa. ¿Dónde estás tú? ¿Te ha dicho algo Louise?

Ha habido una larga pausa. Tan larga que, por un momento, he pensado que no me había oído.

—¿Te ha dicho Louise algo sobre Lena?

—Eh..., no. —No parecía muy convencida.

—¿Qué sucede?

—Tengo que hablar contigo, pero no quiero hacerlo por teléfono.

—¿Qué pasa? ¿Es Lena? Dímelo ahora, Erin, no me hagas perder el tiempo.

—No es urgente. No es sobre Lena. Es...

—Por el amor de Dios, si no es urgente, ¿por qué me llamas?

—Necesito hablar contigo en cuanto regreses a Beckford —ha dicho en un tono frío y enojado—. ¿Me oíste? —ha añadido, y ha colgado.

El aguacero ha comenzado a amainar y he acelerado. Serpenteando a toda velocidad por estrechas carreteras flanqueadas por altos setos, he vuelto a tener esa sensación de mareo, la de ir demasiado deprisa por una montaña rusa y estar aturdido a causa de la adrenalina. Tras pasar con rapidez por debajo de un estrecho arco de piedra y bajar por una pendiente, he vuelto a ascender por la carretera hasta la cima de una colina y, al final, ahí estaba: un pequeño puerto con barcos de pesca subiendo y bajando a merced de la impaciente marea.

El pueblo estaba tranquilo, presumiblemente gracias al pésimo tiempo que hacía. Así que eso era Craster. El coche ha aminorado la velocidad sin que ni siquiera me diera cuenta de que era yo quien estaba frenando. Al estacionar, he visto unos pocos transeúntes ataviados con voluminosos anoraks caminando fatigosamente entre los charcos. He seguido a una pareja joven que corría para guarecerse de la lluvia y he encontrado a un grupo de pensionados reunidos alrededor de sus tazas de té en una cafetería. Les he mostrado fotografías de Lena y de Mark, pero no los habían visto. Me han dicho que ya se lo había preguntado menos de media hora antes un agente uniformado.

Mientras volvía al coche, he pasado por delante del ahumadero al que mi madre había prometido llevarme para comer arenques. Como a veces hacía y nunca conseguía, he intentado visualizar su rostro. Creo que quería revivir su decepción cuando le dije que no deseaba ir. Quería sentir el dolor; el que sintió ella entonces y el que sentía yo ahora. Pero se trataba de un recuerdo demasiado confuso.

He conducido el kilómetro que más o menos había hasta Howick. La casa ha sido fácil de encontrar; era la única que había en ese lugar, precariamente asomada al mar desde lo alto del acantilado. Tal y como esperaba, un Vauxhall rojo estaba estacionado en la parte trasera. La cajuela estaba abierta.

En cuanto he descendido del coche —con gran lentitud a causa del temor que sentía—, uno de los agentes ha venido para informarme de las novedades: dónde estaban buscando, qué habían hallado. Habían hablado con la guardia costera.

—Hay muy mala mar, de modo que, si alguno de los dos se hubiera metido, la corriente podría haberlo arrastrado y llevado muy

339

lejos de aquí en un corto espacio de tiempo —ha dicho—. Por supuesto, todavía no sabemos cuándo llegaron aquí, o... —Me ha conducido al coche y he echado un vistazo a la cajuela—. Como puede ver —ha indicado—, parece que alguien ha estado aquí dentro.

Ha señalado una mancha de sangre en la alfombra y otra en la ventanilla trasera. Un pelo rubio se había enganchado en la cerradura. Era igual al que encontraron en la cocina.

Luego me ha enseñado el resto de la escena: manchas de sangre en la mesa del jardín, en el muro, en un clavo oxidado. Le había fallado, igual que le fallé a mi madre; no, a su madre. Le había fallado tal y como le había fallado a su madre. He sentido entonces cómo mi mente comenzaba a divagar de nuevo y he tenido la sensación de que perdía el control hasta que, de repente:

—¿Señor? Acabamos de recibir una llamada. Es la dependienta de una tienda del pueblo de al lado. Dice que ha aparecido en su establecimiento una chica completamente empapada y un poco maltrecha. Al parecer, no tiene ni idea de dónde se encuentra y le ha pedido que llamara a la policía.

Había una banca delante de la tienda y ella estaba sentada allí con la cabeza inclinada hacia atrás y los ojos cerrados. Iba con una chamarra de color verde oscuro demasiado grande para ella. Al detenerse el coche, ha levantado la mirada.

—¡Lena! —He bajado del vehículo de un salto y he corrido hacia ella—. ¡Lena!

Su rostro estaba fantasmagóricamente pálido, salvo por una mancha de reluciente sangre en la mejilla. Ella no ha dicho nada, sólo se ha encogido en la banca como si no me reconociera, como si no tuviera ni idea de quién soy.

—Lena, soy yo. Lena. No pasa nada, soy yo.

Al ver que su expresión no cambiaba y que, al extender la mano, ella se encogía todavía más, me he dado cuenta de que algo estaba mal. Podía verme. No estaba en estado de *shock*, sabía quién era yo. Sabía quién era y me tenía miedo.

Un recuerdo ha acudido de golpe a mi mente, una mirada que había visto una vez en el rostro de su madre y otra vez en el de la mujer policía, Jeannie, la noche que me llevó a su casa. No era sólo miedo, sino también otra cosa. Miedo e incomprensión, miedo y horror. Me ha recordado a la forma en la que en ocasiones me miraba a mí mismo, como si hubiera cometido el error de verme en el espejo.

Jules

Cuando Nickie se fue, he subido a tu habitación. Tu cama estaba sin hacer, de modo que he ido a tu armario y he tomado uno de tus abrigos, el de lana de cachemira de color caramelo, más suave y lujoso que cualquier cosa que yo hubiera podido soñar nunca con poseer. Me he envuelto en él y aun así tenía más frío que cuando estaba en el agua. Entonces me he tumbado en tu cama un largo rato, demasiado agarrotada y cansada para moverme. Me sentía como si estuviera aguardando a que mis huesos entraran en calor, mi sangre volviera a circular y mi corazón se pusiera de nuevo en movimiento. Estaba esperando oírte en mi cabeza, pero has permanecido en silencio.

«Por favor, Nel —he pensado—, por favor, háblame.»

He dicho que lo lamentaba y he imaginado tu gélida respuesta: «Durante todo ese tiempo, Julia, lo único que quise fue hablar contigo». Y luego: «¿Cómo pudiste pensar eso de mí? ¿Cómo pudiste pensar que podría haber ignorado una violación y que me habría burlado de ti por ello?».

No lo sé, Nel. Lo siento.

Como he seguido sin oír tu voz, he cambiado de táctica. «Entonces háblame de Lauren —he dicho—. Háblame de esas mujeres conflictivas. Háblame de Patrick Townsend. Dime lo que fuera que estuvieras intentando explicarme.» Pero has seguido sin decir nada. Casi podía sentir tu enojo.

Entonces mi celular ha sonado y en su pantalla azulada he visto el nombre de la sargento Morgan. Por un segundo, no me he atrevido a responder. ¿Qué haría si le había pasado algo a Lena? ¿Cómo podría expiar todas las equivocaciones que había cometido si ella también había muerto? Con mano trémula, he contestado. Y entonces mi corazón ha comenzado a latir de nuevo, impulsando sangre caliente a través de mis extremidades. ¡Estaba a salvo! Lena estaba a salvo. La habían encontrado. Estaban trayéndola a casa.

Me ha parecido que pasaban horas y más horas hasta que he oído el portazo de un coche fuera y he sido capaz de levantarme de la cama de un salto, quitarme tu abrigo y bajar corriendo. La sargento ya estaba ahí, al pie de la escalera, mientras Sean ayudaba a Lena a bajar del coche.

Ésta llevaba una chamarra de hombre sobre los hombros y tenía el rostro pálido y sucio. Pero estaba entera. Estaba a salvo. Estaba bien. Salvo que, cuando ha levantado la cara y nuestras miradas se encontraron, he visto que era mentira.

Caminaba con lentitud, colocando los pies con mucho cuidado, y he sabido cómo se sentía. Llevaba los brazos rodeando con gesto protector su cuerpo. Cuando Sean ha extendido una mano para guiarla adentro de la casa, ella se ha encogido. He pensado en el hombre que se la había llevado y en sus tendencias. El estómago se me ha revuelto y he notado en la boca el sabor del vodka con naranja, y he sentido un aliento cálido en la cara y la presión de unos dedos insistentes en las partes más suaves de mi carne.

—Lena —he dicho, y ella me ha saludado con un movimiento de cabeza.

He visto entonces que lo que me había parecido tierra en su cara era en realidad sangre. Alrededor de la boca y en la barbilla. He extendido una mano para tomar una de las suyas, pero ella se ha abrazado a sí misma todavía con más fuerza, de modo que la he seguido por los escalones de entrada. En el vestíbulo, nos hemos quedado mirando la una a la otra. Ella ha sacudido los hombros y ha tirado la chamarra al suelo. Yo me he inclinado para recogerla, pero la sargento se adelanta y se la da a Sean. He advertido asimismo que lo miraba de un modo que no he podido identificar, casi diría que con rabia.

—¿Dónde está él? —le he preguntado en voz baja a Sean. Lena se había inclinado sobre el fregadero para beber agua directamente de la llave—. ¿Dónde está Henderson? —Sentía un simple y salvaje impulso de hacer daño a ese hombre que se había aprovechado de la posición de confianza que ocupaba. Quería ponerle las manos encima, retorcerle el cuello y arrancarle la piel a tiras; hacerle lo que se merecen los hombres así.

—Estamos buscándolo —ha dicho—. Tenemos a gente buscándolo.

—¿Qué quiere decir que están buscándolo? ¿No estaba con ella?

—Sí, pero...

Lena todavía estaba inclinada sobre el fregadero, bebiendo agua.

—¿La han llevado al hospital? —le he preguntado a Sean.

Él ha negado con la cabeza.

—Todavía no. Lena ha dejado muy claro que no quería ir.

Había algo en su rostro que no me gustaba, algo oculto.

—Pero...

—No necesito ir al hospital —ha señalado ella entonces mientras se erguía y se secaba la boca—. No estoy herida. Estoy bien.

Estaba mintiendo. Sabía exactamente qué clase de mentira estaba contando porque yo misma había contado esas mentiras. Por primera vez, me he visto a mí en ella, no a ti. Su expresión era al mismo tiempo temerosa y desafiante; me he dado cuenta de que estaba aferrándose a su secreto como si fuera un escudo. Una piensa que el dolor y la humillación serán menores si nadie más puede verlos.

Sean me ha tomado del brazo y me ha guiado fuera de la habitación. En voz baja, me ha dicho:

—Ha insistido en que quería venir primero a casa. No podemos obligarla a que la examinen si no quiere. Pero tú deberías llevarla. Tan pronto como sea posible.

—Sí, por supuesto que lo haré. Pero todavía no comprendo por qué no han detenido a Henderson. ¿Dónde está?

—Se ha ido —ha dicho Lena, que de repente se encontraba a mi lado. Sus dedos han rozado los míos. Estaban tan fríos como los de su madre la última vez que los toqué.

—¿Adónde? —he preguntado—. ¿Qué quieres decir con que *se ha ido*?

—Simplemente se ha ido —ha declarado sin mirarme a los ojos.

Townsend ha enarcado una ceja.

—Tenemos a agentes buscándolo. Su coche todavía está allí, así que no puede haber ido muy lejos.

—¿Adónde crees que ha ido, Lena? —le he preguntado tratando de que nuestras miradas se encontraran, pero ella ha seguido apartando la suya.

Sean ha negado con la cabeza con una expresión triste.

—Lo he intentado —ha dicho en voz baja—. No quiere hablar. Creo que simplemente está agotada.

Los dedos de Lena se han agarrado a los míos y ha exhalado un profundo suspiro.

—Lo estoy. Sólo quiero dormir. ¿Podemos hacer esto mañana, Sean? Me muero por dormir.

Los policías se han ido asegurándonos que volverían para que Lena hiciera una declaración formal. He contemplado cómo se alejaban en dirección al coche de Sean. Cuando la sargento se ha sentado en el lado del copiloto, ha cerrado la puerta con tanta fuerza que me ha sorprendido que la ventanilla no se rompiera.

Lena me ha llamado desde la cocina.

—Estoy famélica —ha dicho—. ¿Podrías volver a hacer unos espaguetis a la boloñesa como los del otro día? —El tono de su voz, su suavidad, eran nuevos; me resultaban tan sorprendentes como el tacto de su mano.

—Claro que puedo —he dicho—. Ahora mismo los preparo.

—Gracias. Yo voy a ir un momento arriba. Necesito darme un baño.

La he tomado de un brazo.

—Lena, no. No puedes. Primero tienes que ir al hospital.

Ella ha negado con la cabeza.

—No, de verdad que no. No estoy herida.

—Lena. —No he conseguido que me mirara a los ojos—. Antes de bañarte, tienes que dejar que te examinen.

Ella se ha mostrado confundida un momento y luego ha dejado caer los hombros, ha negado con la cabeza y se ha acercado a mí. A mi pesar, he comenzado a llorar y ella me ha rodeado con los brazos.

—No pasa nada —ha dicho—. No pasa nada, no pasa nada —tal y como tú hiciste aquella noche, después del agua—. No me ha hecho nada. No ha sucedido nada de eso. No lo comprendes. Henderson no era ningún depredador sexual ni nada parecido. Sólo era un pobre tipo.

—¡Oh, gracias a Dios! —he exclamado—. ¡Gracias a Dios, Lena!

Y nos hemos quedado abrazadas un rato hasta que he dejado de llorar y ha empezado a hacerlo ella. Ha sollozado como una niña y su delgado cuerpo se ha desplomado y se ha deslizado entre mis brazos hasta quedar arrodillada en el suelo. Yo me he agachado a su lado y he intentado tomarla de la mano, pero ella la tenía apretada en un puño.

—Todo saldrá bien —he asegurado—. De un modo u otro, lo hará. Yo cuidaré de ti.

Ella se ha quedado mirándome sin decir nada; no parecía ser capaz de hablar. En vez de eso, ha extendido la mano y ha desplegado los dedos hasta dejar a la vista el tesoro que había dentro: un brazalete de plata con un cierre de ónix, y entonces ha encontrado su voz.

—No se tiró —ha dicho con los ojos relucientes. He sentido cómo la temperatura de la habitación caía en picada—. Mamá no me dejó. No se tiró.

Lena

He permanecido en la regadera largo rato con el agua tan caliente como he sido capaz de soportar. Me he restregado con fuerza la piel para eliminar todo rastro del último día, de la última noche, de la última semana; para eliminar todo rastro de él, así como de su asquerosa casa y de sus puños y del hedor de su cuerpo, de su aliento, de su sangre.

Julia ha sido amable conmigo cuando he llegado a casa. No estaba fingiendo, la vi claramente contenta de que hubiera regresado, estaba preocupada por mí. Parecía pensar que Mark había *abusado* sexualmente de mí, como si creyera que era una especie de pervertido que no podía dejar de acosar a chicas adolescentes. En eso le doy la razón a Mark: la gente no comprende su relación con K, nunca lo hará.

(Hay una pequeña y retorcida parte de mí que, en cierto modo, desearía creer en el más allá para que pudieran volver a estar juntos. Ahí tal vez no tendrían problemas y ella sería feliz. Por más que lo odie a él, me gustaría pensar en la posibilidad de que Katie sea feliz.)

Cuando me he sentido limpia o, al menos, lo más limpia que me ha parecido que conseguiría estar, he ido a mi habitación y me he sentado en el alféizar de la ventana, porque es ahí donde pienso mejor. Me he encendido un cigarrillo y he intentado pensar qué debería hacer. Quería preguntárselo a mamá, me moría por hacerlo, pero no podía acordarme de ella porque comenzaría a llorar otra vez, y ¿de qué le serviría eso? No sé si decirle a Julia lo que Mark me contó, si puedo confiar en que hará lo correcto.

Tal vez. Cuando le he asegurado que mamá no se tiró, esperaba que me dijera que estaba equivocada, o loca, o lo que fuera, pero ella simplemente lo ha aceptado. Sin hacerme más preguntas. Como si ya lo supiera. Como si siempre lo hubiera sabido.

Ni siquiera sé si lo que me ha contado Mark es cierto, aunque habría sido bastante extraño inventarse algo así. ¿Por qué señalar a la señora Townsend cuando había gente mucho más obvia a quien culpar? Como Louise, por ejemplo. Aunque quizá él ya se sentía lo bastante mal por los Whittaker, después de lo que les había hecho.

No sé si estaba mintiendo o diciendo la verdad, pero, en cualquier caso, se merecía lo que le he dicho y lo que le he hecho. Se merecía todo lo que le ha pasado.

Jules

Cuando Lena ha vuelto a la planta baja con el rostro y las manos limpias, se ha sentado a la mesa de la cocina y ha comido vorazmente. Luego, cuando ha sonreído y ha dicho «Gracias», me he estremecido, porque ahora que lo he visto no puedo dejar de verlo. Tiene la sonrisa de su padre.

(¿Qué más tiene de él?, me pregunto.)

—¿Qué sucede? —ha dicho de repente—. Estás mirándome fijamente.

—Lo siento —he respondido, sonrojándome—. Es sólo... Me alegro de que estés en casa. Me alegro de que estés sana y salva.

—Yo también.

He vacilado un momento antes de proseguir:

—Sé que estás cansada, pero necesito preguntarte algo, Lena. Sobre lo que ha pasado hoy. Sobre el brazalete.

Ella ha volteado hacia la ventana.

—Sí, ya lo sé.

—¿Lo tenía Mark? —Ella ha vuelto a asentir—. Y ¿tú se lo has quitado?

Ha exhalado un suspiro.

—Él me lo ha dado.

—¿Por qué te lo ha dado a ti? ¿Por qué lo tenía él en primer lugar?

—No lo sé. —Se ha dirigido a mí con una mirada inexpresiva e inescrutable—. Me ha dicho que se lo había encontrado.

—¿Que se lo había encontrado? ¿Dónde? —Ella no ha contestado—. Tenemos que ir a la policía y contárselo.

Lena se ha puesto de pie y ha llevado su plato al fregadero. De espaldas a mí, ha dicho:

—Hemos hecho un trato.

—¿Un trato?

—Él me daría el brazalete de mamá y me dejaría volver a casa siempre y cuando yo le dijera a la policía que había mentido sobre él y Katie —ha explicado al tiempo que lavaba los platos. Su tono de voz me ha parecido incongruentemente ligero.

—Y ¿él ha creído que harías eso? —Ella ha alzado sus delgados hombros en dirección a las orejas—. Lena, dime la verdad. ¿Piensas...? ¿Crees que Mark Henderson fue quien mató a tu madre?

Entonces se ha vuelto hacia mí.

—Estoy diciendo la verdad. Y no lo sé. Él me ha contado que lo encontró en la oficina de la señora Townsend.

—¿Helen Townsend? —Lena ha asentido—. ¿La esposa de Sean? ¿La directora de la escuela? ¿Por qué iba ella a tener el brazalete? No lo entiendo...

—Tampoco yo, la verdad —ha dicho en voz baja.

He preparado té y, tras sentarnos a la mesa de la cocina, hemos estado sorbiendo de nuestras tazas en silencio. Yo tenía el brazalete de Nel en la mano. Lena permanecía delante de mí con la cabeza inclinada y los hombros visiblemente hundidos. He extendido el brazo y he rozado sus dedos con los míos.

—Estás agotada —he afirmado—. Deberías irte a la cama.

Ella ha asentido y ha levantado la mirada hacia mí con los ojos entornados.

—¿Puedes subir conmigo, por favor? No quiero estar sola.

La he seguido por la escalera hasta tu habitación, no la suya. Se ha tumbado en tu cama y, tras apoyar la cabeza en la almohada, ha dado unas palmaditas sobre el colchón para que yo hiciera lo propio a su lado.

—Cuando nos trasladamos aquí, no podía dormir sola —ha explicado.

—¿Por los ruidos? —he preguntado tumbándome a su lado y cubriéndonos a ambas con tu abrigo.

Ella ha asentido.

—Todos esos crujidos y gemidos...

—¿Y las historias de miedo de tu madre?

—Así es. Solía venir aquí y dormir junto a mamá.

Se me ha formado un pequeño nudo en la garganta que me impedía tragar saliva.

—Yo también hacía eso con mi madre.

Ella se ha quedado dormida y yo he permanecido a su lado, mirando su rostro. En reposo, era exactamente igual que el tuyo. Me han entrado ganas de tocarla, de acariciarle el pelo, de tener con ella un gesto maternal, pero no quería despertarla, ni alarmarla, ni hacer nada equivocado. No tengo ni idea de cómo hacer de madre. Nunca en mi vida he cuidado de un niño. Me gustaría que pudieras hablar, que pudieras decirme cómo debo comportarme, qué debo sentir. Con ella tumbada a mi lado, creo que he sentido ternura, pero la he sentido por ti, y también por nuestra madre, y cuando de pronto sus ojos verdes se han abierto con un parpadeo y me han mirado fijamente, me he estremecido.

—¿Por qué siempre estás mirándome así? —ha susurrado con una media sonrisa—. Es muy extraño.

—Lo siento —he dicho, y me he dado la vuelta hasta quedar tumbada de espaldas.

Ella ha deslizado sus dedos entre los míos.

—No pasa nada —ha respondido—. Lo extraño está bien. Lo extraño puede ser bueno.

Nos hemos quedado tumbadas ahí, una al lado de la otra, con

los dedos entrelazados, y he oído cómo su respiración se ralentizaba, luego se aceleraba, y después volvía a ralentizarse otra vez.

—Lo que no comprendo —ha susurrado— es por qué la odia-
bas tanto.

—Yo no...

—Ella tampoco lo comprendía.

—Lo sé —he asentido—. Sé que no lo entendía.

—Estás llorando —ha murmurado extendiendo la mano para
acariciarme la cara y secarme las lágrimas de la mejilla.

Y entonces se lo he contado. Todas las cosas que debería haberte contado a ti se las he contado a tu hija. Le he explicado que te
había fallado, que había pensado lo peor de ti, que me había permitido a mí misma culparte.

—Pero ¿por qué no se lo dijiste a ella? ¿Por qué no le explicaste
lo que había pasado?

—Era complicado —he contestado, y he notado que ella se ten-
saba a mi lado.

—¿En qué sentido complicado? ¿Cuán complicado puede ser?

—Nuestra madre estaba muriéndose. Nuestros padres estaban
muy mal y no quería hacer nada que pudiera empeorar la situación.

—Pero... pero él te *violó* —ha dicho ella—. Debería haber ido a
la cárcel.

—Yo no lo vi así. Era joven, más que tú ahora, y no sólo me refiero a los años, aunque eso también. Era ingenua, carecía por
completo de experiencia, no tenía ni idea de nada. Por aquel entonces no hablábamos de consentimiento del mismo modo que las
chicas de hoy en día. Pensé...

—¿Pensaste que lo que había hecho estaba bien?

—No, pero no creo que fuera consciente de lo que realmente
me había hecho. Creía que una violación era algo que te hacía un
hombre malvado, un hombre que te asaltaba en un callejón en mitad de la noche, un hombre que te ponía un cuchillo en la gargan-

ta. No creía que los chicos lo hicieran. No los que iban al instituto como Robbie, los chicos guapos, los que salen con la chica más hermosa del pueblo. Tampoco creía que pudieran hacértelo en tu propia sala, ni que luego te hablaran sobre ello y te preguntaran si la habías pasado bien. Sólo pensé que yo debía de haber hecho algo mal, que no había dejado lo bastante claro que no quería que pasara eso.

Lena se ha quedado callada un rato, pero cuando ha vuelto a hablar lo ha hecho en un tono de voz más alto e insistente.

—De acuerdo que no quisieras decir nada en el momento, pero pasado un tiempo podrías haberlo hecho. ¿Por qué no se lo contaste más adelante?

—Porque la malinterpreté —he dicho—. La juzgué mal. Pensé que ella sabía lo que había ocurrido esa noche.

—¿Pensaste que ella lo sabía y que no había hecho *nada*? ¿Cómo pudiste pensar eso de ella?

¿Cómo puedo explicar eso? ¿Cómo puedo explicar que tomé tus palabras —todas las que me dijiste esa noche y las que me dijiste más adelante: «¿No hubo alguna parte de ti a la que le gustó?»— y me conté a mí misma una historia sobre ti que para mí tenía sentido y que me permitía seguir con mi vida sin tener que afrontar lo que había sucedido realmente?

—Pensaba que ella había elegido protegerlo a él —he susurrado—. Pensaba que lo había elegido a él antes que a mí. No podía culparlo a él porque no podía siquiera *pensar* en él. Si lo hubiera culpado y hubiera pensado en él, en lo que me había hecho, habría pasado a ser real. De modo que..., en vez de eso, pensé en Nel.

—No te entiendo. No entiendo a la gente como tú, que siempre elige culpar a la mujer. Si hay dos personas haciendo algo mal y una de ellas es una chica, ha de ser culpa de ésta, ¿no? —ha dicho Lena en un frío tono de voz.

—No, no es así, no es...

—Sí que lo es. Es como cuando alguien tiene una aventura.

¿Por qué la esposa siempre culpa a la otra mujer? ¿Por qué no odia al marido? Es *él* quien la ha traicionado, *él* quien había jurado quererla y cuidarla y lo que sea por siempre jamás. ¿Por qué no es a *él* a quien empujan desde lo alto de un maldito acantilado?

MARTES, 25 DE AGOSTO

Erin

He salido temprano de la casita de campo para ir a correr río arriba. Quería alejarme de Beckford y aclararme la mente. Sin embargo, a pesar de que la lluvia había limpiado el aire y el cielo era de un perfecto color azul pálido, la bruma que enturbiaba mi cabeza se ha oscurecido y se ha vuelto todavía más espesa. Nada en este lugar tiene sentido.

Para cuando Sean y yo dejamos ayer a Lena en la Casa del Molino, yo ya estaba tan furiosa que me encaré con él allí mismo, en el coche.

—¿Qué había exactamente entre tú y Nel Abbott?

Él pisó el freno con tanta fuerza que pensé que iba a salir disparada a través del parabrisas. Nos detuvimos en medio de la carretera, pero a Sean no pareció importarle.

—¿Qué has dicho?

—¿No es mejor que te estaciones a un lado? —le sugerí al tiempo que echaba un vistazo por el espejo retrovisor, pero él no hizo caso. Me sentía como una idiota por haberlo soltado así, sin ningún preámbulo ni tantear el terreno.

—¿Acaso estás cuestionando mi integridad? —En su rostro había una mirada que no había visto antes, una dureza con la que hasta ese momento no me había encontrado—. ¿Y bien? ¿Lo estás haciendo?

—Alguien lo ha sugerido —dije yo, manteniendo mi tono de voz totalmente en calma—. Me han insinuado que...

—¿*Insinuado?* —repitió con incredulidad. Un coche detrás de nosotros tocó el claxon y Sean volvió a pisar el acelerador—. De modo que alguien lo ha insinuado y tú has pensado que sería apropiado interrogarme al respecto...

—Sean, yo...

Al llegar al estacionamiento de la iglesia, detuvo el coche un momento, se inclinó sobre mí y abrió la puerta del pasajero.

—¿Has visto mi hoja de servicios, Erin? —preguntó—. Porque yo sí he visto la tuya.

—No pretendía ofenderte, pero...

—Sal del coche.

Apenas tuve tiempo de cerrar la puerta detrás de mí antes de que él volviera a arrancar.

Para cuando he comenzado a subir la colina que hay al norte de la casita de campo estaba ya sin aliento, de modo que me he detenido un instante en la cima para recobrarlo. Todavía era temprano —apenas las siete en punto— y todo el valle era mío. Perfecta y pacíficamente mío. He estirado los músculos de las piernas y me he preparado para el descenso. He sentido la necesidad de correr a toda velocidad, de volar, de agotarme. ¿No era ése el modo de encontrar claridad?

Sean había reaccionado como un hombre culpable. O como un hombre ofendido. Un hombre que pensaba que su integridad estaba siendo cuestionada sin pruebas. He acelerado el paso. Cuando me echó en cara la diferencia entre nuestros respectivos historiales, tenía razón. El suyo es impecable, mientras que yo a duras penas había conseguido evitar que me despidieran por haberme acostado con una colega más joven. Ahora estaba corriendo a toda velocidad ladera abajo con los ojos puestos en el sendero y la aulaga que había a ambos lados desdibujándose cada vez más. Él tiene un historial de detenciones impresionante y es altamente respetado entre sus colegas. Como Louise dijo, es un buen hombre. Con el pie derecho, he pisado una roca en el sendero y he salido disparada. Al caer al suelo, me he quedado un momento sin respiración. Sean Townsend es un buen hombre.

Hay muchos por ahí. Mi padre era un buen hombre. Era un respetado agente de policía. Eso no evitaba que nos diera palizas a mis hermanos y a mí cuando perdía los estribos, pero bueno... Cuando mi madre se quejó con uno de los colegas de mi padre después de que éste le rompiera la nariz a mi hermano menor, el colega dijo que «Hay una delgada línea azul,[1] querida, y me temo que no se cruza así como así».

Me he puesto de pie y me he sacudido la tierra de la ropa con las manos. Podía no decir nada. Podía permanecer en el lado correcto de la delgada línea azul, podía ignorar las insinuaciones y las indirectas de Louise, podía ignorar la posible conexión personal de Sean con Nel Abbott. Pero, si lo hacía, estaría ignorando asimismo el hecho que, donde hay sexo, hay motivo. Él tenía un motivo para librarse de Nel, y su esposa también. He pensado en la cara de ésta el día en que fui a hablar con ella a la escuela, el modo en que habló sobre Nel y sobre Lena. ¿Qué era lo que despreciaba? ¿Su «insistente y fastidiosa expresión de disponibilidad sexual»?

He llegado al pie de la colina y he rodeado la aulaga; la casita de campo estaba a apenas unos cientos de metros y he visto que había alguien fuera. Una figura corpulenta y encorvada que iba ataviada con un abrigo oscuro. No se trataba de Patrick ni tampoco de Sean. Al acercarme, me he dado cuenta de que era esa vieja gótica, la médium, la chiflada de Nickie Sage.

Estaba apoyada en la pared de la casa con el rostro morado. Parecía que estuviera a punto de sufrir un ataque al corazón.

—¡Señora Sage! —he exclamado—. ¿Se encuentra usted bien?

---

1. *Thin blue line* en el original, es asimismo una expresión coloquial usada para referirse al cuerpo de policía. (*N. del t.*)

Ella ha levantado la mirada hacia mí y, respirando fatigosamente, se ha calado todavía más su sombrero blando de terciopelo hasta las cejas.

—Estoy bien —ha contestado—, aunque hacía mucho que no caminaba hasta tan lejos. —Me ha mirado de arriba abajo—. Parece que usted ha estado jugando en el lodo.

—Oh, sí —he dicho, intentando sacudirme infructuosamente el resto de la tierra que llevaba encima—. He sufrido una pequeña caída. —Ella ha asentido. Al levantarse, he podido oír el silbido de su respiración—. ¿Le gustaría entrar y sentarse?

—¿Aquí? —Ella ha señalado la casa con un movimiento de la cabeza—. Creo que no. —Se ha alejado unos pasos de la puerta—. ¿Sabe lo que pasó ahí dentro? ¿Sabe lo que hizo Anne Ward?

—Asesinó a su marido —he respondido—. Y luego se arrojó al río, justo ahí.

Nickie se ha encogido de hombros y, con paso bamboleante, ha comenzado a caminar en dirección a la orilla. Yo he ido detrás de ella.

—Fue más un exorcismo que un asesinato, en mi opinión. Estaba librándose del espíritu maligno que había poseído a su marido. Me temo que abandonó el cuerpo de éste, pero no el lugar. ¿No tiene problemas para dormir aquí?

—Bueno, yo...

—No me sorprende. No me sorprende en absoluto. Yo podría habérselo dicho..., aunque usted no me habría escuchado. Este sitio está lleno de maldad. ¿Por qué cree que Townsend lo considera propio y lo cuida como si fuera su lugar especial?

—No tengo ni idea —he dicho—. Pensaba que lo usaba como cabaña para pescar.

—¡Pescar! —ha exclamado como si nunca hubiera oído nada más ridículo en toda su vida—. ¡Pescar!

—Bueno, en realidad lo he visto pescar en el río, así que...

Nickie ha carraspeado y ha descartado mi idea con un movimiento de la mano. Estábamos en el borde del agua. Con las puntas de los pies, se ha quitado los zapatos sin cordones y, al meter los dedos de un hinchado y moteado pie en el agua, ha dejado escapar una risita de satisfacción.

—El agua está fría aquí arriba, ¿verdad? Y limpia. —De pie en el río, con el agua a la altura de los tobillos, ha preguntado entonces—: ¿Ha ido a verlo? ¿A Townsend? ¿Le ha preguntado por su esposa?

—¿Se refiere a Helen?

Ella se ha vuelto hacia mí con una expresión desdeñosa en el rostro.

—¿La esposa de Sean? ¿Esa tipa con cara de amargada? ¿Qué tiene que ver ella con esto? Esa mujer es tan interesante como la pintura secándose en un día húmedo. No, la que debería interesarle es la esposa de Patrick, Lauren.

—¿Lauren? ¿La que murió hace treinta años?

—¡Sí, Lauren, la que murió hace treinta años! ¿Acaso cree que los muertos no importan? ¿Que los muertos no hablan? Debería oír las cosas que tienen que decir. —Se ha adentrado un poco más en el río y se ha inclinado para mojarse las manos—. Aquí es. Éste es el lugar al que Annie venía a lavarse las manos, así, ¿lo ve? Sólo que ella nunca dejó de...

Yo estaba perdiendo el interés.

—Debo irme, Nickie. Necesito darme un baño e ir a trabajar. Ha sido un placer hablar con usted —he dicho dándome la vuelta para marcharme.

Estaba ya a medio camino de la casita cuando he oído que me llamaba:

—¿Cree que los muertos no hablan? Debería escuchar, tal vez oiría algo. ¡Es sobre Lauren sobre quien debe indagar, ella fue quien empezó todo esto!

La he dejado en el río. Mi plan era alcanzar temprano a Sean; he pensado que, si me presentaba en su casa para recogerlo y llevarlo a la comisaría, lo tendría cautivo al menos quince minutos. No podría huir de mí ni sacarme del coche. Era mucho mejor que abordarlo en la comisaría, donde habría otras personas alrededor.

La casita de campo no está lejos de la casa de los Townsend. Siguiendo el río, apenas debe de haber unos cinco kilómetros, pero como no hay una carretera directa entre ambos lugares, he tenido que conducir hasta el pueblo y luego volver atrás, de modo que no he llegado hasta pasadas las ocho. Demasiado tarde. No había ningún coche en el patio. Ya se había marchado. Sabía que lo sensato sería dar la vuelta y dirigirme a la comisaría, pero tenía la voz de Nickie —y también la de Louise— en la cabeza, y se me ha ocurrido comprobar si, por casualidad, Helen estaba en casa.

No estaba. He llamado a la puerta varias veces y nadie ha contestado. Cuando ya me dirigía de vuelta al coche, he pensado que podía probar en la casa de Patrick Townsend. Tampoco ha contestado nadie. He echado un vistazo por la ventana delantera, pero no he podido ver mucho, sólo una habitación oscura y aparentemente vacía. He regresado a la puerta y he llamado otra vez. Nada. Al probar la manija, sin embargo, la puerta se ha abierto y eso me ha parecido algo tan válido como una invitación.

—¡¿Hola?! —he exclamado—. ¿Señor Townsend? ¿Hola?

No ha habido respuesta. Me he dirigido a la sala, un espartano espacio con el suelo de madera oscura y las paredes desnudas; el único elemento decorativo era una selección de fotografías enmarcadas que había sobre la repisa de la chimenea. Patrick Townsend en uniforme —primero del ejército, luego de la policía— y una serie de instantáneas de Sean cuando era pequeño y después adolescente, sonriendo con rigidez a la cámara con la misma pose y la misma expresión en todas. También había una fotografía de Sean y Helen el día de su boda, de pie delante de la iglesia de Beckford. A él se le veía joven y apuesto, y también infeliz. Helen estaba prácticamente igual que hoy en día, quizá un poco más delgada. En cualquier caso, parecía más feliz y sonreía con timidez a la cámara a pesar de su feo vestido.

Sobre un mueble de madera colocado enfrente de la ventana había una serie de documentos enmarcados: certificados, menciones, diplomas... Un altar dedicado a los logros de padre e hijo. Que yo viera, no había fotografías de la madre de Sean.

—¡¿Señor Townsend?! —he vuelto a exclamar al salir de la sala. Mi voz ha resonado en el vestíbulo.

El lugar parecía abandonado y, sin embargo, estaba inmaculadamente limpio: no había una mota de polvo en los rodapiés ni en el barandal. He subido la escalera. En el primer piso había dos dormitorios, uno al lado del otro, tan poco amueblados como la sala de la planta baja, pero con apariencia de estar habitados. Ambos. En el principal, con su gran ventana con vistas al valle que desembocaba en el río, estaban las cosas de Patrick: unos lustrosos zapatos negros junto a la pared, sus trajes colgados en el armario. En la puerta de al lado, junto a una cama individual cuidadosamente hecha, había una silla con un saco colgado del respaldo. Era el que llevaba Helen el día en que fui a verla a la escuela. Y en el armario había más ropa suya: negra, gris, azul marino y sin formas.

Mi celular ha emitido un pitido ensordecedor en medio del silencio funerario de esa casa. Tenía un mensaje de voz, era una llamada perdida. De Jules. «Sargento Morgan —decía—, necesito hablar con usted. Es bastante urgente. Iré a verla. Yo..., esto..., necesito hablar con usted a solas. La veré luego en la comisaría.»

Tras guardar el teléfono en el bolsillo, he regresado a la habitación de Patrick y he echado otro vistazo a los libros de las estanterías y también dentro del cajón de su mesita de noche. Ahí también había fotografías. Éstas eran antiguas, de Sean y Helen juntos, pescando en el río cerca de la casita de campo, Sean y Helen apoyados con expresión de orgullo en su nuevo coche, Helen de pie delante de la escuela, con apariencia al mismo tiempo feliz e incómoda, Helen en el patio con un gato en los brazos... Helen, Helen, Helen.

He oído un ruido, un clic, el ruido de un cerrojo abriéndose, y luego un crujido en los tablones de madera del suelo. He dejado con rapidez las fotografías en su sitio y he vuelto a cerrar el cajón. Después me he dirigido tan silenciosamente como he podido al descanso, y ahí me he quedado inmóvil. Helen estaba al pie de la escalera, mirándome. Sostenía un cuchillo pequeño en la mano izquierda y estaba apretando la hoja con tanta fuerza que caían gotas de sangre al suelo.

Helen

Helen no tenía ni idea de por qué Erin Morgan estaba deambulando por casa de Patrick como si le perteneciera, pero, por el momento, lo que le preocupaba era la sangre del suelo. A Patrick le gustaba que la casa estuviera limpia. Ha tomado un paño de la cocina y ha comenzado a limpiarla, aunque sólo ha conseguido salpicar más el suelo a causa del profundo corte que se había hecho en la palma.

—Estaba picando cebolla —le ha dicho a la sargento a modo de explicación—. Me ha asustado.

Eso no era exactamente cierto, pues había dejado de cortar cebollas al oír el coche de Erin estacionándose en el patio. Con el cuchillo en la mano, se había quedado completamente quieta mientras ésta llamaba a la puerta, y luego había observado cómo se dirigía hacia la casa de Patrick. Sabía que él estaba fuera, de modo que ha supuesto que la sargento se iría. Pero entonces ha recordado que, al salir esa mañana, no había cerrado la puerta con llave, de manera que, todavía con el cuchillo en la mano, había cruzado el patio para comprobarlo.

—Es un corte muy profundo —ha afirmado Erin—. Tiene que limpiárselo enseguida y vendárselo adecuadamente.

Luego ha bajado la escalera, se ha acercado a Helen mientras ésta limpiaba el suelo y se ha quedado ahí de pie como si tuviera algún derecho a estar en casa de Patrick.

—Se pondrá furioso si ve esto —ha dicho Helen—. Le gusta que la casa esté limpia. Siempre le ha gustado así.

—Y usted... le hace las tareas del hogar, ¿no?

Helen la ha fulminado con la mirada.

—Sólo lo ayudo. Él hace la mayoría de las cosas, pero está haciéndose mayor. Y le gusta que las cosas estén impecables. Su difunta esposa —ha dicho levantando la mirada hacia Erin— era una *pazpuerca*. Ésa es la palabra que él utiliza. Una palabra anticuada. Ya no se puede decir *sucia*, ¿verdad? Es políticamente incorrecto.

Helen se ha puesto de pie y se ha quedado mirando a Erin con el paño ensangrentado en la mano. La herida de la mano le ardía con intensidad, casi como si fuera una quemadura, y parecía tener el mismo efecto cauterizador. Ya no estaba segura de a quién debía temer, o de qué sentirse exactamente culpable, pero sí ha tenido la sensación de que debía hacer que Erin se quedara un rato allí y averiguar qué era lo que quería. Debía retenerla, de ser posible, hasta que Patrick hubiera regresado, pues estaba segura de que él querría hablar con ella.

Helen ha limpiado el mango del cuchillo con el paño.

—¿Le gustaría una taza de té, sargento? —ha preguntado.

—Me encantaría —ha respondido Erin.

Su alegre sonrisa se ha desvanecido al ver cómo Helen cerraba la puerta de entrada con llave y se guardaba ésta en el bolsillo antes de dirigirse a la cocina.

—Señora Townsend... —ha comenzado a decir.

—¿Lo quiere con azúcar? —la ha interrumpido Helen.

La forma de lidiar con situaciones como ésa era desconcertando a la otra persona. Helen lo sabía bien después de años de politiqueo en el sector público. Una no debe hacer lo que los demás esperan que haga, pues eso los pone de inmediato a la defensiva. Y, cuando menos, así consigues ganar tiempo. Así pues, en vez de mostrarse enojada e indignada por el hecho de que esa mujer hubiera entrado sin permiso en casa de su suegro, ha optado por comportarse con ella con absoluta educación.

—¿Lo han encontrado? —le ha preguntado a Erin mientras le daba su taza de té—. A Mark Henderson, quiero decir. ¿Ha aparecido ya?

—No —ha respondido ella—. Todavía no.

—El coche abandonado junto al acantilado y ningún rastro de él por ninguna parte... —Ha exhalado un fuerte suspiro—. Una nota de suicidio puede considerarse una admisión de culpa, ¿no? Ciertamente, eso es lo que va a parecer. Qué desastre. —Erin ha asentido. Estaba intranquila y Helen lo notaba. No dejaba de echar vistazos a la puerta y de mover con nerviosismo la mano en el bolsillo—. Será terrible para la escuela y para nuestra reputación. La reputación de todo el pueblo volverá a verse mancillada...

—¿Es ésa la razón por la que Nel Abbott le caía tan mal? —ha preguntado entonces Erin—. ¿Porque mancilló la reputación de Beckford con su trabajo?

Helen ha fruncido el ceño.

—Bueno, ésa es una de las razones. Como le dije, era una mala madre. Era irrespetuosa conmigo y con las tradiciones y las reglas de la escuela.

—¿Era ella una sucia? —ha preguntado Erin.

Helen se ha reído sorprendida.

—¿Cómo dice?

—Me preguntaba si, utilizando su término políticamente incorrecto, usted pensaba que Nel Abbott era una sucia. He oído decir que tuvo aventuras con algunos de los hombres del pueblo...

—No sé nada de eso —ha replicado Helen, pero su rostro se había sonrojado y ha tenido la sensación de que perdió la ventaja.

Se ha puesto de pie, ha cruzado la cocina hasta la barra y ha vuelto a tomar el cuchillo. De pie frente al fregadero, ha limpiado la sangre de la hoja.

—No puedo decir que conozca los pormenores de la vida privada de Nel Abbott —ha dicho en voz baja. Podía sentir los ojos de la mujer policía, mirándole el rostro, las manos. Y podía sentir asimismo cómo el rubor se extendía de su cuello a su pecho. Su cuerpo la estaba traicionando. Ha intentado mantener el tono de voz sereno—. Sin embargo no me sorprendería lo más mínimo que fuera promiscua. Era una buscadora de atención.

Quería que esa conversación terminara. Quería que la sargento se marchara de su casa, quería que Sean estuviera allí, y Patrick. De repente, ha sentido la necesidad de poner las cartas sobre la mesa, confesar sus propios pecados y pedirles a ellos que confesaran los suyos. Era cierto que se habían cometido errores, pero los Townsend eran una buena familia. Eran buena gente. No tenían nada que temer. Se ha dirigido a la sargento con la barbilla alzada y la expresión más altiva que ha sido capaz de adoptar, pero las manos le temblaban tanto que ha pensado que iba a caérsele el cuchillo. ¿Seguro que no tenía nada que temer?

Jules

Por la mañana, he dejado a Lena profundamente dormida en la cama de su madre. Le he escrito una nota en la que le decía que nos veríamos en la comisaría a las once para su declaración. Yo tenía que hacer unas cosas antes. Y había conversaciones que era mejor que las mantuvieran tan sólo los adultos. Ahora debía pensar como una madre. Debía protegerla, evitar que sufriera más daños.

De camino a la comisaría, me he detenido para llamar a Erin y avisarle que estaba a punto de llegar. Quería asegurarme de que sería con ella con quien hablaría, y también de que lo haríamos a solas.

«¿Por qué no es a *él* a quien empujan de un maldito acantilado?». Anoche Lena estuvo hablándome sobre Sean Townsend. Me lo contó todo: que Sean se había enamorado de Nel y —creía Lena— su madre también un poco de él. Su relación había terminado tiempo atrás; Nel le explicó a su hija que las cosas habían «seguido su curso natural», pero Lena no llegó a creerle. En cualquier caso, Helen debió de descubrirlo y se vengó. Ahora me tocaba a mí estar indignada: ¿por qué Lena no había dicho nada antes? Sean estaba a cargo de la investigación de la muerte de Nel. Eso era algo completamente inapropiado.

—Él la quería —dijo Lena—. ¿El hecho de intentar averiguar qué le pasó no lo convierte en una buena persona?

—Pero, Lena, ¿no te das cuenta de que...?

—Es una buena persona, Julia. ¿Cómo iba a decir algo? Lo habría metido en un lío, y no se lo merece. Es un buen hombre.

Erin no ha contestado a mi llamada, de modo que le he dejado un mensaje y he seguido conduciendo en dirección a la comisaría. Al llegar, me he estacionado delante y he vuelto a llamar, pero tampoco ha contestado, por lo tanto he decidido esperarla. Si Sean me veía, me inventaría una excusa. Fingiría que pensaba que la declaración de Lena era a las nueve en vez de a las once. Ya se me ocurriría algo.

Pero, al parecer, no estaba en la comisaría. Ninguno de los dos había llegado. El agente que me ha atendido en recepción me ha dicho que el inspector Townsend estaría en Newcastle todo el día y que no estaba muy seguro del paradero de la sargento Morgan, pero que imaginaba que llegaría de un momento a otro.

De vuelta en el coche, he sacado tu brazalete del bolsillo. Lo había puesto en una bolsa de plástico para protegerlo. Para proteger lo que fuera que hubiera en él. Las probabilidades de que hubiera alguna huella dactilar o restos de ADN eran mínimas, pero al menos era algo. Había alguna posibilidad. La oportunidad de obtener una respuesta. Nickie dijo que habías muerto porque habías descubierto algo sobre Patrick Townsend; Lena, que lo habías hecho porque te habías enamorado de Sean y él de ti, y que Helen Townsend, la celosa y vengativa Helen, no había querido aceptarlo. Allá donde mirara, sólo veía a miembros de la familia Townsend.

Metafóricamente. Literalmente, he visto la figura de Nickie Sage por el espejo retrovisor. Iba arrastrando los pies por el estacionamiento, de forma lenta y dolorosa, con el rostro sonrosado bajo un gran sombrero blando. Al llegar a la parte trasera de mi coche, se ha apoyado en él y he podido oír su trabajosa respiración a través de la ventanilla.

—¿Está bien, Nickie? —le he preguntado saliendo del coche. Ella no me ha respondido—. ¿Nickie? —De cerca, parecía estar en las últimas.

—Necesito que me lleven en coche —ha dicho—. Llevo horas de pie.

La he ayudado a subir. Tenía la ropa empapada de sudor.

—¿Dónde diablos ha estado, Nickie? ¿Qué ha estado haciendo?

—Caminando —ha respondido ella entre resuellos—. Hasta la casita de campo de los Ward. Escuchando el río.

—Es usted consciente de que el río pasa justo por delante de su casa, ¿verdad?

Ella ha negado con la cabeza.

—No es el mismo río. Podría pensarse que lo es, pero cambia. Ahí arriba tiene otro espíritu. A veces hay que hacer una excursión para oír su voz.

He girado a la izquierda antes del puente en dirección a la plaza.

—Por aquí, ¿verdad?

Ella ha asentido, todavía respirando con dificultad.

—Tal vez debería pedirle a alguien que la lleve la próxima vez que tenga ganas de hacer una excursión.

Ella se ha reclinado en el asiento y ha cerrado los ojos.

—¿Estás ofreciéndote como voluntaria? No pensaba que fueras a quedarte en el pueblo.

Cuando hemos llegado frente a su departamento, hemos permanecido un momento sentadas en el coche. No he tenido valor para pedirle que saliera y subiera a su casa de inmediato, de modo que he escuchado sus explicaciones de por qué debería quedarme en Beckford, por qué sería bueno para Lena estar cerca del agua y por qué nunca oiría la voz de mi hermana si me marchaba.

—No creo en esas cosas, Nickie —le he dicho.

—Claro que sí —ha replicado ella airadamente.

—Está bien. —No iba a discutir—. Entonces ¿ha ido a la casita de campo de los Ward? Ahí se aloja Erin, ¿no? No la habrá visto, ¿verdad?

—Pues sí. Venía de correr de algún lado, y luego se ha ido corriendo a otro. Andaba completamente desencaminada. No ha dejado de darme lata sobre Helen Townsend, a pesar de que le he dicho que no era por ella por quien debía preocuparse. Nadie me escucha. *Lauren*, le he dicho, no *Helen*. Pero nunca me escucha nadie.

Me ha dado la dirección de los Townsend. La dirección y una advertencia: «Si el viejo cree que sabes algo, te hará daño. Has de ser lista». No le he dicho a Nickie lo del brazalete, ni tampoco que era ella, y no Erin, quien andaba completamente desencaminada.

Erin

Helen no dejaba de mirar hacia la ventana como si estuviera esperando que apareciera alguien.

—Está esperando que vuelva Sean, ¿no? —le he preguntado.

Ella ha negado con la cabeza.

—No. ¿Por qué habría de volver? Está en Newcastle, ha ido a hablar con sus superiores sobre el desaguisado de Henderson. ¿Es que no lo sabía?

—No me lo dijo —he contestado yo—. Debió de pasársele. —Ella ha enarcado las cejas en una expresión de incredulidad—. A veces puede ser algo distraído, ¿verdad? —he proseguido yo. Sus cejas se han enarcado todavía más—. A ver, no quiero decir que eso afecte su trabajo ni nada parecido, aunque a veces...

—Haga el favor de callar —ha soltado ella de repente.

Su comportamiento era imposible de interpretar. Pasaba de la educación a la exasperación, de la timidez a la agresividad; estaba enojada un minuto, asustada al siguiente. Me ponía muy nerviosa. Esa pequeña, apocada y anodina mujer que se encontraba delante de mí me asustaba porque no tenía ni idea de qué pensaba hacer a continuación. ¿Iba a ofrecerme otra taza de té o a atacarme con el cuchillo?

De repente ha echado la silla hacia atrás provocando que sus patas chirriaran contra las baldosas, se ha puesto de pie y se ha dirigido hacia la ventana.

—Hace mucho rato que ha salido —ha dicho en voz baja.

—¿Quién? ¿Patrick?

Ella me ha ignorado.

—Sale a pasear todas las mañanas, pero normalmente no está tanto tiempo. No se encuentra bien. Yo...

—¿Quiere ir a buscarlo? —le he preguntado—. Si lo desea, puedo acompañarla.

—Va a esa casita de campo casi a diario —ha proseguido, hablando como si yo no estuviera ahí, como si no pudiera oírme—. No sé por qué. Ése era el lugar al que Sean solía llevarla. Ahí era donde ellos... Oh, no lo sé. No sé qué hacer. Ya no estoy segura de qué es lo correcto.

Su mano derecha se ha cerrado en un puño y he visto que en el inmaculado vendaje blanco estaba comenzando a formarse una mancha roja.

—Me alegré tanto de la muerte de Nel Abbott... —ha dicho—. Todos lo hicimos. Fue un auténtico alivio. Pero éste ha durado poco. Y ahora no puedo evitar preguntarme si no nos ha causado todavía más problemas. —Finalmente, se ha dirigido a mí—. ¿Por qué está aquí? Y, por favor, no me mienta. No estoy de humor para ello. —Se ha llevado la mano a la cara y, al pasársela por la boca, ha manchado de sangre sus labios.

Yo me he metido la mano en el bolsillo y he agarrado el celular.

—Creo que ya es hora de que me vaya —he dicho poniéndome de pie despacio—. He venido aquí para hablar con Sean, pero como no está...

—No es distraído, ¿sabe? —ha dicho ella, desplazándose hacia la izquierda y bloqueándome el paso al corredor que daba a la puerta de entrada—. A veces su mente se abstrae, pero eso es otra cosa. No; si no le dijo que iba a Newcastle es porque no se fía de usted, y, si él no lo hace, no estoy segura de que deba hacerlo yo. Sólo voy a preguntárselo una vez más: ¿por qué está aquí?

He asentido, haciendo un esfuerzo consciente para dejar caer los hombros y mostrarme relajada.

—Como le he dicho, quería hablar con Sean.

—¿Sobre qué?

—Sobre una acusación de conducta inapropiada —he contestado—. Por su relación con Nel Abbott.

Helen ha dado un paso hacia mí y he sentido una intensa punzada de adrenalina.

—Habrá consecuencias, ¿verdad? —ha preguntado con una triste sonrisa en el rostro—. ¿Cómo pudimos imaginar que no las habría?

—Helen —he dicho—, sólo necesito saber...

He oído la puerta de entrada cerrarse de golpe y he retrocedido con mucha rapidez para poner algo de espacio entre ambas al tiempo que Patrick entraba en la cocina.

Por un momento, nadie ha hablado. Él se ha quedado mirándome fijamente a los ojos sin dejar de mover la mandíbula mientras se quitaba la chamarra y la dejaba en el respaldo de una silla. Luego ha dirigido su atención hacia Helen. Al reparar en su mano ensangrentada, ha reaccionado de inmediato.

—¿Qué ha pasado? ¿Te ha hecho algo? Querida...

Ella se ha sonrojado y algo se me ha removido en la boca del estómago.

—No es nada —se ha apresurado a decir—. No es nada. No ha sido ella. Se me ha resbalado la mano cuando estaba picando cebolla.

Patrick ha mirado la otra mano de Helen y ha visto que todavía estaba sosteniendo el cuchillo. Con cuidado, se lo ha quitado.

—¿Qué está haciendo ella aquí? —ha preguntado sin mirarme.

Helen ha inclinado la cabeza a un lado, ha mirado a su suegro y luego ha vuelto a mirarme a mí.

—Ha estado haciendo preguntas —ha señalado—. Sobre Nel Abbott. —Ha tragado saliva—. Y también sobre Sean. Sobre su conducta profesional.

—Sólo necesito aclarar algo. Es una cuestión relativa a la investigación sobre la muerte de Nel Abbott.

Patrick no parecía interesado. Se ha sentado a la mesa de la cocina sin mirarme.

—¿Sabes por qué trasladaron a ésta aquí? —ha comenzado a decirle a Helen—. Lo pregunté. Todavía conozco a gente, claro está, y hablé con uno de mis antiguos colegas de Londres. Él me contó que la apartaron de su puesto en la policía de la ciudad por haber seducido a alguien más joven del cuerpo. Y no a cualquiera. ¡A una mujer! ¿Puedes imaginártelo? —Su sardónica risa ha dado paso a una seca tos de fumador—. Y aquí está ahora, persiguiendo a tu señor Henderson mientras ella es culpable exactamente de lo mismo. Abusó de su poder para obtener una gratificación sexual. Y todavía mantiene su empleo. —Se ha encendido un cigarrillo—. ¡Y ahora viene aquí y dice que quiere hablar sobre la conducta profesional de mi hijo!

Finalmente, me ha mirado.

—Deberían haberla expulsado completamente del cuerpo, pero, como es mujer, como es una *lesbiana*, permitieron que se saliera con la suya. Eso es lo que llaman *igualdad* —ha dicho en tono de burla—. ¿Puede imaginarse lo que habría pasado si se hubiera tratado de un hombre? Si hubieran descubierto a Sean acostándose con uno de sus subordinados, habría sido puesto de patitas en la calle.

Yo he apretado los puños para contener el temblor de las manos.

—¿Y si Sean hubiera estado acostándose con una mujer que ha aparecido muerta? —he preguntado—. ¿Qué cree que le pasaría entonces?

Se movía rápido para ser un anciano. Se ha puesto de pie de golpe haciendo que la silla cayera al suelo y ha rodeado mi cuello con la mano en lo que me ha parecido menos de un segundo.

—Cuidado con lo que dice, maldita zorra —ha susurrado, echándome su aliento a humo agrio.

Le he dado un fuerte empujón en el pecho y me ha soltado.

A continuación, ha retrocedido con las manos a los costados y los puños apretados.

—Mi hijo no ha hecho nada malo —ha asegurado en voz baja—. De modo que, si le causa problemas, yo se los causaré a usted. ¿Lo comprende? Se los devolveré con intereses.

—Papá —ha intervenido Helen—. Ya basta. La estás asustando.

Él se ha dirigido a su nuera con una sonrisa.

—Ya lo sé, querida. Es lo que pretendo. —Se ha vuelto de nuevo hacia mí y me ha sonreído—. Es lo único que comprenden algunas.

Jules

He dejado el coche en un margen del camino que conduce a la casa de los Townsend. No tenía por qué hacerlo, pues había mucho espacio para estacionar en el patio, pero me ha parecido que era lo que debía hacer. Tenía la sensación de que se trataba de una misión furtiva, como si debiera sorprenderlos. El arrojo que apareció el día que me enfrenté a mi violador había regresado. Con el brazalete en el bolsillo, he comenzado a recorrer el soleado patio decidida y con la espalda erguida. Había ido allí en nombre de mi hermana, para arreglar las cosas. Estaba resuelta. No tenía miedo.

No lo tenía, hasta que Patrick Townsend me ha abierto la puerta con el rostro desfigurado por la ira y un cuchillo en la mano.

—¿Qué quiere? —ha preguntado.

He retrocedido un par de pasos.

—Yo...

Él estaba a punto de cerrarme la puerta en las narices y yo estaba demasiado asustada para decirle lo que necesitaba. «Mató a su esposa —me había dicho Nickie—, y también a tu hermana.»

—Yo iba...

—¿Jules? —he oído que exclamaba entonces una voz desde el interior de la casa—. ¿Es usted?

La escena era dantesca. Helen estaba presente, con sangre en la mano y en la cara. Y también Erin, esforzándose en fingir que tenía la situación bajo control. Me ha saludado con una alegre sonrisa.

—¿Qué está haciendo aquí? Se suponía que debíamos encontrarnos en la comisaría.

—Sí, lo sé, yo...

—Suéltelo de una vez —ha mascullado Patrick. Yo he sentido un ardiente cosquilleo en la piel y me ha comenzado a faltar el aliento—. ¡Menuda familia, la de los Abbott! —ha dicho alzando la voz al tiempo que soltaba el cuchillo sobre la mesa de la cocina—. Me acuerdo de usted, ¿sabe? ¿De joven no era obesa? —Se ha dirigido a Helen—. Era una gorda asquerosa. ¿Y los padres? ¡Patéticos! —Se ha dirigido a mí otra vez. Las manos me temblaban—. Supongo que la madre tenía una excusa, pues estaba muriéndose, pero alguien debería haberse hecho cargo de ellas. Usted y su hermana hacían lo que les daba la gana, ¿verdad? ¡Y mire lo bien que han salido las dos! Ella, mentalmente inestable, y usted... Bueno, ¿usted qué es? ¿Tontita?

—Ya basta, señor Townsend —ha dicho Erin y, tomándome del brazo, ha añadido—: Vamos, la llevaré a la comisaría. Lena tiene que prestar declaración.

—Ah, sí, la chica. Ésa terminará igual que su madre. Tiene su misma pinta de sucia, la misma mala lengua, y una de esas caras que, al verlas, uno desea abofetear...

—Dedica mucho tiempo a pensar en las cosas que le haría a mi sobrina adolescente, ¿no? —he dicho en voz alta—. ¿Le parece que eso está bien? —Volvía a sentirme enojada, y Patrick no estaba preparado para ello—. ¿Y? ¿Le parece bien? Viejo asqueroso. —A continuación, me he dirigido a la sargento—. En realidad, todavía no quiero irme —he dicho—, pero me alegro de que esté aquí, Erin, creo que es adecuado, porque no he venido para hablar con él —he señalado a Patrick con un movimiento de la cabeza—, sino con ella. Con usted, señora Townsend. —Y, con manos trémulas, he tomado la pequeña bolsa de plástico del bolsillo y la he dejado sobre la mesa, junto al cuchillo—. Quería preguntarle cuándo tomó este brazalete de la muñeca de mi hermana.

Helen abrió los ojos como platos y supe que era culpable.

—¿De dónde ha salido el brazalete, Jules? —ha preguntado Erin.

—De Lena. Se lo dio Henderson, que se lo robó a Helen. Quien, a juzgar por la clara expresión de culpa de su rostro, se lo quitó a mi hermana antes de matarla.

Patrick ha dejado escapar una sonora y falsa carcajada.

—¡Se lo ha dado Lena, a quien se lo dio Mark, que se lo robó a Helen, a quien se lo dio el hada del puto árbol de Navidad! Lo siento, querida —se ha disculpado dirigiéndose a Helen—, lamento mi vocabulario, pero menuda sarta de tonterías.

—Estaba en su oficina, ¿verdad, Helen? —He mirado a Erin—. Tendrá sus huellas y su ADN, ¿no?

Patrick ha vuelto a reír entre dientes, pero Helen parecía acongojada.

—No, yo... —ha dicho al fin mientras sus ojos pasaban de mí a Erin y de ésta a su suegro—. Estaba... No... —Ha respirado hondo—. Lo encontré —ha respondido finalmente—, pero no sabía... no sabía que era de ella. Yo sólo... lo guardé. Pensaba llevarlo a objetos perdidos.

—¿Dónde lo encontró, Helen? —ha preguntado Erin—. ¿En la escuela?

Ella ha mirado a Patrick y luego a la sargento como si estuviera considerando si la mentira se sostendría.

—Creo que... sí, en la escuela. Y, esto..., no sabía de quién era, de modo...

—Mi hermana siempre llevaba puesto ese brazalete —he dicho—. Tiene grabadas las iniciales de mi madre. Me cuesta un poco creer que no supiera de quién era, que no se diera cuenta de que se trataba de algo importante.

—No lo sabía —ha repetido Helen, pero su tono de voz era más débil, y su rostro ha comenzado a sonrojarse.

—¡Claro que no lo sabía! —ha exclamado Patrick de repente—. Claro que no sabía de quién era o de dónde había salido. —Se ha apresurado a acercarse a ella y le ha colocado la mano en el hombro—. Helen tenía el brazalete porque yo lo dejé en el coche. Fue un descuido. Iba a tirarlo, quería hacerlo, pero... últimamente estoy algo olvidadizo. Me he vuelto olvidadizo, ¿verdad, querida? —Ella no ha dicho nada, permanecía inmóvil—. Lo dejé en el coche —ha vuelto a decir Patrick.

—De acuerdo —ha asentido Erin—. Y ¿usted de dónde lo sacó? Él le ha contestado mirándome directamente a mí.

—¿De dónde cree que lo saqué, idiota? Se lo arranqué de la muñeca a esa zorra antes de empujarla por el acantilado.

Patrick

La amaba desde hacía mucho, pero nunca lo había hecho tanto como en ese momento en que ella ha salido en su defensa.

—¡Eso no fue lo que pasó! —Helen se ha puesto de pie de un salto—. Eso no fue... ¡No! ¡No asumas la culpa de esto, papá, eso no fue lo que pasó! Tú no... Tú ni siquiera...

Patrick ha sonreído y le ha ofrecido una mano. Ella la ha tomado y él la ha atraído hacia sí. Ella era suave, pero no débil. Su modestia y su abierta sencillez resultaban más estimulantes que cualquier belleza superficial. En ese momento, le ha resultado conmovedora y ha notado que aumentaban los latidos de su debilitado y viejo corazón.

Todo el mundo se ha quedado callado. La hermana estaba llorando en silencio, farfullando palabras sin emitir sonido alguno. La sargento lo ha mirado a él y luego a Helen y, a juzgar por la expresión de su rostro, ha parecido comprenderlo.

—¿Está usted...? —Ha negado con la cabeza, sin saber qué decir—. Señor Townsend, yo...

—¡Vamos! —De repente, Patrick se sentía irritable y se moría por apartarse de la evidente aflicción de la mujer—. Por el amor de Dios, es una agente de policía, haga lo que tiene que hacer.

Erin ha respirado hondo y ha dado un paso hacia él.

—Patrick Townsend, queda usted arrestado como sospechoso por el asesinato de Danielle Abbott. Tiene derecho a guardar silencio...

—Sí, sí, sí, está bien —ha dicho él con desgana—. Ya me sé todo eso. Dios mío, las mujeres como usted nunca saben cuándo deben dejar de hablar. —Luego se ha dirigido a Helen—: En cambio, tú, querida, tú sí sabes. Tú sabes cuándo hablar y cuándo permanecer callada. Di la verdad.

Ella ha comenzado a llorar, y en ese momento no había nada en el mundo que él hubiera querido más que estar a su lado en el piso de arriba una última vez antes de que se lo llevaran lejos de ella. Le ha dado un beso en la frente y, antes de seguir a la sargento fuera de la casa, se ha despedido de ella.

Patrick nunca había sido dado a misticismos, corazonadas o presentimientos, pero, si era honesto, tenía que reconocer que esto lo había visto venir: el día del Juicio, el final de la partida. Lo había sentido mucho antes de que sacaran del agua el cadáver de Nel Abbott, pero lo había considerado un mero síntoma de la edad. Últimamente, su cabeza había estado jugándole numerosas malas pasadas, incrementando los colores y los sonidos de sus viejos recuerdos y emborronando los contornos de los nuevos. Sabía que eso era el principio del largo adiós y que estaba siendo carcomido de dentro afuera, del corazón a la cáscara. Al menos, se sentía agradecido por haber podido atar algunos cabos sueltos y haber tomado el control. Ahora se daba cuenta de que ésa era la única forma de salvaguardar algo de la vida que habían construido, si bien sabía que no todo el mundo saldría indemne.

Cuando lo han llevado a la sala de interrogatorios de la comisaría de Beckford, ha pensado que la humillación sería mayor de lo que podría soportar, pero no ha sido así. Ha descubierto que, en parte, lo que hacía más llevadera la situación era una sorprendente sensación de alivio. Quería contar su historia. Si ésta iba a salir a la luz, debía ser él quien la contara mientras tenía tiempo y todavía tenía el control de su mente. Y no era sólo alivio lo que sentía, sino también orgullo. Durante toda su vida, una parte de él había querido explicar lo que había sucedido la noche que Lauren murió, pero nunca había sido capaz de hacerlo. Había guardado silencio por amor a su hijo.

Ha hablado con frases cortas y sencillas y ha sido muy claro. Ha expresado su intención de hacer una confesión completa de los asesinatos de Lauren Slater en 1983 y de Danielle Abbott en 2015.

El de Lauren ha sido más fácil, claro está. Era una historia muy simple. Discutieron en casa. Ella lo atacó, él se defendió y, en el curso de esa defensa, ella resultó herida de gravedad y él no pudo hacer nada para salvarla. En un esfuerzo por ahorrarle a su hijo la verdad y —ha admitido— ahorrarse a sí mismo la pena de cárcel, la llevó al río, cargó con su cuerpo hasta lo alto del acantilado y la tiró, ya sin vida, al agua.

La sargento Morgan lo ha escuchado educadamente, pero lo ha interrumpido en ese punto.

—Y ¿su hijo estaba con usted en esos momentos?

—Él no vio nada —ha respondido Patrick—. Era demasiado pequeño y estaba demasiado asustado para entender qué estaba sucediendo. No vio a su madre sufrir daño alguno, ni tampoco la vio caer del acantilado.

—¿No vio cómo usted la tiraba?

Patrick ha tenido que hacer un gran esfuerzo para no saltar al otro lado de la mesa y abofetearla.

—No vio nada. Tuve que llevarlo en el coche porque no podía dejar a un niño de seis años solo en casa durante una tormenta. Si tuviera hijos, lo comprendería. No vio nada. Estaba confundido, de modo que le conté... una versión de la verdad que tuviera sentido para él. Un relato al que pudiera encontrarle un sentido.

—¿Una versión de la verdad?

—Le conté un cuento. Eso es lo que se hace con los niños y las cosas que no son capaces de comprender. Le conté un cuento con el que pudiera vivir, uno que hiciera su vida soportable. ¿Es que no se da cuenta? —Por más que lo intentaba, no podía evitar alzar la voz—. No iba a dejarlo solo. Su madre había muerto y, si yo hubiera ido a la cárcel, ¿qué habría sido de él? ¿Qué clase de vida habría tenido? Los servicios sociales se habrían hecho cargo de él. Y he visto lo que les sucede a esos niños: no hay ninguno que no quede perturbado o no se convierta en un pervertido. Lo he protegido toda su vida —ha dicho Patrick con el pecho henchido de orgullo.

La historia de Nel Abbott era, inevitablemente, menos fácil de contar. Cuando descubrió que había estado hablando con Nickie Sage y se había tomado en serio las acusaciones que hacía ésta sobre la muerte de Lauren, se preocupó. No porque pudiera ir a la policía. A Nel no le interesaba la justicia ni nada de eso. Sólo estaba interesada en explotar esa historia en su insustancial arte con fines sensacionalistas. Lo que le preocupaba a él era que pudiera decir algo que afectara a Sean. De nuevo, estaba protegiendo a su hijo.

—Es lo que hacen los padres —ha señalado—. Aunque puede que usted no lo sepa. Tengo entendido que el suyo era un borrachazo. —Patrick ha sonreído al ver que Erin se encogía ante su comentario—. Al parecer, podía ser algo irascible.

Luego ha confirmado que una noche quedó con Nel Abbott para hablar de las acusaciones.

—Y ¿ella accedió a encontrarse con usted en el acantilado? —ha preguntado la sargento Morgan con incredulidad.

Patrick ha vuelto a sonreír.

—Usted no la conoció. No tiene ni idea del alcance de su vanidad, de su presuntuosidad. Lo único que tuve que hacer fue sugerirle que le detallaría todo lo que sucedió entre Lauren y yo. Que le mostraría cómo se desarrollaron los terribles acontecimientos de esa noche allí mismo, en el lugar en el que se produjeron. Contaría la historia como no había sido contada nunca antes, y ella sería la primera persona en oírla. Luego, en cuanto la tuve allí arriba, fue fácil. Ella había estado bebiendo y su paso era inestable.

—¿Y el brazalete?

Patrick se ha removido en su asiento y se ha obligado a sí mismo a mirar a la sargento directamente a los ojos.

—Hubo cierto forcejeo y tuve que agarrarla del brazo cuando intentó apartarse de mí. El brazalete se le cayó de la muñeca.

—¿No ha dicho antes que se lo arrancó? —Ella ha bajado la mirada a las notas—. «Se lo arranqué de la muñeca a esa zorra», ha dicho.

Patrick ha asentido.

—Sí. Estaba furioso, lo admito. Estaba furioso porque hubiera estado manteniendo una aventura con mi hijo, poniendo en riesgo su matrimonio. Ella lo había seducido. Incluso los hombres más fuertes y morales pueden encontrarse a merced de una mujer que se le ofrezca de esa forma...

—¿De qué forma?

Él ha apretado los dientes.

—Ofreciendo una suerte de abandono sexual que tal vez no encuentran en casa. Es triste, lo sé, pero sucede. Estaba furioso por eso. El matrimonio de mi hijo es muy fuerte. —Patrick ha visto cómo la sargento enarcaba las cejas y ha tenido que controlarse—. Estaba furioso por eso. Le arranqué el brazalete de la muñeca y la empujé.

CUARTA PARTE

SEPTIEMBRE

Lena

Pensaba que no querría marcharme, pero no puedo mirar al río cada día y cruzarlo de camino a la escuela. Ni siquiera me dan ganas de nadar en él. En cualquier caso, ahora el agua está demasiado fría. Mañana nos vamos a Londres, ya casi tengo la maleta hecha.

Alquilaremos la casa. Yo no quería hacerlo. No quería que hubiera gente viviendo en nuestras habitaciones y ocupando nuestros espacios, pero Jules me ha dicho que, si no lo hacíamos, era posible que alguien la ocupara ilegalmente, o que comenzara a caerse a pedazos y no hubiera nadie para recogerlos. Esas ideas tampoco me hacían gracia, de modo que al final he accedido.

Todavía será mía. Mamá me la dejó, de modo que cuando tenga dieciocho años (o veintiuno, o algo así) será legalmente mía. Y volveré a vivir aquí. Sé que lo haré. Volveré cuando no duela tanto y no la vea allá donde mire.

Me asusta ir a Londres, pero ya me siento mejor al respecto que antes. Jules (no Julia) es realmente extraña, siempre lo será; está loca. Pero yo también soy un poco extraña y estoy loca, de modo que es posible que nos vaya bien. Hay cosas de ella que me gustan. Cocina y me da lata con pequeñeces, me regaña por fumar, me hace decirle adónde voy y cuándo volveré. Tal y como hacen las mamás de los demás.

En cualquier caso, me alegro de que vayamos a vivir las dos solas, sin marido ni —supongo— novios ni nada de eso. Y, al menos, en la escuela a la que iré nadie sabrá quién soy ni nada sobre mí.

«Puedes reinventarte a ti misma», dijo Jules, lo cual me pareció un poco fuera de lugar porque, a ver, ¿qué hay de malo en mí? Pero entiendo qué quería decir. Me he cortado el pelo y mi aspecto es distinto. Cuando vaya a la nueva escuela en Londres ya no seré la niña bonita que cae mal a todo el mundo. Sólo seré una chica normal.

Josh

Lena ha venido a despedirse. Se ha cortado el pelo. Todavía está guapa, pero no tanto como antes. Le he dicho que me gustaba más cuando lo llevaba más largo, y ella se ha reído y ha dicho que ya crecerá. Luego me ha dicho que la próxima vez que nos viéramos volvería a estar largo, y eso me ha hecho sentir mejor porque al menos piensa que volveremos a vernos, algo de lo que yo no estaba tan seguro porque ella estará en Londres y nosotros nos vamos a Devon, que no está precisamente cerca. Pero ella ha dicho que no está tan lejos, a sólo cinco horas o algo así, y que dentro de unos años ella tendrá licencia para manejar y vendrá a buscarme para ver en qué problemas podemos meternos.

Hemos estado un rato sentados en mi habitación. Era un poco raro porque no sabíamos qué decirnos. Le he preguntado si había tenido más noticias y ella no ha dicho nada, y he añadido que me refería al señor Henderson y ha negado con la cabeza. No parecía querer hablar sobre ello. Ha habido muchos rumores. En la escuela dicen que lo mató y lo empujó al mar. Yo creo que esas son tonterías, pero si fuera verdad tampoco la culparía.

Sé que a Katie le habría hecho realmente infeliz que le pasara algo al señor Henderson, pero no se ha enterado, ¿verdad? No existe ningún más allá. Lo único que importa es la gente que se queda aquí, y creo que las cosas han mejorado. Mamá y papá no son felices, pero están mejor, se comportan de otro modo. ¿Se sienten aliviados, quizá? Es como si ya no tuvieran que estar pre-

391

guntándose por qué. Pueden señalar algo y decir: «Ahí, ésa es la razón». «Algo a lo que aferrarse», dijo alguien, y me doy cuenta de que es así, aunque no creo que para mí nada de esto llegue a tener el menor sentido.

Louise

Las maletas estaban en el coche, las cajas habían sido etiquetadas, y justo antes del mediodía entregarían las llaves. Josh y Alec habían ido a dar una vuelta rápida por Beckford para despedirse de la gente, pero Louise se había quedado allí.

Algunos días eran mejores que otros.

Louise se había quedado para despedirse de la casa en la que había vivido su hija, la única casa que ésta conocería. Tenía que decirle adiós a las marcas de estatura del armario que había debajo de la escalera, al escalón de piedra del jardín en el que Katie se había caído y se había hecho un corte en la rodilla, y donde por primera vez Louise tuvo que afrontar el hecho de que su hija no sería perfecta, que estaría manchada, marcada. Tenía que despedirse de su dormitorio, donde ella y su hija se sentaban a charlar mientras Katie se secaba el pelo con el secador y se ponía lápiz de labios y decía que luego iría a casa de Lena, y que si había algún problema en que se quedara ahí a dormir. ¿Cuántas veces, se preguntaba ahora, eso había sido una mentira?

(Lo que no la dejaba dormir por las noches —una de tantas cosas— era aquel día en el río en que se sintió tan conmovida al ver lágrimas en los ojos de Mark Henderson cuando éste le ofreció sus condolencias.)

Lena fue un día a despedirse y llevó consigo el manuscrito de Nel, las fotografías, las notas y una memoria USB con todos los archivos informáticos.

—Haga lo que quiera con ello —le dijo—. Quémelo si lo desea. Yo no quiero volver a verlo nunca más. —A Louise le hizo ilusión que Lena hubiera ido a su casa, y todavía le hacía más ilusión el hecho de que no volvería a verla nunca más—. ¿Cree que podrá perdonarme? —le preguntó Lena—. ¿Lo hará alguna vez? —Y Louise le dijo que ya lo había hecho. Pero era mentira, sólo lo hizo por bondad.

La bondad era su nuevo proyecto. Esperaba que le sentara mejor a su alma que la ira. Y, en cualquier caso, si bien sabía que nunca podría perdonar a Lena —por haber encubierto la situación, por mantener el secreto, por meramente existir, mientras que su propia hija ya no lo hacía—, tampoco podía odiarla. Porque, si algo estaba claro, si alguna cosa en ese horror no admitía duda alguna, era el amor que Lena sentía por Katie.

DICIEMBRE

Nickie

Las maletas de Nickie estaban hechas.

Las cosas se habían tranquilizado en el pueblo. Siempre era así con la llegada del invierno, pero mucha gente también había pasado la página. Patrick Townsend estaba pudriéndose en su celda (¡ja!), y su hijo había huido en busca de algo de paz. Buena suerte. La Casa del Molino estaba vacía. Lena Abbott y su tía se habían marchado a Londres. Los Whittaker también se habían ido. Al parecer, su casa estuvo en el mercado menos de una semana antes de que apareciera una familia con una Range Rover, tres niños y un perro.

Las cosas también se habían tranquilizado en su cabeza. Jeannie ya no le hablaba tan alto como antes y, cuando lo hacía, se trataba más de una conversación que de una diatriba. Últimamente, Nickie pasaba menos tiempo sentada delante de la ventana y más en la cama. Se sentía muy cansada y las piernas le dolían más que nunca.

Al día siguiente, por la mañana, viajaría a España para pasar dos semanas al sol. Descanso y esparcimiento, eso era lo que necesitaba. El dinero había sido una sorpresa: diez mil libras esterlinas que Nel Abbott había dejado en herencia a Nicola Sage, de Marsh Street, Beckford. ¿Quién lo habría pensado? Aunque tal vez a Nickie no debería haberle sorprendido tanto, pues en realidad Nel era la única que la había escuchado. ¡Pobrecilla! De poco le había servido.

Erin

He vuelto justo antes de Navidad. No puedo decir exactamente por qué, salvo que había estado soñando con el río casi cada noche, y pensé que un viaje a Beckford tal vez podría exorcizar el demonio.

He dejado el coche junto a la iglesia y, enfilando hacia el norte desde la poza, he subido hasta el acantilado, he pasado por delante de unos pocos ramos de flores pudriéndose en su celofán, y no me he detenido hasta llegar a la casita de campo. Se veía dejada y triste, con las cortinas cerradas y la puerta manchada de pintura roja. He intentado abrirla, pero estaba cerrada con llave, de modo que he dado media vuelta y, pisando la crujiente hierba helada, me he dirigido al río, que hoy tenía un color azul pálido, corría silencioso, y de cuya superficie emanaba una fantasmal neblina. El frío convertía mi aliento en pequeñas nubes blancas y hacía que me dolieran las orejas. Debería haber traído un sombrero.

He venido al río porque no tenía otro lugar al que ir ni nadie con quien hablar. La persona con la que realmente quería hacerlo era Sean, pero no sabía dónde encontrarlo. Me habían dicho que se había trasladado a un lugar llamado Pity Me, en el condado de Durham; parece un nombre inventado, pero no lo es.[2] El pueblo estaba ahí, pero él no. La dirección que me habían dado resultó ser

2. *Pity Me* podría traducirse como «Compadéceme». (*N. del t.*)

la de una casa vacía con un letrero de «Se alquila» fuera. Me puse incluso en contacto con la cárcel HMP Frankland, que es donde Patrick pasará el resto de sus días, pero me dijeron que el anciano no había tenido ningún visitante desde su llegada.

Quería preguntarle a Sean por la verdad. Pensaba que, ahora que ya no estaba en la policía, me la diría. Pensaba que tal vez sería capaz de explicarme cómo había vivido la vida que había tenido y si, cuando supuestamente estaba investigando la muerte de Nel, ya sabía lo de su padre. No sería tan raro. Al fin y al cabo, había estado protegiendo a su padre toda su vida.

El río en sí mismo no me ha ofrecido respuesta alguna. Cuando un mes atrás un pescador sacó un teléfono celular del lodo donde había plantado sus botas de agua, me sentí esperanzada. Pero el teléfono de Nel Abbott no nos dijo nada que no hubiéramos averiguado ya gracias al registro de las llamadas realizadas. Puede que en el aparato hubiera fotografías comprometedoras, imágenes que hubieran podido explicar todo lo que seguía inexplicado, pero no teníamos forma de acceder a ellas. El teléfono ni siquiera se encendía, el cieno y el agua habían corroído su interior y ya no funcionaba.

Cuando Sean se marchó, tuvimos que enfrentarnos a una montaña de papeleo pendiente, una investigación y algunas preguntas sin responder: qué sabía Sean, desde cuándo, y por qué carajo todo el asunto había sido llevado tan mal como había sido posible. Y no sólo el caso de Nel, sino también el de Henderson: ¿cómo diablos se las había arreglado éste para desaparecer delante de nuestras propias narices?

En cuanto a mí, no he dejado de pensar una y otra vez en ese último interrogatorio a Patrick y en la historia que me contó: el brazalete que le había arrancado a Nel de la muñeca, el brazo por el que había agarrado a ésta, el forcejeo que mantuvieron en lo alto del acantilado antes de empujarla... El problema es que ella no tenía moretones allí donde él había dicho que la había agarrado, ni marcas en la muñeca de la que supuestamente le había arrancado el brazalete, ni señales de que hubiera habido refriega alguna. Además, el cierre del brazalete estaba intacto.

Señalé todo eso en su momento, pero después de todo lo que había pasado y de la confesión de Patrick y la dimisión de Sean, todo el mundo estaba más preocupado por eludir responsabilidades y endilgar culpas a otros que por escucharme.

Me he sentado junto al río y he sentido lo mismo que llevo sintiendo desde hace un tiempo: que todo esto, la historia de Nel —y también la de Katie— está incompleta, inacabada. Nunca he llegado a ver realmente todo lo que había por ver.

Helen

Helen tenía una tía que vivía a las afueras de Pity Me, al norte de Durham. Esta tía tenía una granja, y Helen recordaba haber ido a visitarla un verano y haber dado de comer a los asnos trozos de zanahoria y recogido moras en los setos. La tía había fallecido y Helen no estaba segura de si la granja todavía existía. En cuanto al pueblo, era más feo y pobre de lo que recordaba, y no había ningún asno a la vista, pero era pequeño y anónimo y nadie le prestaba la menor atención.

Encontró un trabajo para el que estaba sobrecalificada y un pequeño departamento con patio trasero en una planta baja en el que por la tarde daba el sol. Cuando en un primer momento habían llegado al pueblo habían alquilado una casa, pero, al cabo de unas pocas semanas, un día Helen se levantó y vio que Sean se había ido, de modo que devolvió las llaves al casero y comenzó a buscar de nuevo.

No intentó llamarlo. Sabía que no regresaría. Su familia estaba rota, siempre lo estaría sin Patrick; él era el pegamento que los había mantenido unidos.

Su corazón también había quedado destrozado de una forma en la que no le gustaba pensar. No había ido a visitar a Patrick. Sabía que no debía sentir lástima por él; había admitido haber asesinado a su esposa y a Nel Abbott a sangre fría.

No, a sangre fría, no. Eso no es exacto. Helen sabía que Patrick veía las cosas en términos muy blancos o muy negros, y que creía de veras que Nel Abbott era una amenaza para su familia, para su unión. Y lo era. De modo que actuó. Lo hizo por Sean, y por ella. Eso no es tan despiadado, ¿no?

Pero cada noche tenía la misma pesadilla: Patrick sosteniendo a su gata atigrada bajo el agua. En el sueño, él tenía los ojos cerrados pero los de la gata estaban abiertos, y cuando el pobre animal movía la cabeza hacia Helen, ésta podía ver que sus ojos eran de un brillante color verde, exactamente como los de Nel Abbott.

Dormía mal y se sentía sola. Unos días antes, había recorrido treinta kilómetros hasta el centro de jardinería más cercano para comprar una mata de romero. Y luego había conducido hasta la protectora de animales de Chester-le-Street en busca de una gata adecuada.

ENERO

Jules

Resulta extraño sentarse cada mañana a desayunar delante de una versión tuya de quince años. Tiene tus mismos malos modales en la mesa y pone los ojos en blanco igual que tú cuando se le dice. Se sienta con los pies sobre el asiento de la silla y las huesudas rodillas flexionadas y sobresaliendo a cada lado, exactamente igual que hacías tú. Adopta la misma expresión ensoñadora cuando se abstrae escuchando música o pensando. No escucha. Es tozuda e irritante. Canta constantemente y lo hace desafinando, igual que mamá. Tiene la risa de papá. Me besa en la mejilla cada mañana antes de ir a la escuela.

No puedo compensarte por las cosas que hice mal: mi negativa a escucharte, mi insistencia en pensar lo peor de ti, mi incapacidad para ayudarte cuando estabas desesperada, mi negativa a, siquiera, intentar quererte. Como no hay nada que pueda hacer ahora por ti, tendré que expiar mi culpa mediante un acto de maternidad. Muchos actos de maternidad. No pude ser una hermana para ti, pero trataré de ser una madre para tu hija.

En mi diminuto y ordenado departamento de Stoke Newington, Lena siembra el caos a diario. Requiere un enorme esfuerzo de voluntad no ponerse nerviosa, pero lo intento. Recuerdo la versión osada de mí misma que resurgió el día que me encaré con el padre de Lena; me gustaría que regresara esa mujer. Me gustaría que hubiera más de esa mujer en mí, más de ti en mí, más de Lena. (Cuando Sean Townsend me dejó en casa el día de tu funeral, me dijo que me parecía mucho a ti. Yo lo negué y le dije que era la anti-Nel. Antes me enorgullecía de eso. Ya no.)

Procuro disfrutar de la vida que llevo con tu hija, puesto que es la única familia que tengo o que jamás tendré ya. Disfruto de ella y me consuelo con esto: el hombre que te asesinó morirá en la cárcel, dentro de no mucho. Está pagando por lo que le hizo a su esposa, y a su hijo, y a ti.

Patrick

Patrick ya no soñaba con su esposa. Actualmente tenía un sueño diferente en el que ese día en su casa se desarrollaba de un modo distinto. En vez de confesar, tomaba el cuchillo de la mesa y se lo clavaba a la sargento en el corazón. Y, cuando terminaba con ella, comenzaba con la hermana de Nel Abbott. La excitación iba en aumento, hasta que, por fin saciado, sacaba el cuchillo del pecho de la hermana y, al levantar la mirada, veía a Helen con lágrimas cayéndole por las mejillas y sangre goteando de las manos.

—¡No, papá! —le decía ella—. ¡La estás asustando!

Cuando se despertaba, siempre era en el rostro de Helen en el que pensaba, en su expresión de congoja cuando él les dijo lo que había hecho. Se sentía agradecido por no haber tenido que ver la reacción de Sean. Para cuando su hijo regresó a Beckford esa tarde, Patrick ya había hecho una confesión completa. Sean había ido a visitarlo una vez, cuando estaba en prisión preventiva. Dudaba que fuera a volver a verlo, lo cual le rompía el corazón, pues todo lo que había hecho, las historias que había contado y la vida que había construido, todo había sido por él.

Sean

No soy quien creo ser.

No era quien creía ser.

Cuando todo comenzó a desmoronarse, cuando yo comencé a hacerlo a causa de las cosas que Nel no debería haber contado, lo mantuve todo en pie, repitiéndome: «Las cosas son como son, como siempre han sido. No pueden ser distintas».

Yo era el hijo de una mujer suicida y de un buen hombre. Cuando era el hijo de una mujer suicida y de un buen hombre, me hice agente de policía, me casé con una mujer decente y responsable y llevaba una vida decente y responsable. Todo era sencillo y estaba claro.

Había dudas, obviamente. Mi padre me dijo que tras la muerte de mi madre me pasé tres días sin hablar. Pero yo tenía el recuerdo —o lo que yo pensaba que lo era— de haber hablado con la amable y dulce Jeannie Sage. Ella me llevó a su casa esa noche, ¿no? ¿No nos sentamos a comer un pan tostado con queso? ¿No le dije que habíamos ido al río todos juntos? «¿Juntos? —me preguntó ella— ¿Los tres?». Yo pensé entonces que sería mejor no decir nada más, pues no quería empeorar las cosas.

A mí me parecía recordarnos a los tres en el coche, pero mi padre me dijo que se trataba de una pesadilla.

En la pesadilla, no era la tormenta lo que me despertaba, sino los gritos de mi padre. Y los de mi madre. Estaban diciéndose cosas horribles el uno al otro. Ella: «Fracasado, bruto»; él: «Zorra, puta, no sirves para ser madre». Entonces oía un sonido agudo, una bofetada. Y después otros ruidos. Y luego ya nada más.

Sólo la lluvia, la tormenta.

Luego volvía a oír algo: las patas de una silla siendo arrastrada por el suelo y la puerta trasera abriéndose. En la pesadilla, descendía la escalera y me quedaba de pie delante de la puerta de la cocina conteniendo el aliento. Entonces volvía a oír la voz de mi padre, más baja, refunfuñando. Y otra cosa: los gemidos de un perro. Pero nosotros no teníamos ningún perro. (En la pesadilla, me preguntaba si mis padres no estarían discutiendo porque mi madre había traído a casa un perro callejero. Ella solía hacer cosas así.)

En la pesadilla, cuando me daba cuenta de que estaba solo en casa, salía corriendo fuera y veía a mis padres metiéndose en el coche. Estaban dejándome, abandonándome. Yo entraba en pánico, salía corriendo hacia el vehículo y subía al asiento trasero. Mi padre me sacaba gritando y maldiciendo. Yo me aferraba a la manija de la puerta y pataleaba y le escupía a mi padre en la mano.

En la pesadilla, había tres personas en el coche: mi padre conduciendo, yo en el asiento trasero y mi madre en el del copiloto. Al tomar una curva cerrada, el cuerpo de ella se movía y su cabeza se inclinaba a la derecha, de tal forma que podía verla y podía ver asimismo la sangre que tenía en el pelo y en un costado de su rostro. Ella intentaba decir algo, pero yo no comprendía lo que decía. Sus palabras sonaban extrañas, como si estuviera hablando en un idioma desconocido. Su rostro también parecía extraño, caído de un lado y con la boca torcida y los ojos en blanco, como si estuvieran vueltos hacia atrás. La lengua le colgaba como si fuera la de un perro; una saliva rosada y espumosa le resbalaba por una de las comisuras de la boca. En la pesadilla, ella extendía un brazo y me tocaba una mano y, aterrorizado, yo me encogía en mi asiento y me aferraba a una de las puertas intentando alejarme de ella lo máximo posible.

Mi padre me dijo que lo de que mi madre extendiera un brazo

hacia mí había sido una pesadilla. Que no había sucedido. Que era como esa vez que yo decía recordar haber comido arenques ahumados en Craster con mamá y con él, pero por aquel entonces yo sólo tenía tres meses. Si recordaba el ahumadero, decía, era sólo porque había visto una fotografía. Lo de mi madre extendiendo el brazo era algo así, me dijo.

Eso tenía sentido. No me quedé del todo convencido, pero al menos tenía sentido.

A los doce años, me acordé de otra cosa: recordaba la tormenta y salir corriendo bajo la lluvia, pero esta vez mi padre no estaba subiendo al coche, sino metiendo a mi madre en él, acomodándola en el asiento del copiloto. Esa imagen me vino a la cabeza con absoluta claridad, no parecía formar parte de ninguna pesadilla. La calidad del recuerdo parecía distinta. En él, yo estaba asustado, pero era un miedo diferente, menos visceral que el que sentía cuando mi madre extendía un brazo hacia mí. Ese nuevo recuerdo me perturbaba, de modo que le pregunté a mi padre por él.

Él me dislocó el hombro empujándome contra la pared, pero fue lo que pasó después lo que se me quedaría grabado. Dijo que debía enseñarme una lección, de modo que tomó un cuchillo para filetear y me hizo un corte limpio de un lado a otro de la muñeca. Era una advertencia.

—Esto es para que te acuerdes —dijo—. Para que nunca te olvides. Si lo haces, la próxima vez será distinto. Te haré un corte en la otra dirección. —Colocó la punta del cuchillo en mi muñeca derecha, en la base de la palma de la mano, y la arrastró lentamente en dirección al codo—. Así. No quiero volver a hablar sobre esto, Sean. Ya lo sabes. Ya hemos hablado bastante sobre ello. No mencionamos a tu madre. Lo que hizo es vergonzoso.

Me habló del séptimo círculo del infierno, donde los suicidas son transformados en arbustos espinosos de los que comen las arpías. Le pregunté qué era una arpía y él me contestó que mi madre lo era. Me quedé confundido: ¿era ella un arbusto espinoso o una arpía? Pensé en la pesadilla, en ella en el coche extendiendo el brazo hacia mí con la boca abierta y la saliva con sangre cayéndole de los labios. No quería que me comiera.

Cuando se me curó el corte de la muñeca, descubrí que la cicatriz era muy sensible y eso me resultó bastante útil. En cuanto me daba cuenta de que me había quedado absorto en mis pensamientos, la tocaba, y la mayoría de las veces me devolvía a la realidad.

Siempre hubo una falla ahí, en mi interior, entre mi comprensión de lo que sabía que había pasado, lo que creía ser yo y lo que era mi padre y una extraña y escurridiza sensación de inexactitud. Al igual que la ausencia de dinosaurios en la Biblia, se trataba de algo que no tenía sentido y que, sin embargo, sabía que tenía que ser cierto. Tenía que serlo, porque me habían dicho que ambas cosas lo eran, tanto Adán y Eva como los brontosaurios. A lo largo de los años hubo ocasionales movimientos de tierra y a veces sentía el temblor del suelo sobre la falla, pero el terremoto no llegó hasta que conocí a Nel.

Al principio, no. Al principio, lo único que importaba era ella, nosotros dos juntos. Nel aceptó con cierta decepción la historia que yo le conté, la que yo creía cierta. Después de la muerte de Katie, sin embargo, cambió. La muerte de Katie la volvió diferente. Comenzó a hablar más y más con Nickie Sage y dejó de creer lo que yo le había contado. La historia de Nickie encajaba más con la idea que ella tenía de la Poza de las Ahogadas como un lugar de mujeres perseguidas, rebeldes e inadaptadas que habían incumplido los mandatos patriarcales, y mi padre era la personificación de todo ello. Ella me dijo que creía que mi padre había matado a mi madre y entonces la falla se ensanchó; todo empezó a cambiar de sitio y, cuanto más lo hacía, más imágenes sueltas acudían a mi mente, primero en forma de pesadillas y luego como recuerdos.

«Esa mujer te hundirá», dijo mi padre cuando se enteró de lo

407

nuestro. Nel hizo más que eso. Me deshizo. Si la escuchaba, si creía su historia, yo ya no era el trágico hijo de una madre suicida y un decente hombre de familia, sino el hijo de un monstruo. Más que eso, peor que eso: era el niño que vio morir a su madre y no dijo nada. Era el chico, el adolescente, el hombre que protegía a su asesino, que vivía con éste y lo quería.

Me resultaba difícil ser ese hombre.

La noche que Nel murió, nos encontramos en la casita de campo, como hacíamos antes. Yo me sentía perdido. Ella deseaba fervientemente que yo supiera la verdad, me dijo que me liberaría de mí mismo, de una vida que yo no deseaba. Pero también estaba pensando en sí misma, en las cosas que había descubierto y en lo que significarían para ella, para su trabajo, para su vida, para su lugar. Eso, más que nada: su lugar ya no era un lugar propicio para suicidarse; era un lugar propicio para librarse de mujeres conflictivas.

Emprendimos a pie el camino de regreso al pueblo juntos. Lo habíamos hecho a menudo en otras ocasiones (desde que mi padre nos había descubierto en la casita de campo, yo ya no estacionaba el coche fuera; en vez de eso, lo dejaba en el pueblo). Ella estaba algo mareada por el alcohol y el sexo y por el hecho de albergar un propósito renovado. Tienes que recordarlo, me dijo. Tienes que mirarlo y recordarlo, Sean. Lo que pasó. Ahora. De noche.

Estaba lloviendo, le dije yo. Cuando murió estaba lloviendo. No era una noche clara como ésta. Deberíamos esperar a que lloviera.

Ella no quería esperar.

Llegamos a lo alto del acantilado y miramos hacia abajo. No lo vi desde aquí, Nel, le dije. No estaba aquí. Estaba abajo, entre los árboles. No pude ver nada. Ella estaba en el borde del acantilado, de espaldas a mí.

¿Lloraba?, me preguntó Nel. Cuando cayó, ¿oíste algo?

Cerré los ojos y la vi en el coche, extendiendo su brazo hacia mí mientras yo intentaba alejarme de ella. Me encogí en el asiento, pero ella extendió todavía más el brazo y traté de apartarla. Con mis manos en la parte baja de la espalda de Nel, la aparté de un empujón.

AGRADECIMIENTOS

La fuente de este río en particular no es tan fácil de encontrar, pero mi primer agradecimiento tiene que ser para Lizzy Kremer y Harriet Moore, proveedoras de extrañas ideas y firmes opiniones, exigentes listas de lecturas e inagotable apoyo.

Encontrar la fuente fue una cosa; seguir el curso del río, otra muy distinta: gracias a mis excepcionales editoras, Sarah Adams y Sarah McGrath, por ayudarme a encontrar el camino. Gracias también a Frankie Gray, Kate Samano y Danya Kukafka, por todo su apoyo editorial.

Gracias a Alison Barrow, sin cuya amistad y consejo tal vez nunca habría conseguido superar los últimos dos años.

Por su apoyo y su ánimo, sus recomendaciones de lecturas y sus brillantes ideas, gracias a Simon Lipskar, Larry Finlay, Geoff Kloske, Kristin Cochrane, Amy Black, Bill Scott-Kerr, Liz Hohenadel, Jynne Martin, Tracey Turriff, Kate Stark, Lydia Hirt y Mary Stone.

Por sus sorprendentes y hermosos diseños de cubiertas, gracias a Richard Ogle, Jaya Miceli y Helen Yentus.

Gracias a Alice Howe, Emma Jamison, Emily Randle, Camilla Dubini y Margaux Vialleron, por todo su trabajo para que este libro pueda leerse en docenas de idiomas distintos.

Gracias a Markus Dohle, Madeleine McIntosh y Tom Weldon.

Por sus observaciones profesionales, gracias a James Ellson, exintegrante de la policía del área metropolitana de Manchester, y a la profesora Sharon Cowan, de la Facultad de Derecho de Edimburgo.

Huelga decir que cualquier error en lo relativo a procedimientos legales o policiales es únicamente mío.

Gracias a las hermanas Rooke, de Windsor Close, por una vida de amistad y dedicación.

Gracias al señor Rigsby, por todos sus consejos y sus críticas constructivas.

Gracias a Ben Maiden, por ayudarme a mantener los pies en el suelo.

Gracias a mis padres, Glynne y Tony, y a mi hermano Richard.

Gracias a todos y cada uno de mis sufridos amigos.

Y gracias a Simon Davis, por todo.